grafit

Chemnitzer Str. 31, D-44139 Dortmund
Internet: http://www.grafit.de
E-Mail: info@grafit.de

Umschlaggestaltung: Dorothea Posdiena, www.posdiena.de
Umschlagabbildungen: *Allegorie des Reichtums* (1580) von Girolamo Macchietti, Archiv für Kunst und Geschichte; *David mit dem Haupt des Goliath* (um 1598) von Michelangelo Caravaggio
Druck und Bindearbeiten: CPI – Clausen & Bosse, Leck
ISBN 978-3-89425-610-4
1. 2. 3. 4. 5. / 2011 2010 2009

Hagemann & Stitz

Jung stirbt, wen die Götter lieben

Historischer Kriminalroman

grafit

Hagemann & Stitz, das sind **Karola Hagemann** und **Ilka Stitz.** Erstere ist Jahrgang 1961, lebt in Hannover und ist nach dem Studium der Geschichte, Anglistik und Diplompädagogik bei der Polizei Niedersachsen tätig. Letztere wurde 1960 geboren, studierte Kunstgeschichte, Germanistik und klassische Archäologie und arbeitet als freie Journalistin und Autorin in Köln. Beide zusammen haben unter dem Pseudonym Malachy Hyde schon mehrere historische Romane veröffentlicht.

www.malachy-hyde.de

Dramatis Personae

Römer

Gaius Claudius Quintilianus: Tribun Laticlavius in Vetera, zum Dienst beim Statthalter in die Colonia Agrippinensis abkommandiert
Livius: sein Sklave
Xenophon: sein Janitor und Haussklave
Canisia: seine Köchin und Verwalterin
Lucius Justus: sein Freund aus Vetera

Allius Fuscus: Statthalter der Provinz Niedergermanien
Tertullia: seine Frau
Marcus: sein Sohn
Fuscia: seine Tochter
Alavia: Vertraute der Fuscia

Julius Martius: Gesandter des Kaisers, vormals kommissarischer Lagerkommandant in Vetera, jetzt dem Statthalter unterstellt
Lucius Publicius: Beneficarier, zum Statthalterdienst abkommandiert
Severius Pertellis: Handelsherr in der Colonia Agrippinensis
Maximius Iberius: Mitarbeiter des Pertellis

Valerius Comazon: Mitarbeiter des Pertellis, zuständig für die Region Nordgermanien
Pomponius Crispus: römischer Geschichtsschreiber und Gesandter des Kaisers
Ateius Capito: römischer Senator
Lucius Scaurus: Praefect in der Colonia Agrippinensis
Quintus Nonnius: Befehlshaber der agrippinensischen Vigiles
Vitalinius: einer der beiden Bürgermeister der Colonia Ulpia Traiana

Friesen
Fredecer: Stammesfürst
Rangnelda: seine Frau
Rudobar und **Elison:** seine Söhne
Thinilda: seine Enkelin
Dolrang: sein Enkel, Bruder Thinildas
Vermax: zu Besuch in der Colonia
Vederiker: sein Sohn, ebenfalls in der Colonia

Chauken
Meliobar: Mitglied der Chaukendelegation, Mordopfer
Odoriker: Mitglied der Chaukendelegation
Beldor: Mitglied der Chaukendelegation

Kapitel I

Sie waren betrunken, er sah es sofort. Grinsend näherten sich die sechs Barbaren einem Mädchen, das vor ihnen zurückwich. Einer streckte seine Hand nach ihr aus, sie schrie auf, stolperte gegen einen Auslagentisch. Rote Tonschüsseln fielen zu Boden, zerbrachen in tausend Scherben. Die Männer setzten ihr nach, lachten, lange blonde Haare flogen um kantige Köpfe. Der Standbesitzer schimpfte. Warum griff niemand ein?

»Lass die Finger von dem Mädchen!«, rief Quintilianus und drängte sich zwischen den Schaulustigen hindurch, die in immer größerer Zahl stehen blieben. Endlich erreichte er den blonden Hünen und riss ihn von dem Mädchen zurück. Der torkelte in die Arme eines Kumpanen, rappelte sich auf, wechselte ein paar Worte mit seinen Freunden. Dann kamen sie auf ihn zu, in ihren Augen funkelte es. Sie waren in der Überzahl, gegen sie hatte Quintilianus allein keine Chance. Warum standen die Menschen so herum, warum half ihm niemand? Wo waren die Wachen des Praetoriums, römische Legionäre?

Die Soldaten vor der Bronzetür des Statthalterpalastes rührten sich nicht. Sie waren wohl zu weit entfernt, um zu erkennen, was auf dem Platz vor sich ging, in dem Gewimmel von Ständen, Händlern und Kauflustigen.

Quintilianus zog seinen Dolch, zischte: »Wagt es nicht, ihr Barbaren! Verschwindet!«

Die blonden Männer wichen tatsächlich zurück. Ein Raunen ging durch die Menge.

»Mach sie fertig, Römer!«, rief einer aus den hinteren Reihen. »Komm, Sextus, nimm den Knüppel da, helfen wir dem Mann.«

Bewegung kam auf und die Germanen schauten sich um, hoben beschwichtigend die Hände. Vier Männer traten neben Quintilianus und schüttelten Stöcke und Fäuste in Richtung der Unruhestifter.

Quintilianus blickte zu dem Mädchen, nun, sie würde seine Hilfe nicht mehr brauchen, schade eigentlich, sie war hübsch, dunkle Locken umrahmten ihr Gesicht. Endlich liefen zwei Sklaven herbei, bleich und atemlos, nahmen die junge Frau in die Mitte und verschwanden mit ihr in Richtung Praetorium. Die Germanen lachten, einer leckte sich die Lippen. Ein anderer schlug dem Landsmann auf die Schulter, dass er nach vorne stolperte. »Barbarbar« vernahm Quintilianus, dann bahnten sich die Fremdlinge einen Weg durch die Menge und verschwanden. Gute Götter, welch Wilde gab es hier in der Provinzhauptstadt, in der Colonia Agrippinensis, Barbaren von jenseits des Rhenus sicherlich, Germanen, wie er sie sich in seinen schlimmsten Träumen vorgestellt hatte. Quintilianus atmete durch, wandte sich um und schritt seinerseits auf das Praetorium zu, der Statthalter erwartete ihn.

Zum dritten Mal wohl durchmaß er den Korridor vor dem Zimmer des Statthalters. Jedes Wandgemälde hatte er betrachtet, die Locken an den Köpfen der Marmorbüsten gezählt, Götter, Kaiser und Feldherrn, die mit toten Augen den Flur bewachten. Quintilianus setzte sich auf die Bank neben der Tür und beobachtete das Kommen und Gehen auf dem Gang, Türen wurden geöffnet, Stimmengewirr ertönte und verstummte wieder. Er schlug die Beine übereinander, wippte mit dem Fuß. Warum hatte ihn der Statthalter nur so eilig in die Colonia Agrippinensis befohlen? Sofort nach Erhalt der Nachricht war Quintilianus vom Lager Vetera aufgebrochen, zu Pferde, mit einer kleinen Eskorte und dem nötigsten Gepäck, den Rest brachte sein Sklave Livius hoffentlich bald mit dem Wagen hinterher. Quintilianus solle nicht mit einer baldigen Rückkehr nach Vetera rechnen, hatte es in dem Schreiben des Statthalters Allius Fuscus geheißen. Bedeutete das, er würde versetzt? Doch nein, dazu hätte man ihn nicht in die Colonia Agrippinensis bitten müssen, das hätte man ihm auch schriftlich mitteilen können. Dass der Statthalter ihn persönlich zu sprechen wünschte, verhieß Außergewöhnliches, vielleicht gar Rückkehr nach Rom?

Quintilianus stand auf, verschränkte die Arme vor der Brust und lehnte sich an die Türlaibung. Zurück nach Rom – noch vor wenigen Monaten wäre das die Erfüllung seines größten Wunsches gewesen. Nun allerdings, nach den Erlebnissen der letzten Monate, erfreulicher wie unerfreulicher, begann er dieses Nebelland Germanien zu schätzen. Die Landschaft, die Menschen dieser Provinz waren ihm lieb geworden. Er lachte lautlos. Wer hätte das für möglich gehalten. Und gerade hatte er sich in den Militäralltag eingefunden, hatte Freunde gewonnen, eine interessante Aufgabe in Angriff genommen, da befahl ihn der Statthalter zu sich. Quintilianus' Herz klopfte schmerzhaft. Wenn Fuscus nur endlich Zeit für ihn hätte. Dessen Sekretär hatte ihn gebeten, sich nur einen Moment zu gedulden, vor Stunden musste das gewesen sein.

Endlich öffnete sich die Tür, Allius Fuscus selbst stand auf der Schwelle. Quintilianus holte tief Luft, nicht jeden Tag trat er dem wichtigsten Mann der Provinz Niedergermanien vor Augen.

Der Statthalter breitete die Arme aus. »Mein lieber Gaius Claudius Quintilianus, willkommen.«

»Allius Fuscus! Ich grüße dich.«

»Nur herein, lange genug habe ich dich warten lassen, entschuldige.« Eine Hand auf seiner Schulter schob Fuscus ihn in den Raum. Der Tür gegenüber stand der Sekretär an seinem Pult und glättete eine Wachstafel. Als Quintilianus eintrat, sah er auf, verneigte sich noch einmal.

Quintilianus antwortete mit einem Nicken, dann folgte sein Blick dem ausgestreckten Arm des Statthalters.

»Euch brauche ich ja nicht vorzustellen.«

Quintilianus erstarrte.

Julius Martius erhob sich aus seinem Sessel. »Quintilianus, wer hätte gedacht, dass wir uns so bald wiedersehen würden.«

Was sollte das bedeuten? Was wollte Martius hier, warum …

»Setz dich, werter Quintilianus. Wein?« Der Statthalter winkte seinem Sekretär, der eilte herbei, ihnen einzuschenken. »Danke, Sidonius, ich brauche dich jetzt nicht mehr. Sorge dafür, dass wir ungestört sind.« Fuscus hob den Becher, Quintilianus tat es ihm mit zusammengepressten Lippen gleich, benötigte alle Kraft, seine Aufgebrachtheit zu unterdrücken. Martius sollte aus gutem Grund längst in Rom sein, zumindest auf dem Weg dorthin, und nun saß er hier, wie ein Mahnmal der Vergangenheit. Und die hatte Quintilianus vergessen wollen, halbwegs war es ihm sogar gelungen. Wie ein Schlag trafen ihn die nächsten Worte des Statthalters. »Martius und du, ihr werdet ab sofort zusammenarbeiten.«

Quintilianus schluckte, unterdrückte den Widerspruch, der ihm auf der Zunge lag.

»Der Kaiser unterstützt unser Vorhaben, auch deinen Einsatz. Martius hat in dieser Sache Befehlsgewalt, du, Quintilianus, wirst ihm in allen Dingen unterstehen. In erster Linie sollst du bei dieser Mission lernen.« Fuscus zog die Augenbrauen in die Höhe und sah ihn an.

Was für eine Mission? Quintilianus sah zu Martius hinüber, doch der betrachtete das Mosaik auf dem Fußboden.

Der Statthalter trank einen Schluck. »Es handelt sich um eine Angelegenheit, die äußerstes Fingerspitzengefühl erfordert. Aus diesem Grund haben wir uns dazu entschlossen, Martius einzusetzen, er verfügt über die nötigen Erfahrungen für die heikle Aufgabe, die euch bevorsteht.« Allius Fuscus nickte Quintilianus zu. »Du hast in den vergangenen Monaten Loyalität und Einsatzbereitschaft bewiesen. Jetzt wollen wir sehen, welche Qualitäten du noch besitzt. Gleich morgen früh werdet ihr zu diplomatischen Verhandlungen mit den Friesen aufbrechen. Wenn du dich dabei bewährst, bestehen gute Aussichten für dich in Rom. Der Kaiser ist auf dich aufmerksam geworden, er will dich fördern, so schrieb er mir. Zunächst jedoch soll ich mir ein Bild von deinen Fähigkeiten machen. Damit wird dir eine große Gunst gewährt, Quintilianus, sei dir dessen bewusst. Und wenn ich recht informiert bin, entspricht eine Rückkehr nach Rom auch deinen Wünschen.« Der Statthalter reichte ihm ein zusammengerolltes Dokument. »Darin findest du das Wichtigste über euren Auftrag. Und auf der Reise kann dich Martius über alles Weitere in Kenntnis setzen, ihr habt ja Zeit genug.«

Quintilianus starrte auf die Schriftrolle in seiner Hand, als enthielte sie sein Todesurteil. Die Sicherheit der Provinz

Niedergermanien sollte er verlassen und vordringen in das freie Germanien, zu den Barbaren, zu den Friesen an das Nordmeer …

Der Statthalter erhob sich, die Audienz war beendet. Draußen wachte der Sekretär, der wieder hineinging und die Tür hinter sich schloss. »Verdammt«, murmelte Quintilianus einer Büste des Kaisers Commodus zu, seines entfernten Verwandten, den er nie kennengelernt hatte. »Musste das sein?«

Martius war ihm vorausgegangen, wandte sich um, schwieg. Dann räusperte er sich. »Glaub mir, auch für mich bedeutet es keine Freude. Doch wir werden uns arrangieren müssen, Quintilianus. Also, sei pünktlich morgen früh.«

Kapitel II

Die Ruder tauchten rhythmisch in das Wasser, sanft glitt das Transportschiff über die Fluten des Rhenus dahin. Friedlich schien die Welt hier im äußersten Norden des Reiches. Fischer an den Ufern holten ihre Reusen und Angeln ein, Frauen wuschen Wäsche, Bauern tränkten ihre Tiere. Doch seit sie am frühen Morgen die Traiana verlassen hatten, die letzte Hochburg römischer Zivilisation im Norden, konnte Quintilianus sein Unbehagen kaum zügeln. Er wusste wenig über das Volk der Friesen, zu dem sie unterwegs waren. Freunde und Bundesgenossen der Römer seien sie seit langer Zeit, eigentlich friedlich, doch gefährlich im Zorn. Allein über ihre Sitten, ihre Lebensweise hatte man ihm nichts berichtet. Aber sie zählten genauso zu den Barbaren wie die Chatten, Chauken und Cherusker, ein Stamm wie der andere unberechenbar und immer für einen Aufstand gut. Quintilianus' Hände umklammerten die Reling, weiß traten die Knöchel hervor. Er lockerte den Griff, atmete durch. Was half es, er musste dem Befehl Folge leisten, Kaiser und Statthalter gehorchen.

Er löste sich von der Reling, ging zur anderen Seite des Schiffes. Das Ufer zur Rechten war sumpfig, feucht, bewachsen mit Schilf und Rohr. Ein Schwarm Enten flog auf, als die Ruder in das Wasser klatschten, ein Reiher sah herüber. Unwegsames Land auf der germanischen Seite des Rhenus, wild wie seine Bewohner. Wild wie die Friesen, zu denen sie unterwegs waren?

Lachen schallte über das Deck. Hinten am Heck saßen ihre Männer, dreißig an der Zahl, bei Wein und Würfeln, neben ihnen schnaubten die Pferde in ihren Pferchen. Nun, die Legionäre zumindest schienen sich keine Sorgen zu machen, ein gutes Zeichen, schließlich kannten sie die Eingeborenen. Indes, sie wussten nicht, wie der Auftrag lautete, mit dem sie zu den Friesen reisten, ihre Botschaft, die diese sicher nicht erfreuen würde. Sandte Allius Fuscus ihn, Quintilianus, den Verwandten des Kaisers, wirklich zu den Germanen, um ihn zu prüfen, oder weil er unantastbar schien, weil, revoltierten die Friesen angesichts der schlechten Nachricht und ihm geschähe etwas, Roms Legionen ihn bitter rächen würden? Der Gedanke lag nahe, nur, dachte der Germane in seinem Zorn an diese Folgen? Viel zu schnell glitt das Schiff gen Norden, getrieben von der Strömung und den Rudern, bald schon würden sie den Drususkanal erreicht haben, den Anleger am Ufer des Flevo Lacus, von wo sie den Rest des Weges zu Pferd zurücklegen wollten.

»Hier, trink einen Schluck, du siehst aus, als könntest du es gebrauchen.« Martius war neben ihn getreten und reichte ihm einen Becher. »Mache dir keine Sorgen, es klingt schlimmer, als es ist, glaube mir.«

Quintilianus nahm den Wein, trank. Martius. Auf der einen Seite war es tröstlich, ihn neben sich zu wissen, den erfahrenen Kommandanten, den Gesandten des Kaisers, den er einst geschätzt, bewundert, ja als Vorbild gesehen hatte. Bis sie sich überworfen hatten. Und obwohl Martius' Handlungsweise begründet war und er sie verstehen konnte, war Quintilianus froh gewesen, als Martius ihm mitgeteilt hatte, er ginge zurück nach Rom. Der Befehl, gemeinsam zu den Friesen zu reisen, hatte alles geändert. Quintilianus sah Martius über den Rand seines Bechers an, den kräftigen, in den besten Jahren stehenden Mann mit dem dichten, schon etwas angegrauten Haar, der Ruhe ausstrahlte, Gelassenheit, Zuversicht. Gefühle, die sich auf Quintilianus übertrugen, er musste es wider Willen zugeben. Vielleicht sollte er seine Vorbehalte Martius gegenüber fallen lassen, es als Gunst des Schicksals begreifen, ihn an seiner Seite zu wissen, als Führer dieser Mission.

Quintilianus hob seinen Becher, trank Martius zu. »Danke, in der Tat kann ich einen Schluck gebrauchen. Du hattest schon einmal Kontakt zu den Friesen? Was weißt du über sie?«

Martius lächelte. »Nicht viel mehr als du, vermute ich. Die Friesen sind seit langer Zeit unsere Freunde und Bundesgenossen, und Aufstände gab es nur, wenn sie sich gereizt oder übervorteilt fühlten. Einen wagten sie vor einigen Jahren, weil der damalige Statthalter ihnen zu viele ihrer Rinder als Tribut abverlangte. Dabei sind die Tiere klein und mager, viel kann man mit ihnen nicht anfangen. Nun, der Aufstand war schnell zurückgeschlagen. Doch sie sind gute Kämpfer, wenn auch, wie alle Germanen, undiszipliniert. Während meiner Zeit als Legionskommandant in Vetera kam eine Delegation in das Lager und bot ihre Dienste als Hilfstruppe an, vielleicht entsinnst du dich.«

Gute Götter! Quintilianus fühlte seine Hände feucht werden, zwang sich zu nicken, er erinnerte sich gut. Er hatte sie gesehen, eine Abteilung Germanen, wie man sie sich vorstellte, groß, blond, wild. Doch sie seien friedlich, hatte Martius gesagt, und letztendlich hatte er auch außer von dem besagten Aufstand von keinen Gräueltaten der Friesen gehört. Aber konnte man Germanen trauen? Hatte nicht auch Varus Freunden und Bundesgenossen, den Cheruskern und ihrem Führer Arminius, getraut, und dann waren seine drei Legionen vollständig niedergemacht worden? Quintilianus dachte an den Bataveraufstand, bei dem das Lager Vetera in Schutt und Asche gelegt worden war, und nicht zuletzt die zahlreichen Einfälle der Chauken, der letzte lag gerade zehn Jahre zurück. Furcht kroch Quintilianus in den Magen, wie eine kalte, schwere Bleikugel lag sie da. Bald würde er die Grenze des Römischen Reiches überschreiten und das Land der Feinde betreten, das Gebiet rechts des Rhenus. Er ließ seine Augen über das Ufer schweifen, Weiden säumten das Wasser. Unsinn, man hatte sich mit den Stämmen arrangiert, es gab diplomatische Beziehungen und Austausch von Waren, reger Handel wurde getrieben.

Quintilianus nahm noch einen Schluck Wein, zwang sich, Martius anzublicken. »Und, hast du damals ihren Wunsch erfüllt und die Friesen als Hilfstruppen aufgenommen?«, presste er hervor.

»Nur einige von ihnen. Sie forderten zu viel Sold, ich konnte ihnen nicht mehr bieten als den anderen. So einigten wir uns darauf, dass sich nur etwa zwanzig junge Männer als Reiter verdingten. Ich machte einige Zugeständnisse, man muss sich seine Nachbarn gewogen halten.« Martius deutete auf die Männer am Heck. »Vier von ihnen begleiten uns.«

»Meinst du, das ist klug? Würden sie nicht im Streitfall zu ihren Leuten stehen?«

»Ich wählte in Absprache mit ihrem Kommandanten die verlässlichsten aus, sie können vielleicht vermittelnd wirken und die Annehmlichkeiten römischer Lebensweise werden sie nicht aufgeben wollen.« Martius lächelte. »Wer jemals bei uns in festen Häusern gewohnt, es im Winter warm gehabt und gutes Essen bekommen hat, will nicht zurück in die

Germanendörfer. Auch das ist ein Teil der römischen Politik, mein Junge.«

›Mein Junge‹, Quintilianus hasste es, nannte man ihn so, zumal er ja wirklich im zurückliegenden Jahr gezeigt hatte, dass er seinen Mann stehen konnte, gerade Martius müsste es wissen.

Der klopfte ihm auf die Schulter. »Entschuldige, Quintilianus, ich wollte dich nicht kränken. Doch auch ich muss mich erst daran gewöhnen, dass ich nicht mehr Legionskommandant und du nicht mehr der mir unterstellte Tribun Laticlavius bist. Komm, lass uns auf die andere Seite gehen, das Ufer dort ist schöner und bald müssten wir die Bataver-Insel erreichen.«

So gesellten sie sich zu ihren Männern. Einige davon waren offenkundig Bataver, denn sie winkten den Menschen an Land zu, riefen kehlige Worte hinüber, die Quintilianus nicht verstand. »Batavisch?« fragte er Martius.

»Ja. Und sieh, dort kommt auch schon ihre Insel in Sicht. Viele unserer Leute stammen aus dieser Gegend, wie wir ja auch Friesen unter uns haben, genauso Chauken, die ich aber im Lager ließ.«

Natürlich, wegen der Chauken unternahmen sie die Reise. Diese Nordländer, laut Quintilianus' Karte zwischen der Amisia und der Mündung der Visurgis beheimatet, hatten sich die Gelder angeeignet, mit denen Rom die Friesen für die Bereitstellung junger Männer entschädigen wollte, die in der Praetorianergarde des Kaisers dienten.

Quintilianus musterte die Soldaten ihrer Eskorte. Alle sahen gleich aus. Auch die Menschen, die am Ufer entlangliefen und ihnen zuwinkten, hätte er nicht einem bestimmten Stamm zuordnen können, wüsste er nicht, dass sie Bataver sein mussten. Er grüßte eine Gruppe Jungen – ihr freudiges

Lachen schallte herüber – und bemerkte, dass der Rhenus sich vor ihnen zu teilen schien. Die nächste Ansiedlung wäre Traiectum, dort zweigte auch der Kanal ab, der sie in den Flevo Lacus führen würde. Und richtig, kaum waren die letzten Häuser und Hütten der Bataversiedlung hinter Büschen und Bäumen verschwunden, rief der Kapitän einen Befehl, das Schiff legte sich leicht nach rechts und änderte den Kurs gen Norden, hinein in das Wunderwerk, das die Legionen des Drusus vor rund zweihundert Jahren erbaut hatten. Drusus, der erste Eroberer germanischer Gebiete, hatte die geniale Idee gehabt, mit der Fossa einen direkten Zugang zum Nordmeer zu schaffen. Ein Weg, der seitdem allen Feldherren für ihre Feldzüge in diesen Gefilden gute Dienste geleistet hatte; Drusus, Tiberius, Germanicus, mit ihren Namen war die Gegend hier verbunden, sie alle waren auf diesem Kanal gen Norden gefahren, um gegen die Barbaren zu kämpfen, nicht um mit ihnen zu verhandeln, wie Quintilianus heute. Allerdings sprach für die Friesen, dass sie damals nicht gegen die römischen Maßnahmen aufgestanden waren. Hoffentlich taten sie es auch heute nicht, trotz der schlechten Nachrichten.

Als die Dämmerung hereinbrach, verlangsamte das Schiff seine Fahrt, der Kapitän rief den Ruderern Anweisungen zu, sie warfen die Anker für die Nacht.

Im ersten Licht des Tages setzten sie die Reise fort, ließen den Kanal hinter sich, und vor ihm öffnete sich der Blick über eine weite Wasserfläche. Eine steife Brise schlug Quintilianus in das Gesicht, Möwen segelten kreischend über ihren Köpfen. Noch gut vierzig Meilen, so verkündete der Kapitän, und sie seien am Ziel.

Die Weiterfahrt verlief ruhig, Land erschien am dunstigen Horizont, und dann sah Quintilianus den Anleger. In der

Nähe warteten Reiter: ihr Empfangskommando. Ungefähr dreißig schienen es zu sein, so viele wie sie selbst an Männern bei sich hatten.

Mit einem Ruck wurden die Ruder eingezogen, und Martius trat neben ihn. »Fuscus gab ihnen Bescheid, dass wir kommen.«

Er richtete die Falten seiner Toga, stellte sich an die Reling und hob die Hand. Quintilianus setzte seinen Helm auf, prüfte noch einmal den Sitz seines Mantels, dann tat er es Martius nach. Warm war es unter dem Brustpanzer, dem Helm, Quintilianus spürte einen Schweißtropfen sein Gesicht hinablaufen, als er dort stand, die Germanen grüßte, deren Speerspitzen in der Abendsonne glänzten.

Ehrerbietig hatten die blonden Männer sie begrüßt, Quintilianus als Verwandten des Kaisers Respekt gezollt. Jetzt ritten sie schon den ganzen Tag Richtung Norden über flaches Land, vorbei an kleinen Ansiedlungen: Lehmhütten, mageren Rindern und Schafen, die auf sumpfigen Wiesen grasten. Die Germanen, die den Zug leiteten, schienen mit ihren Pferden verwachsen. Angetan mit tunikaartigen Gewändern dirigierten sie ihre Rösser mit muskulösen Beinen, die blonden Haare wehten im Wind.

Nun tauchte vor ihnen ein Erdwall auf, gekrönt von Palisaden, ein hölzerner Turm schützte das Tor. Das also war ihr Ziel, der Sitz des führenden Fürsten der Friesen, Fredecer. Jungen und Mädchen jeden Alters liefen herbei, schrien Worte, die Quintilianus nicht verstand, zeigten mit den Fingern auf sie. Die Männer der Eskorte scheuchten die Kinder zurück und geleiteten ihre Besucher durch das offene Tor. Dahinter standen mit Lehm bestrichene Häuser und Hütten, manche weiß gekalkt, kein einziges aus Stein, kaum zu glauben. Sie ritten an einem Weiher vorbei, an dem Frauen Wäsche wuschen und nun neugierig aufschauten. Neben ihnen löschten Ziegen ihren Durst, Hühner liefen umher, flatterten gackernd auf. Es war keine Stadt, nicht einmal ein Dorf, nur eine Ansammlung von Gehöften, vielleicht zehn an der Zahl. Straßen gab es keine, sondern festgetretene Wege, keine Geschäfte, natürlich keine Thermen, kein Theater.

Quintilianus unterdrückte ein Kopfschütteln. Nun, Thermen und Theater hatte er nicht wirklich erwartet, aber eine solch ärmliche, nach Vieh stinkende Ansiedlung auch nicht. Bei allen Göttern, sie lebten in der Zeit des Kaisers Commodus, diese Menschen wohnten nicht weit von römischen Gebieten, hatten seit Jahrhunderten Kontakt mit römischer Kultur. Wenn es hier aussah wie in grauer Vorzeit, wie musste es dann erst im Landesinnern aussehen, bei den Stämmen, die nur selten mit dem Fortschritt in Verbindung kamen? Hier sollte er ein, zwei Nächte verbringen? Wahrscheinlich würde er mit Läusen und Flöhen nach Hause kommen. Zum Glück war es Juni und warm, im Winter hätte er sich wahrscheinlich zu Tode gefroren. Als Preis für die Wärme wären aber vermutlich die Lebensmittel mit Larven und Fliegen übersät, die hier zu Tausenden zu schwirren schienen. Nun, sollte er tatsächlich bald wieder nach Rom zurückkommen, er hätte seinen Freunden, die in den östlichen Provinzen im Wohlstand schwelgten, sich dort in Theater, Tavernen und Thermen amüsierten, viel zu erzählen. So etwas hatte keiner von ihnen je gesehen – und er wünschte es keinem.

Vor dem größten der Häuser hielten sie an, ein langer Bau mit tief heruntergezogenem, rohrgedecktem Dach, die Wände hatten eine neue Kalkschicht nötig. Grau schien hier alles, trist, trotz der strahlenden Röte des Abendhimmels. Die einzigen Farbtupfer stellten die Tiere dar, der farbenprächtige Hahn, der seiner Hühnerschar vorausgestoben war, als sie in den Hof einritten, die weißen Gänse; doch schon die Hunde, die Ziegen fügten sich in das Graubraun der gesamten Ansiedlung.

Ein älterer Mann mit langen weißen Haaren, gefolgt von zwei jüngeren blonden, wohl seine Söhne, trat aus dem Haus. Quintilianus, Martius und ihre Leute stiegen von den Pferden, weitere Männer eilten herbei, sie ihnen abzunehmen. Der weißhaarige Friese trat mit ausgestreckten Armen auf sie zu. »Seid gegrüßt, Römer. Ich bin Fredecer, der Stammesälteste, hier meine Söhne, Rudobar und Elison. Es ist uns eine Ehre, euch in unserem Dorf willkommen zu heißen. Du wirst Julius Martius sein und du Gaius Claudius Quintilianus, Neffe des Kaisers Commodus.«

Fredecer verbeugte sich, nicht zu tief. Sein Latein war gut, der harte germanische Akzent trug dazu bei, dass er nicht unterwürfig, sondern selbstbewusst wirkte.

Quintilianus fühlte wieder Furcht in sich emporsteigen, dieser Mann wirkte lebenserfahren und gebildet, er schien zu ahnen, dass sie keine guten Nachrichten brachten. Doch er würde auch wissen, dass er trotz allem die Form zu wahren hatte. Seine Söhne dagegen, im besten Mannesalter stehend, waren von anderer Art. Rudobar hatte harte blaue Augen, sein Lächeln wirkte aufgesetzt, Elisons zwar echt, doch eher dümmlich. Von diesen beiden könnte Gefahr ausgehen.

»Die Ehre liegt bei uns«, antwortete Martius, und auch Quintilianus bemühte sich um eine höfliche Begrüßung. »Ich danke euch für die Gastfreundschaft. Der Statthalter und der Kaiser senden ihre Grüße an unsere Freunde und Bundesgenossen, die Friesen.«

Bei Jupiter, gepresst und aufgesetzt klangen die Worte.

Quintilianus erntete ein etwas mitleidiges Lächeln des Alten, Rudobar grinste, nur Elison nickte beifällig.

»Kommt herein und stärkt euch.« Fredecer schritt voraus auf die hölzerne Türe zu, die einladend offen stand, es duftete nach gebratenem Fleisch. Quintilianus' Magen knurrte und seine Kehle war ausgedörrt, einen Becher Wein würde er nicht ablehnen. Doch tranken diese Germanen überhaupt Wein? Eher nicht, Met gab es hier und Bier, ein Getränk, mit dem er sich nie hatte anfreunden können. Indes, als Gastgeschenk führten Martius und er mehrere Amphoren gallischen Rotweines mit sich, dazu kostbare silberne Becher, vielleicht würde ihnen ja davon serviert.

In dem Haus herrschte Dämmerlicht. Fenster gab es keine, nur einige Fackeln erhellten den langen Bau. In der Mitte qualmte die Feuerstelle, zur Linken lagen gefaltete Decken auf dem Boden, wohl die Schlafstätte der Familie, an der rechten Seite des Langbaus erleuchtete eine Fackel eine mit Fellen ausgelegte Ecke, auf die Fredecer zuhielt. Ein niedriger Tisch stand dort, drei Hocker darum. Das also war ihr Verhandlungsplatz, ihr Speiseraum. Draußen, um ein Feuer, wäre es angenehmer gewesen, dort wenigstens gäbe es frische Luft, der Qualm des Feuers zog nur schlecht durch die einzige Öffnung im Dach ab und erschwerte das Atmen. Gut, dass die Germanen wenigstens im Frühjahr und Sommer ihr Vieh draußen hielten, Quintilianus hatte gehört, dass Kühe, Schafe und Ziegen im Hause überwinterten, um den Bewohnern Wärme zu spenden.

Er wandte sich Martius zu, dessen Gesicht würdevoll wirkte und der ihm mit einem Nicken Mut zuzusprechen schien. Nur zwei ihrer Männer waren ihnen gefolgt, die Decurionen, die Unterbefehlshaber ihrer Eskorte, alle anderen schienen draußen geblieben zu sein. Quintilianus' Nackenhaare stellten sich auf. In dieser Behausung, in diesem Licht hätten sie keine Chance, erregten sich die Wilden ob der schlechten Botschaft.

»Nehmt Platz, Freunde.« Fredecer wies auf die beiden Hocker, setzte sich selbst auf den dritten. Seine Söhne und auch die Decurionen ließen sich auf den Fellen nieder. Eine Frau trat heran, ein Tablett mit tönernen Bechern in der Hand, eine zweite, jüngere, brachte einen Krug. »Genießt einen Becher Met zur Begrüßung, es ist unser bester.«

Met, er hatte es befürchtet. Ablehnen aber durfte Quintilianus nicht, so nahm er einen Becher – gute gallische Ware, es herrschte also doch gewisser Wohlstand –, hielt ihn der jungen Frau zum Füllen hin, die ihn stolz aus hellblauen Augen ansah. Blondhaar umrahmte ihr schmales Gesicht, die ganze Gestalt wirkte schlank, fast jungenhaft, das lange, gegürtete Kleid konnte dies nicht verdecken. Sie lächelte ihm zu, bevor sie sich Martius zuwandte und ihm einschenkte.

»Mein Eheweib, Rangnelda«, Fredecer wies auf die ältere Frau, dann auf die junge, »und dies ist Thinilda, meine Enkelin. Sie lebt bei uns, seit ihr Vater, mein Sohn, und dessen Frau an einer Krankheit starben.« Das Mädchen nickte, dann zog sie sich in den Schatten zurück.

»Ich trinke auf die Ehre eures Besuches und auf euren Kaiser Commodus.« Fredecer hob seinen Becher. »Das Mahl wird in kurzer Zeit aufgetragen werden, dann werden auch die anderen Männer meines Dorfes dazustoßen. Doch zuvor lasst mich sagen, dass ich mich wundere, was gerade euch zu uns führt. Der Statthalter wird kaum zwei hochrangige Männer schicken, nur um unsere Beziehungen zu festigen.«

Quintilianus senkte den Kopf, nippte an dem Met. Gar nicht so übel, er nahm noch einen Schluck. – Was würde Martius antworten? Es war sicher nicht klug, gleich zu Beginn ihres Besuches die schlechte Nachricht zu verkünden. Wann allerdings war der richtige Zeitpunkt für eine solche Botschaft? Während die Männer des Dorfes beim Mahl saßen? Oder erst am Ende des Abends, wenn alle betrunken waren? Dann jedoch drohte erst recht Gefahr, es hieß doch, dass die Germanen häufig in Streit gerieten und sich sogar gegenseitig erschlugen, versammelten sie sich bei ihrem Thing, eben weil sie dem Met so kräftig zusprachen. Am nächsten Morgen vertrügen sie sich wieder, als sei nichts geschehen.

Quintilianus wischte sich eine Schweißperle von der Stirn, atmete auf, als Martius sich jetzt erhob, völlig ruhig und gelassen. »Dank für deine Worte, Fredecer, lass mich trinken auf dich, deine Söhne, dein Dorf. Mögen eure Götter euch allzeit gewogen sein, euren Wohlstand erhalten, euch Glück und Gesundheit bescheren.« Er hob seinen Becher, trank. »Und du hast recht, nicht ohne Grund kommen Quintilianus und ich zu euch, doch bevor wir das besprechen, lass mich dir die gebührende Ehre bezeugen und überreichen, was wir mitbrachten.« Er gab einem der Unterbefehlshaber einen Wink, der stand auf, ging nach draußen. Der andere reichte ihm die kleine Truhe, in der feine Stoffe ruhten. »Nimm dies, Fredecer, als Zeichen der Gunst und des Wohlwollens des römischen Volkes und seines Kaisers.«

Der Decurio kam zurück, gefolgt von ein paar Männern, die die Amphoren mit dem Wein brachten. Quintilianus fing ein Nicken von Martius auf. Jetzt war seine Gelegenheit, sich zu beweisen. Er atmete durch, erhob sich. »Auch ich trinke auf euer Wohl, Fredecer.« Er räusperte sich. »Und da wir den Honig eures Landes genießen dürfen, brachten wir euch die Trauben des unseren. Lasst sie euch schmecken, so wie ich jetzt euren Met genieße.« Er trank, hörte anerkennendes Lachen von den Germanen. Er blickte zu Martius, während er sich setzte, der nickte unmerklich. Quintilianus atmete auf.

Fredecer hatte unterdessen die Stoffe angeschaut, würdigte sie gebührend, reichte sie weiter an die Söhne. Rudobar grinste begehrlich, Elison strich bewundernd über das Muster. Quintilianus entspannte sich, wischte sich erneut den Schweiß von der Stirn, spürte Druck auf der Blase. Wo könnte er sie wohl entleeren? Er fragte Elison, der neben ihm auf einem Wolfsfell saß.

»Hä?«

»Er spricht nicht viel Latein«, mischte sich der Decurio ein und übersetzte. »Er sagt, die Gruben sind hinter dem Haus, aber dein Wasser abschlagen kannst du auch an einem Baum dort. Thinilda wird dich hinführen.«

»Oh, danke, nicht nötig.«

Doch schon stand die junge Friesin neben Quintilianus, griff seinen Arm und führte ihn zum Hinterausgang, vorbei an Kisten und Truhen, Säcken und aufgehängten Fleischstücken, um die Fliegen schwirrten. Sie traten hinaus in eine Art Gemüsegarten, noch immer war es draußen heller als in dem Haus und die Luft lind.

Thinilda wies nach rechts, dort hockte über einem Graben ein Germane, daneben standen drei große Apfelbäume. Quintilianus schloss die Augen. Gute Götter, wohin nur war er hier geraten. Was taten diese Menschen im Winter? Thinilda zog an seinem Arm, wollte ihn zu den Bäumen führen, das ging nun wirklich zu weit. »Danke, ich finde den Weg«, sagte er und befreite seinen Arm von ihrer Hand.

Sie sah ihn an, schweigend. Natürlich, auch sie beherrschte seine Sprache nicht. So wedelte er sie davon und mit einem langen Blick ging sie, endlich.

Als er zurückkehrte, hatte Fredecer eine der Amphoren geöffnet, man trank und plauderte. Auch Quintilianus wurde ein Becher gereicht. Guten Wein hatten sie den Barbaren mitgebracht, wussten die solchen überhaupt zu schätzen? Es sah nicht so aus, Rudobar trank ihn wie Wasser, ließ sich unentwegt nachschenken.

Fredecer hingegen nahm kleine Schlucke, spürte schnalzend dem Aroma nach. »Und jetzt, da der junge Herr wieder hier ist, sagt mir den Anlass eures Besuches. Dass ihr zu dem Zeitpunkt kommt, da wir Geld von Rom erwarten, Geld, das uns in die Lage versetzen soll, unsere und Roms Grenzen vor Feinden zu schützen, ist sicher kein Zufall.«

Der Alte war klug, er bestimmte den Moment, wann seine Gäste ihr Anliegen vorbrachten. Quintilianus blickte voller Sorge auf Martius.

Der führte in aller Ruhe den Becher an die Lippen, bevor er antwortete. »Du hast recht, Fredecer. Wir kamen, um euch zu benachrichtigen, dass euer Geld gestohlen wurde. Es war auf dem Wege hierher, per Schiff aus Rom, doch wir erhielten die Mitteilung, dass chaukische Seeräuber das Schiff überfielen und das Geld an sich nahmen.«

Fredecer presste die Lippen aufeinander, Rudobar sprang auf. »Was? Kein Geld, obwohl unsere Brüder den Kaiser beschützen?«

Elison schaute ihn fragend an, der Bruder übersetzte, Elison schlug mit der Hand auf den Tisch und äußerte lautstark seinen Unmut.

Fredecer hob den Arm, die Söhne verstummten. »Ich gehe davon aus, Martius, dass Rom die Summe erneut schickt und ihr nur kamt, um die Verzögerung anzuzeigen.«

Martius schüttelte den Kopf. »Nein, es tut mir leid. Rom ist im Moment nicht in der Lage, so viel Geld ein zweites

Mal innerhalb so kurzer Zeit auf den Weg zu bringen. Wir sandten natürlich sofort eine Delegation zu den Chauken, die aber verlachten unsere Männer nur, spotteten, Rom solle es sich doch holen oder ihr, denen es zugedacht gewesen sei.«

»Diese Räuber und Verbrecher!« Rudobar hielt es nicht auf seinem Fell. »Ich kann mir vorstellen, wie sie lachten. Vater, das können wir uns nicht bieten lassen, zu lange schon provozieren uns die Chauken. Sie fischen in unseren Gebieten, stehlen unsere Rinder, überfallen unsere Schiffe. Und sie bedrohen unsere Grenzen. Wir müssen gegen sie ziehen und Rom wird uns unterstützen, habe ich recht, Martius?« Rudobar übersetzte für Elison, der seinen Mund grimmig verzog. »Ja!«

Martius beugte sich vor. »Natürlich wird Rom euch unterstützen, zumal die Beleidigung nicht nur euch betrifft. Und da auf diplomatischem Wege nichts zu erreichen ist und Rom bei euch im Wort steht, bieten wir euch Wein, Pferde und Rinder als Entschädigung für das gestohlene Geld. Und solltet ihr tatsächlich gegen die Chauken ziehen, so werden wir euch mit Erz und Waffen unterstützen und natürlich mit Truppen, solltet ihr das nötig haben. Denn sie überfallen nicht nur Schiffe mit Geld und Gütern, die für euch bestimmt sind, auch Rom leidet unter der Seeräuberei, große Schätze haben diese chaukischen Verbrecher angehäuft. Ein Militäreinsatz jedoch kostet Geld, so wird die Beute anteilmäßig zu teilen sein, je nach dem, wie viele unserer Männer ihr braucht.«

»Nein, Römer, eure Männer brauchen wir nicht, wir werden allein mit den chaukischen Hunden fertig«, rief Rudobar und stürzte einen Becher Wein hinunter. Elison tat es ihm gleich, wischte sich über den Mund und sagte: »Ja.« Quintilianus zweifelte, dass er verstanden hatte, was er bejahte.

Fredecer hob die Hand. »Der Verlust des Geldes ist sehr bedauerlich. Ob wir jedoch euer Angebot annehmen oder andere Forderungen an euch haben, können nicht wir allein entscheiden, der Thing der Fürsten muss tagen. Ich werde ihn einberufen. Wollt ihr bleiben und die Entscheidung abwarten?«

»Nein«, erwiderte Martius, »wir müssen morgen zurück, andere Aufgaben warten auf uns. Doch hab Dank für die Einladung, und wenn es genehm ist, werden wir Sextus Sirius hier«, er wies auf einen der Decurionen, »bitten, hierzubleiben und uns euren Beschluss zu überbringen.«

Quintilianus hätte fast aufgeseufzt. Den Göttern sei Dank, dass ein längerer Aufenthalt nicht nötig war. Eine weitere Nacht hätte er es hier nicht ausgehalten. Und die befürchtete Wut der Barbaren richtete sich nicht gegen Rom, sondern gegen die Chauken, die wahren Schuldigen. Er hob seinen Becher, nickte Fredecer und seinen Söhnen zu und sagte wie abgesprochen: »Rom wird euch für eure Unterstützung, eure Treue entschädigen, dessen seid gewiss.«

Fredecer nahm dies als Zeichen, das Mahl zu eröffnen. Er rief etwas in der harschen Sprache der Friesen, Gesinde erschien wie aus dem Nichts, trug Schüsseln auf, dann trafen die anderen Männer des Dorfes ein, Fredecer hatte sie wohl verständigen lassen. Thinilda füllte Quintilianus Fleisch und Fisch in eine Schüssel und Getreidebrei, aus Dinkel wohl. Das Fleisch war schmackhaft, ein junges Reh.

Thinilda fragte Quintilianus gelegentlich, ob es ihm munde, erstaunlicherweise in leidlichem Latein, wo mochte sie das gelernt haben? Er nickte, lauschte dem Gespräch von Martius und Fredecer, die anderen Männer unterhielten sich in ihrer Muttersprache. Rudobar schien ihnen von dem Chaukenüberfall zu berichten, Empörung klang in aller Stimmen, die lauter wurden und wilder, doch Fredecer rief sie zur Ordnung, bevor die Stimmung bedrohlich wurde. Quintilianus entspannte sich mehr und mehr, fühlte die Müdigkeit in den Knochen, und zum Glück erhob sich Martius bald, um sich zur Nacht zu verabschieden. Eine gute Gelegenheit, es ihm gleichzutun. Thinilda bekam den Auftrag, sie zu ihren Lagern zu begleiten, nicht in dem Langhaus, wie befürchtet, sondern in einer abgeschiedenen Hütte, wohl eigens für Gäste des Fürsten errichtet. Endlich ging das Mädchen, Quintilianus stellte sich an den nächsten Baum, um sich vor der Nachtruhe noch einmal zu erleichtern, Martius gesellte sich zu ihm. »Na, ist doch gar nicht so schlecht gelaufen, nicht wahr?«

Kapitel III

Quintilianus streckte sich auf seiner Matratze aus und genoss den Luxus des weichen Polsters. Ihm war, als wäre er monatelang unterwegs gewesen, dabei hatte der Ausflug in das freie Germanien nur ein paar Tage gedauert. Mochten die Barbaren an ihrer genügsamen Lebensweise festhalten, für ihn war das nichts.

Er starrte an die Decke, selbst die war mit prächtigen Stuckkassetten verziert. Genau genommen übertrafen diese Räumlichkeiten im Gästehaus des Agrippinensischen Praetoriums seinen Wohnkomfort im Lager Vetera bei Weitem. Auch dort hatte er auf so manche aus Rom vertraute Annehmlichkeit verzichten müssen, aber immerhin das Privileg der Militärpost nutzen können. Ob der Brief mit der Kunde seiner Abordnung in die Colonia Claudia Ara Agrippinensium, den er gleich nach seiner Ankunft verfasst hatte, schon bei seiner Familie in Rom eingetroffen war? Und wenn, Antwort wäre noch keine zu erwarten, jedenfalls nicht an seine neue Adresse. Sicher hatten ihm Mutter und Schwester geschrieben, denn auf keinen Fall würden sie seinen Geburtstag vergessen. Nun, musste er eben noch ein paar Tage länger auf die Glückwünsche warten, bis man sie ihm von Vetera hierher nachgeschickt hatte.

Ach, Rom …

Dort hätte er seinen Festtag mit Freunden gefeiert. Priscilla hätte ihm ihre Gunst geschenkt, sie wären in den Gärten des Lucullus spaziert und hätten anschließend ein Gastmahl besucht, gemeinsam mit seinen Gefährten. Doch nein, auch die hatten längst ihren Militärdienst angetreten, in Syria, Asia führten sie ein angenehmes, üppiges Leben. Und er … Nun ja, die Colonia Ulpia Traiana und erst recht die Hauptstadt der Provinz, die Colonia Agrippinensis, waren eigentlich gar nicht übel. Was er bisher von der Agrippinensis gesehen hatte, gab zu Hoffnungen Anlass. Und er war anständig untergebracht, wenn auch vorläufig, bis er eine eigene Bleibe gefunden hatte. Der Statthalter wollte sich darum kümmern, lange bräuchte er sich nicht zu gedulden, hatte er ihm mitgeteilt.

Kein Geräusch war zu hören, es musste noch früh sein. Er drehte sich auf die Seite, schloss die Augen. Noch ein wenig schlafen, die Pflicht würde ihn nur zu bald rufen. Quintilianus zuckte zusammen, vor der Tür war etwas Schweres zu Boden gefallen, ein gemurmelter Fluch folgte. Quintilianus atmete durch. Livius, dieser Sklave trieb ihn noch in den Wahnsinn, irgendwann würde er seine Drohung wahr machen und ihn verkaufen. Gestern Abend hatten sie sich seit seiner Abreise aus Vetera das erste Mal wiedergesehen, und kaum dass Quintilianus das Quartier betreten hatte, war Livius schon mit Erzählungen seiner Erlebnisse über ihn hergefallen. Quintilianus hatte ihn schlafen geschickt. Er war zu müde, zu erschöpft von der fremden Welt gewesen und hatte nicht einmal die Kraft aufgebracht, ihn wegen der herrschenden Unordnung zu tadeln.

Dieser Lärm jetzt war wohl Livius' Rache für die Missachtung. Quintilianus schwang die Beine auf den Boden und streckte sich. »Livius!«

Sofort erschien der rote Lockenkopf seines Sklaven in der Tür. »Ja?«

»Bring mir heißes Wasser und lege eine frische Tunika heraus. Du könntest auch meine Togen glätten, durch den Transport vom Lager hierher sind sie zerdrückt. Ich nehme nicht an, dass du die Gelegenheit genutzt hast, sie einmal waschen zu lassen?«

Livius zuckte die Achseln. »Woher soll ich wissen, wo hier eine anständige Wäscherei ist, außerdem hatte ich genug anderes zu tun.«

Quintilianus hätte darauf gewettet, dass Livius die freien Tage vertrödelt hatte. Ganz gewiss hatte der Sklave sich in der Stadt vergnügt, kannte sie schon besser als er selbst.

Quintilianus trocknete sich das Gesicht ab, als es klopfte.

Livius öffnete die Tür. »Herr? Ein Bote des Statthalters erschien soeben, Allius Fuscus erwarte dich.«

»Sage ihm, ich komme.«

Livius deutete auf das Tablett, das er trug. »Und was ...« Mit geschürzten Lippen sah er auf die Köstlichkeiten hinab. Doch ob der Aussicht auf das Frühstück seines Herren hellte sich sein Gesicht auf.

»Stell das Tablett dort ab, selbstverständlich werde ich vorher noch eine Kleinigkeit essen.«

Livius warf seine roten Locken zurück, setzte das Tablett ein wenig zu heftig ab und verließ hoch erhobenen Hauptes das Zimmer. »Wenn ich weg bin, kannst du dich bedienen«, rief Quintilianus ihm nach. Ein Sklave war ein Sklave, es wurde Zeit, dass er selbst danach handelte, und vor allem, dass Livius sich dessen bewusst wurde. Quintilianus seufzte, nie würde es ihm gelingen, diesen Zustand herbeizuführen. Hastig kämmte er seine kurzen dunklen Harre vor dem Bronzespiegel, stürzte einen Becher Wasser hinunter, aß ein

Stück Brot, einige schwarze Oliven und verschmähte den kalten Braten. Der würde Livius versöhnen.

Ein Sklave ließ Quintilianus in das Amtszimmer des Statthalters ein, der sich im Gespräch mit Martius befand. Die beiden Männer verstummten, als sie Quintilianus gewahr wurden.

»Ah, da bist du. Setz dich, greif zu.«

Der Statthalter deutete auf einen Sessel ihm zur Linken und wies danach auf die Speisen, die Quintilianus' Frühstück weit in den Schatten stellten, sogar einige Austern lagen auf einer der Glasplatten.

»Danke, Allius Fuscus, doch ich habe bereits gefrühstückt.«

Fuscus nickte. »Nun gut. Dann können wir ja fortfahren. Martius berichtete mir bereits in groben Zügen vom Verlauf eurer Mission. Wie ist deine Einschätzung?«

Quintilianus räusperte sich. Es war neu für ihn, dass ihn jemand vom Rang eines Statthalters nach seiner Meinung fragte, zumal Martius offenkundig schon Bericht erstattet hatte. In Quintilianus' Kehle kratzte es und er bedauerte, nicht wenigstens um einen Becher Wasser gebeten zu haben. »Nun«, hob er an, seine Stimme klang brüchig. Noch einmal räusperte er sich. »Nun, ich denke, Martius wird meine Ansicht teilen, dass unsere Mission durchaus erfolgreich war. In Kürze wird der Häuptling der Friesen die Bereitschaft der Stämme melden, gegen die Chauken zu ziehen, um sich ihr Geld zurückzuholen.«

Fuscus nickte bedächtig. »Ja, das meinte Martius auch. Sehr erfreulich.«

Er lehnte sich in seinem Sessel zurück, trank aus einem Kelch, dessen silbernes Relief bei jeder Bewegung funkelte.

Quintilianus fuhr sich durch die Haare. »Damit wäre meine Aufgabe offenbar früher als erwartet beendet. Wirst du mich zurück nach Vetera beordern?« Oder hieß es, sofort nach Rom? Quintilianus spürte, wie sich vor Anspannung sein Magen zusammenzog, er konnte nicht entscheiden, ob Hoffnung oder Sorge der Auslöser war.

»Nein, wir wollen dich auch in die Verhandlungen mit anderen germanischen Verbündeten einbinden. Daher wirst du vorerst hier in der Colonia bleiben. Und du wirst weiterhin gemeinsam mit Martius die Friesenmission betreuen. Ist die Angelegenheit zu unserer Zufriedenheit beendet, also die Chauken besiegt und die Bedrohung durch ihre Seeräuberei endgültig gebannt, heißt es für dich: auf nach Rom!«

Bei Jupiter, das war eine gute Nachricht! Zurück zur Familie, ein Amt in der Hauptstadt …

Es klopfte, ein Sklave öffnete die Tür. »Allius Fuscus, die Delegation der Chauken, du weißt schon, bittet erneut um eine Audienz.«

Fuscus setzte sich aufrecht, eine Falte erschien auf seiner Stirn.

Während der Sklave in der Tür auf eine Anweisung des Statthalters wartete, tippte der schweigend seinen Zeigefinger gegen das Kinn. Kurz wechselte er einen Blick mit Martius.

»Danke, Marcellus. Zu meinem Bedauern kann ich sie heute nicht empfangen und in den nächsten Tagen werde ich außerhalb zu tun haben, in der Colonia Ulpia Traiana«, Fuscus nickte Quintilianus zu, »und in der Civitas Noviomagus. Sie sollen in einer Woche noch einmal vorsprechen.«

Marcellus nickte und verschwand.

Der Statthalter wandte sich an Quintilianus, der die Szene erstaunt verfolgt hatte. »Du wunderst dich sicherlich, dass Chauken es wagen, bei mir um eine Audienz nachzusuchen.«

»Allerdings, Fuscus. Wissen sie etwa von den Plänen der Friesen? Sind sie gekommen, sich zu beschweren, dass wir diese unterstützen, nachdem sie Rom das Geld für die Bundesgenossen stahlen?«

Fuscus winkte ab. »Nein, das glaube ich nicht, die Männer, die mich sprechen wollten, sind schon eine ganze Weile hier und haben keinen Kontakt zu ihren Stämmen. Wie dem auch sei, sie sind ermächtigt, Rom ihre Kooperationsbereitschaft anzubieten. Unter gewissen Bedingungen natürlich, über die sie mit mir verhandeln wollen.« Fuscus schwieg einen Moment. »Du wirst verstehen, dass uns so ein Angebot zum jetzigen Zeitpunkt, nun, diplomatisch ausgedrückt, sehr ungelegen kommt.«

Quintilianus konnte nicht folgen. »Warum vertröstest du diese Abordnung eines feindlich gesinnten Stammes dann höflich, statt sie über die Taten ihrer Stammesmitglieder zu informieren – sofern sie nicht längst davon wissen – und ihnen deutlich zu machen, dass Rom ihr Gebaren nicht duldet, daher an eine Zusammenarbeit mit ihnen nicht zu denken ist? Man sollte sie davonjagen oder, besser noch, festhalten und erst freigeben, wenn die Chauken das gestohlene Geld zurückgegeben haben!«

»Es gibt mehrere Gründe: Zum einen sind Gesandte unantastbar, müssen entsprechend behandelt werden, lieber Quintilianus, da bildet eine chaukische Delegation keine Ausnahme. Zum anderen scheint es mir günstig, lassen wir die Chauken so lange wie möglich im Ungewissen über unsere Entscheidung. Sollen sie ruhig die Annehmlichkeiten der Agrippinensis genießen. Ich glaube kaum, dass ihnen die Verlängerung ihres Aufenthaltes Ungemach bereitet. – Aber nun, mein Lieber, etwas anderes. Ich wollte dir zu deinem vierundzwanzigsten Geburtstag gratulieren.«

Woher wusste der Statthalter davon? Natürlich, das militärische Aktenwesen erfasste auch solche Daten. »Danke, Fuscus. Es ehrt dich, dass du die Zeit findest, solche Marginalien wahrzunehmen.«

Fuscus winkte ab. »Aus diesem Grund möchte ich dich einladen, übermorgen abend mein Gast zu sein. Meine Frau und meine Kinder werden sich freuen, deine Bekanntschaft zu machen. Auch du, Martius, wirst uns selbstverständlich ein gern gesehener Gast sein.« Fuscus nickte dem ehemaligen Kommandanten der Vetera-Legion zu, trank dann erneut einen Schluck aus seinem schimmernden Kelch. »Und nun noch eine Neuigkeit, die dich vielleicht erfreut, Quintilianus. Ich denke, wir haben ein passendes Haus für dich gefunden. Es liegt gut fünfhundert Schritte hinter dem Forum, nördlich des Decumanus Maximus. Mein Bote Rabirius wartet draußen und wird dich dorthin bringen, wenn es dir recht ist. Ich denke, du wirst dein neues Heim gleich in Augenschein nehmen wollen.« Fuscus erhob sich, um ihn zu verabschieden.

»Bis später, Quintilianus«, sagte Martius, der keine Anstalten machte, sich ihm anzuschließen. Es war das Einzige, das er heute Morgen von sich gegeben hatte, jedenfalls in Quintilianus' Beisein.

Draußen wartete wie angekündigt Rabirius. Sofort sprang er auf. »Zu Diensten, Herr.«

»Lass meinen Sklaven Livius holen, er wird mich begleiten. Er soll mir auch einen Mantel mitbringen.«

Rabirius schickte einen anderen Sklaven mit dem Auftrag los. Obwohl er selbst diesem Stand angehörte, betrachtete er sich doch als um mehrere Stufen höherstehend, jedenfalls kam es offenkundig für ihn nicht infrage, selbst diesen Botengang zu erledigen. Während sie warteten, versorgte Rabirius Quintilianus mit ersten Informationen über das Haus. Es wäre günstig zu haben, die Größe sei für einen alleinstehenden Mann – er sei doch alleinstehend? – genau richtig. Als Quintilianus bejahte, nickte Rabirius. »Eine Ehefrau macht nur Scherereien, glaub mir. Wider besseres Wissen bin ich nun schon zum zweiten Mal verheiratet, und es ist keinen Deut besser als beim ersten Mal.« Er seufzte theatralisch.

Endlich kam Livius, den Mantel unordentlich über den Arm gelegt, sodass der Saum über den Boden schleifte. Quintilianus bedachte den Sklaven mit einem strafenden Blick, schüttelte den Mantel aus und warf ihn über.

Rabirius führte sie zielstrebig Richtung Hauptportal. Ihre Schritte hallten auf den Marmorplatten des Fußbodens, zahlreiche Büsten und Statuen säumten ihren Weg. Das ganze Gebäude in seiner Größe und Ausstattung, so stellte Quintilianus erneut fest, schüchterte den Besucher ein, sicher ein beabsichtigter Effekt, schließlich wurde von hier aus die Provinz Germania Inferior verwaltet.

Auf dem Platz vor dem Eingang stand eine Gruppe Männer, die Quintilianus bekannt vorkam. Bärtige Gesichter, weite Hosen, lange Tuniken, Germanen sicherlich. Waren es die gleichen, die am Tag seiner Ankunft den Aufruhr wegen des Mädchens verursacht hatten? Diesmal schienen sie nüchtern, debattierten, gestikulierten heftig, argwöhnisch von den Wachen beäugt. Die streiften Quintilianus mit einem Blick, salutierten, als sie ihn erkannten, und beobachteten weiter die Fremden.

Als sie an der Gruppe vorbeigingen, konnte Quintilianus zwar hören, was die Männer sprachen, verstand aber kein Wort. Sie schienen erregt, die Heftigkeit ihrer Gesten, die Lautstärke ihrer Rede legte dies nahe. Kehlige, raue Laute, kaum zu glauben, dass ihnen eine Bedeutung innewohnte. Zweifellos dieselben Germanen wie neulich, wenn nicht gar die Chaukendelegation. Neugierig verlangsamte Quintilianus seinen Schritt und drehte sich nach ihnen um. Einer blickte flüchtig in seine Richtung, sagte etwas, dann setzte sich der Trupp in Bewegung und marschierte, nahezu im Gleichschritt, die Straße in die entgegengesetzte Richtung davon. Kaum waren sie verschwunden, ärgerte sich Quintilianus über sein unangemessenes Verhalten, sie anzustarren, als wären sie Sensationen im Circus.

»Wer waren denn die?«, fragte Livius, nicht weniger neugierig als er selbst.

»Chauken«, flüsterte Rabirius, als befürchte er, die wilden Germanen könnten ihn auch auf die Entfernung noch hören. »Eine Delegation, soweit ich weiß. Seit Tagen schon sprechen sie vor und fragen nach einer Audienz beim Statthalter. Wie ich hörte, bislang vergeblich, daher werden sie allmählich ungeduldig, sie wollen sich nicht länger hinhalten lassen.« Rabirius beschleunigte seine Schritte und übernahm wieder die Führung. »Dies ist das berühmte Forum der Colonia.«

Als präsentierte er Quintilianus seine Ländereien, schwenkte er seinen Arm über den Platz, der sich vor ihnen öffnete. Es war allerdings ein wunderbarer Anblick: In der Mitte die lebensgroße Reiterstatue des Kaisers Commodus, daneben ein Standbild seines Vaters Marcus Aurelius, umgeben von Altären und weiteren Statuen, alles örtliche Würdenträger, wie Rabirius erklärte. Auf der gegenüberliegenden Seite umschloss eine halbrunde Säulenhalle den Platz.

»Sehr hübsch«, bestätigte Quintilianus. »Was soll denn gefeiert werden?«

Er deutete auf einige Männer, die Girlanden an die Säulen hängten. Die Statue des Kaisers sollte offenbar ebenfalls bekränzt werden, denn auf ihrem Sockel häuften sich Blumen und Gebinde.

»Ein Festtag steht bevor. Unser Magistrat hat dafür in diesem Jahr tief in den Beutel gegriffen. Du wirst staunen, was hier in der Provinz so los ist.«

Sie durchquerten das Portal in der Mitte der Säulenhalle und folgten dem Decumanus Maximus, der Hauptstraße der Stadt. »Es ist nicht mehr weit«, erklärte Rabirius, als am Ende der schnurgeraden Straße ein Stadttor vor ihnen auftauchte.

»Hier rechts.« Rabirius bog in eine Querstraße ein. An der Straßenecke pries Gekritzel an der Wand die Qualität des Ausschanks, der die untere Etage des Hauses belegte. Heimische Tropfen überwogen im Angebot, schien es Quintilianus. Und die lauten Stimmen, die trotz der frühen Stunde aus der Schankstube drangen, verhießen nichts Gutes. Schon erahnte er die Horden Betrunkener, die grölend durch die Straße wankten und sich an seiner Hauswand erleichterten. Auch würde es sicherlich nicht lange dauern, bis sein Livius mit den Gästen in bestem Einvernehmen stand.

»Dein Haus liegt weiter hinten, da kommt von denen keiner hin, glaub mir.« Rabirius winkte ihn weiter. Tatsächlich, abgesehen von dem Ausschank wirkte die Straße ruhig und gepflegt. Und schon klirrte es am Gürtel des Sklaven, als der nach dem Haustürschlüssel suchte. »Dies ist es.«

Wie bei so manchem Haus in seiner Heimatstadt konnte man von außen nicht ersehen, was sich hinter den schlichten Mauern der Straßenseite verbarg. So war Quintilianus nicht überrascht, von dem Vestibül in ein lichtes Atrium zu treten.

»Wie gesagt, es ist nicht über Gebühr geräumig, aber du wirst alles vorfinden, was nötig ist. Dies ist das Speisezimmer.« Rabirius öffnete die Flügeltüren, sodass das Tageslicht den Raum erhellte.

In der Tat war es ganz ansehnlich. Die Wandmalereien waren zwar nicht von der Qualität, wie man sie in Rom schätzte, doch was sollte es? Für einen begrenzten Aufenthalt reichte es allemal. »Sehr schön.«

Rabirius begriff die Worte als Aufforderung, mit der Besichtigung fortzufahren, wandte sich bereits der nächsten Tür zu.

Livius, die Arme auf dem Rücken verschränkt, schlenderte hinter ihnen her. Als sie am Schluss ihres Rundganges einen engen Durchgang erreichten und Rabirius vage auf einige Kammern wies, die sich im Halbdunkel abzeichneten, runzelte er die Stirn. Die Sklavenquartiere hier behagten ihm offenbar nicht so sehr wie das übrige Haus. Von Rom her war er anderes gewöhnt. Als Quintilianus' Leibsklave, unterrichtet in allen erdenklichen Schriften, hatte Livius stets den Vorzug einer eigenen Kammer nahe der seines Herrn genossen.

»Was ist mit dem nötigen Personal?«, fragte Quintilianus. »Ich habe ja nur den einen Sklaven mitgebracht, das wird nicht ausreichen.«

Bei dieser Frage wurden die Falten auf Livius' Stirn noch tiefer. Vermutlich befürchtete er, die ohnehin enge Kammer auch noch mit anderen Sklaven teilen zu müssen. Schon steuerte er auf eines der Zimmer am Atrium zu, das sogar ein kleines Wandgemälde zierte. »Hier wäre ich ganz in deiner Nähe.«

Rabirius verschränkte die Hände hinter dem Rücken. »Natürlich wirst du weitere Sklaven benötigen. Ich werde dir einige aus dem Praetorium schicken. Eine Verwalterin und Köchin und mindestens einer, der als Janitor und für sonstige Aufgaben geeignet ist. Weitere können wir zurzeit nicht entbehren, fürchte ich.«

»Gut, dann lass sie doch auch gleich mein Gepäck hierher schaffen.«

Draußen vor der Tür hielt Quintilianus inne, folgte mit den Augen dem weiteren Verlauf der Straße, die sich am Ende auf einen kleinen Platz öffnete. Offenbar stand dort ein Heiligtum, er sah jedoch nur die niedrige Mauer, die den heiligen Bezirk umgab. »Was ist das für ein Tempel?«, fragte er Rabirius.

Der zog den Schlüssel aus dem Schloss und reichte ihn Quintilianus. »Hier, das ist jetzt deiner. Der Tempel? Ah, das ist das hiesige Mithras-Heiligtum, es gab auch dieser Straße den Namen, Am Mithras-Tempel, deine neue Adresse, Herr.«

Quintilianus stockte der Atem, sogar Livius sog tief die Luft ein. Ausgerechnet ein Mithras-Tempel, der Gott, mit dem Quintilianus die Erinnerung an das dunkelste Kapitel seines Lebens verknüpfte. Das war kein gutes Omen.

Kapitel IV

Die erste Nacht in seinem neuen Heim hatte er sich anders vorgestellt. Er konnte nicht schlafen, unruhig wälzte er sich auf seinem Polster. Die Geräusche des Hauses, Knarren und Knacken, hielten ihn wach. Trotzdem schreckte er zusammen, als heftig an die Haustür geklopft wurde. Rufe drangen gedämpft in sein Schlafgemach. Was war da los, warum öffnete niemand? Quintilianus sprang auf und fuhr sich durch die Haare. Im Atrium war niemand zu sehen. Wo waren sie alle? Was hatte Rabirius ihm nur für Nichtsnutze geschickt?

Quintilianus riss die Tür zu dem Nebenzimmer auf, wo Livius schlief. »Bist du taub?«

Schlaftrunken sah sein Sklave auf, die roten Locken vom Kissen zerdrückt. »Was? Oh, Herr, du?«

»Ja, ich, wer sonst? Hörst du das nicht?«

»Doch, Herr, natürlich.«

Mittlerweile war es kein Klopfen mehr, sondern ein Hämmern. »Wenn sich sonst keiner rührt, dann sieh du nach, wer zu so früher Stunde Einlass begehrt.«

Bevor Livius gehorchen konnte, war das Hämmern verstummt, und Xenophon, der neue Sklave, erschien am Ende des Korridors. »Ah Herr, hier bist du. Ein Bote des Statthalters wünscht dich dringend zu sprechen.«

Um diese Zeit? »Führe ihn ins Atrium.«

Dort hatte Canisia, die Verwalterin, wenigstens schon die Lampen angezündet. Verschlafen machte sie sich am letzten Leuchter zu schaffen.

Ein junger Mann trat ein. »Tribun Quintilianus, ich bin Theophilus, Stadtsklave aus dem Praetorium. Du musst sofort mit mir kommen.«

Quintilianus kannte den jungen Mann vom Sehen. »Wohin?«

»Zum Hafen.«

»Was ist denn los?«

»Ich kann es dir nicht sagen«, antwortete Theophilus. »Es hieß nur, wir sollten uns beeilen.«

Nun gut. »Livius, meinen Mantel.«

»Soll ich dich begleiten, Herr?« Livius griff schon nach seinem eigenen Mantel und warf ihn über.

Quintilianus überlegte, schaden konnte es nicht. »Komm! Nimm eine Fackel mit, es ist noch dunkel.«

Der Bote griff zu seiner Laterne, die er im Vestibül abgestellt hatte, und eilte ihnen voraus, Quintilianus konnte kaum Schritt halten.

Um diese Zeit war es noch still auf den Straßen, nur wenige Sklaven waren unterwegs. Sie überquerten einen Markt, der im ersten Zwielicht seltsam verlassen schien; ohne Händler und Kauflustige, die sich um die Stände drängten, wirkte der Platz riesig. Theophilus führte sie weiter durch die Nebenstraßen, bis sich auf der Linken die erhabenen Mauern des Praetoriums abzeichneten, zur rechten die eines Tempels. »Hier entlang, wir gehen am besten über die alte Brücke.«

Der Rhenus-Arm, über den sich die Brücke erstreckte, war längst verlandet, dennoch war dies der bequemste Weg auf die ehemalige Insel.

Hier in der Hafengegend wurden die Straßen enger. Der Bote wandte sich nach rechts in eine schmale Gasse. Allerlei Abfall lag herum, Fischköpfe, Fetzen groben Sackleinens, in Lachen verschütteten Öls. Der Geruch von Garum hing in der Luft. Katzenaugen leuchteten im Fackelschein auf, die Tiere streunten zwischen verwesenden Kohlköpfen und abgenagten Knochen herum, mit dem Kampf um das tägliche Überleben beschäftigt. Keine anheimelnde Gegend.

Quintilianus bemerkte am Ende der Gasse einen kleinen Platz, in dessen Mitte ein Brunnen plätscherte. Im Gegensatz zu der Finsternis der Häuserschluchten erhellte hier schon das spärliche Licht der aufgehenden Sonne die angrenzenden Gebäude. Der Fluss konnte nicht weit sein, Quintilianus hörte seine Wogen träge an die Kaimauer schwappen. Doch Theophilus deutete in eine Gasse, die links vom Platz abzweigte. Aus einer Taberna dort drang das Licht von Öllampen, klang Lachen und Gesang zu ihnen herüber. Während jene Männer dort noch die Freuden der Nacht genossen, hatten bereits einige Lastenträger mit der Arbeit begonnen. Doch ihre Bewegungen wirkten nicht so flüssig, wie Quintilianus es kannte. Sie gingen zögerlich, blieben stehen und spähten in die bezeichnete Gasse, tuschelten, bis der Aufseher die Peitsche schwang.

Kurz darauf sah auch Quintilianus, was ihre Neugier erregte. Im Fackelschein drängten sich einige Männer der Stadtwache in der engen Straße. Quintilianus beschleunigte seine Schritte. Nun erkannte er Martius unter den Männern der Vigiles, es musste etwas Außerordentliches geschehen sein, das sowohl Martius' als auch seine Anwesenheit erforderte.

»Sei gegrüßt, Martius. Was ist …« In dem Moment gewahrte Quintilianus den Mann zu ihren Füßen. Er lag auf dem Rücken, Wunden bedeckten den Körper; seine Kleidung, germanische Hosen und Hemd, mit Blut besudelt, der linke Arm kreuzte die Brust. Im Flackern der Fackeln bot er einen grässlichen Anblick. »Bei Jupiter.« Unter dem Toten breitete sich eine Blutlache aus. Quintilianus schluckte. Er hatte plötzlich das Gefühl, ihn schon einmal gesehen zu haben. »Wer ist der Mann?«

Martius winkte ab. »Verschaffe dir erst einmal einen Eindruck. Alles Weitere besprechen wir im Praetorium.«

Was zum Orcus sollte das alles? Wozu dieser Aufwand, ihn des Nachts herzuholen? Nun, wenn es denn sein musste, verschaffte er sich eben einen Eindruck. Der Kleidung nach zu urteilen, handelte es sich bei dem Toten wohl um einen Germanen. Ein Germane! Hatte sein Tod womöglich mit ihrer Friesenmission zu tun? Quintilianus beugte sich über das Opfer. Schlimm sah der Mann aus, Einstichwunden verunstalteten den Körper, fünf, sechs, zählte Quintilianus, und Spuren eines Kampfes. Der Mann hatte sich offenbar gewehrt, Schnittspuren an Händen und Armen zeugten davon. Ein Raubüberfall?

»Dreht ihn um«, verlangte Quintilianus und nickte den Vigiles zu. Die zögerten, auf einen Wink Martius' jedoch folgten sie der Anweisung. »Leuchtet mir.«

Der Rücken des Toten schien unversehrt, soweit er das bei dem schlechten Licht beurteilen konnte. Alles deutete darauf hin, dass der oder die Angreifer von vorn auf ihn eingedrungen waren. »Wer hat ihn gefunden?«

»Die Männer hier, sie waren auf ihrem Rundgang.«

Quintilianus musterte den Trupp. »Habt ihr den Mann angerührt? Etwas verändert?«

Sie schüttelten die Köpfe. »Wir haben sofort Bescheid gegeben und dann nur die Schaulustigen ferngehalten.«

Martius wandte sich an den Befehlshaber der Wache. »Ihr

habt gute Arbeit geleistet, jetzt bringt den Toten weg, damit nicht noch mehr Aufsehen erregt wird. Habt ihr eine Möglichkeit, ihn zu transportieren?«

»Verbenius hier hat eine Decke organisiert, damit können wir ihn tragen.«

»Ausgezeichnet, dann los. Und wir, Quintilianus, werden uns zum Statthalter begeben.«

Allius Fuscus erwartete sie bereits. Trotz der frühen Stunde war er hellwach und schien bestens informiert, im Gegensatz zu Quintilianus. Immerhin war der Wein, den der Statthalter ihnen offerierte, der beste, den Quintilianus jemals gekostet hatte. Das Frühstück allerdings, das die Sklaven auf Tabletts herbeitrugen, lockte nur wenig. Der Anblick des Toten war ihm auf den Magen geschlagen. Hastig trank er einen Schluck, um den bitteren Geschmack, der seine Kehle heraufkroch, wegzuspülen.

Fuscus hob den Becher, wies auf die Speisen. »Greift nur zu.«

Doch auch Martius schien keinen Geschmack an dem Braten, den gekochten Eiern und eingelegten Sardinen zu finden. Eher aus Höflichkeit wohl nahm er ein Stück Brot, denn er zerbröselte es abwesend auf seinem Teller. »Eine unerfreuliche Geschichte«, murmelte er.

Fuscus nickte schwer. »In der Tat, Julius Martius.«

Quintilianus wartete, trank, schwieg.

Fuscus atmete hörbar ein, setzte seinen Becher ab und richtete sich auf. »So berichte, Martius. Verhält es sich so, wie die Wache meldete?«

»Leider.«

Quintilianus wollte nun endlich wissen, ob er mit seiner Vermutung recht hatte. »War der Tote ein Friese?«

Martius lächelte bitter und wechselte einen Blick mit Fuscus. »Nein, kein Friese, sondern ein Chauke.«

Fuscus rieb sich die Augen, plötzlich wirkte er müde. »Als wäre die Lage nicht auch so schwierig genug …«

Darum war Quintilianus das Gesicht bekannt vorgekommen. Der Tote gehörte der Chaukendelegation an. »Verstehe«, murmelte er. »Wie kam es, dass du informiert wurdest, Fuscus? Ich gehe davon aus, dass dies nicht üblich ist?«

Fuscus nickte. »Zufällig hatte einer der Vigiles den Chauken schon einmal gesehen. Angesichts des Toten Status' als Gesandter hielt der Mann es für richtig, meinen Sekretär zu informieren, der mich sofort benachrichtigte. In Kürze werden die Chauken das Verschwinden eines der ihren anzeigen. Hoffen wir, dass sich sein Tod mit einer harmlosen Tavernenschlägerei erklären lässt. Aber ich fürchte, sie werden die Gelegenheit nutzen, uns Schwierigkeiten zu bereiten. In der jetzigen Situation können wir das nicht gebrauchen.« Fuscus trank einen Schluck Wein und betrachtete mit gerunzelter Stirn die Eier auf seinem Teller. »Eine Katastrophe, stünde sein Tod mit dem geplanten Feldzug der Friesen in Verbindung. Möglicherweise haben sie …«

»Auch wenn so etwas zu vermuten steht, wir sollten keine voreiligen Schlüsse ziehen«, sagte Martius.

Fuscus schwieg.

»Wir sollten Fortuna ein Opfer bringen.«

Klang Spott in Martius' Stimme? Quintilianus musterte ihn, doch Martius' Miene war ausdruckslos.

»Vielleicht rächt es sich nun, dass wir es nicht längst taten«, antwortete Fuscus scharf. »Du kannst die Lage genauso gut einschätzen wie ich und teilst ohne Frage meine Ansicht, dass der tote Chauke uns Probleme bereiten, unsere Mission gefährden könnte.«

Quintilianus runzelte die Stirn, übertrieb es der Statthalter nicht mit seiner Besorgnis? Sie hatten ihre Mission bei den Friesen doch bereits erfüllt, deren Kriegszug gegen die Chauken war nur eine Frage der Zeit. Oder? Immerhin stand das Ergebnis ihrer Beratungen noch aus.

Fuscus goss ihnen Wein nach. »Ihr müsst den Täter herbeischaffen. Bis auf Weiteres gehört dies zu eurer beider vordringlichen Aufgaben.«

Martius straffte den Rücken, presste die Lippen aufeinander. Dann richtete er sich auf. »Ist das klug? Man wird sich fragen, wieso wir die Untersuchung leiten, hochrangige Offiziere.«

Fuscus winkte ab, ungeduldig. »Du weißt selbst, wie politisch heikel die Angelegenheit ist. Es fehlte noch …« Fuscus hielt inne und streifte Martius mit einem Blick. »Genug, natürlich müsst ihr den Tod aufklären, wer sonst?«

Eine merkwürdige Fügung des Schicksals, dass ausgerechnet sie beide, Martius und er, Quintilianus, es wieder mit einem Todesfall zu tun bekamen. Vor wenigen Wochen erst waren sie über einen anderen Todesfall gänzlich verschiedener Meinung gewesen, der Grund für ihr Zerwürfnis. Und jetzt sollten ausgerechnet sie gemeinsam den Tod dieses Germanen aufklären?

Fuscus räusperte sich. »Findet heraus, was es mit des Chauken Tod auf sich hat, allein, damit die anderen Angehörigen der Delegation ruhig bleiben.« Der Statthalter trommelte mit den Fingern auf seine Armlehne. »Ich vertraue deiner Erfahrung, Martius. Selbstverständlich könnt ihr auf meine Leute zugreifen, stellt euch einen Trupp zusammen.« Fuscus erhob sich. »Die Götter mögen mit euch sein.«

Im Flur wandte sich Quintilianus um. »Und, Martius? Wollen wir uns gleich beraten?«

»Nein, jetzt nicht, ich habe noch etwas zu tun. Gegen Mittag am besten, ich kenne eine gute Taverne in der Nähe des Marstempels. Wir könnten dort einen Becher Wein zusammen trinken.«

Quintilianus hob die Augenbrauen. Gut, auf dem Schiff waren sie einer Versöhnung nahe gewesen, doch da hatte Quintilianus nicht ahnen können, dass ihre Zusammenarbeit über die kurze Reise hinaus Bestand haben würde. Er war davon ausgegangen, dass sie nach ihrer Rückkehr getrennte Wege gingen. Nein, es behagte ihm nicht, mit Martius länger zu tun zu haben, noch weniger, fröhlich plaudernd mit ihm in einer Taverne zu sitzen und die Lage zu besprechen. Ersteres zu verhindern stand nicht in seiner Macht, aber Letzteres durchaus. »Also gut, heute Mittag. Allerdings schlage ich für einen Besprechung einen ruhigeren Ort vor. Sicher gibt es hier im Praetorium einen Raum, den wir dafür nutzen können?«

Martius neigte seinen Kopf. »Quintilianus, du hast in den vergangenen Wochen viel gelernt, stelle ich fest. Ich sehe dich am Mittag.«

Quintilianus blieb stehen und sah Martius davonschlendern, wie ein Mann in den besten Jahren, der sich um sein Leben nicht zu sorgen braucht. Und wieder empfand Quintilianus Achtung, Respekt, Vertrauen; Gefühle, wie er sie gern für seinen Vater empfunden hätte. Er verdrängte sie, genauso wie die Erleichterung darüber, einen erfahrenen Mann wie Martius bei diesem Auftrag an seiner Seite zu haben. Martius, an dessen Händen das Blut von mindestens zwei Menschen klebte.

Gut, dass er noch ein paar Stunden für sich hatte, er wollte nachdenken, allein. Er spazierte hinaus auf den Vorplatz des Praetoriums. Es war ein freundlicher Junimorgen, inzwischen strahlte die Sonne von dem blauen Himmel. Quintilianus warf sich seinen Mantel locker um die Schultern. Nach der Hektik des Morgens tat es gut, sich ein wenig treiben zu lassen. Es zog ihn zurück in Richtung Hafen. Diesmal jedoch wählte er den Weg am Fluss entlang, mied die dunklen Gassen.

Wie erwartet herrschte emsiger Betrieb. Flussschiffe ankerten an der Mole, Lastenträger schleppten Körbe und Amphoren auf schmalen Stegen an Bord. Kommandos schallten hin und her, Peitschen knallten, am Ufer herrschte ein buntes Durcheinander an Menschen, Fahrzeugen, Karren und Waren. Dazu Schreien und Rufen, das Blöken einiger Schafe, die auf ein Schiff getrieben wurden. Die Tiere stemmten ihre Beine vor dem Holzsteg in den Boden und ließen sich nur unter dem Einsatz aller Kräfte zum Weitergehen bewegen.

Ob sich die Nachricht vom Tod des Germanen bereits verbreitet hatte? Was hatte den Mann überhaupt bewogen, sich allein in dieser Gegend herumzutreiben? Eines der Mädchen, die sicherlich hier wie in allen Hafenvierteln der Welt für ein paar As ihre Dienste anboten? Quintilianus ließ seine Blicke über die Anlegestelle schweifen. Vor ihm, an einem Ring in der Kaimauer befestigt, lag einer der flachen Lastkähne und wiegte sich mit den Wellen. Quintilianus trat an die Kante und sah auf die Fluten hinab. In den schmutzig braunen Fluten schwammen Kohlblätter, in einiger Entfernung trieb ein Korb vorbei, der wohl beim Entladen ins Wasser gefallen war. Quintilianus genoss die Stimmung. Es erinnerte ihn an Rom, an seine Heimat. Vor allem der Geruch, Flüsse schienen überall gleich zu riechen.

Aufgeregtes Stimmengewirr in der Nähe holte ihn in die Gegenwart zurück. Vor einem der Speicherhäuser stand eine Gruppe Arbeiter und beratschlagte lautstark. Genug der Träumerei, er sollte die Zeit nutzen, Erkundigungen einzuziehen. Und warum nicht gleich beginnen, schließlich war der Germane nicht weit von hier gefunden worden. Quintilianus richtete seinen Mantel, wollte schon an den Männern vorbei, da fiel die Bemerkung »tumbe Germanen«. Neugierig näherte er sich der Gruppe. »Was ist hier los? Was soll der Aufstand?«

Der Mann, ein Hafenarbeiter mit schwieligen Händen und muskulös, roch nach Schweiß. Er verbeugte sich ehrerbietig. Sein Gesicht zeugte von der Arbeit im Freien. Natürlich erkannte der Arbeiter Quintilianus an den breiten Streifen seiner Tunika als Aristokraten. »Herr«, murmelte er, die Hände erhoben. »Wir warten auf eine Lieferung zum Verladen, aber es ist niemand gekommen, uns Anweisungen zu geben, und so können wir nicht an die Arbeit. Das ist seltsam.«

Der Mann schien sich über sein Interesse nicht zu wundern. Nun, Quintilianus konnte es nur recht sein. Wenn die Leute hier arbeiteten, lebten sie vielleicht auch in der Nähe und wussten etwas über die Ereignisse der gestrigen Nacht. »Für wen arbeitet ihr?«

»Für Severius Pertellis, Herr, er befahl uns gestern ausdrücklich um diese Zeit hierher, es käme jemand, der uns sagt, was zu tun ist. Wahrscheinlich sollen wir eine Lieferung für irgendwelche Germanen verladen, wie immer.« Wieder hob der Mann hilflos die Hände. »Jetzt sind alle da, sogar einige Tagelöhner habe ich bestellt, aber noch ist nichts passiert.«

Wer mochte dieser Pertellis sein, der offenkundig Handel mit den Germanen trieb? Nun, das brauchte nichts zu bedeuten, Quintilianus wusste, dass Felle und Bernstein aus Germanien beliebte Handelsgüter waren, bis nach Rom wurden diese Waren verschifft. »Wie ist dein Name, Mann?«

»Decimus, Herr.«

»So, Decimus, habt ihr denn nicht nach Pertellis geschickt?«

»Natürlich, Sextus ist aber noch nicht zurück.«

»Es könnte doch sein, dass sich der Plan dieses Pertellis geändert und er einfach vergessen hat, euch zu benachrichtigen.« Vielleicht hatte ihn aber auch der Tod eines seiner Handelspartner unvorhergesehen seines Geschäftes beraubt oder zumindest seine Pläne ändern lassen … War dies eine erste Spur? Das wäre allerdings sehr einfach.

Der Mann schaute Quintilianus an, als zweifelte er an seinem Verstand. »Nein.« Als er den Kopf schüttelte, ließ die Sonne seine Stirn glänzen. »Pertellis vergisst nie etwas. Wenn er uns bestellt, dann ist das so.« Sein Kopfschütteln wurde heftiger. »Nein, es ist ganz merkwürdig.«

»Was sind das für Germanen, mit denen Pertellis Handel treibt?«

Decimus hob die Schultern. »Alle möglichen.«

»Ich glaube, es sind welche von diesen Chauken, die hier neuerdings immer herumlungern«, mischte sich ein kleiner, hagerer Kerl ein.

»Du musst es ja wissen, bist ja Pertellis' Vertrauensmann, was?« Verächtlich spuckte Decimus auf den Boden.

»Ist ja auch einerlei«, versuchte Quintilianus, den aufkommenden Streit zu verhindern. »Wie ich hörte, hat es hier in der Nähe in der letzten Nacht einen Zwischenfall gegeben. Wart ihr zufällig in der Gegend, wisst, was da passiert ist?« Quintilianus bemühte sich, wie ein neugieriger Städter zu wirken.

Dennoch musterte ihn Decimus misstrauisch und zuckte die Achseln. »Hier passiert täglich irgendwas, nichts, was einen Herrn wie dich zu kümmern hätte.«

»Nun, ich erwäge, mich hier an einem Handelshaus zu beteiligen. Aber wenn man in dieser Stadt um seine Waren fürchten muss oder gar Schlimmeres zu erwarten hat, dann werde ich mich wohl lieber anderswo umsehen.«

Der Mann nickte. »Ich weiß, was du meinst. Aber was soll denn hier Besonderes los gewesen sein letzte Nacht? Ich habe nichts gehört. Ihr vielleicht?« Decimus wandte sich an die übrigen Männer, die etwas abseits stehen geblieben waren und mit den Füßen scharrten.

Erneut trat der Redselige von eben vor. »Da war nur diese Schlägerei in der Hafengasse am Mercurplatz, nicht der Rede wert.«

»Schlägerei?«

Der Mann hob die Hände. »Herr, in diesem Viertel sind Handgreiflichkeiten oft das einzige Mittel, sich zu behaupten, so etwas hat keine Bedeutung.«

In Quintilianus' Magen kribbelte es. »Wer hat sich geschlagen, habt ihr etwas gesehen?«

»Du stellst aber einen Haufen Fragen, Herr.«

»Ich bin eben ein neugieriger Mensch und kenne gerne die Stadt, in der ich mich niederzulassen beabsichtige; die Stadt, deren Bewohner und deren Gebaren. Und ich wüsste gern, ob ich mich besser von einer bewaffneten Eskorte durch die Straßen begleiten lassen sollte.«

Der Mann winkte ab und wandte sich wieder seinen Kollegen zu. »Hier ist es immer noch friedlicher als in manch anderer Stadt des Imperiums.«

»Mag sein«, lenkte Quintilianus ein, aber er hatte es sich wohl mit den Männern verdorben.

Zudem näherte sich jemand mit eiligen Schritten, vermutlich derjenige, der zu Pertellis geschickt worden war.

Alle wandten sich ihm zu, Decimus rief: »Und?«

»Die Pläne haben sich geändert, aber ihr sollt warten, Pertellis hat eine andere Aufgabe für euch.«

Die Männer zogen sich zu dem Lagerhaus zurück, verschwanden in dessen Inneren. Quintilianus blieb allein zurück. Immerhin wusste er jetzt, dass es in der Hafengasse des Nachts eine Schlägerei gegeben hatte.

Ein paar Hundert Schritte brauchte er nur, um festzustellen, dass in ebendieser Hafengasse der tote Germane gelegen hatte.

Martius erwartete ihn in einem abgelegenen Zimmer des Praetoriums, einen Krug Wein vor sich. Nur weil es sich wohl um einen der ausgezeichneten Tropfen des Statthalters handelte, nahm Quintilianus sein Angebot an und ließ sich einschenken.

»Nun, Quintilianus, was meinst du?«, hob Martius an, kaum dass sich Quintilianus in dem Korbsessel niedergelassen hatte.

»Ich denke, wir sollten uns als Erstes mit den anderen Chauken unterhalten, vielleicht bringt uns das weiter.«

Martius nickte. »Ja, das denke ich auch, du solltest das übernehmen, Quintilianus, es wird eine gute Übung in Diplomatie sein.«

Natürlich, Martius schob diese Aufgabe auf ihn ab. »Wissen die denn schon Bescheid über den Tod ihres Genossen?«

»Wie ich hörte, sind sie gerade erst wieder bei sich, sie sind wohl noch nicht lange von ihrem Ausflug in die Stadt zurück.«

»Woher weißt du …?«

»Sie wohnen hier im Gästetrakt des Praetoriums, einer der Sklaven berichtete es mir.«

Also hatte auch Martius den Vormittag genutzt. »Mir erzählten Arbeiter, dass es in der letzten Nacht in jener Straße, der Hafengasse, zu einer handgreiflichen Auseinandersetzung gekommen ist. Man sollte die Leute dort eingehender befragen und sich in den anliegenden Häusern umhören, vielleicht lässt sich der Fall auf diese Weise schnell aufklären.«

Martius hob seinen Becher, schmunzelte. »Sehr gut, ich sehe, du warst nicht untätig. Nun, ich habe eben einige unserer Männer dorthin ausgeschickt. Gute Leute übrigens, die der Statthalter uns zugewiesen hat. Der Kommandant der Truppe ist ein gewisser Lucius Publicius, wende dich an ihn, wenn es etwas zu tun gibt. Sie werden dir berichten.«

»Gut. Und was meinst du, sind die nächsten Schritte?«

»Du wirst nach Publicius' Bericht entscheiden, was zu tun ist, und es mir mitteilen.«

Quintilianus nickte verhalten. »Und du? Was gedenkst du in der Angelegenheit zu unternehmen?«

»Ich kann verstehen, dass du das Gefühl hast, ich schöbe alle Arbeit auf dich ab, Quintilianus. Wisse aber, dass mir der Statthalter noch andere wichtige Aufgaben übertragen hat, über die zu sprechen ich nicht befugt bin, sie unterliegen der Geheimhaltung.«

»Aber mir könntest du …«

Martius hob die Hände. »Gedulde dich, du wirst rechtzeitig über alles informiert werden. Und zu deiner Beruhigung kann ich dir sagen, dass meine anderen Aktivitäten mit deiner – unserer – Aufgabe nichts zu tun haben. Den Mordfall weiß ich bei dir in guten Händen, du hast bewiesen, dass … dass du die Dinge nicht auf sich beruhen lässt.«

Quintilianus trank einen Schluck Wein, hauptsächlich, um seinen aufflammenden Zorn zu unterdrücken. Um Ruhe bemüht, stellte er seinen Becher ab und sah Martius an. »Was genau ist eigentlich meine Funktion hier? Die Friesenmission ist beendet, ich könnte zurück nach Vetera oder nach Rom, ich könnte sinnvolle Aufgaben übernehmen, die mich weiterbringen.«

»Ich habe es dir gesagt, Quintilianus, du wirst dich diesem Fall widmen. Und wenn du ihn zu unserer Zufriedenheit löst, wird der Erfolg dich weiterbringen, das betonte schon Allius Fuscus.«

Quintilianus schluckte. Besser er lernte, geduldig zu sein und Martius als erfahrenen, ihm vorgesetzten Mann anzusehen, wenn ihm auch nicht klar war, wie er dessen Position einschätzen sollte. »Nun gut. Was ist mit dem Toten? Ich nehme an, er wird untersucht?«

»Natürlich, alles ist in die Wege geleitet. Der Arzt wird uns sein Ergebnis zukommen lassen.«

»Nun gut, dann werde ich jetzt die Chauken aufsuchen.« Wohl war ihm bei dem Gedanken nicht, zumal die Nachricht, die er zu überbringen hatte, kaum dazu geeignet war, die Germanen sanftmütig zu stimmen. »Und, Martius, ich bitte um sämtliche Unterlagen, die mit dem Stamm der Chauken in Verbindung stehen.«

»Du sollst sie bekommen.«

*

Trauernde Germanen, trauernde Chauken, so hatte Quintilianus sie sich nicht vorgestellt. Neun an der Zahl saßen sie auf dem Boden, auf dem blanken Mosaik, und tranken. Betroffen sahen sie nicht aus, wütend, aggressiv eher. Und warum hatte man sie in diesen Gästeräumen untergebracht, in diesem wunderbar ausgestatteten Komplex, wenn die luxuriöse Einrichtung, die Klinen, Sessel, Stühle, unbenutzt dastanden? Eine einfache Hütte, ein Zelt schon hätte genügt für diese Menschen. Wahrscheinlich hatten sie eine der kostbaren Decken auf den Boden gelegt und darauf ihren Rausch ausgeschlafen, um am Morgen zu konstatieren, dass ihr Lager aus Stroh zu Hause bequemer war. Wären sie doch dort geblieben, in ihren armseligen Hütten hoch im Norden, dann hätte er, Quintilianus, jetzt nicht diese Probleme.

Sie standen nicht auf, als er sich vorstellte, zeigten nicht eine Geste der Achtung für seinen Titel, seinen Stand, sie starrten ihn nur an. Quintilianus setzte sich in einen Sessel.

»Und eure Namen?« Sprachen sie überhaupt Latein, hatten sie ihn verstanden?

Ein breitschultriger Mann mit gelocktem Haar und langem Bart ließ sich herab zu antworten, in leidlichem Latein. Quintilianus bedeutete Livius mitzuschreiben, denn diese Namen, unaussprechlich und sinnlos für ihn, konnte er sich nicht merken, nur den des Sprechers, Odoriker, wie es schien, der Anführer dieser Horde. Fürsten der Chauken nannte er sich und seine Gefährten, nun, wenn dies die Führungselite darstellte, dann wollte Quintilianus nicht den Rest des Volkes sehen. Wie viel zivilisierter wirkten dagegen die Friesen, und jene hatte er schon für Barbaren gehalten.

»Es tut mir außerordentlich leid, dass einer der euren einem solchen Unglück anheimfiel. Wir werden natürlich alles tun, um den Todesfall aufzuklären.«

»Wann findet die Hinrichtung dieser friesischen Hunde statt?«, fragte Odoriker mit heiserer Stimme. »Ich hoffe, ihr habt sie in einen eurer dunkelsten Türme geworfen. Werdet ihr sie kreuzigen? Schon immer wollte ich einmal sehen, wie ihr das macht, bei uns hört man nur, es sei eine Todesart, die lange dauert. Genau richtig für diese Mörder.« Odoriker schlug mit seinem Silberbecher auf den Mosaikboden, brüllte: »Sklave, mehr Wein!«

Quintilianus schloss für einen Moment die Augen. Barbaren, welche Barbaren! Als der Sklave erschien, mit hochmütig verschlossenem Gesicht, und den Germanen Wein nachfüllte, bat ihn Quintilianus ebenfalls um einen Becher. Selbst die Sklaven besaßen mehr Kultur als diese Wilden.

»Ins Moor, wir müssen sie ins Moor werfen, den Göttern zum Opfer bringen«, brummte einer der anderen Bärtigen, »gib uns die Friesen, Römer.«

Quintilianus atmete durch. »Ihr verdächtigt also einen oder mehrere Personen vom Stamme der Friesen, wie kommt ihr darauf? Solange wir nichts Genaues wissen, lässt es unser Recht nicht zu, auf eine bloße Äußerung hin Menschen festzusetzen. Was ist geschehen?« Er nickte Livius zu, der mit zusammengepressten Lippen neben ihm stand, Wachstafel und Stilus in der Hand.

»Sie haben ihn umgebracht, hinterrücks und feige.«

»Habt ihr das gesehen?«

»Nein, aber es ist klar. Sie drohten uns, trauten sich aber nicht zuzuschlagen, solange wir zusammen waren. Erst als sich Meliobar von uns trennte, wagten sie sich heran. Feige Hunde!« Odoriker schmetterte den Becher erneut auf den Boden, der rote Wein spritzte heraus.

»Bitte berichte der Reihe nach, Odoriker.« Quintilianus richtete sich auf, legte Autorität in seine Stimme. »Was unternahmt ihr gestern Abend, wo wart ihr, was geschah? Wann traft ihr die Friesen, denn das schließe ich aus deiner Äußerung, und wohin wollte Meliobar gehen, des Nachts allein in einer fremden Stadt?«

Der Chauke schien aufspringen zu wollen, besann sich, beschränkte sich auf einen zornigen Blick. »Wir sind hier in friedlicher Mission, Römer, kamen als Gesandte, genießen Immunität. Einer der unsrigen wurde hinterrücks ermordet, ihr seid verantwortlich, ihr regiert diese Stadt, die ursprünglich unseren Brüdern, den Ubiern, gehörte. Ihr schuldet uns Respekt, ihr schuldet uns die Bestrafung der Täter.«

»Genau, Odoriker, wir regieren diese Stadt, ihr untersteht unserem Schutz, aber auch unseren Gesetzen. Genau wie die friesischen Mitbürger, die hier leben, deren Stämme wir überdies zu den Freunden und Bundesgenossen des Römischen Reiches rechnen. Wir werden die Tat aufklären, aber nach unserem Recht. Nun berichte.«

»Pah, Freunde, Bundesgenossen, alles Ziegenmist. Wir ...«

Einer der anderen Chauken, Beldor mit Namen, so meinte sich Quintilianus zu erinnern, legte Odoriker die Hand auf den Arm, brachte ihn mit einem Blick zum Schweigen. »Verzeih seine harschen Worte, Römer, doch Odoriker ist tief getroffen. Meliobar war sein Freund – wie er unser aller Freund war, als Sohn des Maldubis zudem der kommende Führer eines unseres bedeutendsten Stammes, an die fünfhundert Köpfe zählt sein Volk, zu dem auch Odoriker gehört.« Beldor sprach gutes Latein, geradezu angenehm klang seine Stimme nach dem heiseren Kauderwelsch Odorikers, auch wirkte er nüchterner. »Ich bin der Führer des Nachbarstammes und kann ermessen, wie schwer der Verlust wiegen muss. Wir kamen in der Absicht, euch, Rom, unsere Freundschaft und Unterstützung anzubieten, die Handelsbeziehungen auszuweiten, euch mehr Bernstein, mehr Felle zu liefern, und dann wird einer unserer Besten ermordet. Und es ist vollkommen klar, von wem, von den Friesen, die wir gestern trafen und die sofort Streit suchten.« Beldor hielt inne, wandte sich an seine Freunde, sprach einige Sätze in dieser harten, seltsamen Sprache. Die angespannten Züge der anderen entspannten sich, sie griffen zu ihren Bechern, tranken, murmelten, nickten. Beldor schien ein Mann, dessen Wort Gewicht hatte, mit dem man vernünftig reden konnte.

»So höre denn, wie es sich zutrug, Römer. Wir suchten um einen Termin beim Statthalter nach, wurden jedoch nicht vorgelassen. So gingen wir wieder. Nicht weit von hier, in der Nähe des Tempels eures Kriegsgottes, verspürten wir Durst und kehrten in eine Taverne ein. Es dunkelte bereits. Der Wein war gut, die Mädchen hübsch, wir sehen nicht oft römische Mädchen, doch waren auch einige Germaninnen darunter, wie sich später herausstellte, wohl Angehörige eines friesischen Stammes. Eine Gruppe von denen, fünf oder sechs waren es, pöbelten uns an, wir sollten ihre Weiber in Ruhe lassen. Die Männer waren nicht aus der Stadt, sie kamen von der Küste. Wir erwiderten, wenn ihre Frauen solche Dienste feilböten, dann nähmen wir sie auch an, sie profitierten ja wohl selbst von dem Geld. Das brachte sie noch mehr auf, sie zogen Messer, brüllten, das sei wohl das Geld, das wir ihnen gestohlen hätten. Sie waren offenbar betrunken, jedenfalls verstanden wir nicht, was sie von uns wollten. Meliobar versuchte, sie zu beruhigen, sagte, sie täten recht daran, die Ehre ihrer Mädchen zu schützen, wir würden uns nur an die Römerinnen halten. Die Friesen schrien: ›Mit unserem Geld!‹ und wollten sich auf uns stürzen, doch der Wirt der Taverne warf sich mit anderen dazwischen und drängte die Friesen hinaus. ›Das werdet ihr büßen‹, brüllten die Friesen noch vor der Tür, dann waren sie fort.« Beldor legte seine Hand auf Odorikers Schulter, dessen Gesicht von Zornesröte überzogen war. »Lass mich machen, Freund. – So vergnügten wir uns noch einige Zeit, ließen tatsächlich die friesischen Mädchen in Ruhe und machten uns dann auf den Heimweg. Wir verliefen uns in der Dunkelheit der Gassen, standen irgendwann an den Ufern des Flusses, wohl im Hafenviertel. Meliobar sah ich das letzte Mal, als er sich erleichterte, wir anderen gingen weiter, dachten, er würde uns folgen. Als wir hier ankamen, hatte er immer noch nicht aufgeschlossen, nun, er hatte sich wohl zurück zu den Mädchen gemacht, mutmaßten wir und legten uns schlafen. Heute Morgen dann erreichte uns die Nachricht von seinem Tod. Jetzt weißt du, wie es war, Römer, und dass es nur die Friesen gewesen sein können. Sie müssen uns gefolgt sein und die Gelegenheit ergriffen haben, Meliobar zu töten.«

Quintilianus blickte zu Livius, der eifrig mitschrieb. »Hast du alles?«

»Ja, Herr.«

»Gut. In der Tat klingt das plausibel, Beldor, vieles deutet auf die Friesen hin. Doch die Stadt wimmelt von Angehörigen dieses Volksstammes, kannst du sie beschreiben?«

»Nichts einfacher als das, Römer.« Odoriker trank seinen Becher leer. »Sie sehen aus wie Friesen, nicht wie die meisten hier angepasst an römische Kleidung und Sitten.« Er spuckte aus. »Eines der friesischen Mädchen erwähnte, ihre Landsleute seien vor einigen Tagen angekommen und hätten versucht, sie zum Heimkommen zu überreden. Sie sagte mir, die Männer wohnen bei einem Stammesgenossen, der einen Mietstall neben dem Nordtor betreibt, dort wirst du sie finden. Und wenn du sie nicht findest, werden wir es.«

»Ich werde sie finden, sei unbesorgt.« Wenn die Friesen sich nicht schon wieder davongemacht hatten in die Marschen ihrer Heimat. Waren sie allerdings noch hier, zweifelte

Quintilianus nicht, dass diese Wilden den Feinden im Schutze der Dunkelheit auflauern würden, um ihren Freund zu rächen; erst recht, wenn sie so weitertränken. »Wie lange habt ihr vor, in der Colonia zu bleiben?«

Odoriker erhob sich. »Zumindest, bis ihr die Mörder unseres Freundes bestraft haben werdet, wir wollen sie am Kreuz oder im Moor versinken sehen. Auch sind die Verhandlungen mit dem Statthalter noch nicht abgeschlossen.« Der Chauke trat hinaus in das Atrium, ein schöner, weitläufiger Innenhof, von Säulen umstanden, mit dem obligatorischen Becken in der Mitte, an das er sich jetzt stellte und in hohem Bogen sein Wasser abschlug.

Quintilianus ging; er war ganz zufrieden mit dem Heim, das man ihm zugewiesen hatte, hier würde er nicht mehr wohnen wollen.

Was nun? Quintilianus sah die Stadtmauer entlang gen Norden. Folgte er ihr und bog dann nach links, so käme er zum Nordtor, dorthin, wo vermutlich die Friesen untergekommen waren. Es wäre nicht schwer zu finden, selbst für ihn, der sich in dieser Stadt noch nicht auskannte. Doch nein, obwohl es ihn drängte, sich sofort auf den Weg zu machen, um die Verdächtigen zu befragen, wäre es unklug; wenn die Friesen tatsächlich den Mord begangen hatten, setzte er sich unnötig einer Gefahr aus. Er sollte besser erst Martius über sein Vorhaben informieren.

»Dort drüben ist eine Taverne, Herr, sie soll gut sein.«

Das sah seinem Sklaven ähnlich, eine Stunde arbeiten, zwei Stunden erholen. Dafür war jetzt wirklich keine Zeit. »Nichts da, Livius. Woher weißt du das überhaupt?«

»Ach, ich hörte mich während deiner Abwesenheit ein wenig um. Diese Taverne *Zum Purpurstreifen* wird nur von der besten Gesellschaft besucht.« Er grinste. »Allein käme ich dort nie hinein.«

Hm, warum eigentlich nicht. Sicher würde er dort eine Wachstafel bekommen und könnte in Ruhe eine Nachricht an Martius verfassen. »Nun denn, Livius, so lass uns gehen.«

Man hielt ihnen die Tür auf, nahm Quintilianus den Mantel ab, bat sie an einen Tisch, der umringt war von bequemen Sesseln. Die Bedienung war gut gekleidet, sprach gewählt, benahm sich respektvoll. Angenehm. Livius wurde nicht beachtet, aber auch nicht des Hauses verwiesen. In dem elegant eingerichteten Raum saßen einige Männer, diese nickten Quintilianus zu, weder neugierig noch abschätzig. Es war wie in Rom, er war Gleicher unter Gleichen. Quintilianus bestellte Schreibzeug und Wein, brauchte nicht zu betonen, welchen, man brachte ihm den besten Caecuber. Er dachte kurz über die angemessene Vorgehensweise nach, notierte einen Befehl auf die Wachstafel und schob sie zu Livius hinüber. »Nach diesem Becher, Livius, wirst du in das Praetorium eilen, Martius über die Ergebnisse und mein Vorhaben informieren und Publicius meinen Befehl aushändigen, dass fünfundzwanzig seiner Männer am Nordtor auf mich warten sollen. Dann gehst du nach Hause und transkribierst die Aufzeichnungen.«

»Aber, Herr, ich bin doch kein Schreibsklave.«

»Möchtest du lieber wieder Stiefel putzen, kochen und aufräumen wie im Lager Vetera? Nein? Gut.«

Livius senkte den Kopf, die roten Locken fielen über sein Gesicht. Ein wenig leid tat er Quintilianus, immerhin hatte er ihm diese wunderbare Taverne gezeigt, ein Stück Rom in der Provinz. Aber welcher Sklave durfte seinen Herrn schon in eine solche Lokalität begleiten und Caecuber trinken? Quintilianus streckte die Beine aus und schloss die Augen, genoss die Entspannung und den Geschmack des guten Weines, der seinen Magen erwärmte. Die Friesen, die Vigiles … Er schlug die Lider wieder auf, Livius' Glas war fast noch genauso voll wie zuvor.

»Livius, gib mir die Wachstafel zurück.«

Sein Sklave blickte ihn fragend an, reichte ihm dann das Gewünschte.

Schnell glättete Quintilianus sie und verfasste seinen Befehl neu. »Lucius Publicius soll die Friesen festsetzen lassen. Du hast gehört, wie man sie erkennt, und sollte es einer mehr sein, ist es auch nicht tragisch. Man soll mich unterrichten, wenn der Auftrag ausgeführt ist, sie werden mich hier oder zu Hause finden. – Ach ja, und den Mietstallbesitzer, bei dem sie untergekommen sind, sollen sie auch gleich befragen.«

»Ja, Herr, aber«, Livius deutete auf sein Glas, »ich habe meinen Wein noch nicht ausgetrunken und du sagtest …«

»Livius!«

»Schon gut, Herr.«

Livius stürzte den Wein hinunter, nun, Quintilianus konnte es ihm nicht verdenken, sogar er selbst hätte diese Köstlichkeit nicht stehen lassen, und er bekam dergleichen häufiger als sein Sklave. Er blickte ihm nach, als Livius zur Tür hinausging. Manchmal war dessen Impertinenz ganz nützlich, wäre er mit dem ersten Auftrag sofort losgelaufen, hätte Quintilianus nicht die Möglichkeit gehabt, den Plan zu verbessern. Und er war besser, sein jetziger Plan, denn hätte er sich selbst mit der Eskorte zu diesen friesischen Fischern begeben, er, der noch vor Kurzem der Überbringer von schlechten Nachrichten gewesen war, so wäre das der römischen Rolle zumindest nicht förderlich gewesen. Sofort hätte es sich unter den friesischen Einwohnern dieser Stadt herumgesprochen, wer die Gefangennahme veranlasst hatte. Doch, es war die richtige Entscheidung.

Quintilianus lehnte sich wieder zurück und sah sich unauffällig um. Zwei weitere Tische waren besetzt, je vier bis fünf Herren in Toga saßen entspannt in den Sesseln, tranken Wein, aßen gebratenes Geflügel, Tauben, wie es schien. Tauben! Seit Ewigkeiten hatte Quintilianus keine Tauben mehr gegessen, wer hätte gedacht, dass man in dieser entlegenen Provinz solch römische Köstlichkeiten antraf. Er brauchte nur den Finger zu heben, ein Angestellter oder Sklave – der Unterschied war nicht zu erkennen – kam sofort, nahm die Bestellung auf, und nicht lange darauf wurde ein Teller mit fünf gebratenen Vögeln gebracht, sie dufteten, sie schmeckten köstlich.

Während er aß, warf er hin und wieder einen Blick auf die anderen Gäste, sie unterhielten sich dezent. Auch sie würden natürlich beobachten, was er tat, waren neugierig, wer er war, doch die Manieren verboten zu offensichtliches Interesse. Männer seines Standes sandten mit ihrem Verhalten Botschaften und Quintilianus' Botschaft war, dass er allein und unbehelligt bleiben wollte. Das verstand und respektierte man, und doch wusste er, dass er jederzeit zu den anderen hinübergehen könnte und willkommen geheißen würde. Wahrscheinlich würde er es auch tun, doch noch nicht jetzt. Der Fall ging ihm im Kopf herum. Seltsam war er, nicht weil ein Mann zu Tode gekommen war, sondern wegen der Reaktion der anderen. Gut, der Chauke war Angehöriger einer Delegation, aber war das Grund genug für das offensichtliche Interesse des Statthalters und auch Martius'? Die Germanen waren in Streit geraten, in eine Wirtshausschlägerei verwickelt gewesen, das kam oft genug vor, politischer Gesandter hin oder her. Aber warum hatten Fuscus und Martius sofort an die Friesen gedacht? Nun, Grund genug hätten die gehabt, und was die Chauken berichtet hatten, wies eindeutig auf die Friesen hin. Seltsam aber, dass die Chauken so offen das Geld angesprochen hatten. Vielleicht wussten sie wirklich nichts von dem Raub durch ihre Stammesgenossen, sonst hätten sie es sicherlich nicht erwähnt, sondern alles auf die Weibergeschichten geschoben, glaubhaft genug. Indes, die Reise in das Gebiet der Chauken war weit, sie siedelten an der Mündung der Albis, kurz vor dem Landstrich, der das Nordmeer von dem Ostmeer trennte.

Die Herren am Nachbartisch hatten offenbar ein Thema angeschnitten, das sie ihre vornehme Zurückhaltung vergessen ließ, denn ihre Stimmen schwollen an.

»… Finanzlage ist desolat, Commodus will zusätzliche Steuern und Zölle einführen, das wird zu Unfrieden führen«, hörte Quintilianus einen von ihnen sagen. Der, ein älterer Mann mit breiten senatorischen Streifen an der Toga, schien direkt aus Rom zu kommen.

Quintilianus richtete sich auf, nahm sein Glas und die Karaffe und ging hinüber. »Ist es erlaubt? Gaius Claudius Quintilianus mein Name, ich hörte euch über Rom sprechen, mich plagt das Heimweh und ich dürste nach Neuigkeiten.«

Wie erwartet, empfingen die Herren ihn äußerst höflich, erhoben sich, stellten sich vor, baten ihn, Platz zu nehmen. Es war eine interessante Gesellschaft: Der Senator Ateius Capito kam in der Tat gerade aus Rom, um mit dem Statthalter über mögliche Einnahmequellen und Einsparpotenziale zu beraten. Ihm zur Linken saß Pomponius Crispus. Er arbeitete an einer Schrift über Handel und Wirtschaft in den nördlichen Provinzen und hatte die Gelegenheit ergriffen, Capito auf seiner Reise zu begleiten. Pelagius, in tadellos sitzender Toga, war Legat aus der Nachbarprovinz Belgica. Alle zählten deutlich mehr Jahre als Quintilianus, keiner ließ es ihn merken, jeder behandelte ihn mit Respekt, echtem Respekt.

»Steht es wirklich so schlecht um den Haushalt Roms?«, fragte Quintilianus und prostete den Herren zu.

»O ja, im letzten Jahr wurde es richtig deutlich.« Capito fuhr sich über das schüttere Haar. »Obwohl Commodus seit seinem Amtsantritt versucht hat, den Haushalt zu konsolidieren, zum Beispiel, indem er die begonnenen Feldzüge seines Vaters nicht weiterführte – zu viel Geld floss in die Legionen –, gelang es ihm nicht wirklich. Die Getreidezuwendungen an die Plebs sind teuer, es strömen immer mehr Menschen aus den Provinzen nach Rom, römische Bürger, deren Unterhalt Unsummen verschlingt. Leider greift die von Commodus weitergeführte Politik noch nicht, rückständige Provinzen durch finanzielle Unterstützung in blühende Landschaften zu verwandeln, um letztlich von ihnen zu profitieren und gleichzeitig einen Anreiz für die Menschen in Rom zu schaffen, dorthin zurückzukehren. Schaut euch doch nur die Colonia Ulpia Traiana an – du, Quintilianus, hast dort ja einige Zeit verbracht, wirst das am besten wissen –, eine Unmenge an Geld floss dorthin, in der Hoffnung, sie entwickele sich zu einer Metropole. Aber kaum jemand will dort leben, in Rom kursieren Scherze über Bürger, die sich dort ansiedeln wollen.«

Quintilianus nickte, dennoch, die Traiana war eine schöne Stadt, auch wenn er nicht freiwillig dorthin gegangen war, dort nicht hatte leben wollen.

Pelagius, der Mann aus der Belgica, hob die buschigen Augenbrauen. »Deine Worte in allen Ehren, Capito, aber sollte unser allseits verehrter Kaiser nicht damit beginnen, seine Haare anstatt mit Goldstaub mit etwas preisgünstigerem zu bepudern?«

Die anderen lachten, auch Quintilianus, nur Capito blieb ernst. »Ach, ihr seid weit weg von Rom, ihr lebt nur von Gerüchten. Der Goldstaub ist schon längst ersetzt durch irgendwelchen Glimmer. Commodus hält an dieser Gewohnheit fest, weil das Volk natürlich einen starken Kaiser sehen will und, wichtiger, die Angehörigen anderer Völker nicht von unseren Schwierigkeiten erfahren dürfen.«

»Da ist etwas dran«, brummte Pelagius, »und wie will Commodus nun mehr Geld in die Kassen bringen, außer die Steuern zu mehren und das Volk gegen sich aufzubringen, zumal dann weniger gekauft werden wird, man kennt das doch.«

Capito schüttelte den Kopf. »So dumm ist Commodus nicht, auch hat er gute wirtschaftspolitische Berater. Natürlich werden keine Steuern auf Dinge des täglichen Bedarfs erhoben werden, das würde nur den Anteil der Bedürftigen für die staatlichen Zuwendungen erhöhen. Nein, er will Luxusgüter verteuern, und das ist auch einer der Gründe, warum ich hier bin. Bernstein beispielsweise, Blondhaar und Felle aus dem Norden sind in bestimmten Kreisen heiß begehrt, in Kreisen, die auch mehr Geld dafür zahlen würden. Wir wollen den Handel mit diesen Gütern ausweiten, denn die Nachfrage ist hoch. Solcherlei Pläne stoßen natürlich bei den Reichen nicht auf Gegenliebe und diese Gruppe schürt die Stimmung gegen den Kaiser.« Capito seufzte. »Ich weiß nicht, wie das Geld auf andere Weise beschafft werden soll, ohne Roms Macht und Einfluss aufs Spiel zu setzen. Die Zeit der Erweiterung des Reiches ist längst vorbei, es geht jetzt darum, die Grenzen zu sichern. Schwer genug, wie sich unter der Herrschaft von Marcus Aurelius gezeigt hat. Ich jedenfalls sehne mich nach den immerwährenden Auseinandersetzungen mit den Germanen nicht zurück. Und ich weiß, wovon ich spreche. Wie dem auch sei, es muss immer wieder neu überlegt werden, und das tut Commodus. Er will Kriege und Aufstände vermeiden, denn beides kostet viel Geld.«

Crispus hob sein Glas. »Und wenn er das nicht schafft, wird er als Prasser und Verschwender, gar als Versager in die Geschichte eingehen wie einst Nero.« Seine Augen wurden schmal, er strich sich durch das geölte Haar. »Und mein Werk, das die Wahrheit berichtet, wird dem Vergessen anheimfallen, zu schade.«

»Nun, man hört, dass Commodus manchmal hart durchgreift, ist etwas Wahres an den Gerüchten?«, wollte Pelagius wissen.

»Wie ich schon sagte, Commodus' Politik stößt gerade bei den Hochrangigen nicht überall auf Gegenliebe.« Capito senkte die Stimme. »Es gab und gibt Verschwörungen, Marcus Aurelius war hochgeachtet, man will nicht wahrhaben, dass er sich in seinen letzten Jahren verrannt hatte. Bei Commodus liegt der Fall anders. Verschwörungen niederzuschlagen ist legitim, würde er sich und seinen Kurs nicht verteidigen, könnte er gleich ins Exil gehen. Und ich, der ich schon mit Marcus Aurelius arbeitete, bei allem Respekt für den Mann, denke, dass Commodus' Kurs in diesen Zeiten der einzig richtige ist, sonst versinkt unser Reich im Chaos.«

Quintilianus lehnte sich zurück, nippte an seinem Wein. Da hatte er in Rom in relativer Nähe zur hohen Politik gelebt und nichts, aber auch gar nichts von den Hintergründen der Entscheidungen mitbekommen. Auch er hatte gedacht, sein Verwandter Commodus liebte es zu prassen, wäre zu friedliebend, feige oder desinteressiert, um die Kriege seines

Vaters Marcus Aurelius weiterzuführen, doch zugegeben, er hatte sich nicht wirklich dafür interessiert. Erst hier, im tiefen Germanien, begann er zu begreifen, wie komplex und kompliziert die Leitung eines so großen Reiches wie des römischen war. Erst diese Herren öffneten ihm die Augen.

Nach Capitos letzten Worten war nachdenkliches Schweigen eingetreten, so wagte es Quintilianus die Frage zu stellen, die ihm auf den Lippen brannte. »Steht die politische Mission der Chaukendelegation, die sich im Moment hier in der Colonia aufhält, mit diesen Überlegungen in Zusammenhang?«

Capito schwenkte den Wein in seinem Glas. »Wahrscheinlich, Kollege Allius Fuscus wird versuchen, die Handelsbeziehungen auszuweiten. Wir brauchen den Bernstein aus dem Norden, um mit den Einnahmen durch Steuern und Zölle den Haushalt zumindest ein wenig konsolidieren zu können.«

»Dann wird der Tod eines der Delegationsmitglieder, Meliobar hieß er, dem sicherlich nicht förderlich sein.«

Pelagius' und Crispus' Augenbrauen schnellten in die Höhe, Capitos Gelassenheit wich einer Anspannung des ganzen Körpers. »Er starb eines natürlichen Todes, hoffe ich?«

»Nein, er wurde erstochen.«

»Wann und von wem?«

»In den frühen Morgenstunden, und von wem, ist noch nicht bekannt.« Etwas hielt Quintilianus davon ab, von dem Verdacht gegen die Friesen zu berichten, vielleicht die Anwesenheit des Schriftstellers Crispus, den er nicht einzuschätzen vermochte. Mit diesen allzu geölten Haaren, den schmalen Augen und dem ständigen spöttischen Lächeln auf den Lippen wirkte er unpassend in dieser sonst illustren Runde.

»Prekär, prekär«, murmelte Capito und lehnte sich in seinem Sessel zurück.

»Oh«, äußerte Pelagius.

Crispus' Augen verengten sich. »Interessant«, sagte er. »Weißt du mehr darüber, Quintilianus?«

»Nun ...«, begann er und war froh, als sich die Blicke der anderen von ihm ab und der Tür zuwandten, durch die ein Mann in Uniform hereingekommen war.

»Sieht ja aus wie ein Praetorianer in Rom«, ließ Crispus verlauten. »Was will der, ich hoffe, er gehört nicht zur Kundschaft.«

Doch der Mann stellte sich in die Mitte der Taverne, schaute auf ihren und auf den anderen Tisch, an dem fünf Herren in Toga saßen. »Gaius Claudius Quintilianus?«

Quintilianus hob seine Hand, winkte den Mann herüber.

»Publicius schickt mich, der Auftrag, den du uns gabst, ist erfüllt, Tribun. Soll ich dich geleiten?«

»Ja, gern.« Quintilianus erhob sich. »Capito, Pelagius, Crispus, es war mir eine Freude. Ihr werdet doch noch ein wenig in der Stadt bleiben?«

»O ja, Quintilianus, wir werden uns sicher noch sehen.«

Auch Capito und die anderen standen auf, verabschiedeten ihn mit einem Neigen des Kopfes. Crispus brannte die Neugier in den Augen.

Die Gefangenen waren im alten Kerker untergebracht, erklärte ihm der Soldat, einer von Publicius' Leuten namens Falanius. Auf dem Weg dorthin kamen sie an einem verfallenen Turm vorbei, an den zu beiden Seiten die Stadtmauer angrenzte.

»Der Drususturm«, sagte Falanius, »ein Monument, das zu Ehren des erfolgreichen Feldherrn Drusus errichtet worden ist, des ersten Eroberers germanischen Gebietes, noch zu Zeiten des göttlichen Augustus.«

Nun, über römischen Adel und Eroberer benötigte Quintilianus keine Informationen; ob es Schwierigkeiten gegeben hätte, die Friesen zu finden und festzusetzen, wollte er wissen.

»Nein, nein«, antwortete der Soldat, man habe sie bei dem Mietstallbesitzer am Nordtor angetroffen, zwölf an der Zahl, sie hatten schon ihre Sachen gepackt, um abzureisen, aber keinen nennenswerten Widerstand geleistet. Geschimpft, natürlich, beteuert, sie hätten keinem Chauken etwas getan, sich dann aber der Übermacht gefügt. Man habe sie laut Anweisung nicht gefesselt, sondern gut behandelt und in einen annehmbaren Raum im Kerker gesperrt. Ein sicherer Ort, auf der einen Seite der Rhenus und vorne Wachen, daraus sei kein Entkommen.

Fünf bewaffnete Männer zum Schutz neben sich, stand Quintilianus nun vor den Nordmännern. Die waren bei seinem Eintreten aufgesprungen und riefen jetzt durcheinander, dass sie unschuldig seien, sofort freigelassen werden müssten. Die Bärte bebten vor Empörung, die Haare flogen beim Schütteln der Köpfe. »Wir waren es nicht, wir haben keinem Chauken ein Haar gekrümmt!«

Quintilianus hob die Arme. »Ruhe! Setzt euch, einer soll berichten.«

Sie gehorchten, nur einer blieb stehen, ein älterer Mann mit schütterem Haar, die blanke Kopfhaut von einem Kranz langer grauer Haare gerahmt. Seine blauen Augen blickten wach. »Ich bin Vermax, der Älteste unserer Gruppe. Wir kamen, Robbenfelle zu verkaufen, und müssen zurück zu unseren Frauen und Kindern. Sage mir, warum ihr uns festhaltet, denn was die Kerle hinter dir vorbrachten, kann ich nicht glauben.«

Das war sein gutes Recht. Quintilianus berichtete von dem toten Chauken, von den erhobenen Vorwürfen. Lautes Protestgeschrei der Friesen folgte.

Vermax brachte die anderen mit einer Handbewegung zum Verstummen. »Es stimmt, wir trafen die Chauken gestern in der Taverne, wohin wir gingen, um unsere Töchter zurückzuholen. Es stimmt, wir gerieten in Streit, denn sie waren frech, legte ihre schmutzigen Hände auf die Brüste unserer Frauen. Und doch gingen wir nach Hause, nachdem man uns die Tür gewiesen hatte. Wir sind keine hinterhältigen Mörder! Wenn wir kämpfen, stehen wir Mann gegen Mann und warten nicht, bis einer sich absondert, um ihn dann abzuschlachten. Und ich sage dir, Quintilianus, wir hätten Grund genug gehabt, die Chauken zu töten, nachdem diese Kerle unser Geld stahlen. Und ich sage dir auch, Quintilianus, man hätte diese Tat in unserer Heimat gebilligt. Doch wissen wir, dass nicht die, die jetzt hier weilen, unser Geld nahmen. Wenn Friesen sich an Chauken rächen wollen, werden sie vereint gegen die Chauken ziehen, in einen ehrlichen Kampf. Niemals jedoch würden wir einen der ihren hinterrücks erschlagen. Und meinst du nicht, dass wir nach einer solchen Tat sofort gen Heimat gesegelt wären? Wir kennen eure Gesetze, wir hätten gewusst, was uns erwartet.«

»Das will nichts heißen. Man fand euch beim Packen, ihr wolltet also weg, und vielleicht wart ihr zu betrunken, um sofort aufzubrechen, vielleicht habt ihr in eurem Suff alles vergessen?«

Wieder erhob sich Protestgeschrei, wieder brachte Vermax seine Gefährten zum Schweigen. Voller Würde sah er Quintilianus an. »Wir trinken gern und viel, aber im Gegensatz zu anderen nordischen Völkern sind wir den Wein gewohnt, dafür habt ihr gesorgt, Römer. Und im Gegensatz auch zu anderen betrinken wir uns nicht bis zur Besinnungslosigkeit, schlagen uns nicht, wie eure Geschichtsschreiber berichten, bei Versammlungen die Köpfe ein, um uns am nächsten Morgen an nichts mehr zu erinnern – darauf spieltest du doch an, nicht wahr, Quintilianus? Ihr habt uns ungefragt eure Zivilisation gebracht, Römer, und wir haben die guten Seiten davon angenommen, einige unseres Volkes haben eure Sprache gelernt, können inzwischen lesen und schreiben, wie auch ich und meine Söhne. Die Chauken solltet ihr bestrafen, festsetzen, sehen, dass wir unser bitter benötigtes Geld bekommen, stattdessen setzt ihr uns fest, während die Chauken hofiert werden. Ist das römische Gerechtigkeit?«

Zustimmendes Gemurmel der anderen Friesen wurde laut.

Auch Quintilianus musste dem Mann insgeheim recht geben, glaubte ihm sogar. Wahrscheinlich war Meliobar wirklich von einigen herumstreunenden Ganoven niedergemacht worden, die sich ein wenig Beute erhofften. Und doch durfte er die Friesen noch nicht gehen lassen, nicht, bevor er sich mit Martius und Fuscus beraten hatte. Bislang wussten sie nur durch eine kurze Nachricht, die er ihnen hatte zukommen lassen, von seinem Handeln. Ob sie diesen Schritt überhaupt guthießen?

»Wir werden eure Angaben überprüfen, bis dahin müsst ihr hierbleiben. Doch ich versichere euch, Vermax, ihr sollt mit allen Ehren behandelt werden.« Damit drehte sich Quintilianus um, winkte den Männern der Garde, ihm zu folgen, und verließ den Raum. »Ihr habt den Besitzer des Mietstalles vernommen, wie ich euch befahl?«, fragte er Falanius.

»Ja, Herr. Er sagte, die Friesen seien kurz vor Sonnenaufgang geschlossen nach Hause gekommen, angetrunken, doch nicht betrunken, und hätten sich sofort hingelegt. Bezeugen könnten das er und seine Sklaven, die immer früh am Morgen die Pferde versorgen. Weiter sei ihm nichts aufgefallen, allerdings scheint der Stallbesitzer mit den Germanen gut Freund zu sein. Wir haben natürlich alles überprüft, auch die Kleidung der Friesen. Blut oder sonst etwas Verdächtiges haben wir nicht gefunden.«

»Danke, ihr habt gut gearbeitet.« Es konnte natürlich sein, dass der Mietstallbesitzer seine Freunde deckte, dass man eventuell vorhandene blutverschmierte Kleidung hatte verschwinden lassen, doch Quintilianus glaubte das nicht. Nein, sein Gefühl sagte ihm, die Friesen hatten den Chauken nicht umgebracht.

Kapitel V

Hoffentlich erschien bald Lucius Publicius mit den Ergebnissen der Befragungen in der Nachbarschaft des Tatortes, und hoffentlich war der Mann tatsächlich gut, den Fuscus ihnen mitsamt seinen Leuten an die Seite gestellt hatte. Ihnen zur Seite gestellt, ha, ihm allein, denn Martius hatte ja anderes zu tun!

Quintilianus schob die Akten, die Martius ihm über den Stamm der Chauken hatte bringen lassen, beiseite und warf einen Blick aus dem Fenster seines Arbeitszimmers. Der Himmel begann sich purpurn zu verfärben. Noch immer bohrte der Ärger in Quintilianus und es hatte ihn viel Mühe gekostet, sich auf die Schriftstücke zu konzentrieren, den ganzen Tag schon befasste er sich damit. Bei nahezu allen handelte es sich um Protokolle von Verhandlungen mit den Barbaren. Seit Jahren wurden die Chauken vom jeweiligen Statthalter ermahnt, die Seeräuberei einzustellen. Doch diese beteuerten, nur wenn ein Schiff strandete, nähmen sie sich der Ladung an. Sie seien arm, benötigten Unterstützung, ob Rom nicht auch ihnen, wie manchen anderen Stämmen, finanzielle Unterstützung zukommen lassen könne? Der Statthalter konterte mit der Forderung nach sofortiger Einstellung der Seeräuberei, vorher sei an keine Unterstützung zu denken. So ging es hin und her. Zum Schluss hatte Quintilianus die Akten nur noch überflogen, ihm war klar, dass tiefes Misstrauen zwischen Rom und den Chauken herrschte.

Sein Magen knurrte. Sollte er nach Livius rufen, damit der ihm etwas zu essen brachte? Doch nein, heute Abend fand das Gastmahl bei Fuscus statt, so lange konnte er sich noch gedulden.

Ein Klopfen riss ihn aus seinen Gedanken, Xenophon trat ein. »Lucius Publicius wünscht dich zu sprechen, Herr.«

Sein neuer Sklave und Janitor war das genaue Gegenteil seines Livius', unscheinbar, unauffällig, schweigsam. Steif stand der klein gewachsene Mann da, die Arme neben dem Körper, die grauen Augen auf Quintilianus' Füße gerichtet. Eine Fliege summte um seinen grauen Haarkranz.

»Endlich! So führe ihn herein.«

Publicius, wie auch seine Männer von der Legion in Bonna zum Statthalterdienst abkommandiert, schien Freude an den Ermittlungsaufgaben zu haben, wirkte eifrig und beflissen. Er und seine Leute hatten den Wirt der Taverne befragt, der den Streit zwischen Friesen und Chauken bestätigte. Auch hatte Publicius herausgefunden, dass Severius Pertellis, Besitzer des bedeutendsten Handelshauses am Ort, der chaukischen Delegation einen seiner Leute als Begleitperson zugewiesen hatte – also waren es nicht nur diplomatische Gespräche, die die Abordnung der Nordmänner in die Provinzhauptstadt geführt hatte. Publicius' Bericht war tadellos, knapp, aber informativ, dennoch, irgendetwas irritierte Quintilianus daran. »Du selbst hast mit dem Mann gesprochen, der die Chauken während ihres Aufenthaltes in der Agrippinensis betreut?«

Publicius nickte. »Am Abend des Unglücks, so sagte er, habe er sie verlassen und sei nach Hause zu seiner Familie gegangen, das stimmt, wir haben es nachgeprüft.«

»Und, wie wirkt der Mann auf dich?«

Publicius runzelte die Stirn, dann zuckte er die Achseln. »Er war offensichtlich nicht gerade begeistert über den Auftrag. Seien unberechenbar, diese Wilden. Er habe um Ablösung gebeten, die ihm gewährt worden sei, und jetzt kümmert sich seitens des Handelshauses offenbar niemand mehr um die Chauken.«

»Kennt er sie nicht von ihren früheren Besuchen?«

»Weiß ich nicht, es klang nicht so. Aber ich habe ihn nicht danach gefragt.«

Publicius senkte die Augen.

Quintilianus winkte ab. »Haben du und deine Männer sonst noch etwas herausgefunden? Nein? Nun denn, hört euch weiterhin um, vor allem beobachtet die Chauken. Mich interessiert, mit wem sie sich treffen, zu wem sie Kontakte haben, wen sie näher kennen. Es kann auch nicht schaden, die hier ansässigen Friesen im Auge zu behalten. Ich erwarte dann deinen Bericht.«

Publicius schlug die Faust auf die Brust. »Wird erledigt, Tribun. Du kannst dich auf uns verlassen.«

*

Noch nie war er in den Privatgemächern des Statthalters gewesen. Wie Quintilianus jetzt feststellte, standen sie den offiziellen Amtsräumen an Prunk in nichts nach. Nun, man musste einen Senator und ehemaligen Konsul schließlich für die Abwesenheit von der Hauptstadt entschädigen, ihm auch diese Provinz schmackhaft machen. Geduld, auch er würde irgendwann die Vorzüge eines hohen Amtes genießen.

Allius Fuscus jedenfalls wusste zu leben. Musiker spielten schon bei Quintilianus' Eintreten im Hintergrund, leise, um die Gespräche nicht zu stören. Denn die Familie schien bereits vollzählig, wenn auch Martius noch fehlte, und wahrscheinlich hatte der Statthalter noch andere Gäste eingeladen, wie die freien Klinen vermuten ließen.

Ein junges Mädchen zog Quintilianus' Aufmerksamkeit auf sich, Fuscus jedoch lenkte ihn ab. Der entschuldigte sich bei der Dame neben ihm auf der Kline, sicher seine Frau, um Quintilianus zu begrüßen. »Ich freue mich, dass dein Geburtstag uns Gelegenheit für ein geselliges Beisammensein gibt. Zum Bedauern meiner Gattin findet so etwas viel zu selten statt. Sie ist ganz entzückt, deine Bekanntschaft zu machen. Tertullia, hier ist nun Gaius Claudius Quintilianus.«

Die Frau des Statthalters richtete sich auf und schenkte ihm ein strahlendes Lächeln. »Ich freue mich.« Wache, dunkle Augen sahen ihn an, Quintilianus war sofort von ihr eingenommen.

»Und dies ist unsere Tochter Fuscia.«

Das Mädchen, das Quintilianus schon beim Eintreten aufgefallen war, musterte ihn mit den gleichen Augen wie ihre Mutter. Überhaupt war die Ähnlichkeit der beiden verblüffend, sie wirkten eher wie Schwestern denn wie Mutter und Tochter. Das Mädchen dürfte kaum mehr als sechzehn oder siebzehn Jahre zählen, doch wirkte es auf den flüchtigen Blick älter. Dagegen erschien ihre Mutter jünger, obwohl sie sicherlich längst die dreißig überschritten hatte. Schimmernde rote Seide, wie sie auf der Insel Kos gefertigt wurde, umschmeichelte ihre üppige Figur. Ihre Tochter, von eher athletischer Gestalt, kleidete der gleiche Stoff, allerdings in dunklem Grün. Beide boten einen wirklich erfreulichen Anblick. Zugleich beschlich Quintilianus das Gefühl, dass der Statthalter mit seiner Einladung nicht nur die Würdigung seines Geburtstages bezweckte. Zu oft schon hatten ihm bei ähnlichen Veranstaltungen stolze Eltern ihre Töchter präsentiert, in der Hoffnung, durch Quintilianus eine Verbindung zum Kaiserhaus herstellen zu können.

»Die Freude ist ganz meinerseits!«, entgegnete Quintilianus und neigte den Kopf vor den Damen.

»Und dies ist unser Sohn Marcus.«

Der junge Mann klopfte auf den Platz neben sich. »Komm hier an meine Seite, Claudius Quintilianus.«

Der Sohn war eher nach dem Vater geraten, die gleichen vollen dunklen Haare, die er über der Stirn jedoch ein wenig länger trug. Er schien das ältere der beiden Kinder zu sein.

»Du wirst bald deinen Dienst im Militär antreten, vermute ich?« Quintilianus erinnerte sich an seine letzten Tage zu Hause, in Rom, bei seiner Familie. Doch Marcus schüttelte den Kopf. »Ich gehe nach Athen, der Studien halber.«

»Ja, mein Ältester soll erst noch ein wenig Schliff bekommen, bevor er sein erstes Amt in der Legion antritt.« Allius Fuscus ließ sich wieder auf seiner Kline nieder. »Er zeigt Talent für die Geometrie, sagen seine Lehrer. Nun, es schadet nicht, sich zu bilden, und er ist angetan von der Aussicht, ein Jahr der Obhut seiner Mutter zu entfliehen.« Er tätschelte Tertullia liebevoll die Hand. »Ich denke, unsere anderen Gäste werden auch gleich eintreffen.« Er wandte sich Quintilianus zu. »Wir warten noch auf Martius, und ich habe mir erlaubt, auch meine guten Freunde Lucius Scaurus und Servius Pertellis und dessen Frau dazuzubitten.«

Pertellis, diesen Namen hatte doch gerade erst Publicius erwähnt. »Du meinst den Handelsherrn Pertellis?«

Fuscus hob eine Braue. »Du kennst ihn?«

»Ich habe nur von ihm gehört.«

»Ah, natürlich. Pertellis besitzt eines der größten Handelshäuser der Colonia, wenn nicht gar in der ganzen Provinz. Kein Wunder, wenn der Name dir schon begegnet ist. Er ist ein alter Freund, noch aus meiner Zeit als Kommandant der Legion in Lugdunum.«

»Ja, die Legion fördert ungeahnte Bekanntschaften.« Quintilianus dachte mit Wehmut an Justus, Tribun bei der dreißigsten Legion in Vetera, den er erst in den letzten Wochen seines Aufenthaltes dort als Freund schätzen gelernt hatte. So bald wie möglich würde er ihn besuchen.

Als die letzten Gäste eingetroffen waren, wurde das Mahl aufgetragen. Martius, wie immer eine eindrucksvolle Erscheinung mit weltgewandten Umgangsformen, plauderte angeregt mit Pertellis, den er schon länger zu kennen schien. Der Kaufmann war etwa im gleichen Alter wie der Statthalter, Mitte fünfzig, schätzte Quintilianus. Im Gegensatz zu Allius Fuscus hatte Pertellis sein Haar frühzeitig verloren. Seine Frau Lavinia war eine typisch römische Matrone, die es sich an Tertullias Seite bequem machte. Des Statthalters anderer Freund, Scaurus, entpuppte sich als der Praefect der Colonia, an den sich Quintilianus, wie Fuscus ihm zuraunte, jederzeit vertrauensvoll wenden könne, beispielsweise in jener unerfreulichen Angelegenheit, Quintilianus wisse schon.

Und nun saßen sie hier beim Essen und plauderten über das Leben in der Colonia Agrippinensis, erzählten Anekdoten aus der Provinz, aus Rom. Gern hätte Quintilianus von Pertellis mehr über seine Geschäfte, vor allem mit den Friesen und Chauken, erfahren. Bislang jedoch hatte es keinen Anknüpfungspunkt gegeben und gezielt fragen konnte er schlecht, dafür war der Rahmen denkbar ungeeignet. Quintilianus ertappte sich dabei, wie seine Blicke immer wieder zu Fuscia schweiften, über die Rundung ihrer Schultern, den geneigten Kopf, die Kontur ihres Gesichts mit der schmalen

Nase, deren Flügel bebten, wenn sie lachte. Von dem lebhaften Gespräch waren ihre Wangen gerötet, ihre Augen blitzten. Er spürte Allius Fuscus' Blicke auf sich, der ihn wohlwollend ansah, ihm zunickte. Galten dessen Interessen doch ihm? Aber dann wandte der Statthalter seine Aufmerksamkeit Scaurus zu.

Quintilianus spürte eine Hand auf seinem Arm. »Zu schade, mein Freund, dass du die Frühjahrssaison der Gladiatorenspiele verpasst hast, die sind in der Colonia wirklich sehenswert.« Marcus winkte einen der Sklaven herbei, ihnen Wein nachzuschenken.

»Ja, das kann ich mir vorstellen. Sicher sind sie kein Vergleich zu denen in der Colonia Ulpia Traiana, gute Götter, war das eine Farce. Und ich hörte, auch die Theater hier seien ausgezeichnet.«

»O ja, das sind sie!«, mischte sich Tertullia ein. »Was hältst du davon, wenn wir uns gemeinsam eine Vorstellung ansähen?« Sie suchte die Hand ihrer Tochter. »Auch Fuscia würde sich freuen, nicht wahr, mein Täubchen?«

Täuschte er sich oder streifte ihn tatsächlich der Blick der Statthaltertochter, zuckten ihre Brauen in die Höhe, ein Austausch wie unter Verbündeten?

»Das wäre wundervoll, Mutter.« Die Tonlage ihrer Stimme hatte sich nicht verändert und außer freudiger Erwartung war ihr keine weitere Gefühlsregung anzumerken. Er hatte sich geirrt.

»In Athen wirst du bestimmt ausgezeichnete Bedingungen antreffen«, wandte sich Quintilianus an Marcus. »Welche Studien gedenkst du zu betreiben, sicherlich auch Rhetorik und Philosophie?«

»Natürlich auch die«, bestätigte Marcus. »Aber vor allem reizt mich das philosophische Grundgerüst, das allem Leben innewohnt: die Mathematik, deren Klarheit, die Logik und Verlässlichkeit der Zahlen, aber auch die Anmut der Geometrie. Es gibt nichts Schöneres als eine logische Gedankenfolge, findest du nicht?«

Quintilianus konnte Marcus' Gedanken nachvollziehen, hatte er doch genau damit zurzeit zu tun: die Logik hinter einem Verbrechen zu enträtseln. »Vorausgesetzt, die Grundannahme, auf die sich die logische Schlussfolgerung stützt, ist richtig«, warf er ein.

Das Gespräch mit Marcus fesselte ihn, es lenkte ihn ab, gerade weil er seinen Ausführungen nicht in allen Einzelheiten zu folgen vermochte. Er bedauerte geradezu, als Fuscus sie unterbrach. »Marcus, mein Lieber, jetzt hast du Quintilianus genug strapaziert, er kommt ja gar nicht mehr zum Essen.« Mit einem Wink befahl der Hausherr einem Sklaven, Quintilianus den Teller mit Braten zu füllen.

»Gefällt es dir eigentlich in der Germania Inferior? Nach Rom ist es eine gewaltige Umstellung, kann ich mir denken.«

Fuscia, die bislang nur kurze Bemerkungen in die Unterhaltung eingestreut hatte, richtete zum ersten Mal das Wort an ihn. Fast hätte er sich verschluckt. »Ich hatte es mir schlimmer vorgestellt.«

Sie antwortete mit einem Lächeln, wobei sich leicht ihre Nase krauste. Machte sie sich über ihn lustig?

»Du, ihr, lebt schon länger hier?« Allius Fuscus hatte das Amt des Statthalters der Provinz schon seit mindestens einem Jahr inne. Was er vorher getan hatte, wusste Quintilianus nicht.

»Lang genug, und ein Ende ist nicht in Sicht, oder, Vater? Wann gehen wir zurück nach Rom?«

Fuscus winkte ab. »Noch habe ich vom Kaiser diesbezüglich nichts gehört, du wirst dich also noch eine Weile mit der

Agrippinensis abfinden müssen. Bisher hatte ich nicht den Eindruck, dass du darunter leidest.«

»Leiden ist nicht der rechte Ausdruck, wundern eher.«

Fragend blickte Quintilianus sie an.

»Ich wundere mich über die Leute hier. Man sieht ja so einiges fremdes Volk auf den Straßen, manche sehen zum Fürchten aus.«

»In Rom gibt es auch viele Fremde aus aller Herren Länder«, mischte sich Marcus ein.

»Ja schon, aber darunter auch viele Zivilisierte aus dem Osten, Graecia, Syria, solche sieht man hier ja eher selten. In dieser Colonia bevölkern Gallier und Germanen die Straßen.« Sie hob ihr Kinn in Pertellis' Richtung. »Du entschuldigst, werter Pertellis, ich weiß, du hast viel mit ihnen zu tun und kennst sie gut, schätzt sie teilweise sogar. Aber mir bleiben gerade diese Germanen unheimlich.«

Quintilianus nickte dem Händler zu. »Ja, ich hörte auch von deinen Beziehungen zu den Stämmen jenseits des Rhenus.«

Pertellis hob die Hände. »Wenn man sich in dieser Provinz als Händler behaupten will, gehört der Handel mit den Germanen dazu.«

Fuscia stützte das Kinn auf die Hand und bedachte Pertellis mit einem skeptischen Blick. »Ich weiß nicht. Diese Chauken zum Beispiel, ich sah sie mal im Praetorium, wirken nicht so, als wären sie mit unserer Zivilisation vertraut. Und benehmen sich nicht gerade vorbildlich, nach allem, was man so hört.«

Allius Fuscus brummte zustimmend, doch Pertellis hob die Hand. »Wie überall gibt es solche und solche. Aber diese Chauken, ja, die sind schon sehr speziell, meine Liebe.«

»Ich weiß nicht viel über diesen Stamm, nur, dass sein

Gebiet im Nordosten liegt, vielleicht schlägt das raue Klima sich in ihrem Charakter nieder«, bemerkte Quintilianus.

Pertellis lachte. »Da magst du recht haben.«

»Martius und ich besuchten neulich die Friesen.« Hatte er das überhaupt sagen dürfen? Ein Seitenblick zu Fuscus beruhigte Quintilianus.

Fuscia richtete sich auf. »Das ist ja interessant. Leben sie tatsächlich in Hütten zusammen mit ihren Tieren?«

»Nun ja, im Winter wohl schon.« Quintilianus berichtete gern über seine Erlebnisse. »Wohnen die Chauken unter ähnlichen Verhältnissen? Du wirst das wissen, Pertellis.«

»Ja, sehr ähnlich. Warst du an der Küste?«

Quintilianus verneinte.

»Die Friesen sind nicht nur gute Reiter, sondern, wie auch die Chauken, hervorragende Seeleute. Und das Nordmeer ist wahrhaftig nicht ungefährlich zu befahren. Zudem sind die Lebensbedingungen an der Küste besonders hart. Wegen der gelegentlich vorkommenden Sturmfluten sind die Friesen gezwungen, alle paar Jahre ihre Häuser aufzugeben und sich an anderer Stelle anzusiedeln. Dennoch kehren sie immer wieder an die überfluteten Orte zurück. Verstehe einer diese Nordländer.«

»Aber in Antiochia ist es doch nicht anders«, bemerkte Fuscia. »Dort gibt es fast jedes Jahr ein Erdbeben, die Stadt liegt in Schutt und Asche, dennoch bauen die Antiochier sie stets aufs Neue wieder auf.«

»Fuscia hat eine Freundin dort, die ihr regelmäßig schreibt«, erläuterte Tertullia.

»Aber die Germanen mit den Antiochiern zu vergleichen, ist vielleicht …«

»… ein wenig gewagt.« Marcus stimmte Quintilianus zu. »Nimmt man diese Chauken zum Beispiel, die seit Tagen immer vor dem Praetorium herumstehen, so fällt es schwer, sie als zivilisierte Menschen zu betrachten.«

Quintilianus nickte. »Wie Fischer und Ackerbauern wirken sie wirklich nicht.«

Scaurus schnaubte. »Diese sogenannte Delegation macht Ärger, seit sie hier ist. Ständig geraten sie mit Leuten anderer Stämme in Streit. Sie scheinen Ärger förmlich zu suchen und ihn meistens auch zu finden. Meine Männer jedenfalls würden sie lieber heute als morgen über den Rhenus jagen.«

Fuscus, Martius und Pertellis wechselten einen Blick. Hielten sie das Thema für unangebracht, den Damen gegenüber?

Fuscia jedoch schien sich dafür zu erwärmen. »Die Chauken sind Seeräuber, nicht, Vater?«

Fuscus runzelte die Stirn. »Ich wundere mich, woher du das wieder weißt, Fuscia.«

Seine Tochter zuckte die Achseln. »Du hast es selbst gesagt.«

»Dann war es gewiss nicht für deine Ohren bestimmt.«

»Ja«, bestätigte Pertellis, »die Chauken nutzen ihr seefahrerisches Können leider nicht nur zu Handelszwecken. Ich habe schon eine stattliche Summe durch ihre Überfälle verloren. Die gesamte Nordküste machen sie mit ihren Schiffen unsicher. Wir sollten dem endlich einen Riegel vorschieben.«

Vielleicht geschah ebendies ja in Kürze. Mithilfe der Friesen. »Es sind unsichere Zeiten.« Quintilianus nippte an seinem Wein. »Was handelt man denn so mit den Chauken?«

Pertellis nickte. »Sie beschaffen Pelze und Sklaven aus dem Osten, auch Bernstein, alles in Rom sehr gefragt.«

Das Gespräch mit den Herren in der Taverne kam Quintilianus in den Sinn. »Ich hörte, solche Waren würden künftig mit höheren Zöllen oder Steuern belegt. Wird das deinen Geschäften schaden?«

Der Händler zuckte die Achseln. »Man wird sehen. Aber ich glaube es nicht. Für derlei Luxusgüter ist immer Geld da.«

»Und diese Chauken der Delegation gehören auch zu deiner Klientel?«, fragte Quintilianus weiter.

»Ja, ganz recht, sie haben sich zu Gesprächen angemeldet. Sie wollen wohl mehr römisches Geschirr, Töpfe und so weiter, neuerdings auch Glaswaren.«

»Die Colonia ist inzwischen das Zentrum des Bernsteinhandels, nicht wahr, Pertellis?«

»Ganz recht, Tertullia, das ist nun ein wirklich lohnendes Geschäft!« Pertellis lachte zufrieden.

»Es gibt hier sogar ein paar Bernsteinschneider, die auserlesene Schmuckstücke herstellen. Wie dies hier.« Tertullia hob ihre Hand und Quintilianus musste den Ring an ihrem Finger bewundern.

Schade, dass das Gespräch nun diese Wendung nahm, lieber hätte Quintilianus Pertellis' Beziehung zu den Chauken tiefer ausgelotet.

»Vielleicht möchtest du für deine Mutter etwas aussuchen? Ich werde dir gern die Adresse des Schmuckhändlers, das beste Geschäft in der Colonia, zukommen lassen. Ich bin sicher, sie würde sich freuen. Oder nein«, Tertullia wandte sich an ihre Tochter, »Fuscia würde dich sicherlich gern dorthin begleiten. Sie kennt sie alle.«

Fuscia neigte den Kopf. Quintilianus vermochte nicht zu entscheiden, ob zustimmend oder ablehnend. Nun, es war ihm einerlei. Doch die Idee, seiner Mutter, vielleicht auch seiner Schwester, ein Schmuckstück zum Geschenk zu machen, war wunderbar. Ganz sicher würden sie sich freuen.

Der letzte Gang war längst abgeräumt und der Sklave machte seine Runde von Kline zu Kline, die Becher aufzufüllen, nur Pertellis winkte ab und erhob sich.

»Du entschuldigst uns, Allius Fuscus, wir müssen uns leider verabschieden. Zu schade, doch ich habe morgen früh allerlei zu tun. Lavinia, kommst du?« Er reichte seiner Frau die Hand. »Ich denke, wir sehen uns dann im Theater, nicht wahr?«

Tertullia nickte. »Ihr werdet von mir hören.«

Quintilianus sah zu Pertellis auf. »Wie bedauerlich, dass ihr so zeitig aufbrecht. Gern hätte ich von dir noch mehr über das freie Germanien und seine Bewohner gehört. Du bist ein profunder Kenner der Materie, scheint mir.«

Pertellis rieb sich über den Kopf, der glänzte wie ein Spiegel. »So sagt man. Aber nun, das bleibt nicht aus in meinem Geschäft, doch wird auch gerne übertrieben.«

»Vielleicht magst du mir bei anderer Gelegenheit mehr berichten?«

»Wenn es dich interessiert, dann komm doch einmal bei uns vorbei. Lavinia und ich würden uns über deinen Besuch freuen.«

»Gern. Ich denke, in den nächsten Tagen wird es sich einrichten lassen.«

»Jederzeit, ich werde dich erwarten.«

Obwohl seine Frau sofort zugestimmt hatte, wirkte Pertellis plötzlich reserviert. So ganz gelegen schien ihm Quintilianus' Wunsch doch nicht zu kommen.

Kapitel VI

»Martius wünscht dich zu sprechen, Herr.«

Quintilianus blickte auf, legte die Olive, die er gerade zum Munde hatte führen wollen, zurück auf den Teller. Martius verlangte nach seinem Rapport, natürlich. Nicht einmal Ruhe zum Frühstück ließ man ihm.

»So? Wann?«

»Sofort, Herr.«

Der Sklave ging, zurück wohl auf seinen Posten an der Haustür. Genau wie Canisia, die Köchin, versah Xenophon seinen Dienst ausgezeichnet, doch beide zeigten keinerlei Anzeichen von Persönlichkeit, eigenem Willen. Quintilianus war es recht, besser unauffällige Sklaven, die wie gute Geister alle seine Bedürfnisse befriedigten, als solche wie Livius, der zu Aufsässigkeit neigte und sich als Herr über die beiden anderen aufspielte, sie arbeiten ließ und sich darauf beschränkte, sie zu überwachen. Aber im Moment schlief Livius wohl noch, nun, auch das war Quintilianus nicht unrecht, Gespräche am Morgen waren ohnehin nicht seine Sache.

Martius also befahl ihn zu sich. Er nahm sich noch ein Stück Brot, ein wenig Käse. Sollte Martius ruhig warten, er würde nicht sofort losrennen, nur weil der Herr es so befahl. Was mochte die Aufgabe sein, von der Martius ihm gegenüber nichts erzählen wollte, erneut ein Sonderauftrag direkt vom Kaiser? Wenn ja, wieso wurde er, Quintilianus, nicht eingeweiht, er, der schon einmal in die Abgründe politischen Wirkens schauen musste? Hm, vielleicht hatte man ihn gerade wegen seines Wissens aus Vetera abberufen, hierher versetzt, beschäftigte ihn mit nebensächlichen Tätigkeiten. Wie auch immer, allmählich sollte er sich auf den Weg machen. »Canisia!«

Schnell waren sie nicht, seine neuen Sklaven. Es dauerte eine Weile, bis die ältliche Frau in der Tür zum Triklinium erschien, gekleidet in ein gegürtetes Sklavengewand, die grauen Haare zu einen Knoten aufgesteckt. »Ja, Herr?«

»Ist Livius schon aufgestanden? Wenn nicht, so wecke ihn und sage ihm, wir müssen aufbrechen, sofort.«

»Ja, Herr.« Zum ersten Mal sah Quintilianus so etwas wie ein Lächeln auf dem Gesicht der Frau.

Er trank den Becher Wasser leer, erhob sich von der Kline und stieg die Treppe hinauf in den ersten Stock des Hauses. Sein Ankleideraum war nur klein, nun, er verfügte auch nicht über viel Garderobe, etwas, das er ändern musste. Als er nach Germanien gekommen war, hatte er nur das Nötigste mitgebracht, einige Wolltuniken, einige Togen, diverse Paar Schuhe natürlich und warme Sachen, die Militärausrüstung nicht zu vergessen, die jedoch benötigte er vorerst nicht mehr. Und das Wetter wurde wärmer, er sollte demnächst einiges an Sommerkleidung anschaffen.

Er kleidete sich an, warf die Toga über den Arm, Livius würde sie ihm anlegen müssen. Der Sklave war wach und bereit, als Quintilianus nach unten kam, doch schlecht gelaunt, weil er in der Kürze der Zeit kein Frühstück hatte zu sich nehmen können. Auch gut, so würde er nicht zu viel reden auf dem Wege zu Martius. Quintilianus breitete die Arme aus, Livius wickelte die Toga um seinen Leib, es ging schnell, sie waren eingespielt. Noch einmal fuhr sich Quintilianus durch die dichten braunen Locken, dann wandte er sich zur Tür.

»Du bist unrasiert, Herr.«

Quintilianus hielt inne, strich über die Stoppeln an seinem Kinn. Verdammt, Livius hatte recht, wenn auch sein Bartwuchs nicht sehr stark war. »Wenn du auch beliebst, so lange zu schlafen, und deine Pflichten vernachlässigst, so ist es kein Wunder, Livius, oder soll Xenophon das auch noch übernehmen? Willst du dich vollständig überflüssig machen? Pass nur auf, mein Freund, so sicher ist deine Stellung nicht, du bist mein Sklave, ich kann dich jederzeit verkaufen. Ab morgen stehst du wieder bei Sonnenaufgang auf.«

Livius schwieg beleidigt, folgte Quintilianus auf die Straße. Sie passierten die Taverne, von der tatsächlich in Quintilianus' Hause nichts zu hören war. Türen und Fenster standen offen, eine Frau schüttete einen Eimer mit Schmutzwasser auf die Straße.

»Herr?«

»Was ist?«

Livius schloss auf. »Herr, ich war gestern in dieser Taverne, dienstlich sozusagen, es wurde spät, darum konnte ich auch heute Morgen nicht vor dir aufstehen. Aber ich hörte etwas, das für uns vielleicht wichtig ist.«

»Uns?«

»Nun, für dein Treffen mit Martius. Friesen trinken hier, nicht der Abschaum der Gesellschaft, sondern recht gut gekleidete, Handelsmänner, denke ich. Sie sprachen mit römischen Bürgern, Ladenbesitzern und Handwerkern, wie es schien, und alle schimpften auf Rom und die hiesige Regierung. Gerüchte gingen um über neue Steuern, das würde man nicht einfach so hinnehmen, hieß es. Und die Friesen erregten sich sehr, dass man einige der ihren eingesperrt habe wegen des Todes des Chauken. Sogar einige Römer stimmten ihnen zu, es sei nicht richtig, Freunde so zu behandeln wegen eines Stammes, der vor nicht langer Zeit hier eingefallen ist. Die Chauken seien die Aggressoren, nicht die Friesen. Die Stimmung ist schlecht, Herr.«

»So, so, du warst also nur in der Taverne, um die Stimmung auszuloten. Livius, Livius ...« Und doch konnte es wichtig sein, was sein Sklave gehört hatte, er würde es Martius berichten.

Sie bogen in die Straße ein, die zum Forum führte, hier war es belebt. Man machte ihm ehrerbietig Platz, seine Toga, die purpurnen Streifen wiesen ihn als Römer von Rang aus.

Der Hintereingang des Praetoriums lag vor ihnen.

Quintilianus schritt auf die bronzene Flügeltür zu. Livius hieß er warten, seinethalben in der Taverne gegenüber, dort konnte der Sklave auch ein Frühstück einnehmen, ein wenig blass um die Nase sah er schon aus.

Die Wache ließ ihn ohne Probleme ein. Doch von hinten hatte Quintilianus das Gebäude noch nie betreten, wie gelangte er von hier aus zu dem Arbeitszimmer von Martius? Wahllos schritt er einen Gang entlang, niemand hielt ihn auf, fragte nach Rang oder Namen. Der Purpurstreifen tat auch und gerade hier seine Wirkung. Wie einfach wäre es indes für einen Attentäter, mit entsprechender Kleidung einzudringen und Unheil anzurichten.

Offenbar hatte er den falschen Weg eingeschlagen, schien in private Gefilde vorzurücken, nichts deutete mehr auf Amtsstuben hin. Und ihm entgegen kam nun eine Gruppe von jungen Frauen in bunten Gewändern, schwatzend und kichernd, allen voran ein zierliches Mädchen, Fuscia, die Tochter des Statthalters.

»Claudius Quintilianus, welch eine Überraschung, dich so bald wiederzusehen.« Ihre braunen Augen leuchteten. »Wir sind auf dem Weg zum Forum, möchtest du mitkommen? Wir können auch im Garten spazieren gehen, um diese Zeit ist er herrlich, alles grünt und blüht, und er ist voller wunderbarer Statuen, fast so schön wie in Rom. Komm, ich zeige ihn dir.« Schon änderte sie die Richtung.

Quintilianus blieb stehen. »Werte Fuscia, ich, äh, habe leider momentan keine Zeit, Martius erwartet mich. – Aber ich würde gern eine Einladung für später aussprechen. Hättest du Lust, äh, mich morgen Abend in das Theater zu begleiten?« Was redete er da? Wie konnte er sich ohne väterliche Zustimmung mit dem Mädchen verabreden? Das widersprach jeglichen guten Sitten.

Sie strahlte ihn an. »Aber gerne, Quintilianus, doch lass uns warten, bis sie ein neues Stück geben; die Iphigenie, die gerade auf dem Programm steht, sah ich schon, es ist nicht die beste Inszenierung. Aber noch nie habe ich den Tierpark besucht. Mein Vater erlaubte es nicht, wenn du mich jedoch begleitest, wird er nichts dagegen haben. Gleich morgen?«

»Oh, das wäre schön. Also morgen um die siebte Stunde, ist dir das recht? – Geleitest du mich noch bis zu Martius?«

»Aber sicher.«

Sie änderte erneut die Richtung, ging dicht an seiner Seite, er spürte deutlich die Wärme ihres Körpers.

»Habt ihr Wichtiges zu besprechen, du und Martius? Geht es um die Chauken?«

»Ja, wahrscheinlich werden wir auch über die Chauken reden.« Er war in einem völlig falschen Flügel des Praetoriums gewesen, Martius' Arbeitszimmer befand sich im entgegengesetzten Teil des Gebäudes. Nicht, dass er es bedauerte, er genoss Fuscias Nähe.

»Die Chauken sollen gute Jäger sein und Tierfänger, ich hörte, die größten und gefährlichsten Bären und Wölfe kämen aus ihrem Land und den dahintergelegenen unerforschten Gegenden gen Osten. Nun, morgen werden wir sicher auch Tiere aus den Weiten Germaniens sehen, ich freue mich darauf, Quintilianus.« Fuscia blieb vor einer Tür stehen. »So überlasse ich dich jetzt deinen Geschäften.«

Kurz drückte ihre Hand seinen Arm, ein Blick in seine Augen, dann ging sie. »Bis morgen, Fuscia«, rief er ihr nach, fuhr sich über das Kinn, spürte die Stoppeln. Nun, sie schien es nicht gestört zu haben.

Martius blickte auf, als er eintrat. »Ah, Quintilianus, du hast dir Zeit gelassen, schliefest du noch, als ich nach dir schickte?«

Quintilianus zog sich einen Sessel heran. »Nein, Martius, eben traf ich Fuscia und habe mit ihr ein paar Worte gewechselt.«

»Ein nettes Mädel ... – Doch nun berichte von deinen Erfolgen.«

Quintilianus schilderte sein Vorgehen, das Ergebnis seiner Verhöre.

»Sind die festgesetzten Friesen verantwortlich für den Tod des Chauken?« Martius schenkte ihm von dem bereitstehenden Wein ein.

»Ich denke nicht, doch beweisen kann ich es nicht. Die Friesen bestätigten die Aussagen der Chauken, bis auf den Mord, selbstverständlich. Die Zeit vor der Tat stellt sich recht klar dar, nur die Tat selbst ist noch zu erhellen.«

»Haben die Befragungen in der Hafengegend nichts ergeben?«

Quintilianus hob die Hände. »Einige Anwohner können die Schlägerei bezeugen. Aber ich glaube kaum, dass unsere

Männer noch mehr ans Licht bringen. Die Leute dort arbeiten nicht gern mit der Obrigkeit zusammen.«

»Hm.« Martius rieb sein Kinn. »Hast du Publicius angewiesen, die Chauken im Auge zu behalten? Ja? Sehr gut, es ist ja auch zu ihrem eigenen Besten. – Ich habe übrigens den Bericht des Arztes vorliegen«, er schob eine Wachstafel herüber.

Quintilianus warf einen flüchtigen Blick auf die eng geschriebenen Zeilen. »Irgendetwas von Belang?«

»Der Tote weist Spuren von Schlägen auf, tödlich waren jedoch die Messerstiche, sechs an der Zahl. Wir hatten ja schon festgestellt, dass sie sich alle auf der Vorderseite befinden.«

»Hat er sich gewehrt?«

»Es gibt Schnittverletzungen an Armen und Händen, sein Gewand war an einigen Stellen beschädigt. Der Befund spricht für die Version der Chauken, es gab eine Auseinandersetzung, die Friesen stechen auf ihn ein, er wehrt sich, doch sie sind in der Überzahl. Er hatte keine Chance …«

Quintilianus schüttelte den Kopf. »Ich kann nicht glauben, dass es die Friesen waren. Warum sind sie nicht sofort nach der Tat zu den ihren zurückgekehrt? Vielleicht ist Meliobar einfach von gewöhnlichen Dieben überfallen worden oder die Chauken sind untereinander in Streit geraten und haben ihn selbst erschlagen.«

Martius hob die Augenbrauen. »Quintilianus, das glaubst du doch selbst nicht. Der Mann trug einen goldenen Halsring, ein Ring steckte noch auf dem Finger, als man ihn fand, und seine Geldbörse war auch nicht gestohlen, Räuber kommen nicht in Betracht. Und dass die Chauken ihn selbst ermordeten, ist genauso absurd, warum sollten sie die römische Justiz damit belästigen, sie hätten ihn verschwinden lassen können und keiner hätte es gemerkt, oder es hätte keinen gekümmert. Und meinst du nicht, dass die Friesen eben aus den von dir angeführten Gründen noch hier sein könnten, nämlich, um den Verdacht von sich abzulenken? Die Situation ist prekär, gerade heute Morgen erreichte mich die Botschaft der Friesen, dass sie gegen die Chauken ziehen werden, unsere Hilfe in logistischer Hinsicht annehmen, unsere Truppen jedoch nicht benötigen.« Er faltete die Hände vor sich auf dem Tisch. »Nun, die Beute lockt.«

»Unter diesen Umständen kann es ein Problem werden, dass wir die Friesen gefangen halten.« Quintilianus nahm einen Schluck Wein. »Am besten lassen wir sie laufen.«

»Das ist unmöglich, es würde die diplomatischen Verhandlungen mit den Chauken gefährden. Auch dürfen die chaukischen Stämme erst so spät wie möglich von den Vorbereitungen für den friesischen Einfall erfahren, wir müssen also diese Delegation so lange, wie es irgend geht, hier behalten. Reisten sie jetzt zurück und berichteten, dass Friesen einen ihrer Fürsten ermordet haben, so könnten sie im Zorn den Friesen zuvorkommen und unsere Mission vereiteln. Allerdings können wir sie nicht mit Gewalt zurückhalten, Gesandte sind sakrosankt, wie du weißt, die außenpolitische Wirkung wäre fatal, und römische Händler und Delegationen, wo auch immer sie hinreisten, wären nie mehr sicher. Nein, wir werden angeben, dass wir die chaukischen Fürsten als Zeugen in einem möglichen Prozess gegen den Mörder ihres Freundes benötigen.«

»Und wenn wir die Friesen vor Gericht stellten und den Prozess hinauszögerten? Das nähme einige Zeit in Anspruch und wir würden den Gesetzen Genüge tun.«

Martius nickte. »Schon besser. Dafür aber benötigen wir mehr Informationen, und die wirst du sammeln. – Der Tod des Chauken kam wirklich zur Unzeit, wir dürfen schließlich nicht auch die Friesen gegen uns aufbringen. Vorhin besprachen der Statthalter und ich kurz die politische Lage. Leider musste Allius Fuscus zeitig zu einem Gerichtstermin nach Bonna aufbrechen, er lässt seine Grüße ausrichten. Wir beschlossen, und das ist der eigentliche Grund, warum ich dich rufen ließ, dass wir morgen erneut zu den Friesen reisen und versuchen werden, die Lage zu erläutern. Wir brauchen die Friesen nicht nur für den Schlag gegen die Chauken, wir brauchen sie als Bundesgenossen, sie sichern für uns die Einfahrt zum Rhein, und ich muss dir nicht sagen, wie wichtig diese für Handel und Nachschub ist. Also bereite dich auf die Fahrt vor, bei Sonnenaufgang erwarte ich dich an der Mole.«

Morgen schon. Eben noch hatte er sich für morgen mit Fuscia verabredet … »Aber Martius, gerade sagtest du mir, die Ermittlungen sollten schnell vorangehen, und nun soll ich morgen mit dir zu den Friesen reisen? Das wird mich um Tage zurückwerfen. Kann nicht jemand anderes …?«

Martius' Miene wurde ernst. »Quintilianus, du warst mit mir dort in der ersten Mission, du bist Verwandter des Kaisers, daran brauche ich dich nicht zu erinnern, deine Anwesenheit zeigt Roms Wertschätzung den Freunden und Bundesgenossen gegenüber. – Was immer du morgen vorhast, es muss zurückstehen.«

Quintilianus senkte den Kopf, wie leicht war er zu durchschauen. Er griff nach seinem Becher, trank den Wein aus, blickte dann Martius in die Augen. »Du hast recht. Ich werde morgen an der Mole sein, bereit zur Abfahrt.«

Zurück in seinem Arbeitszimmer im Praetorium legte Quintilianus die Toga ab und warf sich einen Mantel über. Wenn es morgen wieder zu den Friesen ginge, musste er eben schon jetzt dem Handelsherrn Pertellis seinen angekündigten Besuch abstatten. Einen der Boten bat er, Livius aus der Taverne zu holen und ihn zu beauftragen, ihn vor dem Hause des Pertellis zu erwarten. Zuvor solle der Sklave aber zu Hause vorbeigehen und frische Kleidung mitbringen. Es konnte nicht schaden, vor dem Aufbruch zu den Barbaren in den Thermen noch ein wenig die römische Zivilisation zu genießen.

Das Handelshaus des Pertellis nahm eine ganze Insula ein. Quintilianus durchschritt die große Einfahrt, die breit genug war, einen Ochsenkarren durchzulassen, trat in den Hof und winkte einen der Arbeiter zu sich.

»Kann ich helfen, Herr?«

»Ja, ich suche Pertellis.«

»Oh, tut mir leid, das ist ein unglücklicher Zeitpunkt. Der ist nicht zu sprechen.«

»Ach? Er hatte mich doch zu sich gebeten, das wundert mich nun.« Quintilianus zupfte wie zufällig an seinem Mantel, sodass der Purpurstreifen seiner Tunika sichtbar wurde.

»Er hat nicht gesagt, dass er um diese Zeit Besuch erwartet.« Der Mann musterte ihn, seinen Purpurstreifen. »Ich werde sehen. Warte bitte, ich bin sofort zurück.« Er eilte davon, verschwand hinter einer der Türen. Kurz darauf kehrte er in Begleitung eines anderen Mannes zurück. Es war nicht Pertellis, handelte sich aber wohl um einen seiner engeren Mitarbeiter, angesichts der geschmackvollen Tunika und der gepflegten Erscheinung. Einen schönen Gürtel trug er, die Schnalle blinkte in der Sonne, war sie aus Gold? Nun, selbst bei einem hohen Angestellten eines bedeutenden Handelshauses wohl kaum.

»Mein Name ist Maximius Iberius, sei gegrüßt. Selbstverständlich werde ich Pertellis sofort Bescheid geben. Darf ich dich bitten, mir zu folgen?« Iberius geleitete Quintilianus in einen Raum im rechten Flügel des Gebäudes, in dem offenbar geschäftliche Verhandlungen geführt wurden. »Wen darf ich Pertellis melden?« Iberius neigte den Kopf, als Quintilianus seinen Namen nannte. »Werter Gaius Claudius Quintilianus, ich muss dich um ein wenig Geduld bitten, ich hoffe, das bereitet dir keine Ungelegenheiten. Darf ich etwas zu trinken bringen lassen?«

Quintilianus verneinte dankend und ließ sich in einem der Sessel nieder, die um einen großen Tisch gruppiert standen. Es schien hier nicht ungewöhnlich zu sein, illustre Gäste zu empfangen – und unerwünschte abzuweisen. Denn natürlich hatte Pertellis seinen Leuten eingeschärft, fremde Besucher erst einmal von ihm fernzuhalten.

Doch Quintilianus brauchte nicht lange zu warten und Pertellis trat herein. »Welche Überraschung!«

Quintilianus erhob sich. »Entschuldige meinen unangemeldeten Besuch, ich war gerade in der Nähe und dachte, ich schaue einmal vorbei.«

»Ich schlage vor, wir gehen in mein Arbeitszimmer, hier ist es ein wenig geschäftsmäßig. Du bist wohl kaum gekommen, um eine Warenlieferung zu besprechen?«

»Nein, selbstverständlich nicht. Auch wenn ich zugeben muss, dass ich neugierig bin. Ich war noch nicht oft in einem Handelshaus und noch nie in einem so bedeutenden wie deinem. Allein die Größe deines Anwesens kündet von deinem Erfolg.«

Pertellis winkte ab. »Ich fürchte, hier gibt es nicht viel zu sehen.«

Quintilianus folgte Pertellis hinaus.

Sie überquerten den Hof und Pertellis deutete auf den gegenüberliegenden Flügel. »Dort sind die Lager für die Güter, die hier in der Colonia gehandelt werden. Die örtlichen Händler kaufen sie und holen sie selbst oder lassen sie liefern. Dort drüben sind die Stallungen«, er wies auf die niedrigen Gebäude neben dem Eingang. »Wir haben einige Fuhrwerke, mit denen wir ausliefern. Aber meistens lassen die Händler ihre Waren abholen. Ohnehin bleibt vieles gleich in meinen Lagerhäusern am Hafen und wird von dort weiterverschifft.« Pertellis ging weiter und öffnete eine Tür am hinteren Ende des Hofes. Mit einladender Geste bat er Quintilianus einzutreten. Trotz der Schränke und Regale, die dem Aufbewahren von Schriftstücken dienten, war zu erkennen, dass Pertellis auch im Arbeitsalltag auf Komfort nicht verzichten wollte. Das Mobiliar bestand aus einigen Korbsesseln mit Polstern aus schimmerndem, farbenprächtigem Stoff, zwei Klinen luden zum Entspannen ein, die in sonnigem Gelb bemalten Wände sorgten für eine heitere Atmosphäre. In einer Wandnische stand neben einer Merkurius-Statuette eine Wasseruhr und ließ ein beruhigendes Tropfen hören. »Sehr hübsch hier.«

»Danke. Ja, wenn ich schon so viel Zeit hier verbringe, dann möchte ich mich wohlfühlen. Nimm doch Platz.«

Quintilianus versank in den weichen Polstern des Sessels. Kaum hatte er es sich bequem gemacht, da trat schon ein junger Mann ein, beladen mit einem Tablett.

»Da ich des Morgens nicht zum Essen komme, nehme ich in der Regel um diese Zeit einen kleinen Imbiss zu mir. Leistest du mir Gesellschaft?«

Quintilianus nickte und Pertellis ließ ihnen einschenken. »Rufus, du kannst jetzt gehen. Sag Iberius, er soll sich um die anstehende Lieferung kümmern. Er weiß Bescheid.« Der

Handelsherr reichte Quintilianus ein grünlich schimmerndes Glas.

»Iberius scheint ein fähiger Mann zu sein«, sagte Quintilianus, nachdem er gekostet hatte. Ein ausgezeichneter Tropfen.

»O ja, wenn ich ihn nicht hätte, käme ich gar nicht mehr zum Schlafen. Er nimmt mir viel ab, zudem beherrscht er die germanischen Sprachen.«

»Wie kam es eigentlich, dass du dich auf den Handel mit den Barbaren spezialisiertest?«

»Oh, als spezialisiert würde ich das nicht bezeichnen. Ich treibe mit jedem Handel, der etwas zu veräußern hat, auch mit den Germanen, aber keineswegs ausschließlich. Dieser Wein beispielsweise stammt aus Gallien, ich vertreibe ihn weiter in die südlichen Provinzen, bis nach Rom.«

Quintilianus nippte noch einmal. »Er ist hervorragend.«

»Ja, nicht wahr? Hinsichtlich Weinanbau und Kelterei haben die Gallier schnell gelernt.«

»Dennoch, wie ich weiß, unterhältst du seit Langem schon Geschäftsbeziehungen zu den Germanen, Friesen, Chatten, Chauken und wie sie alle heißen.«

Pertellis nickte und nahm sich eine getrocknete Feige. Sorgfältig entfernte er den Stiel und legte ihn an den Rand seines Tellers. »Die Kontakte sind in langen Jahren gewachsen, könnte man sagen. Sicherlich hat aber auch der Bernsteinhandel zu dieser erfreulichen Entwicklung beigetragen.«

»Bernstein kommt aus dem Norden, von der Küste, nicht wahr?«

»Ja, in der Hauptsache von dem Mare Suebicum im Osten, aber auch an der Küste des nördlichen Mare Germanicum ist er zu finden.«

»Und die Handelswege des Bernsteins führen über die Colonia Agrippinensis? Ich würde meinen, der direkte Weg gen Süden wäre wirtschaftlicher.«

Pertellis hob die Brauen. »Da hast du recht. Früher nahmen die Händler auch diese Route. Nach den kriegerischen Umtrieben der Markomannen unter unserem verehrten Kaiser Marcus Aurelius wurde der Weg allerdings zunehmend gefährlich und unwegsam. Man wich auf die westliche Route aus und die Agrippinensis profitiert nun davon. Fast der gesamte Bernsteinhandel wird inzwischen über unsere Colonia abgewickelt.«

Wird über Pertellis' Haus abgewickelt, mutmaßte Quintilianus. »Und die Chauken bringen dir ihren Bernstein hierher?«

»Wir holen Waren ab, wenn es sich ergibt, manchmal allerdings bringen sie sie her. Bernstein natürlich, Felle, aber gelegentlich auch Wildtiere. Die liefern sie direkt an die hier ansässigen Tierhändler, damit habe ich nichts zu tun.« Er hob die Hand. »Für die Tierhatzen in Rom. Unser Kaiser Commodus, die Götter mögen ihm allzeit gewogen sein, hat ja eine Vorliebe dafür, und so herrscht in der Hauptstadt ständig ein unglaublicher Bedarf an Tieren aller Art.«

»Diese Chauken, Pertellis ...«

»Ja, ein unglaublich rüpelhafter Haufen, ich weiß.« Der Handelsherr seufzte und knabberte an seiner Feige.

»Du weißt sicherlich, dass einer der ihren einem Mord zum Opfer gefallen ist?«

»Gut, dass du drauf zu sprechen kommst. Natürlich weiß ich davon, eine unangenehme Geschichte. Wenn ich dir in irgendeiner Weise dienlich sein kann?«

»Das ist sehr freundlich von dir. Du hast der Delegation einen Begleiter zur Seite gestellt, einen gewissen Lanterbus.«

»Das ist richtig. Keine leichte Aufgabe für ihn, er war nicht angetan davon, die Chauken zu betreuen.«

»So gehört die Betreuung von Germanen nicht zu seinen gewöhnlichen Pflichten?«

»Nein. Eigentlich ist er verantwortlich für die Zusammenstellung georderter Waren. Er springt nur ein, wenn Not am Mann ist.«

»Wer kümmert sich üblicherweise um deine Handelspartner aus dem Norden?«

»Valerius Comazon, einer meiner Unterhändler, mein bester Mann in der Region.«

»Wenn es dir nichts ausmacht, würde ich mich mit ihm gern einmal unterhalten, ich möchte mehr über das Volk der Chauken erfahren und besonders über die Mitglieder der Delegation.«

Pertellis schwieg einen Moment. »Es würde mir keineswegs etwas ausmachen, allerdings ist Comazon am frühen Morgen der Iden des Juni gen Norden aufgebrochen. Das ist eine heikle Situation, denn der Termin seiner Abreise überschnitt sich mit dem Aufenthalt der Chauken. Die Chauken sind schwierig, sie haben sich an Comazon gewöhnt. Sie gehören zu dem Gebiet, das er betreut, der Handel läuft immer über ihn. Und normalerweise besteht er darauf, sich um sie zu kümmern. Doch diese Reise war von langer Hand geplant, der Besuch der Chauken erfolgte jedoch kurzfristig, ohne Anmeldung.« Pertellis schob ein paar Unterlagen zu einem Stapel zusammen und ließ seine Hand darauf ruhen. »Ehrlich gesagt hatte ich mit Schwierigkeiten gerechnet, doch zeigten sich die Barbaren einsichtig und waren bereit, einen neuen Betreuer zu akzeptieren. Lanterbus allerdings fühlte sich dieser Aufgabe nicht gewachsen. Seinem Wunsche gemäß berief ich ihn ab und kümmere mich seither selbst um die Chauken, allerdings kommen sie mittlerweile ganz gut allein zurecht.«

»Sind es immer die gleichen Chauken, mit denen ihr zu tun habt?«

»Nun, sie wechseln. Obwohl, der ein oder andere Bekannte ist schon immer dabei.«

»Dieser Meliobar zum Beispiel, kanntest du den?«

Pertellis legte den Rest der Feige neben den Stiel auf den Teller. »Meliobar? Ja, der kam wohl häufiger. Ich erinnere mich, dass Comazon den Namen gelegentlich erwähnte. Er hielt ihn für sehr verlässlich, wenn ich mich nicht irre. Mir selbst ist der Mann jetzt leider nicht präsent, du musst verzeihen, so vertraut bin ich mit ihnen nicht.«

Umso wichtiger, sich mit Pertellis' Angestellten zu unterhalten. »Wohin beabsichtigte Comazon denn zu reisen?«

»Die genaue Route habe ich nicht im Kopf, aber er wollte zuerst einige Abgesandte der Chatten in einer Siedlung nicht weit entfernt, auf der anderen Rhenus-Seite, treffen und dann weiter nordwärts zu den Friesen und Ampsivariern. Auf dem Wege macht er normalerweise in der Traiana Station, um dort Waren zuzuladen. Wenn es dich interessiert, kann ich in den Unterlagen nachsehen, er hat sicherlich einen Bericht über die vorgesehenen Stationen verfasst.«

Das hörte sich an, als würde Comazon nicht so bald zurückerwartet. »Steht auch ein Besuch bei den Chauken auf seinem Plan?«

Pertellis zuckte die Achseln. »Nun, bei unseren Reiserouten versuchen wir so viele Stämme und Handelsplätze wie möglich abzudecken. Wenn nichts dazwischenkommt, wird Comazon bis zu den Chauken, vielleicht sogar darüber hinaus bis zum Mare Suebicum reisen.«

»Was sollte ihn hindern?«

Pertellis' Mundwinkel zuckten. »Das Wetter? Der ein oder andere feindliche Übergriff? Es ist nicht ungefährlich, sich im freien Germanien zu bewegen. Ständig muss man damit rechnen, dass sich die Bündnispartner ändern. Heute Freund, morgen Feind. Demzufolge können wir die Routen zwar im Vorfeld planen, aber ob sie letztlich auch genauso durchgeführt werden, hängt von vielen Faktoren ab. Für diese Reisen braucht man Erfahrung, Kenntnisse über die Völker, reichlich Fingerspitzengefühl und bei Bedarf ein scharfes Schwert und eine harte Hand. Dennoch weiß ich nie, ob ich Comazon wiedersehe.«

Quintilianus nickte. »Zu schade, dass er schon weg ist, ich hätte ihn wirklich gern kennengelernt.«

»Ich hoffe sehr, dass sich dazu noch die Gelegenheit bieten wird.«

Quintilianus bemerkte eine gewisse Unruhe bei seinem Gegenüber, Pertellis warf einen Blick auf die Wasseruhr. »Wann erwartest du ihn zurück?«

»In drei, vier Monaten, wenn alles gut läuft.« Pertellis erhob sich. »Entschuldige, Quintilianus, ich hoffe, ich habe deinen Wissensdurst vorerst gestillt. Wenn nicht, so stehe ich dir gern Rede und Antwort. Nur nicht jetzt, ich erwarte gleich einen wichtigen Kunden.«

»Natürlich.« Eilig trank Quintilianus seinen Wein aus und erhob sich. »Ich danke für deine Auskunft, Pertellis. Wenn nötig, nehme ich dein Angebot gern an.«

»Dann besuche mich zu Hause. Meine Frau würde sich sehr freuen, dich als ihren Gast zu begrüßen.«

Quintilianus folgte einem Sklaven hinaus. Das Gespräch hatte viele Fragen aufgeworfen. War es wirklich ein unglücklicher Zufall, dass der Betreuer der chaukischen Handelspartner abreiste, kurz nachdem diese angekommen waren?

Und warum dann zu den Chauken, deren Abgesandte gerade hier weilten? Auch schien die plötzliche Zeitnot des Pertellis eher vorgeschoben. Quintilianus nahm sich vor, so bald wie möglich mit Allius Fuscus über Pertellis zu sprechen, der kannte den Handelsmann ja gut, würde ihn einschätzen können.

Draußen war ein kühler Wind aufgekommen, die Sonne verbarg sich hinter dunklen Wolken. Quintilianus wickelte seinen Mantel enger und sah sich nach Livius um. Konnte der Kerl nicht einmal zur Stelle sein, wenn man ihn brauchte? Quintilianus schlenderte die Straße entlang, Richtung Capitols-Tempel. Vor den Auslagen einer Bäckerei leuchtete Livius' roter Haarschopf.

»Hast du eben in der Taverne nichts bekommen?«

Schuldbewusst sah Livius sich um, eine Pastete in der Hand, aus der Fett auf den Boden tropfte. »Du bist schon fertig, Herr? Natürlich musst du genau dann herauskommen, wenn ich mal für einen Augenblick nicht am Platz bin.«

Dieser Sklave schaffte es doch, ihm die Schuld an seinem Versäumnis zuzuschieben. Quintilianus schüttelte den Kopf. Na, immerhin trug er einen Beutel bei sich, der hoffentlich eine frische Tunika, Strigulum und Duftöle enthielt. »Du wirst mich in die Thermen begleiten.«

Livius biss in seine Pastete und nickte beflissen. »Du hast keinen Hunger?«, fragte er mit vollem Mund und wischte sich mit dem Handrücken Krümel und Fett vom Kinn.

»Nein. Pass auf, dass du meine Sachen nicht mit Fett beschmierst.«

Livius schwieg den ganzen Weg bis zu den Thermen, obwohl sie den lebhaftesten Teil der Stadt durchquerten. Normalerweise hätte sein Sklave Quintilianus auf das eine oder andere Sehenswerte hingewiesen.

Am Eingang nahm Quintilianus den Beutel an sich. »Du gehst am besten zurück nach Hause. Ich reise morgen in aller Frühe gen Norden. Pack mir das Nötigste zusammen. Vergiss die Hosen nicht, ein paar warme Beinlinge und die Wolltunika. Aber auch eine aus Leinen, man kann nicht wissen.«

Livius runzelte die Stirn. »So plötzlich? Warum hast du nicht früher etwas gesagt?«

»Weil du ohnehin erst im letzten Augenblick gepackt hättest.«

»Hmm.«

»Also mach schon. Sag auch den anderen Bescheid, dass ich morgen vor Sonnenaufgang geweckt werden will und ein paar Tage fort sein werde.«

Mit einem unverständlichen Brummen machte Livius sich davon.

Quintilianus entrichtete das Eintrittsgeld, nahm die Handtücher entgegen, die ein Angestellter ihm reichte. Im Umkleidebereich zog er sich aus und wand sich ein Tuch um die Hüften. Er schlüpfte in die Holzpantoletten und vertraute seine Sachen der Aufsicht an, zur Sicherheit gab er dem Mann ein As zusätzlich. Als Erstes wollte er ein wenig im warmen Wasser entspannen. Das Becken war leer, doch nicht lange, und zwei weitere Besucher betraten den Raum. Quintilianus nickte ihnen zu, sie erwiderten seinen Gruß und ließen sich neben ihn in das Wasser gleiten, unterhielten sich mit verhaltenen Stimmen. Es ging erneut um die Erhöhung der Zölle, die zu erwartenden neuen Steuern. Offenbar beschäftigten diese Themen momentan einen jeden.

Nach einer Weile verließ Quintilianus das Becken, nickte den beiden Männern noch einmal zu und ging in Richtung der Massageräume. An der Tür kam ihm ein breitschultriger

Schwarzer entgegen und bot seine Dienste an, so folgte ihm Quintilianus zu der Liege und ließ sich nieder. Schon mit den ersten Griffen erwies sich der Riese als Meister seines Fachs. Seine Hände griffen fest, aber nicht schmerzhaft zu und bald entspannten sich die Muskeln. Fast war Quintilianus eingeschlafen, als ihn heftiges Klatschen auf den Rücken in die Welt zurückholte.

»Fertig«, sagte der Schwarze.

An einem der Becken goss sich Quintilianus Wasser über den Rücken und fühlte sich wohl wie schon lange nicht mehr. Aus den Augenwinkeln sah er, wie die zwei Männer von vorhin auf ihn zukamen, nun in Begleitung eines dritten. Diesen erkannte Quintilianus sogar mit nur flüchtigem Blick. Obwohl der Mann aus dem Warmbaderaum kam und der Körper noch vor Nässe tropfte, war das Lendentuch in akkuraten Falten um den Leib geschlungen; das Haar, penibel aus dem Gesicht gekämmt, glänzte ölig, die Lider hingen schwer über die Augen. Kein Zweifel, das war Crispus, der Freund von Senator Capito, immer auf der Suche nach Neuigkeiten, wie es schien. Angeregt diskutierte er mit dem dickeren seiner Begleiter, hob und senkte die Hände in schneller Folge. Bei Jupiter, auf eine Begegnung mit dem Schriftsteller hatte Quintilianus jetzt keine Lust. Er stellte die Wasserschale zurück und eilte in das Sudatorium.

Den Bauch auf dem warmen Marmor, das Kinn auf den Händen dachte er über Crispus nach. Warum mochte er ihn nicht, Grund hatte der ihm eigentlich keinen gegeben. Es war eher ein Gefühl. Und die leidige Reise zu den Friesen würde ihm ohnehin zunächst weitere Begegnungen mit Crispus ersparen. Quintilianus seufzte. Ach, was sollte es, andere fuhren regelmäßig in den Norden. Dieser Comazon zum Beispiel. Wie oft der die Reise wohl schon unternommen hatte? Nun, wenn der bis zum Mare Suebicum reiste, würde er wohl kaum vor dem Herbst zurück sein. Zu lange, um wirklich eine Hilfe sein zu können. Quintilianus legte sich auf den Rücken und verschränkte die Hände im Nacken. Die Decke war dunkelblau bemalt, goldene Sterne funkelten im Licht. Hm, in den frühen Morgenstunden der Iden des Junis, hatte Pertellis gesagt, war dieser Comazon aufgebrochen. Quintilianus richtete sich auf. An jenem Morgen war der tote Chauke gefunden worden …

Kapitel VII

Wieder stand er auf dem Deck des Schiffes, wieder blickte er auf den Hafen der Colonia Agrippinensis, roch den Geruch des Flusses am frühen Morgen, wie schon vor knapp zwei Wochen. Es war, als sei die Zeit stehen geblieben, dasselbe Schiff, dieselbe Mannschaft, dieselben Begleiter wie bei der letzten Reise. Sogar die Szenerie des Hafens – das in der aufgehenden Sonne schimmernde Wasser, die rot glühenden Säulen des Neptun-Tempels, die Frachtkähne und Flussschiffe – glich der seines letzten Aufbruchs.

Warum aber fuhren sie nicht ab? Die Ruderer saßen auf ihren Bänken, bereit, sich beim Ruf des Befehlshabers in die Riemen zu legen. Ein Mann stand parat, die Leine vom Holzpflock am Pier zu lösen, zwei andere warteten mit den Stangen zum Abstoßen, doch nichts geschah. Ein schwer beladener Frachtkahn glitt an ihnen vorbei zur Ausfahrt des Hafens, zwei Fischerboote folgten, sie würden sie alle überholen müssen auf dem Weg nach Norden. Die Sonne stieg höher, es wurde wärmer, ein schöner Tag kündigte sich an.

Quintilianus gähnte, blickte hinüber zu Martius und dem Befehlshaber des Schiffes, die am Bug standen und auf den Pier blickten, beide hochaufgerichtet, hellwach, Martius in eleganter Reisekleidung, der Befehlshaber in Tunika und

Brustpanzer, den Helm unter dem Arm. Ein nochmaliges Gähnen unterdrückend, schlenderte Quintilianus zu ihnen hinüber. »Worauf warten wir? Der Weg ist weit, wäre es nicht Zeit abzulegen?«

»Vorhin erreichte mich die Botschaft, dass wir zwei weitere Passagiere bekommen werden.« Martius deutete auf den hölzernen Pier, unter dessen Kolonnade jetzt einige Personen sichtbar wurden.

Ein älterer Mann mit Rute und Korb in den Händen, ein Angler, wie es schien, hielt auf einen Poller zu, setzte sich darauf und befestigte einen Köder am Haken der Rute. Der war es sicher nicht, den sie erwarteten. Hinter ihm jedoch schritten zwei Römer an der Spitze eines Pulks von Sklaven, winkten, stiegen die Planke empor und an Bord des Schiffes. Martius nickte dem Befehlshaber zu, der brüllte Befehle, die Leine fiel, die Planke wurde eingezogen, das Schiff abgestoßen, Quintilianus hörte die Ruder in das Wasser tauchen. Endlich.

Die Männer näherten sich und nun erkannte Quintilianus sie: Senator Capito aus Rom und der Schriftsteller Crispus, auch das noch. »Salvete. Ihr werdet mit uns fahren?«

»Salvete Gaius Claudius Quintilianus, Julius Martius, guten Morgen.« Capito wandte sich an Quintilianus. »Ich freue mich, dich wiederzusehen. Ja, wer hätte das gedacht, dass wir zusammen reisen. Ich werde euch ein Stück begleiten, muss in die Colonia Ulpia Traiana und dort für den Kaiser nach dem Rechten sehen. Der ehrenwerte Statthalter Allius Fuscus, mit dem wir neulich speisten, bot uns an, mit euch zu reisen, eine gute Gelegenheit. – Entschuldige die Verspätung, Martius, aber die Sklaven ... Bis die mit dem Frühstück bereitstanden, dauerte es seine Zeit, nun, wir sind hier in der Provinz.« Er strich sich über den stattlichen Bauch.

Martius nickte, sagte: »Willkommen an Bord«, und deutete auf eine Gruppe von Tisch und Stühlen mittschiffs. »Ich weiß wohl noch aus unseren Zeiten in Rom, werter Capito, dass du die Ansicht vertrittst, mit leerem Magen könne man keine Staatsgeschäfte abwickeln. Ohne von eurem Kommen zu wissen, ließ ich einen Imbiss vorbereiten, doch es ist genug für alle da, schade, dass du nun keinen Hunger mehr verspüren wirst nach deinem provinziellen Frühstück. Nun, wir anderen können uns dennoch an den Speisen laben.«

Capito schmunzelte gutmütig. »Ach, Martius, die Staatsgeschäfte werden mir noch leichter von der Hand gehen, nehme ich dein freundliches Angebot an. Und einen Schluck Wein werde ich auch nicht abschlagen.« Schon nahm er Platz und griff nach einem der bereitstehenden Becher. Crispus, mit tiefen Ringen unter den Augen und von recht blasser Gesichtsfarbe, folgte ihm.

Quintilianus wechselte einen Blick mit Martius, der hob leicht Hände und Schultern, dann ließen auch sie sich nieder. Sklaven brachten die Speisen, in der Tat mehr als genug, und Quintilianus, der noch nichts gegessen hatte, griff zu. Den Wein indes ließ er stehen, Wasser genügte ihm am frühen Morgen.

»Etwas frisch hier an Deck«, ließ sich Crispus vernehmen, zog seinen Mantel enger um sich und winkte einem Sklaven. »Wärme mir den Wein.«

»Nun«, erwiderte Martius, »wir können auch unter Deck gehen, doch dies ist ein Truppentransporter, hier oben ist die Luft angenehmer. Und da es im Schreiben des Statthalters heißt, du wolltest eine Abhandlung über Land und Leute schreiben, Crispus, wird es für dich inspirierend sein, den Rhenus hinabzufahren.«

»Nun, die Reise ist noch lang genug, ich werde vieles sehen

können.« Crispus massierte sich die Schläfen. »Du musst verstehen, Martius, die Nacht gestern war lang, ich bin ein wenig angegriffen.«

Quintilianus nickte ihm zu. »Die frische Brise wird dir guttun und da kommt auch dein warmer Wein. Bis zur Traiana ist es nicht weit, dort wirst du eine Möglichkeit finden, dich auszuruhen. Die Herberge ist hervorragend, sowohl von der Unterbringung her als auch von Speise und Trank. Sehr komfortabel und deinem Stand angemessen, nicht wahr, Martius?«

»Ganz recht.«

»Aber ich werde nicht in der Traiana bleiben, ich reise mit euch zu den Friesen. Stand das nicht in Fuscus' Schreiben, Martius?« Crispus nahm einen tiefen Schluck des dampfenden Weines, atmete durch, streckte sich. »Oh, das tut gut.«

»Wie bitte?« Martius hob die Augenbrauen. »Keinesfalls wirst du mit uns zu den Friesen reisen, und selbst hätte Fuscus in seinem Schreiben dergleichen angekündigt, ich als Anführer der Delegation untersage es. Wir haben eine politische Mission, werden Gespräche führen, die dich nichts angehen und für deine Schreiberei auch nicht von Relevanz sind.«

Crispus lächelte. »Ach, worüber werdet ihr schon reden, das ich nicht weiß oder wissen darf. Es wird um die festgesetzten Friesen gehen, die verdächtig sind, den Chauken erstochen zu haben. Die Friesen sind unsere Freunde und Bundesgenossen, wir dürfen sie nicht verärgern. Du siehst, Martius, ich bin durchaus im Bilde, und zudem habe ich von Commodus persönlich den Auftrag erhalten, auch über das Auftreten römischer Delegationen zu berichten, es für die Nachwelt festzuhalten.« Er griff unter seinen Mantel, zog eine Lederhülle hervor und entnahm ihr eine gesiegelte Pergamentrolle. »Sieh selbst.«

Martius' Blick war kalt, als er die Rolle nahm, las und Crispus zurückreichte. »Quintilianus, wir müssen sprechen. Capito, du entschuldigst uns.«

Der Senator nickte, kauend. Quintilianus stand auf, um Martius zu folgen, wandte sich jedoch noch einmal an den Schriftsteller. »Woher weißt du von dem toten Chauken, von den Friesen? Erzählte Fuscus dir davon?«

»Ach, die ganze Stadt spricht über nichts anderes, jeder weiß es, die Chauken halten sich nicht zurück mit ihren Beschuldigungen. Aber gerade eine solche Situation ist spannend und für die Nachwelt wichtig. Welche Auswirkungen haben derartige Probleme auf die Handelsbeziehungen, wie lösen Commodus' Männer die diplomatischen Verstrickungen?« Crispus lehnte sich zurück, nahm einen tiefen Schluck. Das Gesicht war schon nicht mehr so blass, lag es an dem Wein oder dem Disput?

Quintilianus schritt neben Martius zum Heck des Schiffes, setzte sich auf die zusammengerollten Seile. Schnell glitten sie jetzt stromabwärts, der Wind stand günstig und man hatte die Segel gesetzt, zudem trieben die Ruderer das Schiff noch weiter vorwärts.

Martius nahm neben ihm Platz. »Mir liegt an deiner Meinung, Quintilianus. In der Tat stammt Crispus' Dokument von Commodus und besagt, er sei in allem zu unterstützen. Keine Ahnung, in welchem Verhältnis er zu unserem geschätzten Kaiser steht, auf jeden Fall ist das Schreiben echt. Ich hatte auch einen kaiserlichen Auftrag, den ich erfüllte, wie du weißt«, Martius lächelte freudlos, »doch jetzt läuft die Kommunikation mit Rom in dieser Sache über den Statthalter. Fuscus überlässt mir die Entscheidung, ob wir Crispus mitnehmen, sonst hätte er klare Anweisung gegeben. Und ich muss abwägen, ob ich dem Befehl des Kaisers folge und Crispus unterstütze oder Commodus wegen der Brisanz der Sache zuwiderhandele. Du, als sein Verwandter, kennst Commodus besser als ich, wie schätzt du die Lage ein?«

Quintilianus antwortete nicht sofort. Es war das erste Mal, dass Martius seinen Rat begehrte, mit ihm als Gleichrangigem sprach. Doch die Frage, die Martius gestellt hatte, war schwierig zu beantworten. Zwar war Quintilianus mit Commodus verwandt, doch nur sehr weitläufig, wirklichen Kontakt, persönliche Gespräche hatte es nie gegeben. Was Martius durchaus bewusst sein musste. »Nun«, begann Quintilianus und blickte Martius in die ernsten braunen Augen, »Commodus ist jähzornig und leicht erregbar, wächst aber an den Aufgaben, so erzählt man sich in meiner Familie. Früher hätte er Ungehorsam sofort bestraft, mit Degradierung, Verbannung vielleicht, heute könnte er zunächst über die Gründe nachdenken. Könnte, wohlgemerkt, denn so genau weiß man es bei ihm nicht, ist die Gesamtsituation schwierig, mag es sein, dass er seinen Unmut auf einem Nebenkriegsschauplatz wie diesem abreagiert.«

»Meinst du, er stellt persönliche Beweggründe über das Wohl des Reiches?«

»Ehrlich gesagt, nein, aber sicher kann man sich nicht sein. Wenn du Crispus die Mitreise verbietest, könnte es das Ende deiner Karriere bedeuten. Aber ehrlich gesagt, wäre es denn ein so großer Schaden, nähmen wir ihn mit? Er weiß von den festgesetzten Friesen, und dass die friesischen Stämme einen Feldzug gegen die Chauken planen, wird er auch bald auf anderem Wege erfahren.«

»Hm.« Martius strich über die Fasern der Seile. »Wir haben Waffen dabei, Schwerter, mit denen die Friesen den Chauken überlegen sein werden, und wir bringen die Kunde, dass bald Schiffsladungen voll mit Lebensmitteln bei ihnen eintreffen werden, schon morgen sollen sie lossegeln.«

»Auch das wird nicht lange ein Geheimnis bleiben. Zudem sind die Friesen Freunde und Bundesgenossen Roms, wir sind verpflichtet, ihnen zu helfen, das wird auch Crispus einsehen. Ich glaube, die Gefahr, dass er Dinge erfährt, die er nicht hören darf, ist geringer als die, in die du dich begibst, untersagst du ihm die Weiterfahrt.«

Jetzt blickte Martius ihm in die Augen, ein Lächeln spielte darin. »Quintilianus, ich glaubte immer, du hättest Vorbehalte mir gegenüber.«

Quintilianus senkte den Kopf. »Ja, das dachte ich auch«, murmelte er. In der Tat hatte er soeben für einen Augenblick all die Abneigung vergessen, die er gegen Martius hegte, vielleicht weil sich dieser zum ersten Mal als Mensch mit Gefühlen gezeigt hatte, nicht als der überlegene, immer rationale, Politik über alles stellende Römer. »Was wirst du tun?«, lenkte er ab.

Martius stand auf, reichte ihm eine Hand. »Ich glaube, ich werde deinem Rat folgen, auch weil ich denke, dass es unserer Sache nicht dienlich ist, gäben wir ihr den Anschein zu großer Heimlichkeit. Ließen wir Crispus in der Traiana, würde sein Misstrauen, seine Neugier erst recht geweckt. Nehmen wir ihn mit, wird er hoffentlich nicht viel Neues erfahren. – Bei allen Göttern, wahrlich eine unschöne Situation. Möglicherweise werde ich dich bei den Friesen bitten müssen, diesen Schreiberling eine Weile zu beschäftigen, während ich die Verhandlungen führe.«

»Vielleicht keine schlechte Idee. Doch noch etwas, Martius, muss ich dir mitteilen. Ich besuchte gestern den Handelsherrn Pertellis, und der erwähnte einen seiner Mitarbeiter, Comazon mit Namen, der gut mit den Chauken, auch mit dem toten Meliobar, bekannt sein soll. Dieser Mann trat direkt nach dem Mord an Meliobar eine Reise an. Ist das nicht äußerst verdächtig? Ich habe Pertellis die Anweisung zukommen lassen, Comazon zurückzubeordern, möglicherweise ist er noch nicht weit gekommen. Vielleicht hilft uns bei den bevorstehenden Verhandlungen, dass die festgesetzten Friesen nicht mehr die einzigen Verdächtigen sind.«

Martius zog die Augenbrauen empor. »Comazon, sagst du? Der Reisezeitpunkt kann natürlich auch Zufall sein. Doch ist es den Friesen gegenüber eine Erwähnung wert, ich werde es anbringen.«

»Noch etwas. Pertellis selbst wirkte während des Gesprächs, als verheimlichte er etwas. Kennst du ihn näher?«

Martius blickte in die Ferne. »Pertellis, nein, ich kenne ihn nicht besonders gut. Allius Fuscus ist mit ihm befreundet, und das wäre er sicher nicht, wenn es an Pertellis irgendetwas zu bemängeln gäbe. – Nun lasse uns zurück zu Crispus gehen und ihm die freudige Botschaft mitteilen.«

Sie erreichten den Rhenus-Arm, der zum Hafen der Colonia Ulpia Traiana führte, bogen hinein. Die Standarte des Statthalters, die der Befehlshaber des Schiffes hatte hissen lassen, garantierte ihnen den besten Platz am Kopf der hölzernen Mole. Capito ging mit seinem Gefolge an Land, winkte und rief: »Bis bald, Freunde.«

Sie würden ihn auf dem Rückweg wieder abholen, vielleicht hatten sie dann sogar Gelegenheit, selbst die Stadt zu besuchen, Quintilianus hoffte es sehr. Der Hafentempel grüßte ihn mit seinen Säulen, und hinter der Stadtmauer wusste er die Herberge, das Theater.

Der Wind blies noch immer aus Süden, das galt es auszunutzen. Schon legten sie wieder ab, die Ruder tauchten rhythmisch in das Wasser, die Segel blähten sich. Nicht mehr lange und sie erreichten den Drususkanal, nicht mehr lange und sie stünden den Friesen gegenüber. Wie würde das Treffen verlaufen? Wenigstens die Waffen, die sie mit sich führten, sollten sie wohl erfreuen. Aber die Tatsache, dass die Römer einige der ihren gefangen hielten, ausgerechnet wegen eines toten Chauken, das war nicht einfach zu erklären. Martius würde das übernehmen, während er selbst Crispus beschäftigte.

Am Abend ankerten sie, speisten, zogen sich früh zurück. Eine Wonne, sich auf das Lager zu legen, die Augen zu schließen, sich vom sanften Schaukeln des Schiffes in den Schlaf wiegen zu lassen.

»Dort ist unser Empfangskommando«, bemerkte Quintilianus und deutete auf eine Schar Reiter, die wie beim letzten Mal am Ufer auf sie warteten. Doch jetzt waren es mehr, viel mehr, bald hundert Mann saßen dort zu Pferde. Verdammt, was bedeutete das?

Martius trat hinzu, hob die Arme zum Gruße der Germanen. Die brachen in wildes Geschrei aus, Willkommensgeschrei hoffentlich.

»Keine Sorge, es sind deshalb so viele, damit sie die Güter, die wir ihnen bringen, ohne Gefahr in ihre Dörfer transportieren können.« Martius winkte nochmals herrschaftlich. »Und du, Crispus«, zischte er, ohne ihn anzusehen, »zeige dich als römischer Adliger und erwäge gut, was du hier fragst und sagst, sonst gefährdest du nicht nur dich, sondern auch uns und unsere Mission.«

Der Befehlshaber des Schiffes brüllte Kommandos, die Ruder wurden schabend eingezogen, die Mole kam näher, schon sprang einer der Männer an Land, ließ sich die Leine zuwerfen. Mit einem Ruck legte das Schiff an.

Martius wartete, bis die Planke auf dem Holz der Anlegestelle aufschlug, dann schritt er von Bord. Quintilianus folgte ihm, auch Crispus setzte sich langsam in Bewegung, hochaufgerichtet und mit unbewegter Miene.

Fredecer, Fürst und Sprecher aller Friesen, in dessen Haus sie übernachtet, an dessen Tafel sie gesessen hatten, empfing sie persönlich. Er ergriff erst Martius' Hände, dann Quintilianus'. »Ich freue mich, euch wieder in unserem Lande begrüßen zu können, es ist mir eine Ehre, euch erneut die Gastfreundschaft zu erweisen. Ihr habt die angekündigten Waren mitgebracht?«

»Ja, Fredecer. Und wir danken für die Ehre, von dir persönlich begrüßt zu werden.« Martius wies auf Crispus. »Lass mich dir Pomponius Crispus vorstellen, der einen Bericht über die Provinz und euer Volk verfassen will.«

»Auch du sei herzlich willkommen, Pomponius Crispus.« Fredecer gab seinen Männern ein Zeichen, die sprangen von ihren Pferden, eilten auf das Schiff und halfen beim Abladen der Kisten. Auch Kisten mit Waffen, hoffentlich war dies kein Fehler.

Inzwischen hatte man ihre Pferde gebracht, sie saßen auf, und auch Fredecer sprang auf sein kleines zotteliges Ross, behände wie ein junger Mann, die grauen Haare flatterten im Wind. »Meine Söhne Rudobar und Elison übermitteln euch Grüße«, sagte er, während er sein Pferd wendete und antrabte, »sie bereiten den Feldzug vor, nehmen Männer aus den anderen Dörfern in Empfang. Wir warteten nur noch auf eure Lieferung, somit können wir bald aufbrechen. Unsere tapferen Krieger sind ein beeindruckender Anblick, ihr werdet sehen.«

Und tatsächlich, kurz vor Fredecers Dorf erstreckte sich auf der Ebene eine Zeltstadt, Pferde weideten in einer eingezäunten Koppel und auf einer großen Wiese übten sich junge Männer im Kampf. Die Oberkörper nackt, nur mit einer Hose bekleidet, bewaffnet mit Speer und Schild, stürmten sie gegeneinander an, schrien und brüllten ihre Kampfrufe, schrecklich anzuhören. Tausende und Abertausende blonder Recken schienen sich auf dem Gelände zu tummeln, Dank sei allen Göttern, dass sie sich gegen die Chauken und nicht gegen Rom wandten. Quintilianus fühlte das Blut in seinen Adern pulsieren. Wie gut konnte er nachempfinden, was in Varus, in Germanicus und in unzähligen Römern vorgegangen sein musste, die mit Germanen konfrontiert worden waren. Und diese hier, die Friesen, galten nicht einmal als die kampfesstärksten, zudem übten sie nur.

Quintilianus spürte Crispus' Blick auf sich, er durfte sich sein Unbehagen nicht anmerken lassen. So setzte er ein Lächeln auf, nickte dem Schriftsteller zu, der, eben noch so gelassen, jetzt ein wenig nervös wirkte. Quintilianus' Lächeln wurde breiter.

Sie ritten den Hügel hinan, auf dem Fedecers Dorf lag, und dann hinein in das pralle Dorfleben. Frauen liefen mit Körben voller Lebensmittel umher, metallisches Hämmern war aus allen Richtungen zu vernehmen, Jungen beluden Wagen mit Getreide aus den Speichern. Ihr Trupp fand nur wenig Beachtung dieses Mal, die Menschen blickten herüber, als sie vorbeiritten, doch keiner ließ von seiner Beschäftigung ab. Der Duft von gebratenem, geräuchertem Fleisch und Fisch hing über den Häusern, und vielfach bemerkte Quintilianus zum Ausbluten aufgehängte Tiere, halbe Rinder, Schweine, Ziegen. Die Vorbereitungen für den Kriegszug beschäftigten einen jeden, ob jung, ob alt.

Angekommen vor dem Haus des Fredecer saßen sie ab, überließen die Pferde ein paar Burschen. Rangnelda, die

Gattin des Fredecer, trat aus dem Haus, an ihrer Seite Thinilda, die Enkelin, das Mädchen, das Quintilianus als hager und herb in Erinnerung hatte. Doch heute war sie hübsch anzusehen, trug ein weites Kleid, um die Taille gegürtet, das ihren Körper umspielte, die blauen Augen strahlten, die blonden Haare hatte sie zusammengebunden und mit einer Blume geschmückt. In den Händen trug sie zwei Becher, einen reichte sie Martius, den anderen Quintilianus. »Willkommen!«

»Danke, Thinilda, und ich freue mich, dich wiederzusehen.« Quintilianus erwiderte ihr Lächeln und hob den Becher. Wein, tatsächlich Wein enthielt er, guten gallischen, eine Wohltat. »Danke«, wiederholte er.

Thinilda errötete. »Du erinnerst dich meines Namens, du hast ein gutes Gedächtnis, Gaius Claudius Quintilianus.«

»Nun, auch du, Thinilda, römische Namen in ihrer Länge müssen schwierig sein für eure Zungen.«

»Nicht so schwierig wie unsere für römische Zungen, denn ich lernte Latein, du aber kennst meine Sprache nicht.«

Oh, sie schien ein kluger Kopf. Das hatte auch Crispus bemerkt, der hinzutrat, sich mit einer tiefen Verbeugung vorstellte und sagte: »Da hast du uns etwas voraus, schöne Thinilda, das würde ich gern aufholen. Da ich eine Abhandlung über euer Land und eure Bürger schreiben möchte, würde ich gerne auch etwas über eure Sprache erfahren. Wirst du sie mir ein wenig nahebringen?«

Schöne Thinilda, dieser Schmeichler. Quintilianus bemerkte mit Sorge die Freude in ihren Augen, bemerkte, wie sie Crispus ansah, und was sie sah, schien ihr zu gefallen. Nun, unattrativ war der Mann nicht mit seinen kurzen braunen Haaren, der athletischen Figur, doch war er deutlich älter als Quintilianus, Ende dreißig mindestens. Und überhaupt, wie konnte Crispus es wagen, mit der Enkelin des Fürsten zu schäkern, welche Verstrickungen konnten daraus entstehen?

Thinilda senkte den Kopf. »Gerne will ich das tun, edler Pomponius Crispus, doch lass mich zunächst auch dir einen Becher Wein holen.«

»Nettes Ding und so zivilisiert.« Crispus blickte ihr nach, die im Inneren des Hauses verschwunden war. Um seinen Mund spielte ein Lächeln, das seine Augen jedoch nicht erreichte. Aufmerksam schweifte sein Blick, musterte die aufgehängten Felle, den Bernsteinschmuck, den Rangnelda um den Hals trug.

»Nun, was immer du als zivilisiert verstehst«, zischte Quintilianus. Er trat zu Martius, dieser hatte ihn unauffällig zu sich gewinkt, und beobachtete aus den Augenwinkeln, wie Thinilda mit einem Becher zurückkam, ihn Crispus reichte, der sich dann angeregt mit ihr unterhielt.

Martius folgte seinem Blick. »Das lässt sich gut an. Ich machte soeben mit Fredecer aus, dass er und ich die diplomatischen Dinge sofort regeln, noch vor dem großen Mahl, zu dem auch seine Söhne und andere Fürsten stoßen werden. Insofern bietet es sich an, dass die Kleine euch ein wenig herumführt. Ihr solltet gleich gehen, bald geht die Sonne unter. Viel Spaß, mein Quintilianus.« Martius grinste.

Schade eigentlich, denn die Diplomatie begann, Quintilianus zu interessieren.

Fredecer hatte inzwischen seiner Enkelin Instruktionen erteilt, die wartete schon ungeduldig. »Ich werde euch unser Dorf zeigen, komm, Gaius Claudius Quintilianus, es ist mir eine Ehre.«

Wohlerzogen war sie, das musste er ihr lassen. »Nenne mich einfach Quintilianus, bitte, der gesamte Name klingt so förmlich.«

»Ja, und mich Septimus«, ließ sich Crispus vernehmen. Das nun wiederum war wirklich übertrieben unförmlich, zumal der Schriftsteller seinen Vornamen in Quintilianus' Gegenwart noch nie erwähnt, sich immer als Pomponius Crispus vorgestellt hatte.

»Gerne.« Sie schritt in ihrer Mitte. »Unser Dorf ist das größte der Friesen, fünfzehn Häuser zählen dazu und Gebäude für Gesinde, Werkstätten, Speicher. Fast alle Familien sind miteinander verwandt, so besteht ein guter Zusammenhalt. Sieh, jenes dort gehört meinem Onkel Aldigar, er ist der zweitmächtigste Mann unserer Gemeinschaft.« Sie deutete auf ein Haus, nicht ganz so groß wie das Fredecers, doch ebenfalls stattlich. Auch hier umstanden mehrere andere Gebäude das Haupthaus, auch hier ertönte Hämmern, Schlagen, Schleifen, von der Schmiedewerkstatt nebenan, erklärte Thinilda. Am Rand des Dorfes suhlten sich Schweine in einem Pferch, Hühner und Gänse liefen zwischen ihnen herum.

»Im Winter müssen wir die Tiere natürlich in unsere Häuser holen, sie wärmen uns und wir sie. Die Rinder, Schafe und Ziegen weiden vor dem Tor, auch sie kommen im Winter zu uns. Doch viele benötigen wir jetzt für den Kriegszug.«

Quintilianus nahm das Schreien der Rinder und Schweine wahr, das angstvolle Blöken von Schafen, freudiges Jungenlachen mittendrin. Es erklang von weiter entfernt, gut, er wollte nicht die Ströme von Blut sehen, sei es auch nur das Blut von Tieren.

Sie sahen sich die Häuser und Höfe an, Gärten – obwohl man die kaum als solche bezeichnen konnte, Gemüsegärten eher. Unterwegs begegneten ihnen Frauen, Kinder und alte Männer. Der Rundgang war nicht unerfreulich und endete am Weiher am Rande des Dorfes, wo einige Weiber Wäsche wuschen, Jungen Tiere tränkten. In der Nähe befand sich eine Grube, die sie für gefangene Wildtiere nutzten, aber auch für Verbrecher. Im Moment sei sie leer, bemerkte Thinilda.

Am Rand des Weihers ließ sich Thinilda auf einem Baumstamm nieder. »Hat euch der Rundgang gefallen?«

»O ja, sehr.« Crispus setzte sich neben sie, wahrte kaum Distanz. »Euer Dorf weist Wohlstand auf, ihr habt eine Menge Vieh, treibt ihr viel Handel?«

Thinilda nickte. »Ja, vor allem mit euch Römern. Wir liefern Fisch, Seehundfelle, Bernstein …«

»Ach, Bernstein?«, fragte Crispus interessiert.

»Ja, allerdings nicht in großen Mengen, dazu noch Felle von Wölfen und Bären. Doch nicht immer ist der Handel erfreulich. Einige unserer Freunde aus dem Nachbardorf sind vor einiger Zeit mit einer Ladung in die Agrippinensis aufgebrochen, sie kamen nicht zurück, denn sie sind eingesperrt – von euch. Für einen Mord, den sie nicht begangen haben.«

Quintilianus starrte sie an, sie wusste davon, kannte gar die Männer? »Du …«

Crispus kam ihm zuvor. »Woher weißt du, dass sie es nicht waren? Du warst nicht dabei, oder?«

Quintilianus biss die Zähne aufeinander, was fiel Crispus ein, die Fürstentochter zu befragen?

»Nein, natürlich nicht, aber ich kenne die Männer mein Leben lang. Sie sind nicht von der unbesonnenen Art, niemals würden sie einen Mann hinterrücks erstechen. Sie wären mit in den Kampf gezogen, aber nun sitzen sie bei euch in Gefangenschaft.« Endlich blickte sie Quintilianus an und ihr Blick traf ihn tief.

»Thinilda, es gibt einiges, das sie verdächtig erscheinen lässt.«

»Sie waren es nicht, keiner von ihnen. Vielleicht werde ich sie besuchen, mit ihnen reden, vielleicht kann ich helfen. Ja, ich werde in die Agrippinensis reisen, schon immer wollte ich eine Stadt sehen.«

Quintilianus unterdrückte ein Lachen. Jungmädchenträume! Eine so junge Germanin, achtzehn, höchstens zwanzig schätzte er sie, wollte allein in die Agrippinensis reisen, niemals würde der alte Fredecer sie gehen lassen.

»Ich würde mich freuen, dich dort zu sehen«, schmeichelte Crispus, »um mehr über eure Sprache zu erfahren.«

»Ja, es gibt viel zu lernen über Sitten und Gebräuche der Germanen im Allgemeinen und Friesen im Besonderen.« Quintilianus stand auf. »Die Sonne geht unter, wir sollten zurückgehen, auch scheinen mir die Männer eures Volkes zum Mahl zusammenzukommen, da sollten wir nicht fehlen.«

»Natürlich.« Thinilda warf einen kleinen Stein auf ein Seerosenblatt, bevor sie ihr Gewand raffte, um aufzustehen. »Wir speisen heute auf dem Festplatz unter der heiligen Eiche, zum einem weil die Führer der Krieger dabei sein werden – und es sind viele –, zum anderen, weil heute der Tag des Donar ist und wir das Feuer auch ihm zu Ehren entzünden. – Ihr müsst wissen, dass es eine große Ehre für euch ist, an diesem Opfer teilhaben zu dürfen, noch nie haben Fremde diesen heiligen Handlungen beigewohnt.«

»Wie interessant.« Crispus folgte der Friesin wie ein Rüde der läufigen Hündin, die lange Nase, die halb geschlossenen Augen auf ihrer Fährte. Wie konnte sich ein Mitglied der römischen Aristokratie nur so benehmen?

Auf dem Festplatz brannte bereits ein Feuer, ungefähr zehn Männer saßen auf Bärenfellen ringsherum, immer mehr strömten hinzu. Thinilda verschwand, Quintilianus gesellte sich zu Martius, der an Fredecers Seite auf einem Stuhl saß, zwei weitere standen dort, je einer für ihn und Crispus. Man bot den Gästen ihren gewohnten Komfort. Martius nickte Quintilianus zu, schloss kurz bestätigend die Augen, signalisierte, dass das Gespräch zwischen ihm und dem Germanenführer wunschgemäß verlaufen war. Fredecer schaute ebenfalls zufrieden. Auch er saß auf einem Stuhl, weil es ihm als Fürst gebührte oder um die römischen Gäste nicht allein erhaben sitzen zu lassen? Das wäre eine Frage, die Crispus interessieren könnte. Doch der hatte schweigend Platz genommen und musterte die versammelten Männer, Rangnelda reichte ihm einen Becher, Crispus trank und strahlte verzückt. Quintilianus erhielt seinen von Fredecer, gefüllt mit Met. Die anderen Männer schienen schon länger getrunken zu haben, denn sie grölten und lachten, prosteten den Römern zu, streuten lateinische Brocken zwischen ihre hart klingenden Laute.

Fredecer stand auf, hob die Arme, der Lärm verstummte. Alle blickten ihn an, als er seine Stimme ertönen ließ, gen Süden wies, auf die römischen Gäste zeigte. Die Mienen der Männer verfinsterten sich, wütendes Geraune, Gezische entwich ihren Mündern, mancher griff nach seinem neben ihm liegenden Speer. Berichtete Fredecer von den festgesetzten Friesen? Quintilianus sah sich nach Thinilda um, sie hätte übersetzen können, doch sie war nirgends zu sehen. Martius saß ungerührt auf seinem Stuhl, ihn hatte Fredecer sicher eingeweiht in das, was er seinen Männern sagen wollte. Fredecer sprach weiter, das Geraune verstummte, er zeigte noch einmal auf Martius und Quintilianus, vollführte eine Geste, als schwinge er ein Schwert, hob die Stimme und streckte seinen Arm nach Osten aus. Die Friesen sprangen auf, schüttelten ihre Speere und brüllten lauthals, bedrohlich, doch nicht gegen Rom gerichtet. Quintilianus atmete durch, Mars sei Dank, der Zorn der Friesen zielte auf die Chauken, das hatte auch er verstanden, und er hoffte, dass sie sich niemals gegen Rom erheben würden.

Fredecer hob erneut die Arme, sprach. Sofort verstummten die Männer, setzten sich, blickten in Richtung der Häuser. Von dort schritt ein Mann in langem Gewand heran, die Haare offen, ein großes Messer in der Hand, im Zwielicht mehr ein Schatten denn ein Mensch. Ihm folgten zwei Jungen mit einem Schafbock. Je näher sie kamen, desto deutlicher waren sie zu erkennen. Der Mann war alt mit weißem Haar, die Jungen fast noch Knaben, der Schafbock ein ausgesprochen schönes Tier. Stille herrschte jetzt, außer dem Knacken des brennenden Holzes war nichts zu hören. Der Alte trat ans Feuer, schrie plötzlich Worte in den Himmel, hob die Arme, drehte sich um seine Achse, schrie wieder, sprang zu dem Tier und schnitt ihm die Kehle durch. Schnell, effektiv. Der Schafbock sackte tonlos zusammen. Die Knaben fingen in einer großen Schale das Blut auf, dann hob der Alte das leblose Tier hoch – wer hätte ihm solche Kräfte zugetraut – und warf den ganzen Bock in das Feuer. Funken stoben, es zischte, als das Fell Feuer fing, der Gestank von brennender Wolle, brennendem Fleisch, brennendem Horn erfüllte die Luft. Quintilianus nahm einen tiefen Schluck Met. War dies ein besonderes Opfer wegen des bevorstehenden Kriegszuges, wurde heute dem Gott das ganze Tier gegeben, blieb nichts für die Menschen? Und doch, es blieb etwas, Knaben reichten den Kriegern die Schüsseln mit Blut, diese tranken, reichten die Schüssel weiter, fuhren sich mit der Hand über die Lippen, wischten die Finger an ihren Hosen ab. Gute Götter, sie tranken das frische Blut des Opfers, des Schafbockes, würden sie auch das Blut der gefangenen und getöteten Feinde trinken, wie es die Alten berichteten? Hatten sie das Blut des Varus und seiner Männer getrunken? Quintilianus zweifelte keinen Lidschlag daran, nicht, wenn er in diese wilden Gesichter blickte, von flackernden Flammen erhellt, diese Augen, vom Met, vom Blut, der Rede berauscht – er sah zu Crispus, dessen Miene Erregung spiegelte, als ein Friese ihm die Blutschale reichte. Mit geschlossenen Augen führte Crispus das Gefäß zum Mund und reichte es weiter. Quintilianus selbst schwindelte, doch er hob die Schale zumindest bis kurz vor die Lippen, versuchte, die Nase vor dem Geruch zu verschließen, hoffte, das flackernde Feuer würde seinen Betrug verbergen, und übergab das Gefäß an Martius. Der nahm es und trank.

Jubel brach los, als Martius die Schale dem Priester zurückreichte, er war der Letzte in der Runde gewesen, und alle schrien nun nach Met, hielten ihre Becher den plötzlich wieder aufgetauchten Frauen zum Nachfüllen hin, auch Quintilianus den seinen. Thinilda war es, die ihm nachschenkte, die ihre Hand kurz auf seine Schulter legte. Noch nie hatte er eine verständnisvolle Geste so gebraucht, nie hatte eine solche ihn derart berührt. Er blickte in ihre Augen, sie lächelte kurz, dann schritt sie weiter.

Quintilianus trank, ließ den schweren süßen Honigwein die Kehle hinunterrinnen, wollte den Geruch des Blutes aus der Nase tilgen, das Übelkeitsgefühl aus dem Magen vertreiben. Und auch Martius neben ihm leerte seinen Becher in einem Zug, ließ nachfüllen. Crispus aber war verschwunden.

Thinilda kam, schenkte nach. »Wo ist Crispus, weißt du das?«, erkundigte sich Quintilianus.

»Crispus ist nicht wohl, ich geleitete ihn zu seinem Lager, gab ihm einen Trank, er wird schlafen.« Sie lächelte. »Er wird alles vergessen haben morgen, so hoffe ich jedenfalls, denn natürlich wollen wir nicht, dass sein Bericht über unser Volk zu sehr von seinen heutigen Eindrücken geprägt wird.«

Wie gepflegt sie sich auszudrücken wusste, und das in einer fremden Sprache. Und überhaupt, wie schön sie plötzlich aussah. Doch schon war sie wieder fort, schenkte Martius nach, ihrem Großvater, ihren Brüdern. Die Stimmung wurde immer ausgelassener, die Friesen begannen zu singen – wenn man es Singen nennen konnte, was da vielstimmig und rau den Kehlen entströmte. Kriegsgesänge waren es wohl, einige der Männer sprangen auf, grölten aus vollem Halse und schwangen ihre Speere. Zwei gerieten aneinander, begannen sich zu prügeln, bis der Priester dazwischenging. So weit stimmte es also doch, was Tacitus über die Germanen geschrieben hatte, sie tranken bei ihren Versammlungen so viel, dass sie sich gegenseitig die Köpfe einzuschlagen drohten. Abzuwarten blieb, ob sie sich am nächsten Tag wieder versöhnten. Vielleicht sollte er es Crispus gleichtun, sich zurückziehen, doch nach einem Blick auf Martius entschied er sich dagegen. Das Los eines Diplomaten war manchmal hart, man musste viel erdulden, um zu seinem Ziel zu gelangen, und eines durfte man auf keinen Fall: Schwäche zeigen. Martius war noch immer der perfekte römische Aristokrat, er saß aufrecht, ein höfliches Lächeln umspielte seine Lippen, ab und zu beugte er sich zu Fredecer hinüber, um mit diesem ein paar Worte zu wechseln.

Jetzt bemerkte er Quintilianus' Blick, neigte sich zu ihm. »Gut gemacht, mein Freund. Alles läuft nach Plan. Halte durch, bald sind wir wieder in römischen Gefilden.«

Quintilianus nickte, trank von seinem Met, entspannte sich. Wo war Thinilda, sie könnte nachfüllen. Er sah sich um, bemerkte Lichter in der Ferne, die näherkamen. Weitere Gäste?

Doch es waren keine Gäste, die kurz darauf an das Feuer traten, sondern Friesen, die aufgebracht schienen. In ihrer Mitte führten sie zwei gefesselte Gefangene. Auch diese beiden Männer schienen Germanen zu sein, blond, hochgewachsen. Der eine trug die Haare zu einem Zopf gebunden, während sie dem anderen weit über die Schultern fielen. Fredecer sprang auf, lief zu einem der Gefangenen, redete auf ihn ein. Abrupt wandte er sich seinen Leuten zu, sprach einige Worte, gestikulierte heftig, dann plötzlich drehte er sich wieder um und schrie den Gefangenen an.

Quintilianus bemerkte, dass Thinilda hinter ihm stand und das Geschehen verfolgte. Er griff ihren Arm. »Worum geht es dort, was ist los?«

Sie war bleich, er sah es im Feuerschein. »Man hat zwei Verräter gefasst. Der eine ist ein Chauke, gibt sich als Händler aus und wollte wohl spionieren, der andere ist ... ist einer von uns, Dolrang. Man wirft ihm vor, dem Chauken Informationen gegeben zu haben. Dolrang braucht Geld, ich weiß es, er wollte in die Traiana, um dort als Seiler zu arbeiten, ein eigenes Geschäft aufzubauen. Aber dass er ...« Sie schluckte.

Quintilianus drückte ihren Arm. »Was wird mit ihnen geschehen?«

»Sieh selbst.«

Die Friesen riefen wild durcheinander, Fredecer hatte sich besonnen, gemahnte auch seine Leute zur Ruhe, stellte dem Chauken eine Frage, dann dem Mann namens Dolrang. Beide antworteten, würdevoll. Ein vielkehliger Aufschrei der Versammelten folgte, der Chauke wurde an einen Baum gestellt, Speere flogen, der Mann sackte tot zusammen. Man trug ihn weg, führte den gefesselten Dolrang hinterdrein, beschimpft und angespuckt von seinen Stammesgenossen. Nur Fredecer wandte sich ab, eine Hand vor den Augen.

Quintilianus blickte in das Feuer. »Und Dolrang?«

»Wird morgen gemeinsam mit dem Leichnam des Chauken in das Moor geworfen, das ist die Strafe für Verräter.«

Wo war er, bei Jupiter? Er lag auf einem Fell, ihn bedeckte ein grobes Tuch, darüber eine Wolldecke, wahrlich eine unbequeme Schlafstatt. Neben ihm zwei Gestalten, die eine schnarchte laut, die andere hatte sich in die Decken gewickelt. Richtig, er befand sich im Gästehaus des Fredecer, mit Martius und Crispus. Bilder von der vergangenen Nacht blitzten vor Quintilianus' Augen auf, das Feuer, das Opfer, Fredecers Bestürzung angesichts des Verrats, die beiden Gefangenen. Nein, nur ein Gefangener, den anderen hatten sie ja gleich hingerichtet, diese Barbaren.

Quintilianus stöhnte, es wäre besser gewesen, sich an nichts zu erinnern, süßes Vergessen. Ein Wunder eigentlich, dass ihm alles so klar vor Augen stand, hatte er doch getrunken wie nie in seinem Leben. Met, dieses ekelhafte Zeug, dessen süßen Geschmack er noch immer in seinem Mund, dessen pelzigen Belag er auf der Zunge spürte, immerhin plagten ihn keine Kopfschmerzen. Neben ihm stand eine Karaffe, hoffentlich mit Wasser. Er nahm den Krug und roch daran, tatsächlich, in tiefen Zügen trank er.

Wie spät mochte es sein? Licht war keines zu sehen, nun, dieses Haus hatte keine Fenster und die Tür war geschlossen. Er lauschte. Von draußen klang nur das entfernte Brüllen eines Rindes herein, das kurze Kläffen eines Hundes. Neben ihm atmeten und schnarchten seine Gefährten. Seine Blase drückte, darum wohl war er aufgewacht. Es half nichts, er musste hinaus. Er wickelte sich aus seinen Decken. Wo waren seine Schuhe? Ach, er fände sie ohnehin nicht in der Dunkelheit, musste er eben barfuß gehen. Er tastete sich zur

Tür, leise, um die anderen nicht zu wecken, dann stand er draußen. Im Osten, dort wo die Chauken lebten, ging die Sonne auf, färbte den Himmel blutrot, so rot wie das Blut des chaukischen Händlers. Quintilianus schüttelte sich, wandte die Augen ab, hielt auf einen Baum zu. In einiger Entfernung glommen noch die Reste des Feuers, ringsum konnte er Gestalten ausmachen, die Friesen, die es nicht mehr bis zu ihren Lagern geschafft hatten. Er trat an den Baum und erleichterte sich. Würde ein Friese wirklich so weit gehen, seine eigenen Leute des Geldes wegen an den Feind zu verraten? Den Chauken konnte Quintilianus nicht mehr befragen, aber vielleicht gelang es ihm, den friesischen Verräter Dolrang zu sprechen. Wahrscheinlich würde er doch in der Grube gefangen gehalten, die ihnen Thinilda gestern gezeigt hatte. Und vielleicht hatte Quintilianus ja Glück und sie würde nicht bewacht, weil sie als sicher galt.

Er schlich in Richtung des Weihers, im Dämmerlicht mochte man ihn zumindest auf den ersten Blick für einen Einheimischen halten. Niemand war zu sehen, dennoch galt es, vorsichtig zu sein. Quintilianus näherte sich der Grube, kein Wächter, kein Mensch war in der Nähe. Noch einmal schaute er sich um, noch einmal lauschte er, still lag das Dorf. Er trat heran, blickte hinab – nur die Leiche des Chauken lag verkrümmt am Boden. Kein Friese. Hatte man ihn noch in der Nacht dem Tod übergeben? Nein, er sollte ja gemeinsam mit seinem Mittäter im Moor versenkt werden und der war noch da. Vielleicht hatte man Dolrang anderswo hingebracht? Doch warum, galt die Grube doch als der sicherste Ort des Dorfes. Blieb nur eine Erklärung: Der Friese war geflohen. Quintilianus trat einen Schritt zurück, zog tief die Luft ein. Wenn man ihn hier sah, konnte man glauben, er hätte dem Verräter herausgeholfen. Er widerstand dem Impuls, zum Gästehaus zurückzurennen. Ruhig. Noch einmal atmete er tief durch, dann schlenderte er langsam in Richtung Gästehaus. Er umrundete einen Baum und plötzlich, wie aus dem Nichts, stand ein Mann vor ihm. Dolrang, der Verräter, der aus der Grube Entkommene. Ein Messer stoßbereit in der Rechten, fixierte der ihn mit eisblauen Augen. Quintilianus stockte der Atem, seine Bewegungen gefroren, er und der andere starrten sich an. Dann hob Dolrang seinen Zeigefinger zum Mund, senkte das Messer, nickte Quintilianus zu und verschwand im angrenzenden Gebüsch. Gute Götter, welch eine Begegnung! Warum hatte Dolrang ihn nicht erstochen? Warum gab er selbst nicht Alarm? Irgendetwas in den Augen des Mannes hatte ihn davon abgehalten …

Eine feiste Friesin weckte sie, eher die beiden anderen, denn Quintilianus hatte kein Auge mehr zugetan. Die Frau brachte ihnen eiskaltes Wasser zum Waschen. Martius, dunkle Ringe unter den Augen, erfrischte sich stoisch, Crispus jammerte und klagte. Wie von Thinilda prophezeit, konnte er sich an keine Einzelheiten erinnern, sein Kopf brummte, wie er sagte.

Man führte sie zum Frühstück in Fredecers Haus, Reste vom Vorabend, warmes Brot und Getreidebrei warteten auf sie. Fredecer war schweigsam und wirkte übermüdet. Konnte Quintilianus ihn auf Dolrang ansprechen? Thinilda hätte er zu fragen gewagt, aber die war nicht zu sehen.

Doch er wollte eine Antwort auf seine drängende Frage, so trat er zu Fredecer und beugte sich zu ihm hinab. »Fredecer, lieber Freund, es ist wegen dieses Verräters aus euren Reihen. Kann es sein, dass ich ihn neulich in der Agrippinensis gesehen habe?«

Fredecers Miene verschloss sich, knapp schüttelte er den

Kopf. »Dolrang wollte in die Traiana, das ist alles, was ich weiß.«

Fredecer blieb in sich gekehrt, nicht unfreundlich, nein, doch wirkte er erleichtert, als sie aufbrachen. Thinilda hatte sich nicht mehr gezeigt, schade eigentlich, gern hätte sich Quintilianus von ihr verabschiedet.

Die schlafenden Gestalten auf dem Festplatz waren verschwunden, und als sie am Lager vorbeiritten, sammelten sich die Männer, langsam und müde wirkten ihre Bewegungen. Bald würden sie aufbrechen gegen die Chauken. Martius hob die Hand zum Gruße, Quintilianus tat es ihm nach, dann drängten sie ihre Pferde zum Galopp, ritten über Marschland, vorbei an Häusern auf ihren Warften, überquerten zahllose Wasserläufe und Wiesen, bis der Flevo Lacus vor ihnen auftauchte. Das wartende Schiff erschien Quintilianus wie ein Stück Heimat, Luxus.

Crispus verzog sich sofort unter Deck. Martius orderte einen Imbiss, Fleisch, Oliven, Eier, göttlich.

»Nun berichte«, ernst sah Martius Quintilianus an, »wo warst du heute Morgen? Um auszutreten, brauchtest du zu lange, und als du wiederkamst, ging dein Atem schwer. Du hast doch nicht etwa Thinilda besucht? Die Großtochter eines Fürsten zu beglücken ist eine gefährliche Sache, Quintilianus.«

»Oh, das ist mir wohl bewusst. Nein, ich stieß auf etwas anderes.« Er berichtete von der leeren, fast leeren Grube, von seiner Befürchtung, Dolrang könne mit seiner Flucht den Erfolg des friesischen Kriegszuges auf ihre Nachbarn vereiteln, wenn er sich zu ihnen retten und den Angriffsplan verraten würde.

Martius zog die Augenbrauen empor. »Interessant. Wenn dieser Dolrang wirklich fliehen konnte, sollten wir versuchen, ihn zu finden. Er wollte als Seiler in die Traiana, sagtest du? Das wird er nun nicht mehr können, es ist zu nah und der erste Ort, wo seine Stammesgenossen nach ihm suchen lassen werden. Er wird eher in die Agrippinensis gehen, dort kann er versuchen, unterzutauchen. Wir werden unsere Leute auf ihn ansetzen.«

»Oder er geht zu den Chauken.«

»Möglich, aber er könnte auch in der Agrippinensis an die Delegation herantreten, wenn er mit den Chauken kooperiert.«

Quintilianus spürte dem Geschmack einer Olive nach, bei Fortuna, welch Glück, dass er als Römer geboren war. »Hm. Doch nun berichte du, Martius, wie hast du es fertiggebracht, dass alles so gut lief, dass wir sogar die Ehre hatten, an diesem ... Opfer teilzunehmen?«

Martius verzog den Mund. »Nicht wirklich schön, dieses Opfer. – Nun, die Friesen wollen den Krieg gegen die Chauken, sie wollen ihr Geld zurückholen, außerdem wollen sie das von den Chauken zusammengeraubte Gut in ihren Besitz bringen. Der Tod des Meliobar kam Fredecer ebenso ungelegen wie uns, könnte der Vorfall doch die Chauken warnen und die Beziehungen der Friesen zu uns gefährden. Selbstverständlich warf er mir vor, wir hielten ungerechtfertigt einige seiner Stammesangehörigen fest, denn die hätten den Chauken nicht erstochen. Dies sei nicht bewiesen, hielt ich dagegen. Er verlangte, ihm die Gefangenen zu überstellen, damit im Thing über ihre Tat beraten werden könnte, ich entgegnete, dass der Verdacht bestehe, sie hätten auf römischem Boden gegen römische Gesetze verstoßen, wir also zuständig seien. Ich drohte, keine weitere Unterstützung zu leisten und den Handel einzuschränken, er erwiderte, dann sage er den Feldzug eben ab, wende sich an den

Kaiser und fordere das Geld erneut. Natürlich wussten wir beide, dass Commodus keine Sesterze schicken wird und Fredecers Leute inzwischen viel zu kriegslüstern sind, um wieder zurück auf ihre Warften zu gehen. Fredecer braucht das Geld, er hat es fest eingeplant für Waffenproduktion, für Schiffbau, immer ein gern gemachter Fehler.«

»Harte Verhandlungen.« Wirklich schade, dass er nicht dabei gewesen war. »So wären sie fast gescheitert?«

Martius lachte. »Aber nein, wir lieferten uns nur der Form halber diesen Schlagabtausch, Fredecer ist zu klug, um die Beziehungen zu Rom auf das Spiel zu setzen. Wir mussten beide unser Gesicht wahren. Letztlich bleibt alles, wie es war, die Friesen bekommen vielleicht noch eine Ladung mehr Korn, sollten sie sie benötigen, und wir können ihren Landsleuten in der Agrippinensis den Prozess machen. Diplomatische Verwicklungen müssen wir nicht mehr fürchten.«

»Hm.« Quintilianus griff nach dem Krug mit Wasser, goss sich ein. »Wie schon gesagt, ich teile Fredecers Meinung, dass seine Landsleute den Mord nicht begangen haben.«

»Dann beweise es, Quintilianus, finde den Schuldigen, je eher, desto besser. Denn wenn auch die Friesen vorerst beschwichtigt sind, die Chauken sind es noch nicht. Und diplomatische Verwicklungen mit ihnen können wir uns noch weniger leisten, wir dürfen ihren Zorn nicht auf uns lenken. Commodus wäre nicht erfreut, erführe er, dass ein chaukischer Gesandter bei uns zu Tode kam und wir den Schuldigen nicht dingfest machen konnten.«

»Ich gebe mein Bestes.« Quintilianus stand auf, trat an die Reling, ihm war der Tadel nicht entgangen. Er blickte den Rhenus hinauf, die wilden, sumpfigen Ufer, vernahm die regelmäßigen Ruderschläge, langsam glitt das Schiff voran, kämpfte gegen den Strom. Und doch bewegte es sich in die gewünschte Richtung, und auch er würde weiterkommen, mit Geduld, Ruhe und Besonnenheit, nicht nur in diesem Fall, nein, auch in seiner politischen Karriere. Er sei ein Heißsporn, hatte seine Mutter ihn gerügt; er solle erst denken, dann reden und handeln, der Vater. Sosehr es ihn damals erzürnt hatte, nun musste er ihnen recht geben. Er schloss die Augen, atmete durch. Gut, was konnte er als Nächstes tun? Sie würden in einigen Stunden in der Traiana ankommen, der nächsten römischen Station auf dem Weg von den Friesen in die Agrippinensis. Und umgekehrt – die letzte römische Station auf dem Weg zu den Nordvölkern. Quintilianus wandte sich zu Martius um, der ungerührt an dem Tische saß, ein Stück kaltes Fleisch aß. »Nun?«

»Wir werden in der Traiana übernachten, nehme ich an?«

»Ja, natürlich, wir werden nicht nachts den Rhenus hinaufrudern.«

»So werde ich dort mit meinen Erkundigungen fortfahren.«

Martius nickte. »Gut. Und ich werde nach Dolrang Ausschau halten lassen und Kunde geben, dass, sollte er gesehen werden, wir in Kenntnis zu setzen sind.« Er lächelte. »Wir werden das schon schaffen, Quintilianus.«

Colonia Ulpia Traiana: Es war noch nicht lange her, dass Quintilianus hier fast täglich durch die Straßen gegangen war, im Theater gesessen, in der Taverne getrunken hatte, und doch schien es ihm wie eine Ewigkeit. Vitalinius, einer der beiden Bürgermeister und guter Bekannter, war von ihrem Nahen unterrichtet worden und hatte sie am Pier abgeholt, Gasträume vorbereiten lassen, zum Mahl geladen, wie es sich gehörte. Doch Quintilianus wollte sich unter das Volk mischen und entschuldigte sich bei Vitalinius. Später würde er gern zum Essen erscheinen, erst einmal jedoch wolle er alte Bekannte treffen. Vitalinius hatte verstehend gelächelt, war mit Martius und ihrem Gepäck zu seinem Haus aufgebrochen. So konnte Quintilianus wenigstens kurz durch die Stadt streifen. Zunächst jedoch blieb er außerhalb der Mauern, im Hafen. Irgendwo hier hatte Pertellis ein Lagerhaus, wie er wusste. Vielleicht erfuhr er dort etwas über Comazon, den Chaukenkenner. Welches war das richtige Haus? Quintilianus fragte einen der Arbeiter am Pier.

»Jenes dort, Herr, gleich das erste.« Der kräftige Mann wies auf ein großes steinernes Gebäude, mit Dachziegeln gedeckt, Wagen standen vor hölzernen Rampen, Sklaven schoben Karren hin und her. Ein Lagerhaus, das sich im Vergleich mit den Hütten der Friesen wie eine Villa ausnahm.

Quintilianus schritt hinüber, blickte durch eine weit geöffnete Tür hinein. Der Geruch von Gewürzen und Räucherwerk, von Wein und Leder strömte ihm entgegen. Ballen mit Fellen und Stoffen lagerten an einer Wand, Kisten und Truhen an einer anderen, Sklaven trugen Amphoren aus dem Zwielicht und verluden sie auf Wagen.

»Wo finde ich den Verwalter?«

Ein Sklave stellte die Karre ab, wischte sich den Schweiß von der Stirn. »Verwalter nicht hier, Herr, auf Forum heute, Markt.«

Dem Akzent nach ein Mann aus dem Osten. Quintilianus suchte nach seiner Börse, ließ die Münzen klingeln. »War Comazon kürzlich hier?«

»Comazon, Mann aus Agrippinensis? Nein, lange nicht gesehen, wurde erwartet, aber hat Reiseweg geändert. Kommt nicht nach Traiana.«

Das war überraschend. Nun, aber vielleicht hatte Pertellis' Bote Comazon gefunden und der war der Order, zurückzukehren, gefolgt. Weit konnte er noch nicht gekommen sein mit beladenen Wagen. »So so, er kommt nicht, sagst du. Aber was ist dann mit den Handelswaren, ihr hattet doch sicher etwas vorbereitet?«

»Natürlich. Wagen gestern gefahren, viel beladen, treffen in Germanenland mit Comazon. Germanen wollen Kessel große, Eimer, Kellen. Geschäft gut.«

»Comazon ist also ein guter Handelsmann?«

»Bestes. Weil ruhig, weil freundlich, spricht Sprachen viele.«

»Kennst du die Friesen hier, kennst du einen namens Dolrang?«

Die Miene des Illyrers verfinsterte sich. »Friese? Nein, ich keine Kontakt. Barbare! Nur die Fraue, hmm, Blondhaar schön. Aber die Männer, nein, wild, gefährlich!«

Nun gut. Quintilianus gab dem Mann einige Münzen. »Sollte Comazon doch noch erscheinen, sage ihm doch bitte, Gaius Claudius Quintilianus erwarte ihn in der Agrippinensis. Ich habe oft in der Traiana zu tun, es wäre dein Schade nicht.« Er schüttelte seinen Beutel.

»Natürlich, Herr. Schönes Mann, Comazon.« Der Sklave grinste.

Quintilianus ging. Ach ja, die Adjektive waren nicht leicht für Ausländer.

Er passierte das Hafentor, genoss die Vertrautheit der Gebäude, der Geräusche und Gerüche. Quintilianus streifte durch die Straßen, vorbei am Hafentempel, aus dessen Umfriedung Gesänge klangen, Weihrauchduft stieg ihm in die Nase. Man brachte ein Opfer dar. Er schlenderte durch das Viertel der Handwerker, der Kupfer- und Eisenschmiede, der Töpfer, der Seiler. Seiler, vielleicht kannte man hier Dolrang, den verschwundenen Todgeweihten. Quintilianus blickte sich um. Die Handwerker schienen ihre Arbeit für den Tag erledigt zu haben, die Auslagen waren weggeräumt, die Läden geschlossen. Dort aber, an der Ecke, befand sich eine Taverne, ein düsteres Loch, in welches er noch nie einen Fuß gesetzt hatte. Er zögerte. Er war allein, kein Sklave, kein Legionär an seiner Seite, nicht ungefährlich, was er da vorhatte. Doch was sollte geschehen, man würde keinem römischen Aristokraten etwas antun. Entschlossen stieß er die Tür auf, trat ein, hielt inne, drehte wieder um. Nein, dort würde er nicht hineingehen, es stank nach Fisch, nach Met, nach frischem Blut. Wie gestern. Sein Magen hob sich, er brauchte Wein, in der Herbergstaverne gab es guten, dorthin würde er gehen. Zum Hades mit den Germanen und ihren seltsamen Sitten.

Die Taverne war gut gefüllt, und tatsächlich, insgeheim hatte es Quintilianus gehofft, dort hinten in der Ecke saß sein Freund Justus aus dem Lager Vetera. Noch immer der Gockel, der seine geringe Körpergröße mit auffallender Kleidung eher betonte als überspielte. Heute trug er eine goldblaue Tunika. Aber er war herzlich, verlässlich.

»Quintilianus, alter Junge, wie schön, dich zu sehen. Was machst du hier, wie geht es dir, du musst alles erzählen!«

Quintilianus setzte sich zu ihm, bestellte den besten Wein und erzählte. Es tat gut, der Wein mundete wie nie zuvor und bald konnte er über die Erlebnisse des gestrigen Abends lachen.

»Du meine Güte, was du alles durchmachen musst, da lobe ich mir den Dienst bei der Legion.« Justus richtete sich das Haar, das er offenbar bei einem Barbier nach der neusten Mode hatte schneiden lassen.

»Wirklich schick, deine Frisur!« Quintilianus lächelte. »Sicher nicht billig!«

Justus grinste. »Dir könnte ein Haarschnitt auch nicht

schaden. Ich kann dir gern die Adresse geben, wenn du einmal deinem Stand gemäß auftreten willst.«

»Lass gut sein, Justus, bei mir ist nichts zu verdienen.«

»Nein, deine Locken widersetzen sich jeglicher Kultur, da hast du wohl recht.« Justus füllte ihre Becher nach. »Wie, sagtest du, heißt dieser Seiler? Dolrang? Ein Mann dieses Namens suchte, kaum dass du das Lager verlassen hattest, um eine Stelle bei der Legion nach. Wir nahmen ihn nicht, verwiesen ihn an die Stadt. Hm, was dann aus ihm wurde, weiß ich nicht, aber ich kann mich ja einmal umhören. Bei allen Göttern, jemanden in die Sümpfe zu werfen ...« Er schüttelte sich. »Aber deine Friesen, die des Mordes an dem Chauken beschuldigt werden, betrachtet man hier für ihre Tat als Helden. Die hiesigen Friesen sind aufgebracht, die Chauken der absolute Feind. Wenn du mich fragst, Quintilianus, verurteile deine Beschuldigten, alles spricht für ihre Schuld, wenn sogar ihre Landsleute davon überzeugt sind. Dann habt ihr eure diplomatischen Verwicklungen mit den Chauken gelöst, die Delegation kann wieder in ihre Heimat ziehen und die Friesen machen mit diesen Seeräubern kurzen Prozess.«

»Ich brauche Beweise, Justus, ich kann doch keine Unschuldigen verurteilen lassen, und ich habe das Gefühl, sie sind unschuldig.«

»Ach Gefühl, ich habe das Gefühl, wir brauchen noch einen Krug Wein. Erzähle mir lieber von der Tochter des Statthalters, mein Freund, gefällt dir sie? Und dann noch die kleine Germanin ... Ich staune über dich. Du hast Avitia, deine große Liebe aus der Traiana, also vergessen?«

»Vergessen werde ich sie nie. Aber doch, du hast recht, langsam interessieren mich andere Frauen wieder. Die Friesin Thinilda natürlich nicht, sie ist die Enkelin des höchsten

Stammesfürsten, da ist Vorsicht angesagt, doch die junge Fuscia ist durchaus der Betrachtung wert. Natürlich nicht als Affäre, aber wer weiß, selbst ich muss irgendwann heiraten.«

»Ich werde dich besuchen in der Agrippinensis, Quintilianus, und mir das Mädel ansehen. Und dann werde ich dir, als alter erfahrener Freund, raten.« Justus lachte, dies war eine seiner liebenswerten Eigenschaften, er konnte über sich selbst lachen. Er erzählte vom Lager Vetera, vom neuen Kommandanten, der Martius nachgefolgt war, von gemeinsamen Bekannten. Immer mehr bedauerte Quintilianus, nicht mehr dort zu sein, nicht mehr mit Justus über die Kollegen herziehen zu können, kurios, hatte er sich doch das ganze letzte Jahr von dort weggewünscht. Doch auch Justus würde bald gehen, zurück nach Latium, zu seiner Frau, seinen Kindern. Nein, es war schon alles ganz richtig so, wie es war.

Langsam musste er sich auf den Weg zu Vitalinius machen. Man hatte sicher schon mit dem Mahl begonnen, ach, was sollte es, hatten sie eben.

Auch Justus stand auf, schwankte ein wenig, als sie gemeinsam auf die Straße traten. »Schön war es, alter Kumpel. Komm bald einmal wieder. Grüß mir die Großstadt.«

»Ich komme wieder, sobald ich kann«, sagte Quintilianus. »Auf jeden Fall, bevor du nach Hause zurückkehrst. Schick mir eine Nachricht, wenn das ansteht, ja?«

»Natürlich. Und ich werde mich wegen dieses Dolrangs umhören. Salve, mein Freund.« Justus schwang sich auf sein Pferd, winkte, verschwand in der Dunkelheit. Nur das Klappern der Hufe klang nach.

Quintilianus ging die Straße hinab, lächelte in Erinnerung an Justus' Geschichten. Plötzlich vernahm er Schritte hinter sich, fuhr zusammen, wollte sich umwenden, doch schon spürte er den Druck eines Messers an seinem Rücken. »Dreh dich nicht um«, raunte eine Stimme an sein Ohr. »Da links, in den Hauseingang. – Dreh dich nicht um!«

Quintilianus' Herz pochte wild. Angst schnürte seine Kehle ab, doch auch Ärger stieg in ihm auf, Ärger ob seines Leichtsinns, seiner Versunkenheit. Monatelang war er in diesen Straßen zu Hause gewesen, und nun, bei einem Besuch, wurde er überfallen.

»Heb die Arme.« Der Mann sprach fließend Latein, aber mit einem deutlichen Akzent. Ein germanischer Akzent. Der Druck des Messers wurde verstärkt, doch die Hand zitterte. Quintilianus hob, wie befohlen, die Arme und der Mann tastete an seinem Gürtel, versuchte, die Börse zu lösen. Das war Quintilianus' Chance, im Nahkampf war er immer gut gewesen, beim Ringen hatte er nicht nur Justus besiegt. Er trat mit dem Fuß nach hinten, ein unterdrückter Aufschrei ertönte, gut, er hatte das Schienbein getroffen, blitzschnell drehte er sich halb um die eigene Achse, nutzte den Schwung und warf den Mann zu Boden. Ein dumpfer Aufprall, pfeifend entwich die Luft aus den Lungen des Mannes, das Messer klirrte auf den Steinplatten des Hauseinganges. Schon hatte Quintilianus seines gezogen, kniete auf der Brust des Angreifers.

»So, mein Freund, das wird dich lehren, dich nicht mit römischen Offizieren anzulegen. Und Justitia wird ein Übriges tun, die Strafe für einen Überfall auf einen römischen Beamten ist nicht gering.«

Der Mann wehrte sich nicht, lag zitternd auf den Steinen, war ohnehin nicht mehr der Jüngste, wenn sich Quintilianus in dem wenigen Licht, das der Mond spendete, nicht irrte. »Ich wollte dir nichts tun, Herr, glaube mir, ich brauche nur Geld. Meine Familie darbt, ich habe fünf Kinder und die

Steuerlast drückt. Ich fertige Segel, schon jetzt kann ich das Geschäft kaum noch halten, der Vermieter droht damit, mich hinauszuwerfen, und die Frau hat Gicht in den Fingern, kann die Segel nicht mehr so schnell nähen wie früher. Bitte, Herr …«

»Ja ja, ich weiß, fünf Kinder schreien nach Brot, immer dasselbe. Schnell mal einen römischen Aristokraten überfallen und alles ist gut. Nein, mein Freund, so nicht. Ich werde dich jetzt zu den Vigiles bringen, im Kerker kannst du über dein Unglück nachsinnen, bis dir der Prozess gemacht wird.« Quintilianus verringerte den Druck auf die Brust des Mannes, packte seinen Dolch fester. »Steh auf. Und lass dir ja nicht einfallen, fliehen zu wollen, du würdest alles nur noch schlimmer machen, ich erkenne dich auf jeden Fall wieder.«

»Ich habe die Wahrheit gesagt, Herr.« Der Angreifer rappelte sich auf, stand jetzt mit hängenden Armen vor ihm. »Lass mich gehen, ich bitte dich, bei allen Göttern, du wirst es nicht bereuen. Vielleicht kann ich dir behilflich sein – du suchst Dolrang, nicht wahr?«

»Was weißt du davon?«

»Ich hörte den jungen Tribun den Namen erwähnen. Dolrang ist mir nicht unbekannt.«

»Oh.« Quintilianus zögerte. Der Mann hatte sich nicht wie ein professioneller Dieb verhalten, seine Kleidung wirkte gepflegt. »Wie heißt du?«

»Mein Name ist Thorfried, ich bin Segelmacher in der fünften Straße. Ich lebe hier seit dreißig Jahren, habe mir nie etwas zuschulden kommen lassen. Glaube mir, ich, ich – wäre die Situation nicht so ausweglos, nie wäre ich auf den Gedanken gekommen, jemanden zu überfallen. Du kannst alles überprüfen, du wirst sehen, ich sage die Wahrheit.«

»Was weißt du über Dolrang?«

Der Mann schluckte. »Er versuchte, einem Freund das Geschäft abzukaufen. Dem geht es auch schlecht, so war er zwar nicht abgeneigt, bat sich aber Bedenkzeit aus, das war vor ungefähr drei Wochen. Dolrang versprach, eine Woche später zurückzukommen, tauchte allerdings nie wieder auf. Die Friesen munkeln, er sei in die Agrippinensis gegangen. Ob das stimmt, weiß ich nicht.« Er hob die Schultern, schien sich bewusst, dass seine Informationen dürftig waren.

Quintilianus steckte seinen Dolch ein, hob Thorfrieds Messer auf, das noch immer auf den Steinen gelegen hatte. »Gut, ich glaube dir. Ich werde dich gehen lassen. Aber ich werde deine Angaben überprüfen lassen, und wenn sie nicht stimmen, dann seien dir die Götter gnädig. Dafür, dass ich Milde walten lasse, verlange ich, dass du dich weiter umhörst, und wenn du etwas Neues über diesen Dolrang hörst, wirst du sofort einen Bericht an mich senden. Gaius Claudius Quintilianus, in der Agrippinensis, er wird mich erreichen. Und nun geh.«

»Gaius Claudius Quintilianus.« Der Mann sackte noch mehr in sich zusammen. »Bei allen Göttern, gerade dich, der hier vor nicht langer Zeit Ordnung schaffte …« Er atmete hörbar durch, richtete sich auf, sah Quintilianus in die Augen. »Ich kann dir gar nicht sagen, wie beschämt ich bin. Doch sei gewiss, ich werde alles tun, um dir zu helfen, und noch gewisser, dass ich eher zurück in die kalten Hütten meines Volkes gehe, als mich erneut als Dieb zu versuchen, so sehr auch die Familie leidet. Ich danke dir von Herzen, Herr, und mögen die Götter immer ihre Hände über dich halten.« Er verneigte sich tief, dann schlich er davon.

Kapitel VIII

Zu Hause traf Quintilianus auf einen verschlafenen Xenophon. »Herr, verzeih, die Müdigkeit übermannte mich«, murmelte sein Janitor und schlurfte vor ihm her, um ein paar der herumstehenden Lampen anzuzünden.

Quintilianus gähnte und freute sich auf sein bequemes Bett. Eine Tür wurde aufgerissen, sieh an, Livius. »Noch wach zu dieser Stunde?«

Livius blinzelte gegen das Licht der Kandelaber, die das Atrium mit waberndem Schein erfüllten. Er rieb sich das Gesicht, fuhr sich durch die roten Locken. »Schon zurück, Herr?«

Warum klang ›Herr‹ aus Livius' Mund immer wie pure Ironie? Unsinn, er bildete es sich ein, musste einfach dringend ins Bett.

»Nun denn. Ist mein Zimmer sauber, die Laken frisch? Ich möchte mich hinlegen, die Reise war anstrengend.«

»Natürlich, Herr, das verstehe ich. Ich denke, Canisia hat alles hergerichtet.« Livius öffnete die Nachbartür und spähte hinein. »Sieht alles fertig aus.« Eine Spur von Erleichterung schwang in seiner Stimme mit. »Möchtest du noch etwas essen? Ich kann dir etwas holen lassen. Ich hoffe, deine Reise war anregend?«

Livius wandte sich schon zum Gehen, allerdings nicht Richtung Küche, sondern dem Korridor zu. Wie es schien, konnte Livius die Hausverwalterin nicht leiden, denn augenscheinlich hatte er vor, sie zu wecken und in die Küche zu schicken. Quintilianus trat in sein Schlafgemach. »Nicht nötig. Aber es freut mich, dich so um mein Wohl besorgt zu sehen.«

Livius nickte ernst, aber schweigend.

»Und? Gibt es etwas Neues? Ist etwas Berichtenswertes vorgefallen während meiner Abwesenheit?«

Der Sklave runzelte die Stirn, hob die Achseln. »Ach ...«

Dieses Grinsen, dieses Zucken der Brauen, es war etwas vorgefallen. »Nun?«

»Nichts von Bedeutung, Herr. Du hast eine anstrengende Reise hinter dir, solltest dich ausruhen.« Livius trug eine Lampe zu einem kleinen Tisch neben der Kline. »Und falls dich der Durst übermannt, so habe ich dir einen Krug frisches Wasser und eine Kanne Wein bereitgestellt.« Er deutete auf das Tablett, neben dem er nun die Lampe absetzte.

»Danke.« Quintilianus war nicht nach einer Diskussion mit seinem Sklaven zumute, der sich gebärdete, als wäre er der Hausherr und Quintilianus ein Gast, wenn auch ein wohlgelittener. Und wenn Livius ihm etwas verschwieg, was sollte es. Quintilianus war zu müde.

Als er sich auf die Kline setzte, die weichen Polster unter sich spürte, fand er nicht einmal mehr die Kraft, sich seiner Tunika zu entledigen. So wie er war, legte er sich nieder, schloss die Augen und genoss die Stille. Vor allem genoss er die Unbeweglichkeit seines Bettes, diese Schaukelei auf dem Wasser war nichts für ihn.

»Habt ihr mir etwas zu berichten?« Quintilianus sah von Livius zu den anderen Sklaven seines Hausstandes, die sich im Hintergrund des Atriums hielten. Xenophon und Canisia schüttelten die Köpfe, verschwanden dann, um ihren Aufgaben nachzugehen.

Nur Livius blieb und füllte seinen Becher nach. »Hast du die Briefe gefunden, Herr?«

»Briefe?«

»Die Schreiben, die Wachstafeln, Herr. Ich legte sie dir neben das Tablett mit der Karaffe. Hast du sie denn nicht gesehen?« Livius trat einen Schritt zurück und betrachtete ihn, als wäre er gerade nackt aus einer Höhle getreten.

Quintilianus schüttelte den Kopf.

»Du hast sie nicht gefunden, Herr. Oh verzeih, doch legte ich sie direkt neben den Wein, den ich dir für die Nacht bereitstellte. Natürlich ...«

»Hol sie gefälligst her!«

Wer hatte ihm wohl geschrieben? Vielleicht seine Mutter, mittlerweile dürfte die Post aus der Traiana nachgeschickt worden sein. Aber warum machte Livius dann solch ein Aufheben? Quintilianus lehnte sich zurück und trank einen Schluck verdünnten Wein. Es war ein schöner Morgen, die Sonne schien warm in das Atrium, in dem seine Sklaven ihm das Frühstück gerichtet hatten. Die Luft war lau, fast wie zu Hause. Ach, das Leben war manchmal gar nicht so schlecht. Wenn es da nicht einen toten Chauken gäbe, eine Gruppe Friesen, die eingesperrt ihr Schicksal erwarteten, und eine chaukische Delegation, die deren Hinrichtung forderte. Und wenn dies alles nicht auf unglückselige Weise mit dem Schicksal Roms verknüpft wäre und damit mit seinem. Quintilianus seufzte, trank noch einen Schluck und warf einem Spatzen ein Stück Brot zu, der sich sogleich tschilpend darüber hermachte.

»Hier!«

Der Spatz flatterte auf, Quintilianus fuhr zusammen.

»Musst du mich derart erschrecken? Kannst du dich nicht bemerkbar machen?«

»Entschuldige, Herr«, antwortete Livius. »Das nächste Mal werde ich pfeifen.«

Es hatte keinen Zweck, sich aufzuregen. »Was sind das nun für Briefe, zeig her.« Quintilianus nahm die Tafeln entgegen. Einer war tatsächlich von seiner Mutter, mit Glückwünschen zu seinem Geburtstag. Auch seine Schwester hatte ein paar Zeilen geschrieben. Vater sandte Grüße durch Mutters Hand. Quintilianus legte den Brief beiseite und widmete sich der zweiten Wachstafel. Auch die war nicht versiegelt, sondern nur mit einer Schnur zusammengebunden, nichts Offizielles also.

»Wann ist sie abgegeben worden?« Quintilianus zerrte an dem Knoten.

»Oh, schon vor einer Weile. Du warst gerade weg.«

Quintilianus nahm ein Messer und zerschnitt die Schnur. Eine zierliche Frauenhandschrift, das war sein erster Gedanke, als er die Tafel auseinanderklappte. Sein Herz schlug einen Schlag schneller. Konnte es sein? Avitia? Doch nein. Hastig überflog er die Zeilen und zog die Brauen empor. Avitia war es zwar nicht, doch über die Schreiberin dieser Nachricht wunderte er sich nicht weniger: Fuscia, des Statthalters Tochter. Sie hatte von seiner Abreise erfahren und ihm die ausgefallene Verabredung verziehen. Sie würde sich freuen, so ihre Worte, holten sie ihre Verabredung baldmöglichst nach. Ein Besuch des Theaters böte sich an, sei doch dieser Tage eine berühmte Schauspieltruppe in der Stadt, die anzusehen sich lohne. Aber noch lieber wäre ihr die Besichtigung des Tiergeheges am Hafen.

Quintilianus klappte die Tafel zusammen und legte sie auf den Tisch. Fuscia schien recht zielstrebig, wie sollte er reagieren? Er trommelte mit den Fingern auf die Armlehne seines Sessels.

»Schlechte Nachrichten, Herr?« Livius heuchelte Anteilnahme.

Quintilianus schüttelte den Kopf.

Livius machte sich an dem Tisch zu schaffen, räumte Teller zusammen, goss Wein nach. Er platzte fast vor Neugier. Quintilianus genoss die Süße der Rache.

»Es scheint sich also tatsächlich um einen Brief von Fuscia, der Tochter des Statthalters, zu handeln«, sagte Livius beiläufig.

»Das geht dich gar nichts an.«

Livius pfiff leise vor sich hin. »Du hast recht, Herr.« Er kräuselte die Nase. »Nun, wenn du mich fragst, das ist doch mal eine gute Wahl. Ein anständiges Elternhaus, und sicher ist sie hübsch dazu, was willst du mehr?«

Quintilianus begnügte sich mit einem missbilligenden Kopfschütteln. »Du kannst jetzt gehen. Ich komme allein zurecht.«

Livius zog die Brauen hoch. »Ja, antworten wir ihr denn nicht? Soll ich dir eine Wachstafel holen oder Pergament? Einen Stilus sicher.«

Quintilianus winkte ab. »Nein, und wir, mein Livius, wir antworten ihr schon gar nicht.«

Livius nahm Teller und Becher und trug beides hoch erhobenen Hauptes hinaus.

Kurz darauf näherte sich Xenophon. »Ein Gast, Herr, sein Name ist Septimus Lepitus, es sei dringend, sagt er.«

»Nun gut, bringe ihn herein.«

Quintilianus musterte den Mann, der nun zögernd vor ihn trat: mittelgroß, mit einem Bauch, der sich unter seinem Mantel wölbte.

Der Fremde räusperte sich. »Ich komme wegen dieser Sache. Diesem Mord neulich.«

»Ach ja?« Quintilianus' Puls beschleunigte sich. »Du willst eine Aussage machen?«

»Ja. Entschuldige, Herr, dass ich nicht früher vorgesprochen habe, doch es ist keine leichte Entscheidung, einen Menschen, den man kennt, bei der Obrigkeit anzuzeigen. Andererseits ist meine Beobachtung vielleicht wichtig: In jener Nacht redete der Händler Comazon in der Hafengasse mit einem Chauken.«

»Wann genau war das?«

»Oh, ein, zwei Stunden nach Einbruch der Dunkelheit, ich wollte gerade nach Hause, hatte nur schnell einen Becher Wein mit Kollegen getrunken. Comazon und der Chauke standen ein Stück entfernt und schienen zu streiten.«

»Wieso meinst du das?«

»Das sah man, und obwohl ich nicht verstand, was sie sagten, hörte man es auch.«

»Und du bist dir ganz sicher, Comazon erkannt zu haben?«

Lepitus nickte. »Ja, natürlich. Ich kenne ihn seit Langem, seine Familie wohnt in der Nachbarschaft.«

»Woher weißt du, dass der andere ein Chauke war?«

»Ich hatte ihn und seine Leute hier vor dem Praetorium gesehen und gehört, wie einer der Wachen sagte: Schon wieder die Chauken. Jedenfalls war ich sehr überrascht, Comazon allein mit diesem Barbaren in der finsteren Gasse anzutreffen.«

»Kamst du nicht auf den Gedanken, dass Comazon in Gefahr sein könnte?«

Lepitus zuckte die Schultern. »Der weiß sich zu helfen, glaub mir. Und wenn nicht, so wäre meine Hilfe auch nicht von großem Wert gewesen. – Und schließlich ist ja nicht Comazon tot, sondern der Chauke, oder?«

Da hatte er wohl recht. Ausgezeichnet, mit Lepitus hatte er einen Zeugen, der seinen Verdacht gegen Comazon bestätigte. »Ich danke dir, Lepitus, du hast vielleicht zur Aufklärung eines Verbrechens beigetragen. Ich werde veranlassen, dass du dir morgen im Praetorium eine Belohnung abholen kannst. Wo kann ich dich finden, falls es noch Nachfragen gibt?«

»Ich wohne in der Insula XII.« Der Mann erhob sich und wandte sich zur Tür.

Quintilianus ließ den letzten Tropfen Wein auf der Zunge zergehen. Lepitus machte einen glaubwürdigen Eindruck, und zusammen mit der Tatsache, dass Comazon direkt nach der Tat die Stadt verlassen hatte, bestanden kaum noch Zweifel an seiner Schuld. Es war an der Zeit für ein erneutes Gespräch mit Pertellis, dem Handelsherrn.

In Pertellis' Vorzimmer traf er auf einen Bekannten.

»Salve, Quintilianus!«, grüßte Pomponius Crispus und machte keinerlei Anstalten, sich zu erheben. »Wie ich sehe, hast du die Strapazen der Reise schon abgeworfen. Und sogleich in Amtsgeschäften unterwegs, wie ich vermute.«

Wie ärgerlich, dachte Quintilianus. Sollte er Pertellis wirklich in Gegenwart dieses Schreiberlings auf Comazon ansprechen?

»Man sagte mir, Pertellis käme gleich. Aber du scheinst schon länger zu warten.« Quintilianus' Blick streifte das Tablett mit Wein und Früchten, das neben Crispus' Sessel auf einem Tisch stand. Der schien sich schon bedient zu haben.

»Pertellis ist ein viel beschäftigter Mann. Aber nun, Erfolg hat schließlich seinen Preis. – Oder bist du privat hier? Du erwähntest nie, dass du in Handelsgeschäften aktiv bist.« Crispus musterte ihn mit einer hochgezogenen Augenbraue.

»Du erwähntest dergleichen ebenfalls nicht. Oder beabsichtigst du, ein episches Werk über Pertellis' Handelshaus zu verfassen?«

Crispus lächelte. »Das wäre eine interessante Herausforderung, ich sollte darüber nachdenken. Doch nein, ich beabsichtige, in den Germanienhandel zu investieren. Aus gut informierten Kreisen in Rom hörte ich, dass unerhörte Gewinnspannen möglich sein sollen. Pertellis ist ja ausgewiesener Experte, ich wollte mir von ihm das Gerücht bestätigen lassen.« Er legte seine Hände aneinander. »Falls etwas dran ist, habe ich dir gerade einen unschätzbaren Hinweis gegeben, für den du mir ewig dankbar sein wirst.« Crispus strich sein Haar glatt, eine überflüssige Geste, denn es war wie immer straff aus dem Gesicht gekämmt und glänzte wie ein frisch polierter Bronzeschild.

Der süßliche Duft des Öls war Quintilianus schon beim Eintreten in die Nase gestiegen. »Wo bleibt Pertellis?«, wollte er wissen.

Crispus breitete die Arme aus. »Ungeduld ist die Tugend der Jugend, mein lieber Quintilianus.«

»Ungeduld? Oh, mein lieber Crispus«, Quintilianus legte besondere Betonung auf das Wort ›lieber‹, »im Gegensatz zu dir ist meine Zeit begrenzt, der Statthalter erwartet mich gleich.«

Crispus strich sich erneut über das Haar und fuhr fort: »Nun ja, ganz so, wie du denkst, steht es bei mir auch nicht. Schließlich ist meine Mission vom Kaiser angeregt worden. Genau genommen schickt er mich, die Möglichkeiten verstärkten Handels mit germanischen Gütern als mögliche Einnahmequelle für das Reich auszuloten. Meine schriftstellerische Arbeit ist eher sekundär, wenngleich sie natürlich von meinen Erkundungen profitiert. Ich hätte gewettet, dir wäre das bekannt.«

Warum erwähnte Crispus erst jetzt, dass er nicht nur einen Geleitbrief des Kaisers hatte, sondern einen konkreten Auftrag? Hätten sie auf der Reise nicht Zeit genug gehabt, darüber zu sprechen? Unbehagen beschlich Quintilianus; ob wegen Crispus' Worten oder dessen öliger Hand, die nun zu der Weinkanne griff, sich nachschenkte und auch ihm einen Becher füllte, wusste er nicht zu beurteilen. Deutlich schimmerten jedenfalls die Abdrücke der Finger auf dem Griff der Kanne.

»Quintilianus, Crispus, entschuldigt.« Pertellis, der soeben die Tür öffnete, ersparte ihm weitere Peinlichkeiten. Der Handelsherr breitete die Arme aus. »Heute geht alles drunter und drüber. Nichts läuft, wie es soll. Gerade erreichten mich besorgniserregende Neuigkeiten.«

Quintilianus atmete durch, was war geschehen?

»Eines meiner Schiffe – aber was langweile ich euch mit meinen Sorgen. Hat man euch zu trinken gebracht? Gut. Mein Vorsteher hat euch als Besucher angekündigt, quasi privat, daher habe ich mir erlaubt, euch hier gemeinsam warten zu lassen.« Pertellis ließ sich auf seinen Sessel fallen und seinen Blick von einem zum anderen schweifen.

Crispus winkte ab. »Keine Ursache. Geschäftliche Probleme?« Seine Stimme klang verdächtig unbeteiligt. Seine Augen hingegen blitzten vor Neugier.

Pertellis musterte ihn nachdenklich. Mit einer Antwort ließ er sich Zeit. »Nichts von Belang.« Er setzte ein Lächeln auf. »Und nun – was verschafft mir die Freude eures Besuchs? Quintilianus? Crispus?«

Quintilianus straffte den Rücken. »Ich möchte mich nicht

in den Vordergrund drängen. Crispus hier wartet schon lange genug, ich lasse ihm gern den Vortritt.« Er wandte sich an den Schriftsteller. »Sagtest du nicht etwas von einem Termin? Vermutlich eine Lieferung edler Salben und Parfüms aus Arabia Felix.« Quintilianus lächelte, so freundlich er konnte.

Crispus erwiderte dies. »Oh, das muss ein Missverständnis sein, Quintilianus. Ich habe alle Zeit der Welt.«

Quintilianus spürte, wie der Ärger seinen Hals hinaufstieg. Diesem Mann fehlte jegliches Taktgefühl, da halfen nur klare Worte. »Nun gut, dann erlaube ich mir, deine Höflichkeit anzunehmen. Doch entschuldige, Crispus, mein Anliegen ist vertraulich. Daher, werter Pertellis, muss ich darauf bestehen, mit dir unter vier Augen zu sprechen. Ich hoffe, das ist möglich?«

Pertellis nickte und erhob sich. »Selbstverständlich.« Er bedeutete Crispus, sitzen zu bleiben. »Bediene dich nur.«

Crispus griff nach einer Frucht. Obwohl er seinen Blick konzentriert auf sein Tun richtete, war Quintilianus das erneute Aufblitzen in dessen Augen nicht entgangen. Bedeutete es Enttäuschung oder Anerkennung?

Pertellis führte Quintilianus in den gegenüberliegenden Raum, wahrscheinlich der Arbeitsplatz eines seiner Angestellten, winzig, wie er war.

»Hier können wir uns ungestört unterhalten. Nimm Platz.« Pertellis deutete auf einen Stuhl. »Leider entbehrt dieses Büro den gewohnten Komfort.« Seine Geste umfasste den Holztisch, auf dem sich Schriften häuften, und die gefüllten Regale an den Wänden. Ein Fenster unter der Decke, durch das Licht in den Raum fiel, führte Richtung Innenhof. Quintilianus hörte Hufklappern, sicherlich eine Maultierkarawane.

»Ist Comazon inzwischen zurück?«

»Comazon?« Pertellis wirkte überrascht. »Nein, wieso?«

»Hast du meine Nachricht nicht erhalten, mit dem Befehl, Comazon unverzüglich zurückzurufen?«

Pertellis zog die Brauen hoch, zuckte die Achseln. »Von so einer Nachricht weiß ich nichts.«

Quintilianus schluckte. »Wie soll ich das verstehen? Du hast nicht einmal versucht, ihn zu erreichen? Du hintertreibst also, dass man ihn zu dem Mord befragen kann ...« Mit seiner Beherrschung war es vorbei, er sprang auf. »Comazon ist ein wichtiger Zeuge, ja, mehr als das ... Und du verhinderst, dass wir ihn befragen können! Das ist ...«

Pertellis erhob sich ebenfalls, seine Stimme war kühl. »Kein Grund, sich so zu erregen, Quintilianus. Zum einen: Wenn ich sage, ich habe keine Botschaft erhalten, dann kannst du mir das glauben. Zum anderen: Ich bin überrascht, zu hören, dass du einen meiner fähigsten Mitarbeiter des Mordes verdächtigst. Sei versichert, Comazon ist über jeden Zweifel erhaben. Ich persönlich bürge für ihn.«

Quintilianus kreuzte seine Arme vor der Brust. Pertellis musste nicht sehen, wie seine Hände zitterten; dass er gerade seine Beherrschung verloren hatte, war schlimm genug. »Ich werde dem Statthalter von dem Vorfall berichten müssen.«

Pertellis nickte knapp. »Ich vertraue auf das Urteil des Statthalters.«

Pertellis log, keine Frage. Quintilianus hatte Publicius beauftragt, die Nachricht mit dem Rückrufbefehl zu überbringen. Und auf Publicius war Verlass. Oder nicht?

Ausgerechnet, diese Begegnung hatte er sich jetzt am wenigsten gewünscht. Unter einem Baum im Garten des Statthalterpalastes saß Fuscia auf einer Bank und las. An ihrer Seite zwei Begleiterinnen, die Augen halb geschlossen, schienen sie zu dösen, dennoch wirkten ihre Gesichter angespannt. Es war ein schönes Bild, die drei Mädchen in einem schmalen Streifen Sonnenlicht sitzend, der zwischen dem Gebäude und einer Platane hindurch seinen Weg gefunden hatte. Fuscia, mit ihrem braunen Haar, der schmalen Nase, dem geschwungenen Mund, war die hübscheste. Näher kommend hörte Quintilianus ihre Stimme. Daher der Ausdruck in den Gesichtern der Mädchen, sie lauschten ihrer Herrin, die etwas vortrug. Plötzlich sah Fuscia auf, ein Lächeln huschte über ihr Gesicht. »Quintilianus, du bist zurück, wie schön!« Sie legte die Schriftrolle beiseite und erhob sich.

Sie so unvermutet zu sehen, ließ sein Herz spürbar klopfen. Bei Jupiter, er musste vorsichtig sein, Martius hatte recht, sie war nichts für eine Liebschaft.

»Ah, Fuscia, wie nett, dich hier zu treffen.« Er räusperte sich. »Leider bin ich in Eile. Wir sind in der Traiana aufgehalten worden, spät losgekommen und erst letzte Nacht zurückgekehrt. Und nun habe ich Wichtiges mit deinem Vater zu besprechen. Martius ist sicher auch schon bei ihm zum Bericht. Ich darf sie nicht warten lassen.«

»Natürlich.« Fuscia setzte sich wieder, griff zu der Schriftrolle.

»Äh, danke für deinen Brief. Ich habe mich, äh, gefreut. Ja, sehr sogar.« Bei allen Göttern, so schnell waren Vorsätze dahin, doch nicht nur die guten Manieren verlangten nach solchen Worten, nein, es war ihm ein Bedürfnis. Obwohl es ihn siedend heiß überlief, lächelte er. Sie war wirklich bezaubernd, wie sie dasaß und ihn nun doch wieder anschaute. Sicher war ihm das Blut in die Wangen gestiegen und ließ ihn aussehen wie ein Knabe, der seine Griechischaufgaben nicht gelernt hatte. »Wir werden die Verabredung nachholen«, sagte er Fuscia.

Die nickte leicht. »Gut, ich verlasse mich darauf.«

Im Gehen sah er sich noch einmal zu ihr um, da war sie jedoch schon wieder in ihre Lektüre vertieft, aber dann, als er sich endgültig abwenden wollte, hob sie kurz den Kopf und schenkte ihm ein Lächeln.

Bevor er sich beim Statthalter anmeldete, schaute er bei Lucius Publicius vorbei. Der musste ihm noch erklären, was mit seinem Befehl geschehen war.

Publicius erhob sich bei Quintilianus' Eintreten. »Ah, gerade wollte ich mit meinem Bericht zu dir.« Er reichte ihm eine Wachstafel. »Die Befragungen in der Hafengasse haben nichts Neues ergeben. Die Chauken allerdings scheinen sehr umtriebig zu sein, sie sprachen im Hause Pertellis' vor und trafen sich in den Tagen nach dem Mord zweimal mit einem Römer. Wer das war, konnten wir noch nicht ermitteln.«

»Interessant. Noch eine Frage, Publicius, was geschah mit dem Befehl, den ich dir für Pertellis aushändigte?«

Publicius zog die Brauen empor. »Selbstverständlich überbrachte ihn einer meiner Leute. Warum?«

»Ich wollte mich nur vergewissern. Salve, Publicius«, Quintilianus steckte die Wachstafel ein und machte sich auf den Weg zu Allius Fuscus.

Wie erwartet, saß Martius schon mit dem Statthalter zusammen. Beide sahen auf, als der Sekretär Quintilianus hereinführte.

»Ah, Quintilianus, schön, dass du schon da bist. Ich hatte noch nicht mit dir gerechnet.« Fuscus erhob sich und schob mit eigener Hand einen Sessel herbei. »Setz dich, bediene dich!« Er deutete auf Wein und Gebäck, das auf dem Tisch zwischen ihnen stand.

»Danke, Fuscus. Martius hat dich schon ins Bild gesetzt?«

Fuscus nickte. »Wie ich hoffte, ist alles wieder im Lot. Die Friesen werden in Kürze ihren Feldzug gegen die Chauken beginnen, ausgezeichnete Arbeit.« Er hob seinen Becher.

Quintilianus trank einen Schluck. Einen Moment genoss er noch den würzigen Geschmack auf der Zunge. »Es gibt noch etwas, Fuscus, etwas Unerfreuliches.«

»So?«

Quintilianus berichtete über den Besuch des Zeugen, der Comazon in der Tatnacht im Streit mit dem Opfer gesehen habe. Zusammen mit dessen Abreise am folgenden Morgen bestünde gegen Comazon nunmehr dringender Tatverdacht. »Ich hoffte, ihn bei Pertellis anzutreffen, doch der wollte von einem Rückrufungsbefehl nichts gewusst haben. Ich glaube Publicius, dass Pertellis meinen Befehl erhalten hat. Pertellis verhält sich äußerst verdächtig. Wir müssen etwas unternehmen.« Er räusperte sich. »Äh, du musst etwas unternehmen.«

Der Statthalter runzelte die Stirn, wandte sich dann an Martius: »Was meinst du dazu?«

Martius zuckte die Schultern. »Mit dem Zeugen sieht die Sachlage durchaus anders aus. Und auf den ersten Blick wirkt da Pertellis' Verhalten natürlich verdächtig, ich kann Quintilianus' Überlegungen gut nachvollziehen. Allerdings kennt er Pertellis nicht so gut wie wir.«

»Allerdings, allerdings.« Fuscus nickte bedächtig. »Pertellis, lieber Quintilianus, ist über jeden Zweifel erhaben. Seit er hier in der Colonia ansässig ist, arbeiten die Statthalter mit ihm zusammen, was die Lieferungen von und nach Rom und in die Provinzen betrifft. Es hat nie Klagen über Unregelmäßigkeiten gegeben. Ich vertraue dem Mann voll und ganz, ja, ich zähle ihn seit meinem Amtsantritt zu meinen

Freunden. Schlamperei gibt es hier wie dort, vielleicht ist die Nachricht verlegt worden.«

»Aber …«, ein Wink des Statthalters ließ Quintilianus verstummen.

»Wenn er sagt, er hat die Nachricht nicht erhalten, dann stimmt das.«

»Aber das ist doch Unsinn, er …«

»Quintilianus, ich muss doch sehr bitten!«

»Entschuldige«, Quintilianus biss die Zähne aufeinander, versuchte, sich zu beruhigen. »Und was ist mit diesem Comazon? Genießt er auch euer Vertrauen?« Quintilianus suchte Martius' Blick; der zögerte.

»Ich denke, in dieser Sache hat Quintilianus recht«, sagte Martius endlich und nickte ihm zu. »Comazon ist in der Tat verdächtig, zumindest ein wichtiger Zeuge, schon allein deshalb sollte er so schnell wie möglich zurückbeordert werden.«

Fuscus trank einen Schluck, schwenkte dann den Becher, sodass die rote Flüssigkeit dem Rand bedenklich nahe kam. »Also gut, meinetwegen, bitte Pertellis, Comazon zurückzuholen. Aber höflich! Du kannst darauf verweisen, dass ich die Bitte unterstütze.«

»Gut. Ich traf übrigens Crispus bei Pertellis an. Er behauptete, im Auftrag des Kaisers die Gewinnspannen im Germanienhandel auszuloten. Stimmt das?«

Fuscus zog erneut die Brauen hoch. »Sein Schreiben des Kaisers lautet, man solle ihm in jeglicher Hinsicht Unterstützung zuteilwerden lassen.« Fuscus neigte den Kopf. »Commodus, wenn ich das so sagen darf, ist ja bekannt dafür, dass er seine Gunst gelegentlich an Menschen vergibt, die sie nicht verdienen. Doch ob Crispus nun ein lauterer Charakter ist oder nicht, vermag ich nicht zu entscheiden.

Solange er nicht gegen die Gesetze verstößt, bleibt uns nichts anderes, als ihn zu unterstützen. Und nun muss ich unsere Unterredung leider beenden, denn ich erwarte eine Delegation aus Pannonien.«

Pertellis sei unterwegs, hieß es im Handelshaus. Quintilianus war nichts anders übrig geblieben, als dem beflissenen Mitarbeiter Iberius mit dem eindrucksvollen Gürtel den Befehl schriftlich auszuhändigen. So schlenderte Quintilianus in Richtung Hafen. Einige Händler hatten ihre Auslagen vor den Türen ihrer Läden aufgebaut und priesen lautstark ihre Waren. Hier und da fand ein Strahl der Nachmittagssonne seinen Weg unter die Säulengänge, brachte die Farben der Stoffe zum Leuchten, ließ Schmuckstücke aufblitzen.

Quintilianus bummelte an den Ständen entlang, verweilte schließlich vor einem Stand mit Silberschmuck aus Syrien, eilte aber davon, als der Besitzer – ein turbanbekrönter Dunkelhäutiger mit rollendem Akzent – nicht Ruhe gab, ihm seine Ware aufdrängen zu wollen. Quintilianus überquerte einen Platz, an dessen Ende sich unter einer Säulenhalle weitere Geschäfte reihten. Wieder zögerte er, diesmal vor einer Auslage mit feinen Tüchern aus dem Osten. Eine Qualität, wie sie besser auch in Rom nicht zu finden war, versicherte der Verkäufer. Das Rote würde Fuscia gut stehen.

»Was soll das kosten?«, fragte er. Nach einigem Feilschen wurden sie sich handelseinig.

Ob Fuscia sich freuen würde? Der Verkäufer hatte versprochen, die Waren – er hatte wegen des unschlagbaren Rabatts gleich mehrere Stolen in unterschiedlichen Farben gekauft – noch heute zu ihm nach Hause zu bringen. Es konnte nicht schaden, die Verwalterin bei Laune zu halten, und für die übrigen Tücher würde sich auch jemand finden, der sich darüber freute. Ja, seiner Mutter würde er eine der blauen Stolen schicken und seiner Schwester die gelbe.

Auf der Brücke, die zu der Hafeninsel führte, ließ er sich von den Fluten des Rhenus fesseln. Heute schimmerte das Wasser bläulich, unter der Oberfläche meinte Quintilianus die Schatten von Fischen huschen und zucken zu sehen. Lachse vielleicht, die sollte es hier geben, hatte er gehört. Hinter ihm ratterten die schwer beladenen Lastkarren über die Brücke, deren Holzbohlen nun unter seinen Füßen zitterten. Gemächlich spazierte er weiter, wich in eine Parallelstraße aus, um auf der stark befahrenen Hafenstraße nicht unter die Räder eines der Wagen zu geraten. Die Sonne stand senkrecht und brannte auf seiner Nase. Er hätte einen Hut aufsetzen sollen. Nun, um diese Jahreszeit, in diesen Gefilden, war es verständlich, dass er nicht daran gedacht hatte.

Jetzt, am helllichten Tag, machte das Viertel einen wenig bedrohlichen Eindruck. Sicher, die Straße war eng, überall lag Müll herum, Kohlköpfe, zerschlissenes Segeltuch, Scherben von Amphoren – aber das war auch in anderen Stadtteilen nicht ungewöhnlich. Hier und da gab es ein Geschäft mit Schiffsbedarf, Netzen, Werkzeug und was man als Schiffer oder Fischer sonst so brauchte. Die Männer, denen Quintilianus begegnete, zeichneten sich durch einen schweren Gang aus, ihre Gesichter waren zerfurcht, aber keineswegs furchterregend. Sie wirkten selbstbewusst, bedachten ihn mit abschätzigen Blicken, bei einigen meinte er allerdings Ablehnung, wenn nicht gar Feindseligkeit zu spüren.

Eine Frau kam Quintilianus entgegen und musterte ihn neugierig. Sie trug einen Korb voller Fische und war offenbar auf dem Weg zum Markt, in ihr Geschäft, oder sie hatte eine große Familie zu versorgen und sich gleich am Hafen kostengünstig mit den Meerestieren versorgt. Sie bleckte schadhafte Zähne, spuckte auf den Boden und ging weiter. Quintilianus zog die Augenbrauen empor. Hochgestellte Römer waren in diesem Viertel offenbar nicht gut gelitten.

Dort drüben standen die Lagerhäuser des Pertellis. Quintilianus erinnerte sich gut an den Morgen, an dem sie in den finsteren Gassen des Hafenviertels die Leiche des Chauken gefunden hatten und er hier mit Pertellis' Arbeitern sprach.

Quintilianus schlenderte zu den Lagerhäusern hinüber, postierte sich dort und ließ seinen Blick den Kai entlangschweifen, ein paar Worte mit Pertellis' Leuten über ihren Herrn zu reden könnte nicht schaden. Nicht lange, und zwei Männer steuerten mit ihren Handkarren auf Quintilianus zu, vielleicht hatte er Glück und sie gehörten zu Pertellis' Handelshaus.

Das Quietschen der ungeölten Räder schmerzte in Quintilianus' Ohren. Gerade wollte er den Arbeitern entgegengehen, als er jemanden Bekanntes bemerkte: Im Schatten eines Lagerhauses, ein Stück hinter denen des Pertellis hockte sein Sklave Livius und würfelte mit zwei anderen. Na warte, Bürschchen, dachte Quintilianus und änderte seinen Plan. Anstatt die sich nähernden Männer anzusprechen, steuerte er auf Livius zu. Der schrak zusammen, als er seinen Herrn vor sich sah, registrierte Quintilianus mit Genugtuung.

»Ah, bei der Arbeit, wie ich sehe.« Quintilianus maß seinen Sklaven mit einem strengen Blick.

»Äh, Herr, es ist nicht so, wie du denkst, äh …«

»So?«, fragte Quintilianus. »Was denke ich denn?«

Livius war aufgesprungen und sah betreten auf die Spielsteine. Sie hatten sich dem Soldatenspiel hingegeben, und dem Stapel Münzen nach zu urteilen, war Fortuna Livius hold gewesen. Livius' Gesicht zeigte gebührende Zerknirschtheit.

»Komm mit!« Ausnahmsweise folgte Livius aufs Wort. Was ein schlechtes Gewissen doch ausmachte. »Und vergiss dein Geld nicht.«

Eigentlich hatte er zu Hause nur rasch eine frische Tunika und Toga überziehen wollen. Doch beim Eintreten hatte ihm Xenophon mitgeteilt, dass Besuch auf ihn warte.

»Ich habe sie in das Empfangszimmer gebeten.« Der Sklave blickte demütig zu Boden, »ich hoffe, es ist recht so.«

Quintilianus wurde heiß bei dem Gedanken, Fuscia warte auf ihn, die Haare vielleicht ein wenig vom Wind zerzaust, die Stola verrutscht, sodass ihr zarter Nacken zu sehen war, ihre Schulter, die der Ausschnitt ihrer Tunika entblößte.

Quintilianus atmete tief durch, durchmaß das Vestibül und betrat den Empfangsraum. Der Anblick des Mädchens, das dort im Sessel zusammengekauert lag und schlief, verschlug ihm den Atem.

Quintilianus schüttelte sie sacht an der Schulter. »Was machst du denn hier?«

Thinilda schrak auf. »Oh, du bist zurück.« Sie rieb sich über das Gesicht. »Verzeih, ich muss eingeschlafen sein.«

»Was machst du hier?«, wiederholte Quintilianus. Wie konnte das Mädchen so schnell in die Colonia gelangt sein?

»Ich musste fliehen, wusste nicht, wohin. Da dachte ich … Nun, du schienst mir ein … ein Ehrenmann.«

»So?« Nachdem der erste Schreck vorüber war, rührte ihn die Gestalt, die vor ihm stand, die dünnen Arme vor der Brust verschränkt, das Gesicht vom Schlaf noch ein wenig geschwollen, das grobe, vor Schmutz starrende Gewand lose um die Taille gebunden, die Haare ungekämmt. Jetzt bemerkte Quintilianus auch den intensiven Geruch, der von Thinilda ausging, doch war er nicht abstoßend. Sie roch irgendwie wild, wie ein ungezähmtes Tier aus den Weiten der germanischen Wälder.

Gute Götter, wie kam das Mädchen hierher? Und warum ausgerechnet zu ihm? Ihre Landsleute würden sie suchen und fänden sie sie bei ihm, nicht auszudenken! Doch konnte er sie auch nicht einfach hinauswerfen. Das Beste war, sie nähme erst einmal ein Bad, frische Kleidung sollte sie ebenfalls bekommen, damit wieder ein Mensch aus ihr würde. Anschließend wäre noch genug Zeit, sie zu befragen.

»Canisia, richte ein Bad, suche ihr auch eine saubere Tunika heraus! Geh mit ihr, Thinilda. Wir werden später reden.«

Thinilda schenkte ihm einen dankbaren Blick, folgte der Sklavin wortlos. Quintilianus ließ sich in einen Sessel fallen und trank einen Becher Wein in einem Zug leer. Was für ein Tag!

Er musste eingenickt sein, Kichern hatte ihn geweckt. Das waren neue Töne, ungewohnt in dem sonst so stillen Haus, in dem Livius' Gesänge häufig das einzige Geräusch darstellten.

Neugierig erhob sich Quintilianus und fand Thinilda und seine Verwalterin Canisia einträchtig im Atrium sitzend und sich seinen Wein teilend. Na prächtig. Die junge Germanin hatte sich schnell an den römischen Luxus gewöhnt. Einen Moment blieb Quintilianus auf der Schwelle stehen und betrachtete sie, die jetzt gebadet mit rosiger Haut auf einer Kline ruhte – eine Kline, die eigentlich seinen Empfangsraum zierte. Sonst waren seine Sklaven nicht so beflissen, das Mobiliar ohne Not herumzutragen. Gerade erreichten die ersten Sonnenstrahlen den Rand des Atriumdaches und ließen Thinildas Haare golden glänzen. Hübsch sah sie aus, die junge Wilde, in einer Tunika, die ihr die Verwalterin wohl geliehen hatte, mit gekämmten und frisierten Haaren, glühenden Wangen und blitzenden Augen. Die beiden schienen sich prächtig zu verstehen und unterhielten sich in einer unverständlichen Sprache. Bei allen Göttern, kam es Quintilianus in den Sinn, auch seine Verwalterin war eine Germanin! Zugegeben, er hätte es ahnen müssen, ihre derbe Gestalt, das breite Kreuz und die stumpfe Nase …

Wieder schwoll das Lachen an, worüber unterhielten die beiden sich wohl? Machten sie sich über ihn lustig? Entschlossen trat er ein. Sofort, als sie seiner ansichtig wurde, stand Thinilda auf und kam auf ihn zu, strahlte ihn an. »Schön, dass du da bist, wir haben auf dich gewartet.«

»Du scheinst dich gut zu unterhalten.« Sie tranken seinen Wein, aßen seine Früchte, Thinilda und seine Verwalterin, eine Sklavin.

Thinilda bemerkte seinen Unmut nicht, deutete auf Canisia »Du weißt, sie kommt auch aus dem Norden, Bataverin. Sie versteht, was das Leben an der Küste ausmacht.«

Canisia nickte, das Strahlen in ihren Augen ließ ihr sonst so unscheinbares Gesicht fast schön wirken. Quintilianus' Zorn wich. Es musste ein harter Schlag für Menschen sein, aus ihrem Leben, ihrer Heimat, von der Seite ihrer Freunde gerissen zu werden, um als Sklaven irgendwo im riesigen Römischen Reich ein unfreies Dasein zu fristen. Dies war etwas, worüber Quintilianus noch nicht häufig nachgedacht hatte. Livius, sein mehr oder weniger treuer Begleiter, warf solche Gedanken nicht auf, der gehörte schon seit seiner Geburt zum Haushalt der Quintilianii.

»Ich gehe dann mal«, die Verwalterin stand auf und verneigte sich vor Quintilianus.

»Oder hast du einen Wunsch? Nein? Dann werde ich mich jetzt um das Abendessen kümmern.«

Als sie allein waren, sah ihn Thinilda schweigend an, und auch Quintilianus zögerte, das Wort zu ergreifen. Er war sich nicht sicher, ob ihn erfreuen würde, was er zu hören bekäme. »Du hast Dolrang zur Flucht verholfen, nicht wahr?«

Sie nickte.

»Wo ist er?«

Thinilda zuckte die Achseln.

»Wie habt ihr es geschafft, den weiten Weg so schnell zurückzulegen?«

»Oh, wir hatten wirklich Glück.« Das Mädchen trank einen Schluck, schaute in den Becher, als schwämme eine Fliege darin, und stellte ihn zurück. »Schmeckt komisch, dein Wein. Ein Becher Met wäre mir jetzt lieber, hast du so etwas?«

Sie verschmähte seinen besten Wein für einen Becher Met? Diese Barbarin! Er schüttelte den Kopf. »Nein. Nun sag, wie habt ihr es angestellt?«

»Oh, wir stahlen uns Pferde und sind fast die ganze Zeit durchgeritten, bevor wir uns kurz vor der Stadt trennten.«

»Und warum bist du zu mir gekommen?«

»Ich kenne doch niemanden hier. Und du wirktest so ehrenhaft, so freundlich.«

Freundlich, ja, das war er wohl. Livius führte ihm täglich vor Augen, dass er zu freundlich war, das musste er ändern. Diese Germanin bei sich aufzunehmen, würde nur Ärger mit sich bringen. »Du kannst nicht in meinem Haus bleiben.«

Thinilda presste die Lippen aufeinander, ihre Augen schimmerten feucht. Sie schluckte, schwieg aber.

»Deine Leute werden dich als Erstes hier suchen, fürchte ich.«

Sie sah ihn wortlos an, die Arme wieder um den schmalen Leib geschlungen. Schon tat sie Quintilianus leid. »Also gut, vorerst bleib, aber nur so lange, bis wir etwas anderes für dich gefunden haben.«

Sie schluckte erneut. »Danke«, sagte sie dann.

Jetzt war es wirklich an der Zeit, ihr ein paar Antworten zu entlocken. »Sag mir, wo Dolrang ist«, bat er.

»Er ist in Sicherheit.«

»Warum bist du nicht bei ihm?«

»Das war nicht möglich. Zusammen wären wir zu auffällig – gewiss sucht man uns längst.«

»Warum halfst du ihm überhaupt?«

»Er ist mein Bruder.« Mit feucht schimmernden Augen sah sie ihn an. »Großvater hätte zugelassen, dass sie ihn töten, auch er hält ihn für einen Verräter. Aber ich konnte doch nicht …«

»Und wo ist Dolrang jetzt?«, wiederholte Quintilianus seine Frage.

»Das kann ich dir nicht sagen.«

»Es wäre aber besser, du tätest es.«

Sie zuckte die Achseln, presste die Arme noch eine Spur enger um den Leib. Eine Haarsträhne hatte sich aus ihrer Frisur gelöst und ringelte sich anmutig über ihren Nacken.

Kapitel IX

Herr!«

Quintilianus blinzelte gegen das Licht des Öllämpchens an, das direkt vor seinem Gesicht hing. Sofort tanzten grüne und rote Punkte vor seinen Augen. »Was soll das? Nimm das weg«, brummte er.

»Ich dachte, du würdest wissen wollen, was ich herausgefunden habe.«

Quintilianus war hellwach. Wenn Livius bei Morgendämmerung schon auf den Beinen war, musste er etwas Wichtiges in Erfahrung gebracht haben. Er schwang die Beine von der Kline und sah seinen Sklaven durch die Tür verschwinden.

»He! Wohin?«

»Ich warte im Atrium.«

Immerhin hatte Livius frisches Wasser bereitgestellt, eine reine Tunika hing über dem Stuhl, darüber ein Lendenschurz. Die Toga lag auf der Truhe, frisch gebügelt. Es hatte schon etwas für sich, eine Verwalterin zu haben.

Im Atrium brannten die Kandelaber und Livius wartete an dem gedeckten Tisch. Es war noch frisch an diesem Morgen, doch der Himmel war klar, es versprach wieder ein schöner Tag zu werden. »Nun?«

»Gut siehst du aus, Herr, wenn du mir die Bemerkung erlaubst.«

»Ich erlaube sie dir.« Leider traf Gleiches nicht auf Livius zu. Der hatte tiefe dunkle Ringe unter den Augen. Und sein Atem, bei allen Göttern, roch wie eine monatelang ungelüftete Taverne. Schon sanken Quintilianus' Hoffnungen auf wissenswerte Neuigkeiten. Fast gleichgültig fragte er: »Und? Was haben deine Erkundigungen ergeben?«

»Als Erstes, Herr, möchte ich einmal sagen, dass es nicht leicht war. Ich bin soeben erst zurück. Du glaubst gar nicht, was Hafenarbeiter so wegschlucken. Ich habe das ganze Geld verbraucht, das du mir gabst, und meinen Würfelgewinn dazu.«

Nun, wenn es gut angelegt war ... Allerdings bezweifelte Quintilianus das. »Reichst du mir das Brot? Danke.« Mit Gleichgültigkeit kam man bei Livius erfahrungsgemäß am weitesten.

»Dieser Comazon, Herr, ist ein wichtiger Mitarbeiter, sagten die Arbeiter.«

Na bitte, es ging doch, und ganz ohne Umschweife. Doch neu war die Information nicht.

»Oh, sieh an, ein Gast!« Livius sprang auf und rückte Thinilda einen Sessel zurecht.

Quintilianus fluchte innerlich.

»Livius, mein Sklave«, stellte er vor.

»Oh.« Thinilda setzte sich, ließ Livius dabei nicht aus den Augen, als wüsste sie nicht, was sie von ihm halten sollte.

»Das ist Thinilda, vom Stamm der Friesen. Sie wird kurze Zeit bei uns zu Gast weilen.«

Livius strich sich eine Locke aus dem Gesicht. »Fein, Herr.«

Quintilianus verschränkte die Arme vor der Brust und musterte seinen Sklaven misstrauisch. »Du wirst niemandem von ihrer Anwesenheit erzählen, verstehst du mich?«

Livius breitete die Arme aus. »Aber Herr, wo denkst du hin? Mein Mund ist versiegelt.«

»Es ist wirklich ernst, Livius.« Quintilianus legte all seine Autorität in seine Stimme, seine Mimik. »Wenn irgendjemand von ihrer Anwesenheit erfährt, kann es ihr Todesurteil sein und meines und damit auch deines dazu. Nur damit du ein Bild von der Lage hast.«

Livius blickte Thinilda an und nickte.

»Und du, meine Liebe«, wandte sich Quintilianus an Thinilda, »wirst dich nicht aus dem Haus bewegen. Livius wird dich mit allem versorgen, was du wünschst.« Quintilianus schob den letzten Bissen Brot in den Mund, trank einen Schluck Wasser und bat Thinilda, ihn mit seinem Sklaven noch einen Moment allein zu lassen. »Und nun, Livius, fahre fort mit deinem Bericht.«

Livius sah Thinilda nach; sogar als sie längst verschwunden war, blieb sein Blick an der geschlossenen Tür haften.

»Livius?«

»Ähm, ja, Herr.« Der Rotkopf besann sich einen Augenblick. »Die beiden Hafenarbeiter Sextilius und Rufinius erzählten so einiges. Ihr Herr Pertellis behandele sie gut, zahle ordentlich, ein wenig mehr als die anderen. Einer der beiden raunte, während sein Kollege sich erleichterte, dass er sich wundere, warum ihnen Pertellis mehr als nötig bezahle. Doch ihm sei es recht. Dafür hätten sie sich kurzfristig zur Verfügung zu halten, hieß es.«

»Warum?«

»Offenbar erhielt Pertellis in letzter Zeit Lieferungen auch mitten in der Nacht. Es kümmere die beiden aber nicht, was darin sei, sie sähen ohnehin nur versiegelte Säcke und Kisten. Irgendwelche Sachen für die Germanen eben, so Sextilius.«

Das klang sehr nach zwielichtigen Geschäften. War dem Statthalter dies nicht bekannt?

»Sind die Männer sich sicher, dass die Waren für Germanien bestimmt waren?«

Livius nickte. »Ja, ich habe Sextilius gefragt, woher er das weiß. Er meinte, es sei an den Zollsiegeln erkennbar gewesen.«

»Und Comazon?«

»O ja, Comazon. Ein Ausbund an Redlichkeit, schenkt man Sextilius Glauben. Er sei ein Freigelassener von Pertellis, arbeite seit einigen Jahren als dessen rechte Hand und sei zuständig für den Germanienhandel mit den Nordländern. Ein tüchtiger Bursche, das haben beide bestätigt. Er sei der Freundlichste und Zuvorkommendste von allen. Und ein ausgewiesener Experte auf dem Gebiet Nordgermaniens. Er kenne sich dort aus wie kein Zweiter, so Rufilius, selber ein«, Livius runzelte die Stirn, »Chatte? Ampsivarier? Bei Mercurius, ich habe es vergessen. Einer dieser kleinen Stämme im Norden.«

»Dann wird es wohl kein Chatte gewesen sein, die sitzen direkt auf der anderen Seite des Rhenus.«

»So?« Livius zog die Brauen hoch. »Na, wenn du das sagst.«

»Gibt es über Comazon nichts Auffälliges zu berichten? Weibergeschichten? Spielt er? Trinkt er?«

Livius schüttelte den Kopf, dann blickte er auf. »Weibergeschichten, doch, aber wohl anderer Art. Sextilius meinte, die Frauen seien ganz wild auf ihn. Und das einzig Sonderbare an ihm sei, dass er alle mit der gleichen Liebenswürdigkeit behandele, und es sei nicht bekannt, dass er je mit einer eine Liebschaft eingegangen sei.«

»Comazon ist also verheiratet?«

»Nein, eben nicht. Sextus und Rufilius haben sich darüber

amüsiert und gemeint, dass im Handelshaus darüber gespottet werde. Der Stern und sein Schweif, so nannten sie das Phänomen. Der Schweif, die Frauen, holt den Stern, Comazon, niemals ein, ha.«

»Nun, das hilft uns auch nicht weiter, aber bleib dran, Livius. Weißt du, wo er wohnt, was seine Familie macht?«

»Er hat im Handelshaus des Pertellis einige Räume zu seiner Verfügung. Seine Eltern seien verstorben, ein Bruder arbeite in einer Zweigstelle in der Hispania, doch sei der nicht halb so begabt wie Comazon.«

»Und über seine Reise? Gibt es da etwas zu erzählen?«

»Nein, eigentlich nicht, nur dass die Route grauenhaft klang.«

Quintilianus nickte. »Comazon kennt die Region. Wie dem auch sei, du kannst dich jetzt ausruhen, du hast es dir wahrlich verdient.«

Canisia betrat das Atrium, blinzelte in das Morgenlicht. »So zeitig auf den Beinen, Herr? Wünschst du etwas?«

»Bring mir noch einen Krug Wasser in das Tablinum.« Bevor er sich mit Martius traf, wollte er sich einen Überblick über die Akten verschaffen, die er sich hatte schicken lassen.

Quintilianus pfiff ein Lied vor sich hin, als er seinen Mantel überwarf und sich auf den Weg zum Praetorium machte.

Die Sonne schien, ein paar weiße Wolken zogen über den blauen Himmel, eine milde Brise strich durch die Straßen. Quintilianus verweilte einen Augenblick auf dem mit Girlanden geschmückten Forum und schaute zu, wie Arbeiter dort ein Podest aufbauten, für das bevorstehende Fest wohl. Er schlenderte an den Statuen vorbei, Kaiser Commodus grüßte von seinem Pferd und Marcus Aurelius blickte mit seelenvollen Augen in die Ferne, in einer Hand eine Buchrolle, mit der anderen strich er sich den Bart. Quintilianus hatte noch reichlich Zeit, so erstand er an einer Straßenecke ein Brot, gefüllt mit Fleischpastete, das er im Praetorium zu essen gedachte.

In seinem Arbeitszimmer angekommen, ließ er sich einen Krug verdünnten Wein bringen. Während er aß, las er noch einmal die Aussage des Zeugen, der Comazon und den Chauken hatte streiten sehen. Quintilianus lehnte sich zurück und schloss die Augen. Der Gedanke, den Fall so schnell geklärt zu haben, erfüllte ihn mit Genugtuung, wenngleich sich gestern weder Martius noch Fuscus sonderlich erfreut gezeigt hatten. Er musste noch einmal mit Martius sprechen.

»Wir sollten die Friesen freilassen, da durch die Zeugenaussage alles auf Comazon als Täter verweist.«

Martius schob einen Stapel Schriftrollen beiseite. »Oh, das denke ich nicht. Es ist ja noch nichts bewiesen. Möglicherweise ist alles nur Zufall. Wie wir wissen, kannte Comazon die Chauken gut, warum soll er sich nicht mit einem von ihnen unterhalten oder auch gestritten haben? Der Zeuge hat ja nicht beobachtet, dass er auf ihn einstach.«

»Nein, aber …«

»Da wir also keinen Zeugen für die Tat haben, ist Comazon nur ein Verdächtiger. Wir müssen abwarten, bis er zurück ist.«

»Und wenn er nicht kommt? Wir müssen ihn suchen lassen, Beschreibungen von ihm aussenden, damit man ihn ergreift.«

»Ich sehe, du hast dich über die entsprechende Vorgehensweise informiert, mein Lieber. Das sollten wir tun, doch bezweifle ich, dass es etwas fruchtet. Comazon ist in Germanien unterwegs, also außerhalb unseres Einflussgebietes. Du hast natürlich recht, wenn er schuldig ist und dort bleibt oder in eine andere Provinz flieht, haben wir ein Problem. Doch Pertellis hat sich für seinen Mitarbeiter verbürgt, zugesichert, dass er kommt. Uns bleibt momentan nichts, als uns darauf zu verlassen.«

Das waren keine erfreulichen Aussichten, zumal Quintilianus Pertellis' Rechtschaffenheit bezweifelte. Aber was sollte er sagen? Pertellis genoss sowohl bei Martius als auch bei Allius Fuscus höchstes Ansehen, warum auch immer. »Natürlich. Ich werde dennoch alles in die Wege leiten, dass nach ihm gesucht wird. Dann erfahren wir wenigstens, wenn er sich in eine andere Provinz abgesetzt hat.«

»Gut, mach das.«

*

Die Anwesenheit von Thinilda in seinem Haus machte Quintilianus nervös. »Sie mag dich«, hatte Livius ihm mitgeteilt und neuen Wein gebracht. Das fehlte noch. Quintilianus trank bereits seinen dritten Becher, es dämmerte draußen, und im Raum war es stickig.

Livius nickte in Richtung Atrium und schenkte ihm Wasser ein. »Wir haben das Sommermobiliar hinausgestellt, dort ist es viel angenehmer als hier im Tablinum.«

Natürlich, das wäre es wohl. Allein, er fürchtete, Thinilda dort anzutreffen. Quintilianus griff zu dem Wasser.

»Außerdem hat sie nach dir gefragt. Sie will mit dir sprechen.« Bedauern schwang in Livius' Stimme, überhaupt wirkte er ein wenig beklommen. »Also, Herr? Was soll ich ihr sagen?«

Quintilianus atmete tief ein. Nun gut, er konnte ihr nicht

ewig aus dem Weg gehen. Er stellte den Becher wieder ab, erhob sich und ging in das Atrium.

Bei allen Göttern, was war das?

Thinilda sprang im Impluvium auf und ab und spritzte mit dem Wasser das ganze Atrium nass. Als sie Quintilianus sah, blieb sie stehen und streckte ihre Arme aus. »Selbst dies bisschen Wasser ist angenehm in der Hitze. Komm doch auch in das Becken.« Sie schüttelte ihr langes Haar, Tropfen stoben durch die Luft. »Ihr Römer seid schon sonderbar, warum habt ihr das Becken nicht tiefer gemacht, das Wasser reicht gerade nur bis zu den Knöcheln. Das ist doch unpraktisch.«

Quintilianus starrte sie an. Die Tunika klebte nass an ihrem Körper. Er ertappte sich dabei, wie er den Kopf schüttelte. Das Schlimmste war, sie gefiel ihm. Ihr athletischer, knabenhafter Körper, ihre kleinen Brüste, die sich mit ihren Atemzügen hoben und senkten – er konnte seine Blicke nicht von ihr abwenden. Er fing sich.

»Thinilda, es freut mich, dass dir mein Atrium so viel Freude bereitet, aber nun komm heraus.« Er klatschte in die Hände. »Livius!«

Quintilianus sah sich um, aber sein Sklave war nirgendwo zu entdecken. Keiner seiner Sklaven war irgendwo zu sehen. Immerhin, Thinilda stieg aus dem Becken, schüttelte noch einmal ihre blonden Haare und kam lächelnd auf ihn zu. Quintilianus wurde noch heißer.

Kapitel X

Wie hatte er sich so hinreißen lassen können?

Quintilianus zog vorsichtig seine Hand von Thinildas Bauch zurück, der sich im Schlafe rhythmisch hob und senkte. Nein, sie durfte nicht bleiben. Zugegeben, die Nacht mit einer freien und so stolzen Frau zu verbringen, war schon etwas anderes als der kurze Genuss mit einer Sklavin, einem Mädchen aus einer Taverne. Er strich Thinilda sacht über das Haar, das sich über das Kissen ergoss, dieses Blondhaar – fast überkam ihn wieder das Verlangen nach ihr, doch er unterdrückte es. Das Zusammensein mit ihr war anders als mit anderen Mädchen, weil sie verliebt war, und das war das Problem.

Er nutzte ihre Gefühle aus, schlimm genug, und schlimmer noch, Thinilda entstammte einem einflussreichen Haus der Friesen, zudem galt sie als Verräterin. Würde bekannt, dass sie bei ihm Unterschlupf gefunden hatte, dass sie ihn beglückt hatte, wäre alle Diplomatie mit den Friesen umsonst gewesen. Erführen Martius und Fuscus davon, schüttelten sie sicher nicht nur die Köpfe, sondern würden nach Rom berichten, dass es mit der politischen und diplomatischen Gabe des Gaius Claudius Quintilianus nicht weit her sei.

Thinilda schlug die Augen auf. »Oh, Quintilianus«, murmelte sie, legte ihre Arme um seinen Hals, küsste ihn auf die Lippen.

Er schob sie von sich. »Thinilda, es tut mir leid, aber du kannst nicht bleiben, wenn dein Großvater erfährt, dass du hier bist ... dass wir ...«

Tränen stiegen in ihre Augen, doch wusste sie, sich zu beherrschen. Sie zog die Beine an, legte die Arme um die Knie und sah ihn unentwegt an.

Er fühlte sich schäbig. »Glaub mir, es schmerzt mich zutiefst, aber es muss sein«, wiederholte er leise, »du bist hier in Gefahr und auch ich könnte große Schwierigkeiten bekommen.«

»Aber wo soll ich hin? Zu meinen Landsleuten kann ich nicht, sie sehen Dolrang als Verräter und mich auch. Ach, Quintilianus, lass mich bleiben, und sei es unter falschem Namen, sei es, dass du mich ...«

»Nein!« Nie würde er sie als Sklavin ausgeben oder für sich arbeiten lassen. »Livius soll dir eine Wohnung in einer Insula besorgen, vielleicht dort, wo die Glasmacher ihr Gewerbe betreiben. In der Gegend herrscht buntes Völkergemisch, du wirst nicht auffallen. Sag, du hast dich gut mit Canisia unterhalten und auch Xenophon scheint dich zu mögen. Sie werden dich nicht verraten, oder?«

Ihr Blick zerschnitt sein Herz. »Nein, werden sie nicht, Canisia versicherte es mir. – Du schickst mich also wirklich fort. An das andere Ende der Stadt, so weit weg wie möglich ... Und gerade eben warst du mir noch so nah.« Ihre Stimme klang heiser.

»Thinilda, es ist doch gar nicht so weit. Versteh doch ...« Hilflos hob er die Arme. »Thinilda, ich mag dich sehr, ich ... ich werde dich besuchen, sooft ich kann. Aber glaub mir, es ist zu deinem Besten. Was wäre, wenn sie dich hier aufstöberten? Ich könnte den Gedanken nicht ertragen, dass sie dich als Verräterin im Moor versenken.«

Sie schwang ihre langen Beine von der Kline, schlüpfte in ihre Tunika, die sie gestern Nacht achtlos neben das Bett geworfen hatte. »Quintilianus, ich will mit dir über Dolrang sprechen, weil du dich um mich sorgst und weil uns seit gestern ein besonderer Bund verbindet, ein heiliger Bund. Du wirst mich nicht verraten, und, wichtiger, du wirst Dolrang nicht verraten.«

Ein heiliger Bund, bei allen Göttern! Quintilianus fühlte, wie Schweiß auf seine Stirn trat, fahrig wischte er ihn ab. Nein, beruhigte er sich, auch die Germanen kannten Hochzeiten, ein einfacher Beischlaf bedeutete noch nichts. Aber was hatte sie da gesagt: Dolrang? »Sag mir, Liebste, was verband Dolrang mit dem Chauken, was besprachen die beiden miteinander? Verriet Dolrang die friesischen Pläne an den Feind?«

»Nein.« Sie ergriff Quintilianus' Hände, und obwohl ihre blauen Augen feucht schimmerten, war Stolz darin zu erkennen. »Dolrang ist kein Verräter. Ich weiß nicht, was er mit dem Chauken zu tun hatte, er sprach nicht darüber, aber ich vertraue ihm. Wir trennten uns kurz vor der Agrippinensis und werden uns an einem vereinbarten Ort treffen. Ich hoffe sehr, dass Dolrang einen sicheren Unterschlupf gefunden hat. Ich werde ihm berichten, dass du ihn sprechen willst.«

Er zog sie in seine Arme, küsste ihre Wangen. »Danke für alles. Ich denke, bald wird Livius für dich eine neue Unterkunft gefunden haben, dort wirst du sicher sein. Und sei gewiss, ich werde dich besuchen.«

*

»Herr, ein Pomponius Crispus fragt nach dir. Willst du ihn empfangen?«

Quintilianus schaute von dem Brief auf, den er gerade schrieb, an die Familie nach Rom. »Crispus, sagst du, Xenophon? Was will er?«

»Das teilte er mir nicht mit, Herr. Du siehst nicht erfreut aus, soll ich ihn wegschicken?«

»Ja, äh, ach nein, führ ihn herein.«

Bei allen Göttern, Crispus hatte ihm gerade noch gefehlt. Hoffentlich befand sich Thinilda in ihrem Zimmer, lief nicht im Hause herum und dem handeltreibenden Schriftsteller über den Weg. Der würde sie natürlich sofort wiedererkennen.

Und schon brachte der Türsklave den Römer herein; und wie römisch der heute aussah: die Toga schneeweiß, die dunklen Haare frisch geölt und zurückgestrichen, der Gang aufrecht, die lange Nase ein wenig erhoben – ganz Aristokrat.

Quintilianus setzte ein unverbindliches, ein wenig herablassendes Lächeln auf, erhob sich nur kurz, wies auf einen Sessel. »Setz dich, Crispus, was verschafft mir die Ehre deines Besuches?« Erst jetzt legte er den Stilus nieder, löschte die Tinte auf dem Pergament. »Bring uns eine Karaffe Caecuber, Xenophon, und sorge dafür, dass wir nicht gestört werden.«

Crispus ließ seine Augen durch den Raum schweifen. »Schönes Haus hast du, Quintilianus, natürlich nicht zu vergleichen mit dem deiner Familie in Rom, aber mit allem Komfort.« Er lehnte sich in dem Korbsessel zurück, stellte elegant ein Bein vor das andere.

Oho, den Kaisern abgeschaut, aber nicht perfekt, man bemerkte eben doch, dass dieser Wichtigtuer einer Familie von Emporkömmlingen entstammte. Quintilianus schwieg, neigte nur dankend den Kopf und winkte Livius hinaus, der anstelle von Xenophon den Wein gebracht hatte.

»Ja, ich dagegen logiere im *Goldenen Lorbeer*, nah dem Forum, zwar das beste Haus am Ort, wie ich mir habe sagen lassen, aber nichts für länger«, fuhr Crispus fort und probierte den Wein. »Hm, ausgezeichnet.«

»Du beabsichtigst, dich länger hier aufzuhalten? Ich dachte, du wolltest nur Eindrücke sammeln für dein neues Buch über die Germanen und ein paar Beziehungen knüpfen.«

»Ja, das auch, doch das Leben hier gefällt mir ganz gut. Die Colonia ist eine interessante Stadt, bietet alle Annehmlichkeiten, die man braucht, ist zudem nicht so laut und schmutzig wie Rom. Auch der Pöbel hält sich in Grenzen. Und das Beste, Quintilianus«, Crispus beugte sich vor, die Augen zu Schlitzen verengt, »man kann hier Geld machen, viel Geld.«

»Nun, du deutetest ja schon bei Pertellis an, dass du dich im Handel versuchen willst.«

»Ich werde natürlich nicht selbst als Händler agieren, ich weiß so gut wie du, dass das Menschen unseres Standes nicht angemessen ist. Aber ich will ganz ehrlich zu dir sein, Quintilianus, meine finanzielle Lage ist etwas, nun ja, schwierig. Und allein mit dem Schreiben von noch so guten Büchern und Geschichtswerken kann man heutzutage nicht mehr reich werden, es gibt einfach zu viel Konkurrenz. Bei den Friesen indes fielen mir zum Beispiel die Seehundfelle auf, die sind in Rom heiß begehrt, ein wahrer Luxusartikel.« Sein Blick wurde lauernd.

»Und was soll ich dabei tun?« Quintilianus hob die Augenbrauen. »Im Gegensatz zu dir, Crispus, benötige ich dank der Stellung meiner Familie keine zusätzlichen finanziellen Einkünfte, ich habe also kein Interesse an Seehundfellen und dem Handel mit ihnen.«

Crispus lehnte sich zurück. »Gemach, gemach – es geht dabei nicht nur um Felle, auch andere Güter kommen in

Betracht. Du gibst mir einen Kredit, damit ich die Waren kaufen kann. Damit bist du an dem Handel an sich in keiner Weise beteiligt, sondern bekommst von mir die Summe in Raten mit einem Zinssatz von fünf Prozent zurück. Und – lass mich ausreden – sag nicht, du benötigst kein Geld. Ich weiß zwar, Quintilianus, dass deine Familie reich ist, ich weiß aber auch, dass dein Vater dich kurzhält. Und da er noch nicht so alt ist, wird es noch Jahre dauern, bis du über das Familienvermögen verfügen kannst. Überdenke mein Angebot, Geld ist für deine Karriere nicht unwichtig. Dein edler Verwandter Commodus ist sicher eher geneigt, dich in wärmere Gefilde zu versetzen, wenn du einen Beitrag zur römischen Kultur in der Provinz geleistet hast, eine Statue unseres verehrten Kaisers zum Beispiel, einen Tempel, einen Anbau an die Thermen.«

»Woher ...?«, hob Quintilianus an, doch er unterbrach sich. Auf keinen Fall durfte er sich sein Erstaunen, seine Abscheu anmerken lassen, ruhig, besonnen agieren, das war die Devise.

Crispus grinste. »Ich habe meine Quellen, und du siehst, sie sind nicht schlecht. Man muss sich nur unter die richtigen Leute mischen. Mit meinen Beziehungen kann ich dir zudem bei der Aufklärung des Falles des toten Chauken behilflich sein, Quintilianus. Du bist jung und unerfahren in solchen Dingen, ich weiß ohnehin nicht, warum man gerade dich damit beauftragt hat. Du fragst nicht die richtigen Leute, gehst nicht an die richtigen Plätze.« Crispus ließ die Worte in der Luft hängen wie eine Feder, die langsam zu Boden weht.

»Wenn du etwas weißt, Crispus, bist du verpflichtet ...«

Crispus lachte und erhob sich. »Natürlich. Ich rate dir, löse diesen Fall bald, denn die Friesen in der Stadt werden unruhig, wollen ihre Leute freigelassen sehen. Sogar eine Verurteilung wäre besser, wenn ihnen ihre Schuld nachzuweisen ist, aber sie einfach nur festzuhalten, ist unklug. Salve, Quintilianus, ich danke für den Wein und dein Ohr, bis später.« Er verschwand, zurück blieb der süßliche Geruch seines Haaröles.

Quintilianus schob das Pergament, den halb geschriebenen Brief von sich. Was sollte er davon halten? Hatte Crispus plump versucht, ihn zu bestechen, ihn zu nötigen, als Gegenleistung für seine zweifelhafte Hilfe in seine krummen Geschäfte einzusteigen? Womit Crispus aber recht hatte, war die Situation der Friesen, und an der würde sich nichts ändern, solange sie keine neuen Erkenntnisse hatten, zum Beispiel durch Comazon.

Es klopfte, Livius trat ein, in der Hand eine Wachstafel.

»Ah, Livius, gut, dass du kommst. Hast du dich schon um eine Unterkunft für Thinilda gekümmert?«

Der Sklave senkte den Kopf. »Ähm, Herr, also, das ist so einfach nicht. Sie muss ja gut untergebracht werden und …«

»Gib es zu, du hast noch gar nichts unternommen!« Quintilianus schmetterte den Stilus auf den Tisch, nun war es genug mit der Eigenwilligkeit dieses Sklaven. »Livius, ich sage es jetzt zum letzten Mal, halte dich an meine Anweisungen! Den Gedanken an eine Freilassung kannst du gänzlich aufgeben, wenn du nicht tust, was ich sage, mitdenkst, mir hilfst, anstatt mich zu behindern. Auch erinnere dich daran, dass es durchaus in meiner Macht steht, dich zu verkaufen und dafür zu sorgen, dass du nicht zu einem so gutwilligen Herrn kommst wie mir. Ich meine, was ich sage. Du wirst wissen, dass auch ein Bergwerk infrage kommt, in den Minen benötigen sie junge, kräftige Kerle, und dort kannst du dann deinen Mitsklaven die Verse des Catull rezitieren, während ihr das Erz aus dem Felsen schlagt. Also, du wirst jetzt sofort losgehen und der jungen Friesin eine Unterkunft in den Insulae bei den Glasern besorgen, gib Thinilda als deine Verwandte aus oder lass dir sonst etwas einfallen. Sie ist gefährdet, vor lauter Verehrung scheinst du das vergessen zu haben. Sieh zu, dass du sie sicher und unerkannt unterbringst. – So, und jetzt her mit der Schreibtafel.«

Livius reichte ihm die Tafel gesenkten Hauptes, die Lippen zusammengepresst, er nickte und ging. Quintilianus löste den Faden des Wachstäfelchens, klappte es auf – und erkannte sofort die Handschrift: Fuscia. »Muss dich sprechen, es ist wichtig. Bitte komm um die achte Stunde zum Capitols-Tempel«, schrieb sie. Das Mädchen hatte Schneid, selbst die Initiative zu ergreifen. Was mochte sie so Dringendes haben? Auf jeden Fall konnte er sie nicht versetzen, das wäre das Ende ihrer Sympathie und vielleicht seiner Karriere, und, ehrlich gesagt, er wollte es auch gar nicht. Er freute sich, sie wiederzusehen, allein das Bild, das sich ihm neulich geboten hatte, sie und ihre Mädchen unter dem Baum … Und Thinilda? Nein, mit Fuscia war es etwas anderes.

Er schaute aus dem Fenster, die Sonne stand hoch, dann auf die Wasseruhr, wenn er es zum ausgemachten Zeitpunkt schaffen wollte, musste er los, es war recht weit bis zum Capitols-Tempel. So trat er aus dem Haus, ging die Straße entlang, vorbei an den abweisenden Mauern der anderen Häuser, vorbei an der Taverne, aus der trotz der frühen Stunde fröhliches Gelächter schallte.

Er überquerte den Decumanus Maximus und tauchte in die südliche Hälfte der Stadt ein. Zu seiner Rechten sah er vor der Stadtmauer zwei kleine Tempel aufragen, sicher einheimische Heiligtümer. Nun bog er links ab, diese Straße musste direkt zum Capitol führen. Es war schon von Vorteil, dass alle Provinzialstädte ähnlich angelegt waren mit parallel laufenden Straßen, verirren konnte sich ein Römer nicht. Rechts befand sich die große Anlage des Circus, natürlich nicht zu vergleichen mit der des Circus Maximus in Rom, doch stattlich für eine Provinzstadt. Das Gebrüll von Tieren klang zu ihm herüber, Löwen? Sicher nicht, hier im Norden standen wohl eher Bären zu erwarten, es hätte sehr viel Geld gekostet, Raubkatzen herzutransportieren. Es sei denn, Fuscus plante eine große Hatz zu Ehren des Kaisers, um sich für den nächsten Statthalterposten in einer wärmeren Provinz zu empfehlen.

Zu seiner Linken nun erhob sich der Thermenbau und einige Schritte weiter tauchte die Rückseite des Capitols-Heiligtums vor ihm auf. Hier irgendwo musste ein Hintereingang sein. Er ging die rot gestrichene Mauer des Tempelbezirks entlang, und da, in weißer Kalkfarbe, nicht sehr groß, doch überdeutlich, hatte jemand geschrieben: »Freiheit für Vermax und unsere Freunde!«

Quintilianus hielt inne, starrte die Schrift an. Fast schien es ihm eine persönliche Aufforderung, sich der festgesetzten Friesen anzunehmen. Doch dann schüttelte er den Kopf, Unsinn. Solche Wandschmierereien waren nichts Ungewöhnliches, im ganzen Reich wimmelte es davon, das war der Lohn dafür, dass man diesen Barbaren die Wohltat der Alphabetisierung angedeihen ließ. Er würde Fuscus von dem Schriftzug berichten, der sollte ihn übertünchen lassen. Er, Quintilianus, war hier, um Fuscia zu treffen. Und tatsächlich, dort war die rückwärtige Pforte, die einladend offen stand. Quintilianus betrat den heiligen Bereich des Jupiters, der Juno und der Minerva. Reges Treiben herrschte hier; vor den Nischen in der Mauer, auch die rot getüncht und mit Statuen von Herrschern, Göttern und Heroen bestückt, boten Händler Opfergaben und Andenken zum Kauf an, die Kunden erwarben Weizenkörner, Blumen oder Wein, um sie auf dem Altar den Gottheiten zu weihen. Wie sollte er in dem Gewimmel von Menschen Fuscia finden, wo mochte sie auf ihn warten? An der Treppe zum eigentlichen Tempel vielleicht?

Quintilianus umrundete diesen, musterte ihn, von Säulen umgeben war der bunt bemalte Bau, gar nicht schlecht für die Provinz. Vorn führte die Treppe hinauf in den Tempel, hinter den drei großen, geschlossenen Türen thronten wohl Jupiter, Juno and Minerva. Quintilianus seufzte, sah sich um, kein Zeichen von Fuscia. Er schlenderte zum Haupteingang, direkt an der Stadtmauer gelegen. Keine Fuscia, dafür entdeckte er einen Händler, der frisches Backwerk feilbot. Es duftete köstlich, so erstand er einen runden Kuchen. Schon beim ersten Bissen befand er ihn als den Göttern durchaus angemessen, mit Honig gesüßt, mit Gewürzen bestreut. Zuletzt hatte er in Rom Ähnliches gekostet. Gleich kaufte er noch zwei, einen für Fuscia, einen als Opfergabe. Er schritt zurück zum Altar, drängte sich durch die Menschen nach vorn, legte seinen Kuchen ab und bat die Götter um ihre Gunst. Und dann sah er Fuscia. Ein grünes Tuch bedeckte Kopf und Schultern, einen Strauß Blumen in der Hand, näherte sie sich ehrfurchtsvoll dem Altar, ein schönes Bild. Einen Moment lang blickte er sie nur an, bewunderte die fein geschwungene Nase, die langen Wimpern, den vollen Mund.

Sie bemerkte ihn, lächelte, dann wurde sie ernst. »Quintilianus, gut, dass du kommen konntest. Ich muss unbedingt mit dir sprechen. Aber nicht hier«, sie ergriff seinen Arm, »lass uns anderswo hingehen, auf die Rhenus-Insel vielleicht, dort kennt mich niemand.«

»Gern.«

Sie gingen auf das Tor zu, die Menschen machten ihnen Platz, er und das Mädchen waren unschwer an der Kleidung als hochrangige Römer zu erkennen. Und wie Fuscia neben ihm schritt, mit erhobenem Haupt, schlank und nicht viel kleiner als er, mussten sie ein schönes Paar abgeben. Er lächelte sie an, als sie das Tempelgelände durch das Tor verließen, sie lächelte zurück, doch es lag eine gewisse Besorgnis in ihren Augen. Was mochte sie ihm mitteilen wollen? Oder sollte das Gespräch nur als Vorwand dienen, um sich einmal die weniger noblen Bereiche der Stadt anschauen zu können, etwas, das ihr gewiss nicht erlaubt war und wohin ihre Sklavinnen sie sicher nicht begleiten wollten. Wo waren die überhaupt?

Quintilianus blickte sich um, es schien ihnen niemand zu folgen, zumindest niemand, den er kannte oder der wie ein Sklave des Statthalters aussah. »Fuscia, wo ist deine Begleitung? Sind sie noch am Tempel?«

Sie wandte sich von ihm ab, deutete auf das Stadttor, das sich direkt gegenüber dem Zugang zum Tempelbereich befand. »Da entlang.«

Quintilianus blieb stehen. »Fuscia, du bist wirklich ohne Begleitung gekommen? Bei allen Göttern!«

»Ich bin alt genug, andere Frauen gehen auch allein aus.« Jetzt schaute sie ihn herausfordernd an, die Brauen emporgezogen, die vollen Lippen leicht geöffnet. Der Ausdruck der Empörung stand ihr, mehr noch das Lächeln, das sie jetzt zeigte. »Die Sklaven wissen von meinem Ausflug und schweigen. – Sieh nur, da vorn sind die alten Hafenanlagen.«

»Komm, das ist nicht das beste Viertel.« Quintilianus zog sie weiter.

Als sie die Rhenus-Insel und damit den neuen, modernen Hafen erreichten und in die Welt der Speicher- und Lagerhäuser, der einfachen Arbeiter, eintauchten, sah sie sich zum wiederholten Male um. »Quintilianus«, raunte sie ihm zu, »ich glaube, man folgt uns.«

Er wandte sich um, hinter ihnen bevölkerten vor allem Männer die Straße, fast alle mit braunen Tuniken bekleidet, einige trugen Lasten, andere schoben Wagen mit Waren, wieder andere strebten dem Hafen zu. Alle schienen hierher zu gehören, bewegten sich mit der Sicherheit derer, die diesen Weg täglich gehen, keiner widmete ihnen besondere Aufmerksamkeit. »Da ist niemand, der sich für uns interessiert, Fuscia. Meinst du, jemand vom Praetorium sei dir gefolgt? Vielleicht eine Schutzmaßnahme deines Vaters.«

»Nein, Quintilianus, ich bin mir ziemlich sicher, es sind zwei Männer in braunen Tuniken, und ganz sicher gehören sie nicht zum Personal meines Vaters. Sie folgen uns seit der Brücke.«

Noch ein Blick zurück, nichts Verdächtiges war zu sehen. »Ach, Fuscia, deine Sklavinnen erzählen dir zu viele Geschichten. Sage mir lieber, was du mir mitteilen wolltest.«

In ihren Augen lag eine Mischung aus Angst und Abenteuerlust, als sie jetzt näher heranrückte. »Hm, wenn du meinst. – Lass uns dazu irgendwo am Hafen etwas trinken, den Schiffen zuschauen, dann werde ich es dir sagen.«

Etwas ließ ihn sich umdrehen, und sein Blick traf den eines hochgewachsenen, blonden Mannes, der ihn unverhohlen musterte. Irgendwie kam er Quintilianus bekannt vor. Nun wandte sich der Mann ab, ging davon, ruhig, mit federnden Schritten.

Dolrang, schoss es Quintilianus durch den Kopf. »Dolrang?«, rief er, doch es erfolgte keine Reaktion, und schon war der Blonde verschwunden. Arbeitete der Friese hier? Es wäre eine gute Möglichkeit für ihn, unerkannt zu bleiben, in dieser Umgebung fragte vermutlich niemand nach dem Woher und Wohin. Allein, er hatte Dolrang nur kurz bei Mondschein gesehen, es war genauso gut möglich, dass er sich getäuscht hatte.

Fuscia zupfte an seiner Tunika. »Was ist los, Quintilianus?«

»Ach nichts. Lass uns endlich etwas trinken gehen, dann können wir sprechen.« Er nahm ihren Arm und führte sie am Ufer entlang zu einer Taverne, in welcher Kaufleute abstiegen, eines der besseren Häuser. Unauffällig blickte sich Quintilianus um und tatsächlich, dieser dunkelhaarige Mann dort im Hauseingang, hatte er den nicht schon einmal gesehen? Doch nein, als Quintilianus jetzt die Terrasse der Taverne betrat, sich mit Fuscia an einen Tisch direkt an der Kaimauer setzte, ging der Mann weiter. Er sah schon Gespenster, ließ sich von Fuscias Fantastereien anstecken.

Quintilianus bestellte Wein und Fisch und wandte sich dann an die Tochter des Statthalters, die den Schiffen zusah. »Was nun wolltest du mir mitteilen?«

Sie drehte den Becher in der Hand, nippte an ihrem Wein, blickte ihm dann in die Augen. »Ich habe lange überlegt, ob ich es jemandem erzähle. Ich, nun, ich machte mich gestern einmal wieder allein auf den Weg, natürlich ist mir das nicht erlaubt, aber manchmal halte ich es einfach nicht aus vor Langeweile, ich kann doch nicht immer nur lesen oder spinnen, mit meinen Mädchen im Garten spazieren gehen. Gestern mischte ich mich unter das Volk auf dem Forum, ließ ich mich einfach treiben, kaufte bei Händlern Kleinigkeiten, deren Geschäfte und Stände ich nie betreten, plauderte mit Menschen, mit denen ich mich nicht abgeben dürfte. So schlenderte ich über den Markt, und wen sah ich auf einmal vorbeieilen? Crispus, verkleidet wie ich, mit einem einfachen Mantel, einen Sonnenhut tief ins Gesicht gezogen. Ich erkannte ihn an der Stimme, als er einen Eseltreiber rüde aus dem Wege wies.«

»Crispus?« Quintilianus beugte sich vor.

»Ja. Er ging zum Marstempel und an der hinteren Front, wo es unbelebt ist, traf er sich mit einem dort wartenden Mann. Ich versteckte mich hinter einer Säule, konnte nicht ungefährdet so dicht heran, dass ich alles verstand, aber so viel hörte ich doch: Crispus sagte dem Fremden, momentan gäbe es Schwierigkeiten, die hätte er aber bald im Griff, Hauptsache sei, dass alles vorbereitet würde und man nicht zimperlich sei. Quintilianus, du kannst mir glauben, er plant ein Verbrechen! Hätten sie mich bemerkt, ich wäre meines Lebens nicht mehr sicher.« Sie umklammerte ihren Becher nun mit beiden Händen.

Quintilianus spürte sein Herz schneller schlagen, er wusste nicht, ob aus Sorge, was Fuscia hätte geschehen können, oder aus Empörung über Crispus. »Wenn du nicht alles genau verstanden hast, ist doch nicht auszuschließen, dass die beiden über etwas Harmloses geredet haben.«

»Und dann trifft Crispus sich heimlich hinter dem Marstempel, flüstert, schaut sich ständig um, ob er beobachtet wird? Nein, Quintilianus. Du hättest dabei sein sollen, dann würdest auch du nicht zweifeln.«

»Hm, kannst du den Fremden genauer beschreiben?«

Sie schüttelte den Kopf. »Auch er trug einen großen Hut auf dem Kopf, wie so viele gestern, es fiel nicht auf. Er war groß gewachsen, das war alles, was ich sah.«

»Hatte er einen Akzent?«

»Da ich nur Gesprächsfetzen hörte, vermag ich das nicht mit Bestimmtheit zu sagen, doch die Sprache klang hart. Möglicherweise handelte es sich um einen Germanen.«

»Was geschah dann?«

»Ich schlich davon, wollte nach Hause. Du musst meinen Vater warnen, Quintilianus, und ihr müsst Crispus festnehmen! Aber bitte, wenn du es Vater sagst, kein Wort darüber, woher du diese Information hast! Ich dürfte nie mehr einen Fuß aus dem Praetorium setzen. Versprichst du es mir?«

»Ja, wenn du mir versprichst, dich nicht mehr auf solche Abenteuer einzulassen.«

Sie legte ihre Hand auf die seine, die Hand war eiskalt. »Gut.«

Er merkte, wie erleichtert sie war, diese Bürde des Wissens losgeworden zu sein, und schon blitzte wieder der Schalk in ihren Augen auf. »Du wirst mich auf dem Laufenden halten, Quintilianus, nicht wahr?«

Er nickte. »Natürlich. Und jetzt bringe ich dich zurück, es ist spät.« Er legte ein paar Münzen auf den Tisch, ging mit ihr die Straße entlang, die zu der oberen Brücke führte. Als er sich umblickte, sah er den dunkelhaarigen Mann wieder, der ihm vorhin schon aufgefallen war. Oder war es doch ein anderer?

Kapitel XI

Er musste Martius berichten. Quintilianus eilte durch die Gänge des Praetoriums, fuhr sich durch das Haar, zupfte an seiner Tunika. Er hatte an diesem Morgen länger als gewöhnlich geschlafen, womöglich war Martius schon unterwegs. Er klopfte, öffnete die Tür.

Martius war sehr wohl anwesend und in die Lektüre eines Schriftstücks vertieft, das er bei Quintilianus' Eintreten beiseitelegte. »Salve, Quintilianus!«

»Salve, Martius, es gibt einiges zu besprechen.« Quintilianus nahm Platz und registrierte, dass das Schreiben auf Martius' Tisch das Siegel des Pertellis trug. »Ist Comazon gefunden?«

»Pertellis bestätigt, dass er dem Befehl Folge geleistet hat, es jedoch einige Zeit dauern wird, bis Comazon wieder in der Colonia eintrifft.«

»Wenn er denn zurückkehrt. Nun, vielleicht wäre es doch das Beste, inzwischen die Friesen freizulassen, schließlich können wir sie nicht bis an ihr Lebensende festhalten. Wie es scheint, kommt es in der Stadt zu Unmut …«

Martius presste die Lippen aufeinander. »Wir sprachen schon darüber, Quintilianus, die Friesen werden erst freigelassen, wenn ihre Unschuld feststeht, und das ist bis jetzt nicht der Fall. Es besteht ein begründeter Verdacht gegen

Comazon, deswegen haben wir ihn zurückbeordert. Und wie schon gesagt, Pertellis verbürgt sich für seinen Angestellten, er wird kommen.«

Quintilianus räusperte sich, zwang seine Gedanken zum Grund seines Kommens. »Ich habe noch etwas in Erfahrung gebracht, das dich interessieren wird.« Bei dem Bericht über Crispus genoss Quintilianus Martius' volle Aufmerksamkeit.

Als er geendet hatte, beugte Martius sich vor, die Hände auf die Lehnen seines Sessels gestützt. »Wer hat dir das zugetragen?«

»Ich habe Stillschweigen gelobt.«

Martius lehnte sich wieder zurück, sein Zeigefinger trommelte einen schnellen Rhythmus auf die Tischkante. »Wie soll ich dir diese abenteuerliche Geschichte glauben, wenn ich die Vertrauenswürdigkeit des Informanten nicht einschätzen kann?«

»Dir wird nichts anderes übrig bleiben, als meiner Einschätzung zu vertrauen. Davon abgesehen werden wir die Anschuldigung gegen Crispus zunächst überprüfen müssen, schließlich ist es nur ein Verdacht.«

Martius schwieg. Schließlich nickte er. »Also gut.« Er schob Quintilianus eine Wachstafel zu. »Was hältst du hiervon?«

FREIHEIT FÜR DIE FRIESEN SONST WERDET
IHR ES BEREUN
MACHT UNRECHT WIEDER GUT

Quintilianus las die in ungelenken Großbuchstaben geschriebene Botschaft ein zweites Mal. »Gute Götter! Woher kommt die Nachricht, wer hat sie gebracht?«

»Sie lag heute Morgen vor dem Eingangstor, die Wache behauptet, sie hätte sie dort bei Tagesanbruch gefunden und könne sich nicht erklären, wie sie dort hingekommen sei. Magie? Wohl kaum!«

Quintilianus konnte sich den Vorgang durchaus erklären. Die Wache hatte geschlafen, kein Zweifel. Sei es, die Nächte waren lang und in der Regel langweilig und ereignislos. »Ich hoffe, die Leute sind gemaßregelt worden.«

»Natürlich lassen wir das den Wachen nicht durchgehen. Wenn die Verfasser dieser Nachricht nun den Eindruck haben mögen, die römische Truppe sei ein verschlafener Haufen, so werden wir dafür sorgen, dass dieser Eindruck täuscht und der Vorfall eine einmalige Angelegenheit bleibt.«

Quintilianus schüttelte den Kopf. »Es gibt weitere.« Er berichtete von der Schmiererei, die er an der Mauer des Capitols-Tempels entdeckt hatte.

Martius runzelte die Stirn, sagte aber nichts.

»Hast du schon mit dem Statthalter über Maßnahmen gesprochen?«

»Fuscus reiste nach Mogontiacum und wird erst morgen zurückerwartet. So habe ich als Bevollmächtigter die Wachen im Praetorium verstärken lassen und den Vigiles zusätzliche Männer zugeteilt, um in der Stadt mehr Präsenz zu zeigen.«

»Du nimmst die Drohung also ernst?«

Martius wiegte den Kopf. »Man kann es nicht wissen. Wir dürfen uns in diesen Zeiten keine Versäumnisse leisten. Warum fragst du? Hast du Zweifel?«

Noch einmal zog Quintilianus die Schrifttafel zu sich heran und betrachtete den Text. »Hmm, es wirkt irgendwie künstlich …«

»Wie meinst du das?«

Quintilianus zuckte die Achseln. »Ich kann es nicht erklären, aber die Schrift wirkt auf mich etwas gezwungen, als stelle sich einer unkundiger, als er wirklich ist.«

Martius nickte leicht. »Wir können das im Hinterkopf behalten, auch wenn ich denke, es handelt sich tatsächlich nur um die Drohung eines verrückten Fanatikers. In Judaea hatten wir seinerzeit täglich solcherlei …«

Es klopfte und Fuscus' Sekretär trat ein, ein zerfleddertes Schriftstück in der Hand.

»Was ist geschehen? Was ist das?« Martius trat auf den Mann zu und nahm ihm das Schreiben aus der Hand, entrollte es.

Auch Quintilianus hatte den verstörten Gesichtsausdruck des Mannes wahrgenommen. »Eine neuerliche Drohung?«

Er erhob sich, um ebenfalls einen Blick auf die Botschaft zu werfen.

LETZTE WARNUNG LAST DIE FRIESEN FREI!
UNRECHT WIRD VERGOHLTEN

»Wie kommst du daran?« Quintilianus musterte den zerfetzten Lappen, grober Leinenstoff, der an den Händen klebte.

»Hing hinten an der Praetoriumsmauer. Die Wachen fanden das Plakat bei ihrem Rundgang und haben es abgerissen. Es gäbe noch mehr in der Stadt, auch Schmierereien direkt auf dem Mauerwerk, die Vigiles sind unterwegs und entfernen sie.« Nervös fuhr der Sekretär sich über die Stirn, dabei blieb ein Stück des Leims an seiner Augenbraue hängen. »Martius, Herr, es wird doch nicht zum Aufstand kommen?« Die Stimme des Sekretärs zitterte.

Martius hob die Hand, es sollte wohl beruhigend wirken. »Lass uns allein, Severinus. Quintilianus und ich müssen uns beraten. Und falls jemand nach einer Stellungnahme fragt, sag, die Sätze stammen von einer kleinen Gruppe Germanen, die ihre Kräfte mit Rom messen will.«

Severinus schien weder beruhigt noch zuversichtlich, dass diese Strategie die richtige sei. Mit einem Seufzen zog er die Tür hinter sich zu.

Martius setzte sich wieder. Seine Braue zuckte. »Tja, das scheint doch ernster, als ich dachte.«

»Wie es aussieht, stammt diese Schrift von der gleichen Hand wie die Wachstafel.«

Martius nickte.

Unrecht wird vergolten, eine seltsame Formulierung, schien es Quintilianus. »Natürlich bezieht sich der Ausdruck Unrecht auf die in friesischen Augen ungerechtfertigte Gefangensetzung der friesischen Fürsten. Ich werde Publicius anweisen, sich ihre Bekannten und Verwandten in der Stadt vorzunehmen. Es würde mich nicht wundern, wenn jemand bewusst Zwietracht säen, die Germanen gegen Rom aufhetzen will.«

Martius strich gedankenverloren seine Haare aus der Stirn. »Möglich. Ich weiß, dass Vederiker, der Sohn des friesischen Anführers, Fuscus eine Bittschrift sandte, die nicht nur freundliche Worte enthielt.« Er deutete dann auf den Stoff und die Wachstafel. »Vielleicht aber hat dies damit zu tun, dass es kein Geld für die Friesen gab. Obwohl das eigentlich niemand wissen kann, hier jedenfalls nicht. Wenn, dann müsste die Information aus Rom gekommen sein.«

Quintilianus verstand zwar die Worte, doch nicht die Bedeutung dessen, was Martius sagen wollte. »Aber man weiß doch, dass die Chauken das Geld …«

»Das Geld, das angeblich die Chauken gestohlen haben sollen, weswegen wir zu den Friesen gereist sind, um sie wegen des vermeintlichen Verlustes milde zu stimmen, dieses Geld, Quintilianus, hat es nie gegeben.«

Quintilianus schluckte schwer. Wieder einmal hatte man ihn hintergangen. »Aber warum?«

»Warum ich dich nicht einweihte oder warum es kein Geld gab? Du musst damit leben, dass du nicht in alle Pläne Roms eingeweiht wirst, so bedeutend ist deine Stellung nicht, noch nicht. Ich weiß, dass du über diese Heimlichkeiten wütend bist. Fuscus hielt dich für, nun, zu ehrenhaft für solch einen Handel. Und ich muss ihm beipflichten. Niemals wäre unsere Mission so erfolgreich gewesen, hättest du über den Betrug Bescheid gewusst, jedenfalls konnten wir es nicht riskieren, dass dein Ehrgefühl uns verrät.«

Ehrgefühl, Quintilianus verschlug es die Sprache. Zu ehrenhaft! »Und was soll das Ganze? Warum diese Lüge?«

Martius hob die Hände. »Chaukische Piraten überfallen ständig unsere Schiffe. Die Handelswege sind gefährdet. Wir konnten da nicht länger zuschauen.«

»Warum schicken wir keine Legion, sie ehrenhaft zu besiegen?«

Martius faltete die Hände vor sich auf dem Tisch. »Nun, wir, Rom, scheinen momentan nicht in der Lage, eine Legion auszustatten. Wegen der angespannten pekuniären Situation sah sich der Kaiser genötigt, sein ursprüngliches Vorhaben aufzugeben, die Friesen mit Geldleistungen an unsere Seite zu binden. Es fehlt an finanziellen Mitteln und an Legionären, hat er erklärt und befohlen, es müsse auch ohne Geld gehen, wir sollten uns etwas einfallen lassen. So kam es zu diesem Plan. Dich brauchten wir als vertrauenstiftenden Gewährsmann. Die Friesen waren über deine kaiserliche Abkunft informiert ...« Martius runzelte die Stirn. »Eigentlich gab mir Fuscus den Befehl, dich im Unklaren über alles zu lassen. Dass ich dich einweihe, mag dir beweisen, dass ich dir vertraue. Es wäre ratsam, dem Statthalter gegenüber Unkenntnis an den Tag zu legen, es könnte sonst unangenehm für uns beide werden.«

»Du sagtest, hier wisse niemand von dem Betrug an den Friesen, das glaube ich gerne. Also müsste es jemand verbreitet haben, der Beziehungen zu Rom oder zum Statthalter hat – Crispus?«

»Hm, wahrscheinlicher erscheint mir, dass aufgebrachte Friesen versuchen, ihre Landsleute freizupressen. Du siehst, jetzt können wir sie erst recht nicht freilassen, nicht ohne einen zweifelsfreien Tathergang und Täter vorweisen zu können, man würde denken, Rom reagiert auf diese Drohungen.«

»Hm.« Quintilianus' Blick schweifte über die Zeilen mit den ungelenken Buchstaben. Botschaften, die nur ein paar wütende Friesen an die Wände geklebt hatten, weil sie sich über Roms Verhalten ärgerten – oder weil sie den Betrug herausgefunden hatten. Wenn er nur wüsste, mit wem Crispus gestern gesprochen hatte. Warum aber sollte er Roms Pläne hintertreiben, es würde ihm bei seinen Geschäften nicht nutzen. Nein, eher hatte Crispus seinen Handel mit germanischen Gütern in die Wege geleitet. Er musste Martius recht geben, es sprach nicht viel dafür, dass die Friesen hinter den Betrug gekommen waren. Quintilianus deutete auf die Schreiben. »Das sollte sich doch leicht aufklären lassen. Die Botschaften sind in der ganzen Stadt zu finden, es muss Zeugen geben. Ich werde Publicius anweisen, Crispus im Auge zu behalten und die Friesen, die sich in der Stadt aufhalten, zu überprüfen. Ich selbst werde die Gefangenen noch einmal aufsuchen. Sie könnten wissen, wer hinter den Drohungen steckt. Ich werde ihnen vor Augen führen, dass ihre vermeintlichen Freunde ihnen mit derartigen

Aktionen nur schaden. Sie sollen kundtun, dass es ihnen gut geht und an nichts fehlt. Dass sie quasi freiwillig auf die Gerichtsverhandlung warten …«

»Ja, tu das. Ich glaube aber kaum, dass uns das weiterbringt.« Martius starrte abwesend vor sich hin, schien kaum zugehört zu haben.

Quintilianus stand auf, wollte sich verabschieden, als ihn das Geräusch von auf das Pflaster knallenden Nagelschuhen ablenkte. Er trat ans Fenster.

Draußen marschierte ein Trupp der Stadtwache im Gleichschritt auf den Hintereingang des Praetoriums zu, einen Mann zwischen sich, die Hände auf den Rücken gefesselt. Sollten Martius' Maßnahmen schon von Erfolg gekrönt sein? Allerdings sah der Gefangene nicht aus wie einer der Barbaren, er war eher klein und dunkel.

»Die Wachen haben offenbar gerade einen Mann festgenommen.« Quintilianus deutete zum Fenster hinaus. »Vielleicht ist das schon das Ende unserer Sorgen.« Einer der Vigiles trug eine Stoffrolle in der Hand, sicherlich eine neue Schmähschrift.

Martius erhob sich und warf ebenfalls einen kurzen Blick hinaus in den Hof. »Wenn die Götter mit uns sind, hieße es das.« Seine gerunzelte Stirn sprach jedoch nicht von Zuversicht.

»Dann lass uns hinuntergehen und mit dem Mann sprechen.« Quintilianus eilte zur Tür, doch Martius trat an seinen Tisch zurück, setzte sich auf die Kante und bedeutete Quintilianus, allein zu gehen. »Mach du das, ich instruiere Publicius und kümmere mich um die Sache mit Crispus.«

»Nun gut.« Quintilianus machte sich auf in die untere Etage, zum Dienstzimmer der Vigiles.

Seit der Renovierung des Statthalterpalastes verfügte die

Stadtwache über Räumlichkeiten im Erdgeschoss. Soweit Quintilianus wusste, gab es dort auch ein paar Zellen. In der Regel landeten darin Betrunkene, die randalierten, gegen Haustüren urinierten oder ehrbare Damen belästigten. Auch Taschendiebe oder Einbrecher saßen schon mal in den Zellen ein.

Quintilianus ging direkt zu Decimus Nonnius als Vorgesetztem der Vigiles. Der residierte in einem etwas komfortableren Raum als seine Untergebenen.

Der Mann erhob sich sogleich, kaum dass Quintilianus eingetreten war und er die Purpurstreifen an seiner Tunika registriert hatte – er wusste, was sich gehörte. »Ich grüße dich. Entschuldige, aber ich weiß momentan nicht …«

Nonnius wirkte wie ein Kerl vom Land, der irgendwie zu genügend Geld gekommen war, dass er in den Ritterstand aufsteigen konnte. Nun erklomm er die Karriereleiter. Ädil war die erste Stufe, doch war der Mann mit geschätzten vierzig Jahren ein gutes Stück über das Alter hinaus, in dem man dieses Amt üblicherweise bekleidete. Seine Gesichtshaut war lederig und ließ darauf schließen, dass er zeit seines Lebens Wind und Wetter getrotzt hatte.

Quintilianus stellte sich mit knappen Worten vor. »Ich möchte den Mann sprechen, den deine Leute gerade gebracht haben.«

Nonnius wippte auf den Zehenspitzen, glättete mit beiden Händen die Tunika vor dem Bauch. »Das ist nicht das übliche Verfahren, Claudius Quintilianus, ich weiß nicht, ob …«

Quintilianus setzte ein gewinnendes Lächeln auf. »Dies ist keine Frage des Üblichen. Glaube mir, wenn es das wäre, überließe ich den Mann deiner Erfahrung. Jetzt komme ich aus Höflichkeit zu dir, um dich in Kenntnis zu setzen, nicht, um deine Erlaubnis einzuholen.«

»Äh, ja, natürlich, aber gestatte mir, mich über deine Befugnisse zu unterrichten, dann werde ich dich sofort zu dem Mann bringen.«

Quintilianus nickte und machte es sich in dem Besuchersessel bequem. Natürlich musste Nonnius sich kundig machen, es sprach für ihn, dass er sich nicht einschüchtern ließ, ein korrekter Mann, Quintilianus würde sich den Namen merken.

Draußen rief Nonnius nach einem der Sklaven, einem anderen befahl er, eine neue Karaffe mit Wasser und einen Becher zu bringen.

Mit einem gequälten Lächeln kehrte er zurück, nahm Platz und schwieg. Nicht lange und die Tür öffnete sich, ein Bediensteter brachte das Verlangte, schenkte beiden ein und ging mit einer Verbeugung. Quintilianus trank einen Schluck. »Sag mal, Nonnius, häufen sich diese Schmähschriften in letzter Zeit?«

Nonnius sah gedankenverloren vor sich hin. »Solche Schriften gab es schon immer. – Ich meine, seit ich hier bin. Anderthalb Jahre nun.«

»Also misst du den jüngsten keine besondere Bedeutung bei?«

Er zuckte die Achseln. »Nun ja, in letzter Zeit werden die Formulierungen aggressiver, es ist nicht mehr nur das übliche ›Römer verpisst euch‹ und so.«

Es klopfte. »Ah, Vibonius!«

Der Bedienstete bestätigte Quintilianus' Befugnisse und machte sich mit einem kurzen Kopfnicken wieder davon.

»Nun, denn, so folge mir.« Nonnius lief, als schreite er zur Inspektion seiner Güter, sein Schritt war fest, weit ausholend, dennoch ruhig und gemessen. Am Wachraum der Vigiles ließ Nonnius Quintilianus den Vortritt. Die Stube war klein und dunkel, Tageslicht fiel nur in einem staubdurchwirbelten Sonnenstrahl durch ein Fenster von der Größe eines Kaninchenlochs herein. Im Schein einiger Öllämpchen, die verstreut herumstanden, gewahrte Quintilianus drei Wachmänner. Einer lag auf einer Pritsche, zwei würfelten.

»Ha, Venuswurf!«, grölte der eine und schlug mit der Hand auf den Tisch. Dann bemerkte er sie und sprang auf. Auch die zwei anderen erhoben sich umgehend und schlugen die Fäuste vor die Brustkörbe, sodass es dumpf hallte.

»Herr! Drei Vigiles beim Dienst im Praetorium, zehn auf Streife in der Stadt, einer krank zu Hause«, schmetterte der Vorderste.

Nonnius winkte ihnen, sich wieder zu setzen. »Aemilianus«, sprach er den Hauptmann an, der sofort wieder aufsprang.

»Herr?«

»Dies ist Gaius Claudius Quintilianus. Er will mit dem Mann sprechen, den deine Leute vorhin gebracht haben.«

Aemilianus kratzte sich am Nacken. »Den Mann? Den mit der Schmähschrift?«

»Genau den, gibt es ein Problem?« Quintilianus wurde ungeduldig.

Aemilianus wiegte den Kopf von einer Seite zur anderen. »Er spricht nicht, stinkt erbärmlich nach billigem Wein, abgesehen davon wirkt er …« Statt weiterer Ausführungen tippte sich Aemilianus an die Stirn. »Doch wenn du darauf bestehst, komm mit, ich bringe dich zu ihm.«

Vor der Zellentür klapperte Aemilianus mit den Schlüsseln, als er den richtigen gefunden hatte, schloss er auf. Nonnius schickte Aemilianus vor zu leuchten.

Der Gefangene hockte zusammengekauert an der Wand, reglos. Quintilianus beugte sich zu ihm hinunter, der Geruch nach saurem Wein, Schweiß und Erbrochenem stach ihm in die Nase. Der Hauptmann hatte nicht übertrieben. Quintilianus rüttelte ihn an der Schulter, doch außer einem Rülpser war nichts aus dem Mann herauszubekommen. Er schlief offenbar tief und fest, denn das Nächste, was er hören ließ, war ein Schnarchen, das die Ketten an der Wand klirren ließ. »Weckt ihn«, wies Quintilianus Aemilianus an.

Der stieß dem Mann seinen Fuß in die Seite. Ein unterdrücktes Stöhnen, dann hoben sich die Augenlider des Betrunkenen.

»Wer bist du, was ist das für eine Schrift? Hast du Auftraggeber?«, warf ihm Nonnius entgegen.

»Wo, wo ist mein Beutel, mein Geld?«, lallte der Kerl. »Fffedereee…« Und schon fielen die Augen wieder zu, er sackte zur Seite.

»Nun gut, ich denke, da ist momentan nichts zu machen. Stellt fest, wie der Mann heißt und wo er herkommt, wohnt, das Übliche und meldet es mir.« Quintilianus wandte sich zum Gehen. »Ach, hatte er einen Beutel mit Münzen bei sich?«

Aemilianus schüttelte den Kopf. »Nein, natürlich nicht, woher auch, abgerissen, wie er ist. Er ist nicht ganz richtig im Kopf.« Er verriegelte die Tür hinter ihnen. »Ich denke, wenn er einigermaßen nüchtern ist, erfahren wir mehr über diesen Wicht, Herr, Quintilianus, Herr.«

Wieder ertönte ein dumpfer Schlag auf den Brustkorb.

»Wenn er etwas weiß, werden meine Männer es aus ihm herausbringen. Ich werde dich benachrichtigen lassen. Salve, Claudius Quintilianus.« Nonnius nickte ihm zum Abschied zu.

Unschlüssig stand Quintilianus im Schatten des Praetoriums und blinzelte in den blauen Himmel. Es zog ihn an das Ufer des Rhenus, es waren ja nur ein paar Schritte durch die

Gassen. Herrlich funkelte das Wasser in der Sonne. Als er den Schiffen hinterhersah, die schnell stromabwärts segelten, gemächlich stromaufwärts getreidelt wurden, dachte er an Fuscia, an den gestrigen Spaziergang. Dabei fiel ihm auch Thinilda ein. Das Mädchen musste fort, und wenn Livius noch immer untätig geblieben war, würde er ihm Beine machen.

Schweren Herzens riss sich Quintilianus von dem friedlichen Anblick los und kehrte dem Fluss den Rücken.

Zu Hause rief er nach seinem Sklaven. »Livius? Wo steckst du?«

Hastige Schritte ertönten, sollte das sein sonst eher geruhsam schreitender Sklave sein? Tatsächlich, Livius erschien mit geröteten Wangen, die Stirn gerunzelt.

»Was ist los? Was bereitet dir Kummer?«

»Ich habe eine Unterkunft für Thinilda gefunden.«

Das waren gute Neuigkeiten. Doch so, wie es aussah, hatte die Sache einen Haken. »Und?«

»Nichts, Herr, ich helfe ihr zu packen. Viel hat sie ja nicht.« Livius schniefte und klemmte sich eine Locke hinter das Ohr. Schimmerten seine Augen feucht?

»Was ist los, Livius, sprich!«

»Ach, Herr, ist es denn wirklich nötig, dass Thinilda uns verlässt? Ich meine, sie ist so nett, sie mag dich.« Ein vorwurfsvoller Blick traf ihn.

Quintilianus verstand. Doch es war nicht seine Schuld, dass Livius für Thinilda als Mann offenbar nicht in Betracht kam. »Sag an, wo hast du sie einquartiert?«

Schweigen.

»Nun red schon, Livius, ich muss wissen, wo sie bleibt. Wir brauchen sie.«

»Aha, ihr braucht sie!« Jetzt sprudelte es wie ein Geysir aus Livius heraus. »Sehr schön, das arme Mädchen auf die Straße zu setzen und dann noch zu verlangen, dass sie für dich und deine sauberen Magistraten zur Verfügung steht. Wofür denn, bitte schön?«

»Livius!« Das war der Frechheiten genug. »Schluss jetzt! Wenn ich an deiner Meinung interessiert wäre, würde ich dich fragen. Aber danach habe ich dich nicht gefragt. Du sagst mir jetzt, wo Thinilda unterkommt, und zwar auf der Stelle.« Quintilianus spürte, wie seine Halsschlagader pochte, sicherlich war er rot angelaufen.

Livius stand vor ihm, mit trotzig vorgeschobener Unterlippe, und starrte ihn mit schmalen Augen an. Der personifizierte Vorwurf. Warum nur fühlte er sich sofort schlecht? Bei allen Göttern, Thinilda musste gehen, allein weil es hier zu gefährlich für sie war. Er zwang sich zur Ruhe. »Ich habe es dir erklärt, ich habe es Thinilda erklärt. Sie, ein ungebildetes Germanenmädchen, scheint mir in dieser Angelegenheit verständiger zu sein als du, der gebildete und belesene Haussklave.«

Livius holte Luft, blickte aber nicht mehr ganz so erbost. »Verständiger? Bei Venus, Herr, sie liebt dich, merkst du das nicht? Und du setzt sie einfach auf die Straße. Das ist ... das ist ...« Es war das erste Mal, dass Livius die Worte fehlten.

Aber er hatte zweifellos recht. »Ich weiß«, antwortete Quintilianus leise. »Und ich habe einen großen Fehler begangen. Aber ich kann es nicht ungeschehen machen. – Vielleicht kannst du dich ein wenig um sie kümmern ...?«

»Sie liebt dich, nicht mich, leider!«

»Einen Versuch ist es wert. Kümmere dich um sie, ich vertraue auf dich.«

Livius presste die Lippen aufeinander und nickte.

»Und jetzt sag, wo bringst du sie hin?«

»Ich habe eine kleine Wohnung außerhalb der Stadtmauer angemietet. An der Straße nach Aquae Granni, bei den Töpfereien.«

»Gut. Wann wollt ihr los?«

»Bald.« Livius spähte durch die Öffnung im Dach über dem Impluvium. »Wir sind gleich fertig, keine Sorge. Ich werde nachschauen, wie weit sie ist.«

Quintilianus nahm sich einen Becher Wein und ging in sein Tablinum. Das Liebste wäre ihm, Thinilda nicht mehr sehen zu müssen. Aber das widersprach seiner guten Erziehung. Nein, er würde sich von dem Mädchen verabschieden, ihr eine der schönen Stolen schenken, die er neulich erstanden hatte, als Erinnerung. Doch nein, ein solch kostbares Geschenk mochte sie falsch verstehen. Er musste der Tatsache ins Auge sehen, er hatte sich vergessen, die Situation ausgenutzt und, wie es schien, damit erheblichen Schaden angerichtet. Er konnte nur auf Livius und dessen Charme hoffen.

Es klopfte und Xenophon schaute herein. »Besuch, Herr.«

Ausgerechnet jetzt. Schon wollte Quintilianus befehlen, den Gast abzuweisen, als der Türsklave hinzufügte: »Ich habe den Herrn Justus aus Vetera geheißen, dich im Atrium zu erwarten.«

Justus! Quintilianus sprang auf und eilte hinaus.

»Wie schön, alter Freund! Das ist eine wunderbare Überraschung!«

Justus strahlte über das ganze Gesicht und umarmte Quintilianus. Auch heute, trotz der beschwerlichen Reise auf staubigen Straßen, hatte Justus nicht auf eine farbenfrohe und exquisite Garderobe verzichtet. Der Goldton seiner Tunika strahlte im Licht der Kandelaber. Einziges praktisches Zugeständnis war sein Reisemantel, immerhin am Saum mit Ranken bestickt, den er auf einen Sessel im Atrium geworfen hatte. Xenophon hob ihn vorsichtig hoch, damit kein Staub auf den frisch gewischten Atriumboden rieselte. »Ich werde ihn reinigen lassen.«

Quintilianus nickte. »Gut. Und sag Canisia, sie möge uns Wein bringen und Häppchen. Du bist doch sicher hungrig?«, fragte er an Justus gewandt. »Nimm Platz, und sag, was führt dich in die Agrippinensis?«

»Ich hatte in der Gegend zu tun. Der neue Kommandant schickte mich nach Bonna, eine Nachricht abzuliefern. Da bot sich an, bei dir eine Rast einzulegen.«

»Gut gedacht.«

Als Canisia mit dem Wein eintrat, nahm Quintilianus ihr das Tablett ab, er werde das Einschenken selbst erledigen, sie bräuchte nur noch das Essen zu bringen.

Justus nahm den Becher entgegen, lehnte sich zurück und seufzte zufrieden. »Aber auch für dich habe ich Neuigkeiten.«

Seine Augen leuchteten. »Ich hoffe, dass es dir weiterhelfen wird.«

»Ich bin gespannt. Aber trink erst einmal einen Schluck und dann berichte. Tibi bene!«

»Auf dein Wohl, bester Freund! – Ah, das tut gut. Ausgezeichneter Tropfen, nun ja, ich hatte auch nichts anderes erwartet. Hier in der Agrippinensis sitzt du ja quasi an der Quelle.«

»Stimmt, der gallische Rote ist gar nicht so schlecht, mit den mittleren italischen Lagen kann er zweifellos mithalten. Aber ich bin neugierig, was du zu berichten hast.«

Justus hatte Neuigkeiten über Dolrang.

»Aus sicherer Quelle weiß ich, dass Dolrang ausgezeichneten Kontakt zu einem römischen Händler namens Comazon hat. Er leitet für das Handelshaus Pertellis den Handel mit den Nordländern.« Justus grinste verschmitzt. »Als rechte Hand des Kommandanten habe ich Zugang zum Archiv. Dort fand ich zufällig einige Unterlagen, Berichte, sogar geheime. Wiederholt fiel mir der Name Comazon auf. Dieser Händler hat fleißig berichtet, über die Friesen, die Chauken, die Ampsivarier und wie sie alle heißen. Und sein Mittelsmann zu den Friesen ist Dolrang.«

Quintilianus starrte Justus an. Plötzlich erschien alles in einem anderen Licht. Darum also hatten sich der Statthalter und Martius immer vor Pertellis gestellt. Weil sie Pertellis' Handelshaus für Erkundungen des germanischen Gebietes nutzten. Natürlich. Kaufleute kamen herum, hielten Augen und Ohren offen und verbanden Warenhandel mit Nachrichtenhandel. Dass er nicht schon eher bedacht hatte, welche Rolle Händler im politischen Agieren Roms spielten!

Der Verdacht, der nun in ihm keimte, war durchaus unerfreulich. Deckten Fuscus und Martius aus politischem Kalkül – oder gar aus geschäftlichem – die Machenschaften eines Mörders? Hatten Fuscus und Martius Comazon gar zu der Tat angestiftet und ihn dann ihres Schutzes versichert? Doch nein, dann hätten sie ihn, Quintilianus, wohl kaum mit der Aufklärung des Falles betraut. Er zwang sich zur Ruhe, trank einen Schluck Wein, um seine zugeschnürte Kehle zu weiten.

»Herr!« Livius war hereingetreten und blieb abrupt stehen, als er Justus bemerkte. »Entschuldige, Herr, ich wollte nur ...«

Eine Stimme ertönte hinter ihm, leise, doch durchdringend. »Ich werde nicht gehen, ohne mich von ihm verabschiedet zu haben.« Thinilda war Livius gefolgt und drängte sich jetzt an ihm vorbei. »Oh!« Sie hielt inne, erschrocken über den unerwarteten Gast. Dann neigte sie den Kopf in

Justus' Richtung. »Salve!« Sie wandte sich an Quintilianus. »Ich will dich und deinen Gast nicht lange stören. Ich bin nur gekommen, um dir Lebewohl zu sagen, da du mir eine weitere Gastfreundschaft verweigerst.« Ein vernichtender Blick traf Quintilianus. Er spürte die Hitze bis unter die Haarwurzeln steigen.

»Wer ist denn diese aufgebrachte junge Dame?«, mischte sich Justus ein.

»Verzeih, wie unhöflich. Das ist Justus, ein alter Freund. Und diese junge Dame ist Thinilda, Tochter eines germanischen Stammesfürsten. Sie war hier zu Gast, doch jetzt muss sie sich leider verabschieden. Mich schmerzt es sehr, aber es ist unumgänglich.«

»Ach?« Justus' Blick schweifte von Quintilianus zu Thinilda. »Salve, Thinilda. Die Sachlage scheint mir ein wenig verzwickt, möchtest du dich setzen, einen Schluck Wein vielleicht, bevor du gehst?« Justus wies auf seinen Sessel.

»Danke, aber das wird Quintilianus nicht recht sein«, zischte Thinilda zurück, ihre Augen verengten sich zu blau glitzernden Schlitzen.

»Lass gut sein, Justus. Die Lage ist tatsächlich nicht einfach. Auch ist es anders, als du denkst.« Quintilianus wandte sich an Livius. »Also wollt ihr jetzt gehen? Ich wäre wahrlich gern mit euch gekommen, aber ich darf nicht unhöflich zu meinem Gast sein, wir haben Wichtiges zu besprechen. Begleite du Thinilda, Livius, sorge für ihre Sicherheit und Bequemlichkeit. Morgen werde ich dich besuchen und mich vergewissern, dass es dir an nichts fehlt, Thinilda.«

Die Germanin machte auf dem Absatz kehrt und stürmte hinaus. Livius folgte ihr hastig.

»Welch ein Auftritt«, murmelte Justus. »Da hast du dir aber ein feuriges Weibchen angelacht. Hübsch ist sie, diese wilde Kleine. Eine Fürstentochter aus dem Norden? Bataverin?«

»Friesin, und ich habe sie mir nicht angelacht. Jedenfalls stand das nicht in meiner Absicht. Und erheiternd finde ich die Sache schon gar nicht.«

»Oh, verstehe. Mir wäre das Mädchen ja ein wenig zu schmächtig. Ich wusste gar nicht, dass dir dieser androgyne Typ zusagt.« Ein Lächeln umspielte Justus' Lippen.

»Zurück zu Dolrang«, griff Quintilianus ihr Thema wieder auf. »Welcher Art sind seine Kontakte in der Agrippinensis? Wo können wir ihn finden?«

»Darüber weiß ich leider nichts. Hältst du ihn für den Mörder an dem Chauken?«

»Nein, aber auf jeden Fall dürfte interessant sein, was er über die Chauken sagen kann.«

»Verstehe«, sagte Justus und streckte die Beine von sich. »Man sollte sich diesen Pertellis vornehmen. Kennst du ihn?«

Quintilianus nickte. »Ja, ich habe ihn bereits im Blick, doch hat er gewichtige Fürsprecher. Ich müsste schon etwas gegen ihn in der Hand haben, um an ihn heranzukommen. Ich brauche handfeste Beweise, die ich ihm und dem Statthalter vorlegen kann.«

Xenophon trat ein und meldete einen Boten. »Eine Nachricht für dich, Herr«, er wandte sich an Justus. »Das Pferd stünde bereit, man warte nur noch auf dich.«

»Gut, danke! Mein lieber Freund, du siehst, ich muss weiter.« Justus grinste breit. »Ich habe mich schon viel zu lange aufgehalten, eigentlich hätte ich heute Mittag schon in Bonna sein sollen. Jetzt werden wir wohl kaum vor Einbruch der Dunkelheit dort eintreffen, das wird heiter! Dank sei allen Göttern für meine bis an die Zähne bewaffnete Eskorte.«

Quintilianus wusste sehr gut, dass Justus untertrieb. Sein exzentrisches Gehabe, die geringe Körpergröße, die schmächtige Figur täuschten darüber hinweg, dass Justus ein durchtrainierter Ringer war und auch das Schwert zu führen verstand. »Justus, ich danke dir für deine Unterstützung. Und sei in meinem Haus immer willkommen. Wirst du auf dem Rückweg noch einmal …?«

»Oh, wir werden ein lahmes Pferd zu versorgen haben, was nur in der Agrippinensis zuverlässig geschehen kann.« Fest drückte er Quintilianus an sich.

Kapitel XII

Es war nicht richtig, was er tat. Sofort, als er Fuscias Botschaft bekommen hatte, hätte er Livius mit einer Absage schicken sollen. Doch jetzt konnte er nicht mehr zurück, er durfte sie nicht allein in der bald hereinbrechenden Dunkelheit warten lassen. Quintilianus warf sich den dunklen Umhang über, streifte die Kapuze über die Locken und trat hinaus auf die Straße. Der Abend war kühl und von Westen zogen Wolkenmassen auf, die vom Licht der untergehenden Sonne rot gefärbt wurden. Bedrohlich, fast wie ein gewaltiges Feuer sah es aus. Quintilianus fröstelte. Wollten die Götter ihn warnen vor drohender Unbill? Der Gedanke war nicht wirklich tröstlich, ein ungutes Gefühl blieb. Quintilianus warf einen letzten Blick auf den Horizont, dann wandte er sich um und schritt die Straße hinauf. Ein Windstoß zerrte an seinem Umhang, wirbelte Unrat durcheinander, Schnüre, Stofffetzen, alles, was Römer und Germanen achtlos auf den Boden warfen. In der Ferne grollte Donner.

Quintilianus zog seinen Mantel enger um die Schultern, tastete nach seinem Messer am Gürtel, nach den beiden Fackeln, die er eingesteckt hatte. Würden die ihm nützen bei einem Unwetter? Aber vielleicht zog es vorbei und sein Unbehagen entsprang nur dem schlechten Gewissen, dass er nicht geantwortet hatte, ein solches Treffen in einer solchen Nacht sei gefährlich. Was wollte sie wohl von ihm, hatte sie mehr über Crispus herausgefunden? Oder beabsichtigte sie das, was er halb fürchtete, halb hoffte: ein Stelldichein beim Matronentempel, ein kleiner Kuss, eine zärtliche Berührung? Quintilianus eilte vorbei an der Taverne, aus der wie immer fröhliches Lachen und Musik tönte, wich einigen Spätheimkehrern aus, die gleich ihm gesenkten Kopfes gegen den Wind und langsam einsetzenden Regen ihren Zielen zustrebten. Die Hauptstraße Richtung Nordtor wollte er meiden, so bog er nach rechts ab und folgte einer Frau, die ein brüllendes Kind an der Hand hinter sich herzog. Sie schimpfte in einer fremden Sprache, wohl ein germanischer Dialekt.

Die Frau verschwand in einem Hauseingang, das Schreien des Kindes wurde leiser, als die Tür hinter ihr zufiel. Nun vernahm Quintilianus nur noch das Pfeifen des Windes durch die Gassen, zog seine Kapuze noch tiefer in das Gesicht zum Schutz vor den feinen Regentropfen. Stockfinster war es jetzt, doch die Fackeln würden ihm nicht nutzen bei dem Wetter. Endlich sah Quintilianus die Stadtmauer und das Torgebäude, das mit Laternen erleuchtet war, mussten doch die Wachhabenden erkennen, wer Durchlass begehrte. Kurz davor befand sich der Matronentempel. Wäre der heilige Bezirk überhaupt zu betreten zu dieser Stunde? Nun, andernfalls hätte Fuscia ihn nicht hierher bestellt.

Er trat an die Außenmauer des Tempelgeländes, fand den Eingang, aus dem schwaches Licht auf die Straße fiel. Wie bei vielen Tempeln war auch bei diesem die Mauer im Innenraum mit einer Kolonnade umgeben, erstaunlich, wenn man bedachte, dass dies ein ursprünglich germanisches Heiligtum gewesen war. Unter den Kolonnaden leuchteten einige Fackeln, in ihrem Schein schimmerten die regennassen Bodenplatten des Hofes.

Erneut grollte in der Ferne der Donner, leiser diesmal, das Gewitter schien vorbeizuziehen. Und doch kroch wieder das Gefühl drohender Gefahr in Quintilianus hoch, Jupiter warnte. Wenn dies nun eine Falle war, wenn nicht Fuscia ihm die Botschaft gesandt hatte, sondern jemand anderes? Nicht zuletzt die Drohungen zeigten, dass nicht alle Einwohner dieser Stadt den Römern freundlich gesinnt waren. Er drückte sich in den Schatten einer Säule, ließ seine Blicke über den heiligen Bezirk wandern, lauschte. Nichts zu sehen, nichts Außergewöhnliches zu hören, nur die nächtlichen Geräusche der Stadt, entfernte Stimmen, ein Karren rumpelte über das Pflaster, ein Käuzchen schrie.

Der Gedanke, jemand habe ihm eine Falle gestellt, war Unfug, schließlich kannte er die Schrift der Statthaltertochter, diese kleinen gestochenen Buchstaben. Doch unter den Säulenhallen blieb alles ruhig, nichts deutete auf ihre Anwesenheit hin. Sie hatte sich alsbald auf den Weg machen wollen und auch er hatte nicht lange gezögert, schon längst hätte sie da sein müssen. War ihr etwas passiert? Wieder lauschte er. Da, leise schnelle Schritte näherten sich, eine zierliche Figur, ebenfalls in einen Kapuzenmantel gehüllt, tauchte im Tor auf, sah sich suchend um.

»Fuscia«, rief Quintilianus und trat hinter der Säule hervor, sie schaute sich um, kam auf ihn zu. »Bei allen Göttern, bist du wieder ohne Begleitung unterwegs? Ich hatte dich doch gebeten …«

»Es freut mich, dass du dich so um mich sorgst, mein Quintilianus.« Sie lachte leise. »Nein, ich kam nicht allein, meine zwei Sklaven warten am Tor, sie müssen nicht alles hören, was ich dir zu sagen habe.«

War da ein zärtlicher Ausdruck in ihren Augen? Quintilianus spürte, wie sich die Haare an seinen Armen aufrichteten, am liebsten hätte er Fuscia an sich gezogen, doch nicht auszudenken, wenn er sich täuschte. Normalerweise sorgte es ihn nicht, abgewiesen werden zu können, bei Fuscia war es anders. »Was möchtest du mir sagen?«, flüsterte er.

Sie drückte sich an seine Seite. »Quintilianus, ich ...«

Ein unterdrückter Schrei von dem Tor her ließ sie herumfahren. Ein dumpfer Aufprall, dann sah Quintilianus Gestalten durch das Dämmerlicht rennen, vier, fünf, sechs mochten es sein, es wurden immer mehr, sie schwärmten aus, hielten auf sie zu.

Quintilianus packte Fuscia, die wie versteinert stehen geblieben war, zerrte sie hinter eine Säule, zog sein Messer – welch unzulängliche Waffe gegen so zahlreiche Angreifer, warum hatte er nicht sein Schwert, ein paar Sklaven mitgenommen?

Die Männer kreisten sie ein, im Fackellicht erkannte er, wie unter den über die Gesichter gezogenen Kapuzen hasserfüllte Augen funkelten. Fuscia hinter ihm schrie voller Panik. Quintilianus breitete seine Arme aus, ließ das Messer von einer Hand in die andere wandern, wippte in den Knien, fixierte die Angreifer, die Knüppel schwangen und Dolche. Sie hatten ihren Kreis gerade so eng gezogen, dass er sie mit dem Messer nicht erreichen konnte. Fuscia schrie nochmals auf. Quintilianus schwang herum, sah, wie ein Mann von hinten ihren Arm packte, hieb zu, erntete jedoch nur höhnisches Lachen. Immerhin, der Mann hatte Fuscia wieder freigeben müssen. Doch schon rückten die anderen vor, ein Knüppelhieb traf Quintilianus' Rippen; er merkte es kaum, stach zu, traf den Stoff des Mantels. Die Männer wichen einen Schritt zurück. Bei allen Göttern, sie spielten mit ihm.

»Was wollt ihr?«, keuchte er. »Geld? Gut, ich gebe euch Geld, meine Familie in Rom ist reich!«

Die Angreifer schienen nicht einmal zu überlegen, sondern rückten wieder vor.

»Ich gebe euch, so viel ihr wollt, nur lasst das Mädchen gehen, wer immer ihr seid, es ist nicht ehrenhaft, gegen Frauen zu kämpfen«, brüllte Quintilianus und ließ mit einem Ausfallschritt sein Messer vorschnellen.

Gelächter antwortete ihm. »Rache für …!«, schrie einer, und dann drangen alle gleichzeitig auf ihn und Fuscia ein, hielten seine Arme fest, zerrten an dem wild schreienden Mädchen, das sich mit aller Kraft an ihn klammerte.

»Quintilianus«, schluchzte sie, »ich will noch nicht sterben, ich will leben, mit dir. Oh, ihr Götter, ihr Matronen, helft uns! Hilfe!«

Sie wurde von ihm gerissen. »Fuscia!«, brüllte er, wehrte sich wild, bekam einen Arm frei, trat, stach, schlug um sich. Dann trafen ihn Schläge von allen Seiten. Er krümmte sich, bekam keine Luft mehr, Schmerz, nur noch Schmerz – ihm wurde schwarz vor Augen.

Es war kalt, der Boden hart, Sterne tanzten vor seinen Augen. Und diese Schmerzen, der ganze Körper schmerzte, vor allem der Kopf. Wo war er? Quintilianus blinzelte, öffnete die Lider, sah nur Schemen und Schatten, flackerndes gedämpftes Licht. War er im Reich des Orcus? War es immer so kalt hier, und warum diese Schmerzen? Er versuchte, den Kopf zu heben, ein Wimmern drang an seine Ohren, sein eigenes.

»Ganz ruhig, Römer, langsam, schön langsam.«

Eine Hand schob sich unter seinen Nacken, stützte ihn, jemand setzte ihm ein Fläschchen an die Lippen, er trank den süßen Saft, hustete, schluckte, spürte, wie die Flüssigkeit brennend die Kehle hinabrann, wie sich Wärme in seinem Magen, in seinem Körper ausbreitete.

Langsam gelang es ihm, seinen Blick zu fokussieren, er erkannte einen blonden Mann, der neben ihm hockte, er bemerkte die Säulenhalle, die Fackeln. Mit einem Ruck setzte er sich auf, sank aber sofort wieder zu Boden. »Wo ist Fuscia? Was …?«

»Ganz ruhig. Du erinnerst dich, was geschehen ist, dann hat dein Kopf nicht viel Schaden genommen. Ich dachte, sie würden dich totschlagen.« Der Fremde tupfte mit einem feuchten Tuch seine Stirn ab.

Quintilianus hob hilflos die Hände. »Hast du noch einen Schluck von dieser Medizin? Und wer bist du? Und, viel wichtiger, was ist mit Fuscia, ist sie …?«

Der Mann reichte ihm das Fläschchen. Mit zitternden Händen führte Quintilianus es zum Munde und leerte es. »Nun?«

»Du kennst mich, Quintilianus, ich bin Dolrang. Du suchtest mich, doch ich fand dich – zufällig und gerade rechtzeitig. Auf dem Weg zu Thinilda, die mir erzählte, dass du sie aufgenommen hattest, kam ich hier vorbei und hörte Hilferufe. Ich sah zwei Männer am Eingang liegen, die sich aufrappelten und davonmachten. So schlich ich durch das Tor, versteckte mich hinter einer Säule und wartete, bis die Angreifer weg waren. Das Mädchen nahmen sie mit, sei unbesorgt, sie war unverletzt, gefesselt und geknebelt allerdings. Hätten sie sie töten wollen, hätten sie es sogleich getan.«

»Dolrang?« Quintilianus setzte sich auf, es ging besser als beim Versuch zuvor, und den Schwindel, der ihn erfasste, konnte er unterdrücken. Nur die Rippen schmerzten … »Hast du gesehen, wohin sie sie brachten?«

»Sie verschwanden in der Gasse gegenüber dem Tempel. Mir schien es wichtiger, zunächst nach dir zu schauen.«

»Wie lange ist das her?«

»Eine ganze Weile.«

Quintilianus versuchte, auf die Beine zu kommen, doch sie knickten gleich wieder ein. Er hielt sich an Dolrang fest, der hochgewachsene, breitschultrige Germane gab ihm ein Gefühl der Sicherheit. »Wir müssen sofort hinterher, wir müssen Fuscia suchen.«

»Lege deinen Arm um meine Schulter. – Nein, wir werden nicht hinterhergehen, wir wissen gar nicht, wohin, ich bringe dich zu deinem Haus, da soll man einen Medicus holen. Du kannst einen Sklaven zu den Vigiles schicken, um die Entführung zu melden, die Beamten werden wissen, was zu tun ist.«

»Dolrang«, keuchte Quintilianus, »das ist nicht irgendein Mädchen, es ist die Tochter des Statthalters.«

»Oh!«

»Ja, wir müssen sofort zum Praetorium, hilfst du mir hin?«

»Nun, wenn das so ist.« Dolrangs Stimme klang heiser, langsam setzte er sich in Bewegung.

Quintilianus taumelte mit Dolrangs Unterstützung vorwärts, mehr geschleppt, geschoben, gezogen als selbst gehend, bei jedem Schritt stachen tausend Messer in seine Rippen, Speere in seinen Rücken, Schmiede hämmerten in seinem Kopf. Doch er biss die Zähne zusammen, setzte Fuß vor Fuß. Wenig Menschen waren unterwegs, und noch immer nieselte es. Eine Wohltat, denn inzwischen schwitzte Quintilianus, bald war die Tunika, bald der Mantel durchnässt, ob vom Regen oder seinem Schweiß wusste er nicht zu sagen.

»Ist es noch weit?«

»Noch ein gutes Stück, zu dir nach Hause ist es näher. Möchtest du doch …?«

»Nein!« Er musste durchhalten, durfte nicht aufgeben. Er musste Fuscus informieren … Weiter, befahl Quintilianus sich, Schritt für Schritt, einen nach dem anderen, ignoriere den Schmerz, den Schwindel, rede, das lenkt ab. Er stolperte, Dolrangs Arm um seine Hüfte stützte ihn, weiter, weiter.

»Sag, Dolrang«, flüsterte Quintilianus, »Thinilda, ich bin mir nicht sicher, ob …« Seine Stimme versagte.

»… ob sie sicher untergebracht ist?«

Quintilianus atmete auf, Thinilda hatte geschwiegen.

»Du hast mehr getan, als mancher andere getan hätte. Sie taucht bei dir auf, eine Flüchtige, von ihrem Stamm gesucht. Du hast dich selbst in Gefahr gebracht, als du sie aufnahmst, jeder andere hätte sie fortgeschickt. Ich werde mich ab jetzt um sie kümmern. – Doch sieh, dort ist das Praetorium. Wirst du die letzten Schritte allein schaffen? Ich halte es für sicherer, mich jetzt zu verabschieden.« Dolrang verschaffte ihm Halt an einer Mauer, nahm den Arm von seiner Hüfte. »Lebewohl, Quintilianus.«

»Dolrang, ich muss dir danken, dir noch viele Fragen stellen. Wo finde ich dich?«, brachte Quintilianus zwischen zusammengebissenen Zähnen hervor.

»Frag Thinilda.« Damit verschwand der Friese in der Dunkelheit.

Quintilianus stöhnte. Jetzt nur nicht aufgeben, so wenige Schritte vor dem Ziel. Er tastete sich die Mauer entlang, auf die Lichter der Fackeln zu, die im Rhythmus des Hämmerns in seinem Schädel vor seinen Augen tanzten. Unvermittelt stieß sein Fuß an einen Absatz, die Mauer wich, er fiel nach vorne, auf die Treppe wohl. Auf Händen und Knien versuchte er, die Stufen zu erklimmen. Fuscia …

»Was machst du hier?«

Ein Schwert drückte sich an seine Kehle, er ließ den Blick an der Klinge emporwandern, zu dem Legionärsmantel, dem römischen Gesicht unter dem Helm. Den Göttern sei Dank.

»Ich muss zu Allius Fuscus, seine Tochter ...« Er konnte nur noch flüstern, seine Stimme drohte zu versagen.

»Was? Du bist betrunken, wie es scheint, hast dich geprügelt. Scher dich weg!«

»Warte, Lentulus«, sagte eine zweite Stimme, Schritte näherten sich. »Vielleicht ist es ein Attentäter, ein verkleideter Germane, man kann nie wissen, heutzutage. Der Centurio hat uns eingeschärft, die Drohungen ernst zu nehmen. Lass mal sehen.«

Das Licht einer Fackel blendete Quintilianus, er blinzelte. »Fusc...«, begann er schwach, als der Mann mit der Fackel sich zu ihm niederbeugte.

»Bei Jupiter, das ist der Tribun Laticlavius Quintilianus, ich kenne ihn aus Vetera. Herr, was ist passiert? Lentulus, hole die anderen, schicke einen der Sklaven zu Allius Fuscus' Arzt. Wir müssen sofort ...«

Mehr konnte Quintilianus nicht verstehen, die Stimme wurde leiser, sein Kopf schwerer, dann umfing ihn Dunkelheit.

Ein Summen drang an sein Ohr; als tauche er im Wasser näher an die Oberfläche, wurde es lauter, deutlicher, entpuppte sich als Stimmgewirr. Es mischte sich mit dem Hämmern in seinem Kopf. Er öffnete die Augen, eines zumindest, das andere, so hatte er das Gefühl, gehorchte ihm nicht. »Er kommt zu sich«, vernahm er, bevor er das Auge wieder schloss, das Licht war unerträglich. Seine Hände wollten den Kopf umfassen, den Schmerz ergreifen, doch durch die Bewegung verstärkte sich der Schmerz. Er stöhnte.

»Ganz ruhig, Quintilianus, bewege dich nicht, trink dies, es wird dir helfen.«

Er öffnete das Auge wieder, blinzelte, sieh an, es ging. Ein Mann beugte sich über ihn, lockige graue Haare umspielten sein Gesicht, ein weißer Bart wippte, während er beruhigend vor sich hin murmelte: »Ich weiß, dir tut alles weh, kein Wunder, du bekamst einen bösen Schlag auf den Kopf, von der angebrochenen Rippe und den Blutergüssen ganz zu schweigen, aber das wird heilen. Trink dies!« Er hielt ihm einen Becher an die Lippen, Quintilianus schluckte. »Gut«, sagte der Mann, »es wird dir die Schmerzen nehmen, du wirst sehen. – Gleich könnt ihr mit ihm reden, wenn sein Gedächtnis ihn nicht im Stich lässt.«

Wo war er? Was war geschehen? Mit wem sprach der Bärtige und wer war der überhaupt? Quintilianus drehte leicht den Kopf, oh, Fuscus und Martius wachten an seinem Lager. In Martius' Blick lag Erleichterung, Fuscus' Augen hingegen, rot geädert, funkelten zornig. Seine Hände umklammerten eine aufgeklappte Wachstafel. »Was weißt du über Fuscias Verbleib, Quintilianus?«

Alles stand ihm wieder vor Augen, der Überfall, Fuscia, die sich an ihn geklammert hatte, von seiner Seite gerissen wurde, die Schläger, die Schmerzen. Quintilianus stöhnte. »Ihr habt sie noch nicht gefunden?«

»Nein«, grollte Fuscus. »Berichte uns, was geschehen ist.«

Quintilianus richtete sich auf, es ging besser als gedacht. Überhaupt wurden die Schmerzen mit jedem Atemzug erträglicher, seine Stimmung hob sich. »Wir müssen sofort aufbrechen, um Fuscia zu suchen. Fuscus, Martius, was habt ihr unternommen?«

»Gemach, gemach.« Der Bärtige drückte ihn zurück auf die Kline. »Der Mohnsaft, den ich dir gab, beginnt zu wirken. Du bedarfst jedoch noch der Ruhe und wirst nirgendwohin aufbrechen.«

»Verwöhne ihn nicht, Demosthenes, er scheint mir der Einzige, der im Moment helfen kann. Was ist passiert, Quintilianus?« Fuscus' Stimme war heiser.

»Fuscia schickte mir eine Nachricht, sie am Matronenheiligtum zu treffen. Ich ging hin.« Bei allen Göttern, wie dumm war er gewesen, wie naiv.

»Allein? Des Abends? Welche Dämonen waren in dich gefahren, warum hast du mich nicht sofort verständigt? Warum ...?«

»Lass ihn erzählen, Fuscus, diese Vorwürfe wird er sich schon selbst gemacht haben. Sie helfen uns im Moment nicht«, mischte sich Martius ein.

Quintilianus atmete tief ein und berichtete alles. Keiner sprach, keiner rührte sich, als er geendet hatte. Doch Fuscus' Augen, seine Haltung, waren ein einziger Vorwurf. Warum sagten, taten sie nichts? »Was habt ihr veranlasst, als ihr merktet, dass sie verschwunden ist? Du lässt sie doch suchen, Fuscus?«

Martius antwortete an Fuscus' statt. »Des Mädchens Fehlen wurde erst kurz vor Morgengrauen bemerkt. Gleichzeitig setzten uns auch die Wachen in Kenntnis, dass du neben den Säulen zusammengebrochen bist. Sie hatten sich nicht getraut, den Statthalter wecken zu lassen, und nur den Arzt und ein paar Sklaven informiert. Dann aber wurde ein Stein durch eines der Fenster des Praetoriums geworfen, an den man eine Wachstafel gebunden hatte. Die Wachen öffneten und lasen sie – und unterrichteten Fuscus und mich.« Martius nahm Fuscus die Tafel aus den Händen. »Deine Tochter ist in unserer Gewalt. Es wird ihr nichts geschehen, wenn du unsere Landsleute freilässt. Eine Million Sesterzen als Entschädigung. Wenn nicht, wird sie sterben. Wenn du versuchst, uns zu finden, wird sie sterben«, las er.

Keiner sprach. In Quintilianus' Kopf rauschte das Blut. Fuscia entführt, um die Friesen freizupressen ... Waren sie ihr gefolgt, um einen passenden Moment abzuwarten, oder hatten sie gar einen Mittelsmann im Praetorium, der von ihren Plänen, sich mit ihm zu treffen, gewusst hatte? Er hätte es verhindern können, es war alles seine Schuld, oh, wie gut verstand er Fuscus' Zorn ihm gegenüber! Und Fuscia hatte ihm vertraut ... Er richtete sich auf, schwang die Beine von der Kline. »Hast du die Freilassung der Friesen schon veranlasst, Fuscus? Wenn Fuscia wieder hier ist, gib mir drei Centurien und ich werde diese Verbrecher finden. Ich werde die ganze Stadt absuchen, jedes Friesenquartier, jeden Keller, jede Werkstatt, den Hafen, die Lagerhäuser, die Schiffe. Sie werden dafür büßen. Ich werde ...«

»Nichts wirst du, Quintilianus.« Fuscus sprach ausdruckslos, selbst sein Zorn war verschwunden. »Die Friesen werden nicht freigelassen, Rom ist nicht erpressbar. Wir forschen im Geheimen nach Vederiker, Vermax' Sohn, wie natürlich auch nach Fuscia. Denn es liegt ja wohl auf der Hand, dass er und seine Gefolgschaft hinter der Entführung stecken. Aber ich darf keine Risiken eingehen. Du wirst gar nichts unternehmen, außer dich der Wiederherstellung deiner Gesundheit zu widmen. Und dann solltest du endlich den Mörder Meliobars finden, denn mit dieser Tat begann das Verhängnis. Erst wenn du beweisen kannst, dass die Friesen ihn nicht umbrachten, werde ich sie freilassen, nicht früher. Und sind sie schuldig, werden sie nach römischem Recht verurteilt werden. Nein, Rom ist nicht erpressbar.«

Kapitel XIII

Quintilianus erwachte. Mit geschlossenen Augen lauschte er dem Pulsieren in seinem Kopf; Hämmern, Sausen, Rauschen raubten ihm fast die Sinne. Dazu jagte jeder Atemzug brennende Stiche durch seinen Brustkorb.

»Herr? Bist du wach?«

»Hmm.« Mehr als dieses Brummen konnte er sich nicht abringen. Livius legte ein feuchtes Tuch auf seine Stirn, sofort brannte ihm ein scharfer Geruch in der Nase. Was immer es war, sein Kopf klärte sich allmählich, das Hämmern und Sausen schwächte sich ab zu einem gedämpften Pochen und Summen.

»Kannst du dich aufsetzen?« Behutsam, aber bestimmt zog Livius Quintilianus hoch und stützte seinen Rücken mit einem Kissen. Dann griff er zu einer Schale mit Flüssigkeit, in der Bündel von Stoffstreifen lagen. Einen nach dem anderen nahm er heraus, drückte sie aus und begann, Quintilianus die getränkten Leinenbinden so fest um den Oberkörper zu wickeln, dass er aufstöhnte.

»Wenn die Rippe nicht gebrochen ist, will ich ein Trogodyt sein«, murmelte der Sklave und tränkte eine neue Lage Binden in der Schüssel mit Flüssigkeit, deren stechender Geruch Quintilianus Tränen in die Augen trieb. »Was zum Hades ist das für ein Zeug?«

»Der Arzt hat es uns hiergelassen, Herr. Es wird dir rasch Linderung verschaffen, hat er versichert.« Verstohlen wischte sich Livius über die Augen. Auch er litt unter den beißenden Ausdünstungen.

»Danke, Livius.« Für einen kurzen Moment hatte Quintilianus vergessen, was geschehen war, verdrängt eher.

Je klarer sein Geist wurde, desto zorniger wurde er. Fuscia war entführt worden, doch ihr Vater würde die Friesen nicht freilassen. Rom ist nicht erpressbar, ha! Sicher, die Entscheidung war Allius Fuscus sichtlich schwergefallen. Verständlich war sie nicht, er musste doch alles zu der Befreiung seiner Tochter unternehmen, nicht nur darauf hoffen, seine Leute würden sie finden. – Finden! In einer Großstadt wie der Colonia Claudia Ara Agrippinensium ein nahezu aussichtsloses Unterfangen.

Noch schlimmer als die Untätigkeit des Vaters indes war das Schuldgefühl, das Quintilianus den Magen abschnürte. Er hätte es Fuscia untersagen müssen, solche Alleingänge zu wagen. Vergebens erinnerte er sich, dass der Ausflug auf die Hafeninsel nicht ihr erster heimlicher Gang gewesen war – er fühlte sich schuldig. Schlimmer noch war der Vorwurf, den Quintilianus in den Augen des Statthalters gesehen hatte: warum nicht er, Quintilianus, an Fuscias statt den Entführern in die Hände gefallen war.

Seine Kehle war wie ausgedörrt, dankbar nahm er den Becher, den Livius ihm gefüllt hatte. In einem Zug war er leer und seine Kehle so kratzig wie zuvor. »Geh bitte, lass mich allein.«

Livius füllte noch einmal den Becher und stellte eine kleine Flasche auf den Tisch, bevor er den Raum verließ. »Dies ist das Schmerzmittel, der Arzt riet, es nicht zu oft anzuwenden, nur in der höchsten Not wenige Tropfen.«

»Ja.« In Quintilianus' Kopf drehten sich die Gedanken im Kreis. Warum wollten Martius und Fuscus nicht offiziell die in der Colonia lebenden Friesen befragen? Doch halt – was war, wenn Crispus bemerkt hatte, dass Fuscia ihn belauschte? Quintilianus zog das feuchte Tuch von seiner Stirn. Crispus, natürlich, auch der war verdächtig. Sollte er wirklich tatenlos hier herumliegen, während Martius und Fuscus das Mädchen ihrem Schicksal überließen?

»Herr?« Die Tür hatte sich leise geöffnet und die zaghafte Stimme Xenophons drang durch den Spalt. »Besuch, Herr. Vielleicht ist jetzt nicht der rechte Augenblick ...«

»Wer ist es?« Quintilianus' Stimme knarzte, er griff zum Becher, trank noch einen Schluck Wasser.

»Der Herr Justus, Herr.«

»Oh, gut!« Quintilianus atmete vorsichtig ein, um zu prüfen, ob die Binde nicht zu fest saß. Nein, Livius hatte gute Arbeit geleistet. Und die Essenz des Arztes wirkte Wunder, das Atmen fiel ihm schon viel leichter, obwohl die Ausdünstungen des Verbandes noch immer in Nase, Augen und Hals brannten. »Führe ihn herein.«

Nur Augenblicke später und Justus saß an seiner Kline und betrachtete ihn sorgenvoll. »Im Praetorium bist du das Thema des Tages. Muss sehr eindrucksvoll gewesen sein, wie du die Stufen dort hochgekrochen bist.«

»Schön, wenn mein Schaden für Kurzweil sorgt, dann war er wenigstens zu etwas gut. – Aber ich freue mich, dass du so schnell aus Bonna zurückgekommen bist.«

»Nun, wie geplant. Ich verbrachte gestern den ganzen Tag in einer Besprechung mit dem dortigen Befehlshaber und seinen Leuten. Neue Besen kehren gut, dieser Claudius Apollinaris hat gerade erst seinen Dienst angetreten. Er scheint ein anständiger Mann zu sein.« Justus nickte versonnen. »Wir wissen ja beide, dass das in diesen Zeiten nicht selbstverständlich ist. Nun, heute Morgen ritt ich dann vor Sonnenaufgang los, um auf dem Rückweg noch ein wenig mit meinem alten Freund Quintilianus von der Legio XXX Ulpia Victrix in Erinnerungen zu schwelgen.«

Quintilianus richtete sich auf. »Bei allen Göttern, mir ist es, als wäre der Überfall gerade erst gewesen. – So lange also liege ich schon hier herum?« Das Heilmittel des Arztes hatte ihn offenkundig zwei Tage verschlafen lassen. Kostbare Zeit, die verloren war.

»Kein Wunder, wenn du mich fragst. Du bist ziemlich lädiert, das ist nicht zu übersehen. Bei Saturn, das Zeug stinkt ja erbärmlich.« Justus stellte die Schüssel mit der Tinktur in eine Ecke. »Nun also, was ist passiert? Wie konnte es geschehen, dass die behütete Statthaltertochter in die Hände von Entführern geriet?«

Quintilianus schilderte Justus den Überfall in allen Einzelheiten.

»Was für eine Geschichte! Und ausgerechnet Dolrang rettete dich …« Justus pfiff leise durch die Zähne. »Aber wenn die Entführer euch am Matronenheiligtum überfielen, mussten sie über euer Treffen Bescheid wissen.«

»Oder die Männer haben Fuscia verfolgt und nur auf eine günstige Gelegenheit gewartet. – Ach, Justus, ich kann nur hoffen, dass dieser Comazon endlich zurückkehrt, den Mord gesteht. Dann käme Fuscia sicher frei.«

»Wenn er schuldig ist, hat er gewiss anderes im Sinn, als zurückzukommen.«

»Ich weiß, ich weiß. Und vielleicht habe ich mich auch verrannt. Es gibt etwas, das ein anderes Licht auf die Sache wirft.« Quintilianus berichtete von Crispus' Gespräch mit dem Unbekannten, das Fuscia belauscht hatte.

»Du meinst, er hat sich Leute gedungen, durch die Entführung eine Mitwisserin aus dem Weg zu räumen? Und die Erpressung dient nur der Ablenkung? Allerdings wäre dann das Schlimmste zu befürchten …« Justus schenkte Wein nach. »Aber lass es deine Sorge nicht sein. Die Leute des Statthalters werden alles Nötige veranlassen, um die Übeltäter zu finden. Du solltest dich erst einmal auskurieren, bevor du dein angeschlagenes Gehirn weiter mit der Lösung dieses Falles strapazierst.«

Quintilianus seufzte. »Das ist es ja, es wird nichts unternommen.«

Justus starrte ihn an. »Was sagst du da?« Dann verzog sich sein Mund zu einem halbherzigen Grinsen. »Du scherzt!«

»Nein, keineswegs.« Quintilianus unterdrückte den Impuls, den Kopf zu schütteln. »Nun, jedenfalls nicht alles, was möglich ist.« Er schilderte, welche Maßnahmen der Statthalter ergreifen wollte.

»Er hat nicht einmal in Erwägung gezogen, die Friesen laufen zu lassen? Ich glaube, ich höre nicht recht!« Justus sprang auf und wanderte im Zimmer umher, vor einem Spiegel blieb er stehen und richtete sich das Haar.

»Du siehst, ich kann hier nicht einfach so herumliegen, ich muss etwas unternehmen.« Quintilianus versuchte, einen klaren Gedanken zu fassen, doch das Summen und Sausen in seinem Kopf machten ihm das Denken schwer. »Wirst du mir helfen?«

»Was denkst du? Meinst du, ich springe auf mein Pferd und mache mich davon? Selbstredend helfe ich dir.« Justus war offenbar mit seiner Frisur wieder zufrieden und trat an die Kline. »Sofern dein Vorgehen wohlüberlegt ist.«

Quintilianus nickte, langsam, aber mit Nachdruck.

Justus wanderte wieder im Zimmer herum. »Wenn ich es

recht bedenke, könnten die Verstrickungen sogar noch weiter reichen, Martius und ... ich wage gar nicht, daran zu denken ...«

Quintilianus seufzte. In den letzten Monaten hatten Justus und er die Erfahrung machen müssen, dass die Staatsräson sogar Mord billigte. Und wenn man schon gedanklich so weit ging, könnte es dann nicht sein, das die Entführung der Statthaltertochter gar nichts mit den gefangenen Friesen zu tun hatte, sondern womöglich mit unlauteren Machenschaften des Statthalters? Rührte daher seine Untätigkeit? Nein, das durfte nicht sein! Vorsichtig schwang Quintilianus ein Bein aus dem Bett, dann das zweite. »Wirst du keine Probleme bekommen, wenn du bleibst?«

»Ich werde dem Befehlshaber eine Nachricht schicken, dass ich hier von höchster Stelle gebraucht werde.« Justus stützte Quintilianus' Arm. »Und wie es scheint, ist das ja nicht einmal gelogen.«

Tastend setzte Quintilianus einen Fuß vor den anderen und siehe da, nur der linke Fuß schmerzte ein wenig beim Auftreten. Außer dem Auge und dem Brustkorb schien der Rest seines Körpers weitgehend wiederhergestellt. Es würde schon gehen. Zufrieden ließ er sich in einen Korbsessel sinken und streckte die Beine von sich. »Setz dich wieder hin, Justus. Du machst mich schwindelig, wenn du so herumläufst. Doch nein, zuerst bitte Livius darum, etwas zum Abendessen richten zu lassen. Sieh es mir nach, wenn ich unhöflich war. Ich habe gar nicht bedacht, dass du sicher hungrig bist nach dem langen Ritt.«

»O ja, das stimmt.«

Canisia schien nur auf den Befehl gewartet zu haben, denn es dauerte nicht lange, da brachte sie ein vollbeladenes Tablett. »Damit du wieder zu Kräften kommst, junger Herr«, murmelte sie, während sie Quintilianus einen Teller füllte. »Ich habe das Brot frisch gebacken, es ist noch warm, Herr.« Sie tat auch Justus auf, dann huschte sie hinaus.

»Sie ist eine Germanin, nicht wahr?« Justus nickte in Richtung der verschlossenen Tür. »Da fällt mir ein: Hast du schon mit deinem feurigen Germanenmädchen über deinen Retter Dolrang gesprochen – wie heißt sie noch? Thusnelda?«

»Thinilda.« Quintilianus sah Justus an, der bereits mit vollen Backen kaute. »Nicht nach dem Überfall, aber davor: Dolrang ist Thinildas Bruder!«

»Ach nein! Findest du es nicht ein wenig seltsam, dass ausgerechnet er zufällig in der Nähe war, um dich zu retten? Das rückt doch die Friesen wieder mehr in den Fokus.«

»Oder die Chauken. Wie dem auch sei, eigentlich leuchtete mir Dolrangs Erklärung ein, doch wie gesagt, möglicherweise war ich ... Ich werde Thinilda aufsuchen, Dolrang sagte, ich könne über sie in Kontakt zu ihm kommen.« Quintilianus sprang auf und bereute es sofort.

»Lass uns erst einmal etwas essen und trinken.« Justus blickte ihn besorgt an.

Widerwillig setzte sich Quintilianus wieder hin und griff zu einem Stück Brot, er musste essen, wollte er wieder zu Kräften kommen, selbst wenn Schmerz und Schwindel ihm den Appetit raubten.

»Ich habe Thinilda ohnehin versprochen, sie zu besuchen ...« Langsam fühlte er sich etwas besser, das Essen tat gut.

Justus runzelte die Stirn. »Ich weiß nicht, Quintilianus, ob das eine gute Idee ist. Vielleicht bleibst du lieber noch einen Tag liegen.«

»Ach komm, Justus, Thinilda hat dir doch gefallen, oder?«

Justus reckte das Kinn. »Ich bin ein verheirateter Mann,

und meine liebe Corinna gebar mir drei Kinder. Da ist es keine Frage des Gefallens, höchstens der Notwendigkeit.«

Quintilianus wusste, dass Justus in Vetera einen gewissen Ruf pflegte, was die Damenwelt betraf. Allerdings wusste er auch, dass er diesem keineswegs gerecht wurde. Justus war eine treue Seele.

»Gut, Quintilianus, gehen wir. Ich werde Livius suchen und ihn deinen Mantel bringen lassen, es ist kühl heute Abend. Eine Fackel wäre auch nicht schlecht, nicht mehr lange, und es wird draußen finster wie im Orcus sein.«

Justus verschwand. Quintilianus trank noch einen Schluck Wein. Canisia hatte einen der besseren herausgeholt, wie er erst jetzt bemerkte, diesen hatte er bisher noch nie gekostet. Vielleicht eine Neuerwerbung? – Was machte er sich für sinnlose Gedanken? Besser er überlegte, was er Thinilda sagen, sie fragen wollte. Dass er Dolrang bei ihr antraf, war wohl unwahrscheinlich, da brauchte er sich keiner Hoffnung hinzugeben.

Justus kehrte zurück, Livius folgte ihm auf den Fersen, zwei Mäntel unter dem einen, drei Fackeln unter dem anderen Arm. »Er will uns begleiten.«

Quintilianus nickte. »Bei Jupiter, meinetwegen. – Du musst wissen«, flüsterte er Justus zu, »er hegt Zuneigung zu dem Mädchen.«

»Was du nicht sagst, Herr. Nun, ich halte meine Begleitung für angebracht, weil ich weiß, wo sie wohnt«, sagte Livius, dem das Geflüster nicht entgangen war.

Quintilianus warf den Mantel über die Schultern. »Auch wahr. Worauf warten wir also noch!«

Die Dämmerung brach schnell herein und in den schmalen Gassen abseits des Decumanus Maximus wurde es als Erstes dunkel. Die Bewegung tat gut, Quintilianus' Kopf klärte sich und die lädierten Rippen brachten sich nur noch bei tiefen Atemzügen mit leichten Stichen in Erinnerung. Kaum jemand war noch zu dieser Stunde unterwegs, nur einige Sklaven hasteten mit Einkäufen bepackt nach Hause. Sie durchquerten die Häuserschluchten eines offenbar neueren Stadtteiles, hier und da wurde noch gebaut, Gerüste zeichneten sich gegen das dunkle Türkis des Abendhimmels ab. Im Gegensatz zur Colonia Ulpia Traiana im Norden war die Agrippinensis eine schnell wachsende Metropole. Aus der ganzen Umgebung zog es die Menschen her, die ihre unwirtschaftlichen Bauernhöfe verließen, um ihr Glück in der Stadt zu versuchen. Mietskasernen waren bestimmt eine lohnende Investition.

Kurz hinter dem Stadttor bog Livius links ab, die Gassen schienen jetzt noch enger zu werden. Quintilianus sah sich besorgt um. Erst jetzt wurde ihm bewusst, dass es vielleicht nicht ganz ungefährlich war, sich in dieses Viertel zu wagen. Immerhin war zumindest ein Teil der Germanen zurzeit nicht gut auf die Römer zu sprechen. Dass Livius so unbekümmert vor ihnen herlief, beruhigte Quintilianus nur wenig. »Livius!«

Sein Sklave blieb stehen, wandte sich um. »Soll ich die Fackeln anzünden, Herr? Aber es ist nicht mehr weit, gleich da vorn.« Er deutete auf einen Hauseingang, der sich neben einem Geschäft befand.

»Na gut. Die paar Schritte wird es auch so noch gehen.«

Livius betrat als Erster den dunklen Treppenaufgang, der Quintilianus an die Mietshäuser in Rom erinnerte. »Entzünde besser doch die Fackeln, Livius, wir sehen ja nicht, wo wir hintreten.«

Livius machte es sich leicht, rannte hinaus und entzündete seine Fackel an der, die den Eingang des Nachbarhauses erhellte.

Bei allen Göttern, welch ein Mief. Genauso hatte es damals auch gerochen, nach Ruß, feuchten Kleidern, Schweiß. Ein einziges Mal hatte er so ein Haus betreten, und er erinnerte sich nur ungern daran. Aber das Mädchen damals war sehr hübsch gewesen.

Auf dem oberen Treppenabsatz machte Livius halt. Er klopfte, doch nichts rührte sich. War Thinilda ausgegangen? Quintilianus fluchte leise. Hatte er ihr nicht ausdrücklich befohlen, sie solle zu Hause bleiben?

»Klopf noch einmal, Livius.«

Mit Nachdruck hämmerte Livius gegen die Tür, vergeblich, nur ein Stockwerk unterhalb tat sich etwas.

»Was ist das für ein Lärm?« Die schrille Stimme gehörte einer älteren Frau, die ihren Hals verrenkte, um zu ihnen hochzuschauen.

Quintilianus stieg ein paar Stufen hinunter. »Salve, gute Frau. Wir wollten die Dame, die über dir wohnt, besuchen. Doch sie scheint ausgegangen.«

»Was führt so einen wie dich in diese Gegend?« Die Frau musterte ihn von Kopf bis Fuß. »Willst zu diesem Weibstück, natürlich.« Ihr Blick wanderte nach oben und sie bemerkte auch Justus und Livius, die auf dem Treppenabsatz warteten. »Ach, gleich zu dritt seid ihr gekommen. Das hat noch gefehlt, dass wir jetzt so eine im Hause haben!«

»Es handelt sich um ein ehrenwertes Mädchen, gute Frau.«

»Pah!«

Quintilianus runzelte die Stirn. »Ist sie weggegangen, ja oder nein?«

»Was weiß ich. Ich habe Besseres zu tun, als auf meine Mitbewohner zu achten. Wenn sie nicht öffnet, wird sie wohl ausgegangen sein.« Knallend schlug sie die Tür zu.

Quintilianus schüttelte den Kopf. »Ein freundliches Haus«, sagte er zu Livius. Der zuckte die Achseln.

»Was jetzt?«, fragte Justus.

Sie schickten sich an, wieder hinunterzugehen, als von unten das Geräusch von Schritten ertönte. Jemand kam leichtfüßig die Treppe hinauf. Bald leuchtete goldblondes Haar im Fackelschein.

»Thinilda«, rief Livius, »bei Jupiter, wo kommst du her? Sagte ich nicht, du sollst die Wohnung nicht verlassen?«

»Still, Livius!«, zischte Quintilianus. »Komm her, Mädchen, und lass uns ein. Wir besprechen das besser drinnen. Offenbar haben die Wände Ohren.«

Thinilda zog die Brauen zusammen und öffnete schweigend die Tür. Den Korb, den sie mit beiden Händen vor dem Leib getragen hatte, stellte sie auf einem niedrigen Tisch ab. »Was verschafft mir die unverhoffte Ehre eures Besuchs?«

»Ich hatte doch versprochen, nach dir zu sehen.«

»Gestern«, erwiderte sie trocken.

»Er konnte nicht kommen, Thinilda«, mischte sich Livius ein. »Sieh ihn dir doch an. Er ist …«

»Ich hatte einen Unfall«, beeilte sich Quintilianus einzuwerfen. »Wo bist du überhaupt gewesen? Wir haben uns Sorgen gemacht.«

»Ich war einkaufen, das wird ja wohl noch erlaubt sein. Von irgendetwas muss ich schließlich leben.« Endlich drehte sie sich zu ihm um. »Was hat das zu bedeuten?« Sie zeigte auf sein Auge. »Haben meine Landsleute dich so zugerichtet?«

»Würdest du ihnen das zutrauen?«

Sie zuckte die Achseln. »Es wäre ihnen nicht zu verdenken, oder?«

»Hast du etwa mit jemandem deines Stammes gesprochen?«

»Hmm.«

»War Dolrang hier?«

Thinilda schüttelte den Kopf.

»Wann wirst du ihn sehen?«

»Ich weiß nicht, ob ich dir das sagen will, Römer.«

»Thinilda, es ist wichtig.«

Misstrauisch musterte sie ihn, den Kopf geneigt. »Damit du ihn auch einsperren kannst, was?«

»Unsinn. Er ist ein wichtiger Zeuge. Er ...« Quintilianus tauschte einen Blick mit Justus, der ihm aufmunternd zunickte. »Also gut.« Er erzählte Thinilda von der Entführung, und dass Dolrang ihn gefunden und in das Praetorium gebracht hatte. »Du wusstest nichts davon?«

Thinilda presste die Lippen aufeinander und schüttelte den Kopf. »Ich habe mit keinem meiner Landsleute geredet. Ich bin ihnen sogar wohlweislich aus dem Weg gegangen, wie du dir denken kannst.«

»Nun gut. Aber du wirst verstehen, dass ich Dolrang treffen muss. Kannst du ihn holen? Oder ihn zu mir nach Hause schicken? Gleich heute Nacht am besten.«

Thinilda schwieg. Dann atmete sie tief durch und antwortete: »Ich weiß nicht, warum ich das tue, Quintilianus. Aber gut, ich werde es versuchen.«

Quintilianus ergriff ihre Hand und drückte sie. Thinilda lächelte verkrampft. Die Hand war kalt, registrierte er, und schnell zog sie sie wieder zurück.

»Gut, dann gehen wir jetzt.«

»Ähm«, meldete sich Livius. »Erlaubst du, Herr, dass ich noch etwas bleibe und Thinilda helfe?« Er deutete vage auf den Korb.

»Meinetwegen.«

»Salve, Thinilda. Und du, Livius, komm nicht zu spät nach Hause. Es wäre doch zu dumm, stieße dir auch etwas zu.«

Draußen im Flur schüttelte Quintilianus den Kopf.

Justus grinste. »Wenn Livius bei Thinilda deine Stelle einnehmen könnte, würde das die Stimmung zwischen dir und ihr verbessern.«

»Das wäre schön. Germaninnen haben auch ihren Stolz, ich bin mir nicht sicher, ob sie einen Sklaven als adäquat ansehen wird. Nein, wenn ich darüber nachdenke, bin ich mir sogar sehr sicher, dass sie es nicht wird.«

»Abwarten«, meinte Justus und sprang die Stufen hinunter. Quintilianus folgte ihm gemessenen Schrittes.

In der Finsternis draußen erhellten die Fackeln nur die unmittelbare Umgebung, Schatten zuckten an den Wänden. Das Licht verschaffte Quintilianus kein Gefühl der Sicherheit, ganz im Gegenteil. Es war unheimlich.

»Komm, lass uns gehen.«

Justus drehte sich um. »Ja, wohin denn? Hast du einen Plan?«

»Wir besuchen Crispus.«

»Und, was willst du ihm sagen? Ihn fragen, ob er Fuscia entführt hat?«

»Warum nicht?«

»Ach. Und er wird antworten: Ja, natürlich habe ich sie entführt. Sie sitzt gefesselt und geknebelt nebenan. Oder wie hast du dir das gedacht?«

Nur ungern stimmte Quintilianus Justus zu, so kämen sie nicht ans Ziel. Seine Schritte wurden langsamer. »Es käme auf einen Versuch an. Lass uns einfach zu ihm gehen und mit ihm reden. Vielleicht rutscht ihm ja etwas heraus.«

»Vielleicht rutscht dir etwas heraus. Etwas, was ihn warnt, ihn verärgert oder schlimmer. Bedenke, was geschehen kann, wenn er Fuscia tatsächlich entführt hat, abgesehen von deiner eingeschränkten Wehrhaftigkeit würdest du sie erst recht in Gefahr bringen.«

Quintilianus nickte. »Ich bin mir des Risikos bewusst, aber das wird nicht geschehen.«

Justus wiegte den Kopf, blieb aber still.

Quintilianus lief voraus. Wenn er sich recht erinnerte, war Crispus im *Goldenen Lorbeer* in der Via Praetoria untergekommen. Und diese Herberge war wirklich ein Ort für illustre Gäste. Quintilianus hatte gehört, dass hier Besucher des Statthalters untergebracht wurden, wenn die Gasträume des Praetoriums belegt waren.

Schon vor dem Eingang beeindruckte der *Goldene Lorbeer* durch imposante Säulen, die vom Schein kostbarer Kandelaber in sanftes Licht gehüllt wurden. Ein Türsteher löschte ihre Fackeln in einer Amphore mit Sand und verwahrte sie in einer Nische, wo schon andere ihrer Besitzer harrten, um ihnen auf dem Heimweg wieder als Lichtquelle zu dienen.

Ein Angestellter des Hauses hielt ihnen die Tür auf und dienerte sie hinein.

»Der Herr Salvatius Pauper wird beglückt sein, euch als seine Gäste begrüßen zu dürfen.« Er führte sie in einen Raum, der an das Atrium grenzte. »Salvatius Pauper wird gleich erscheinen. Nehmt einen Augenblick Platz.« Der Mann klatschte in die Hände. »Flavia, bring Wein und Früchte für die Herren.« Er verbeugte sich noch einmal und verschwand.

Eine blonde Schönheit brachte Getränke und Obst, dann blieben Justus und Quintilianus allein zurück.

Justus sah sich um und nickte anerkennend. »Bei Merkur,

ein edler Laden. Wer sich hier ein Zimmer leisten kann, ist von Fortuna begünstigt, schätze ich.«

Quintilianus pflichtete ihm bei. Allein die Mosaiken auf dem Fußboden mussten ein Vermögen gekostet haben, ganz abgesehen von den kostbaren Leuchtern und dem prächtig ausgestatteten Atrium, in dem ein kleiner Bronzesatyr Wasser in das Impluvium spie. Die Flügeltür am anderen Ende des Atriums stand offen und ermöglichte so den Blick auf den im Fackellicht schimmernden Garten dahinter, aus dem Stimmengewirr herüberschallte.

Von dort näherte sich nun ein Mann in einer blendend weißen Tunika. »Neue Gäste in meinem Haus, willkommen, edle Herren! Ich bin Salvatius Pauper, womit kann ich dienen? Eine Unterkunft für die Nacht? Ein Mahl? Damen zur Unterhaltung? Es wird für alles gesorgt, ihr werdet zufrieden sein.« Pauper breitete die Arme aus und lächelte gewinnend.

»Vielen Dank, doch benötigen wir nichts dergleichen.«

»Oh.« Pauper neigte den Kopf, die Brauen huschten empor. »Ja, was führt euch dann zu mir?«

»Wir suchen Pomponius Crispus, er wohnt doch bei dir?«

»Ah, Crispus, nun …« Pauper zögerte, offenbar wägte er ab, ob in diesem Fall Kooperation oder Diskretion der bessere Weg wäre.

Quintilianus legte seinen Mantel über die Sessellehne und gewährte Pauper einen Blick auf seinen breiten Purpurstreifen. »Mein Name ist Gaius Claudius Quintilianus und dies ist Lucius Justus. Wir haben etwas, äh, Persönliches mit Crispus zu besprechen.«

Pauper rieb die Hände ineinander. »Nun, ihr habt recht, er weilt in meinem Hause. Ich werde sehen, ob er anwesend und zu sprechen ist. Ihr werdet verstehen, dass ich nicht über den Verbleib eines jeden meiner Gäste informiert bin.«

»Selbstverständlich. Wir werden hier warten«, sagte Quintilianus und bediente sich von den Erdbeeren, die die leicht bekleidete Flavia gebracht hatte.

Pauper verschwand und schloss die Tür hinter sich.

»Ich hoffe, du weißt inzwischen, was du ihm sagen wirst«, raunte Justus, der unbehaglich auf seinem Polster hin und her rutschte.

»Warte es ab«, gab Quintilianus sich gelassen.

Stimmen aus Richtung des Gartens drangen durch die Tür, kurz darauf trat Crispus ein, und sofort erfüllte süßlicher Duft den Raum. »Quintilianus! Dich habe ich wahrlich nicht erwartet.« Seine Tunika war verrutscht, das Gesicht erhitzt. Nur das Haar war wie immer tadellos frisiert und glänzte im Licht der Kandelaber.

»Ich hoffe, du hast Zeit für ein Wort?« Quintilianus fühlte leichte Übelkeit – sei es wegen des Geruchs oder Crispus' Person – und musste sich bemühen, ruhig und gelassen zu wirken.

Crispus deutete auf sein Gesicht. »Was ist dir denn widerfahren? Hast du ein paar Gladiatoren herausgefordert?«

»Ein Unfall, nicht der Rede wert.«

Crispus grinste. »Na dann! Wenn du dir die Mühe machst, hierher zu kommen, heißt das, du hast dir mein Angebot überlegt?«

»Ich wollte mit dir über deine Verbindungen zu den germanischen Stämmen sprechen.«

Crispus runzelte die Stirn. »Wenn das so ist, will ich ehrlich zu dir sein. Momentan passt es mir gar nicht, über Geschäftliches zu reden. Können wir uns nicht morgen in Ruhe unterhalten?«

»Nein.« Quintilianus straffte den Rücken. »Es ist dringend, und du botest doch neulich deine Unterstützung an.«

Crispus seufzte und setzte sich Quintilianus gegenüber. Flavia huschte herein, servierte ihm Wein in einem schimmernden Pokal und verschwand wieder. Crispus sah ihr nach. »Ausgezeichnetes Haus, der *Goldene Lorbeer.* Sie lesen einem jeden Wunsch von den Augen ab. In den ersten Tagen hast du sicherlich auch hier gewohnt, nehme ich an?«

Der Kerl versuchte abzulenken, das war offensichtlich. »Ich war Gast des Statthalters.«

Crispus nickte gedankenverloren, doch plötzlich suchte er Quintilianus' Blick. »Warum interessierst du dich auf einmal für meine Kontakte?«

Nur mühsam konnte Quintilianus sich beherrschen, ihn direkt zu fragen, wo er Fuscia versteckt hielte. »Dir sind doch sicherlich auch die Drohbotschaften aufgefallen, die überall die Wände verunzieren? Es scheint, als steckten Landsleute der eingekerkerten Friesen dahinter. Es wurde eine Gewalttat angekündigt. Ich ziehe jetzt Erkundigungen ein, ob tatsächlich die Friesen diese Schmähschriften anbrachten oder womöglich jemand anderes dafür verantwortlich ist.«

»Ja, die Kritzeleien habe ich natürlich gesehen.« Crispus spitzte die Lippen. »Nun, ich weiß nichts weiter darüber. Und du wirst verstehen, dass ich dich über meine Beziehungen im Einzelnen nicht in Kenntnis setzen kann – ich will dich schließlich als Kooperationspartner, nicht als Konkurrenten gewinnen.«

»Aber du wirst dich doch sicher den Erkundigungen des Tribuns Quintilianus gegenüber als hilfsbereit erweisen?«, mischte sich Justus ein, die Stimme freundlich interessiert. »Und ob du auch zu den hiesigen Friesen Kontakte geknüpft hast, wird doch wohl kaum ein Geheimnis sein?«

Misstrauisch musterte Crispus ihn. »Wer bist du überhaupt?«

»Oh, das ist Lucius Justus, ein Freund. Er genießt mein volles Vertrauen. Also? Wie sieht es aus?«

Crispus winkte ab. »Sicherlich kenne ich einige der Friesen hier. Aber ob sie hinter den Schmähschriften stecken? – Ehrlich gesagt, Quintilianus, wundere ich mich, wie du darauf kommst, dass sie mich, einen Römer, ins Vertrauen ziehen würden.«

»Und was ist mit den Chauken?«

»Tut mir leid, Quintilianus, da muss ich dich enttäuschen.« Crispus' Stimme bekam etwas hochmütig Näselndes. »Die Chauken sind dem Römischen Reich nicht wohlgesinnt, das müsstest auch du wissen. Meine Geschäfte sehen eine Beziehung zu ihnen nicht vor. Und jetzt entschuldige mich bitte, ich habe Gäste, um die ich mich kümmern muss.« Crispus stand auf.

»Dir ist also nichts zu Ohren gekommen, bei welchen Germanen, ob Friesen, Chauken, Chatten oder wem auch immer, eine Aktion gegen Römer geplant ist?« Quintilianus rang das stärker werdende Hämmern in seinem Kopf nieder.

Crispus schüttelte den Kopf. »Die Schmierereien sind doch nur leere Drohungen. Ich will es mal so ausdrücken: Das wenige, was ich von den Friesen gehört habe, schließt nicht aus, dass sie ihrem Zorn über die ungerechte Behandlung Luft machen könnten.« Er lachte lautlos. »Aber damit werdet ihr doch fertig werden.«

Crispus verschwieg etwas, das spürte Quintilianus, trotz seiner Kopfschmerzen. Er wagte einen letzten Vorstoß. »Und wenn bereits etwas vorgefallen ist?«

Crispus bekam einen lauernden Ausdruck. »Was könnte denn vorgefallen sein?«

»Wie sind eigentlich deine Beziehungen zu Allius Fuscus? Du kennst ihn doch sicher von früher, aus Rom?«

Crispus zuckte die Achseln.

»Hast du auch ihn auf deine geschäftlichen Unternehmungen aufmerksam gemacht?«

»Fuscus? Wie kommst du ...«, Crispus unterbrach sich, denn eine junge Frau öffnete die Tür einen Spalt und spähte herein.

»Crispus? Kommst du? Alle warten auf dich. Die Akrobaten sollen großartig sein, die darfst du keinesfalls versäumen!« Ihre Stimme war voll, aber ein wenig schwammig, wohl vom übermäßigen Weingenuss. Ihr Blick streifte Quintilianus und Justus.

Seltsam, dieses Mädchen, das dort am Türrahmen lehnte und zu ihnen herübersah, kam Quintilianus bekannt vor. Allerdings war das schwerlich möglich, wenn sie zu denen gehörte, die Pauper bei der Begrüßung so vollmundig angepriesen hatte. Und die zart durchscheinende rosenfarbene Tunika, das geschminkte Gesicht und die schon ein wenig zerzauste Frisur ließ daran kaum Zweifel. Doch irgendwoher kannte er sie.

Crispus setzte ein Lächeln auf, winkte ihr zu. »Ich komme, sie sollen ruhig schon beginnen.« Er wandte sich wieder an Quintilianus. »Leider kann ich dir nicht helfen, ich sagte es bereits. Ihr werdet mich jetzt entschuldigen.« Crispus wandte sich zur Tür. Doch dann, die Hand schon am Griff, hielt er inne und drehte sich noch einmal um. »Ihr verzeiht sicherlich, dass ich euch nicht zu meiner Gesellschaft bitte, aber wir haben leider keine freien Plätze mehr auf den Klinen.« Er verzog seine Lippen zu einem gekünstelten Lächeln und fügte hinzu: »Und was mein Angebot von neulich betrifft, es steht nach wie vor.«

»Du hattest recht mit deiner Einschätzung, Quintilianus«, stieß Justus hervor, als Cripus die Tür hinter sich geschlossen hatte. »Bei Merkur, wenn der nicht schwarze Flecken auf der Tunika hat, dann weiß ich es nicht. Der verheimlicht etwas, ganz sicher. Da müssen wir dranbleiben.«

»Das denke ich auch.« Quintilianus erhob sich. »Komm, lass uns gehen. Womöglich wartet zu Hause schon Dolrang.«

Als sie das Atrium der Herberge betraten, konnte Quintilianus seine Neugier nicht bezwingen. Er ging zu der Flügeltür und warf einen Blick in den Garten. Die Weitläufigkeit erstaunte ihn, so groß hatte das Anwesen von außen nicht gewirkt. Hinten links sah er Crispus auf einer der Klinen liegen, die keineswegs alle belegt waren. Neben Crispus bemerkte Quintilianus zwei Männer, die ihn an die Händler erinnerten, die den Römer schon in der Therme begleitet hatten. Das Mädchen hatte sich auf der Liege zu Crispus' Rechten ausgestreckt, wandte Quintilianus den Rücken zu. Die übrigen Teilnehmer der Gesellschaft kannte er nicht.

»Jetzt komm, es fehlte noch, dass Crispus bemerkt, wie du ihn beobachtest. Falls er tatsächlich in die Sache verwickelt ist, sollte er sich sicher fühlen.« Justus zog ihn von der Tür weg. »Lass uns endlich gehen.«

Die frische Luft draußen tat gut, nach den ersten Schritten ließen das Pochen im Kopf und die Übelkeit wieder etwas nach. Quintilianus atmete durch. »Bei allen Göttern, was für ein parfümierter Gockel.« Wenn er sich vorstellte, dass dieser Kerl womöglich Fuscia in seiner Gewalt hatte, seine schmutzigen Finger auf sie legte … »Was meinst du, Justus, ist er in die Entführung verwickelt?«

»Ich weiß es nicht. Doch ich verstehe, warum du ihn verdächtigst, ein wirklich unangenehmer Zeitgenosse, aber einer, der etwas auf sich hält. Hast du seine Tunika gesehen? Feinstes ägyptisches Leinen. Glaube mir, ich habe dafür einen Blick.«

Ach, der gute Justus wollte ihn ablenken. »Dafür bist du heute recht bescheiden unterwegs, mein Lieber!« Quintilianus zupfte an seiner derben Tunika.

»Für jeden Anlass richtig gekleidet zu sein, das ist die hohe Kunst. Man sollte meinen, dass es euch Aristokraten schon in die Wiege gelegt wird. Bei dir habe ich allerdings so meine Zweifel«, gab Justus zurück.

Auf den leeren Gassen kamen sie zügig voran. Als ihnen Quintilianus' Janitor die Tür öffnete, verkündete er, ein später Gast sei eingetroffen und erwarte ihn. Dolrang sicherlich, vermutete Quintilianus, und tatsächlich saß der Friese im Atrium vor einem Becher Wein.

Als sie eintraten, erhob er sich. »Salve, Quintilianus. Thinilda richtete mir aus, du wolltest mich sprechen.«

»Das will ich. Ausgezeichnet, dass du so schnell gekommen bist.« Er deutete zu Justus und stellte die beiden einander vor. »Justus ist mit der Angelegenheit vertraut, er unterstützt mich.«

»Und was willst du von mir?«

»Ich brauche deine Hilfe, Dolrang. Berichte mir zunächst, was du an dem Abend des Überfalls gesehen hast. Jede Einzelheit mag wichtig sein.«

Dolrang nickte und wiederholte, was er Quintilianus bereits erzählt hatte. Er sei auf dem Weg zu Thinilda gewesen, habe das Lärmen gehört, sich versteckt, bis die Männer mit dem Mädchen verschwunden waren.

»Und du hast sie nicht erkennen können?«

»Quintilianus! Es war dunkel, die Männer trugen Kapuzenmäntel.«

»Wie viele waren es überhaupt? Ich kann mich nicht genau erinnern, aber es müssen mindestens fünf gewesen sein.«

»Sieben, glaube ich. Einer wartete etwas abseits, er schien

der Anführer zu sein. Sie verschwanden jedenfalls in der Straße, die an der Stadtmauer entlangführt. Dort, wo die ärmlichen Häuser liegen.«

»Also haben sie die Stadt nicht gleich verlassen ...« Justus schenkte ihnen Wein ein.

»Ja, das vermute ich auch«, bestätigte Dolrang. »Sie werden kaum mit Fuscia unter dem Arm durch das Tor gegangen sein und den Wächtern erzählt haben, sie sei eine Hafendirne.«

»Sagten sie vielleicht etwas, würdest du ihre Stimmen erkennen, sprachen sie einen Dialekt?«, wollte Quintilianus wissen.

»Nein, ich war zu weit weg, ich konnte nichts verstehen.«

»Hast du eigentlich Kontakt zu deinen Stammesleuten?«

Dolrang sah ihn aufmerksam an. »Zu einigen schon«, antwortete er langsam. »Ich muss aufpassen, mit wem ich spreche. Bis jetzt scheint es noch nicht in die Colonia gedrungen zu sein, dass meine Leute in Friesland glauben, ich sei ein Verräter. Aber das ist nur eine Frage der Zeit.«

»Und?«

»Was und?«

»Bist du ein Verräter?«

Dolrang zuckte die Achseln.

»Was hattest du sonst mit diesem Chauken zu schaffen, den deine Landsleute an jenem Abend zu seinen Ahnen befördert haben?«

»Das geht dich nichts an, Quintilianus.« Die vorher so freundliche Stimme war jetzt hart. Dolrang stand auf.

Quintilianus erhob sich ebenfalls und legte beschwichtigend seine Hand auf die Schulter des Germanen, der ihn um einen halben Kopf überragte. »Nichts für ungut, Dolrang. Setz dich bitte wieder. Ich weiß, dass du für Pertellis arbeitest und welche weitreichende Funktion das Handelshaus erfüllt. Doch möchte ich gern aus deinem Mund hören, was genau deine Aufgaben sind und in welcher Verbindung du zu dem Chauken standest.«

Jetzt zuckten Dolrangs Brauen in die Höhe. »Nun …«

»Wenn nötig, so verspreche ich dir mein Stillschweigen. Du weißt, ich bin ein Vertrauter des Statthalters und stehe zu meinem Wort.«

»Oh, das weiß ich wohl.« Der Friese setzte sich wieder. Der Korbsessel knarrte leise unter seinem Gewicht. »Wenn es dir ohnehin bekannt ist, ja, ich arbeite für den Händler Pertellis. Für ihn knüpfe ich gelegentlich Kontakte zu handelswilligen Stämmen. Unglücklicherweise war das Treffen mit dem Chauken nur in der Nähe meines friesischen Dorfes möglich. Der Chauke hatte darauf bestanden, und das rächte sich.«

»Du kennst doch sicher Comazon, den Mitarbeiter Pertellis'. Er steht in Verdacht, hier in der Colonia in einen Mordfall verwickelt zu sein – ein Chauke namens Meliobar wurde erstochen. Ich frage mich, ob Comazon einen Grund gehabt hätte, diese Tat zu begehen.«

Dolrang nahm einen Schluck und stellte den Becher auf den Tisch. »Natürlich kenne ich Comazon. Ein sehr integrer Mann. Soweit ich weiß, hat er ein besonderes Verhältnis gerade zu den chaukischen Stämmen – schwer vorstellbar, dass er Meliobar getötet haben soll.«

»Kanntest du Meliobar?«

»Ich habe ihn einmal getroffen, mit ihm gesprochen, und er schien mir kooperativ. Das habe ich Pertellis berichtet und erhielt den Befehl, alles Weitere Comazon zu überlassen.«

»Wer befahl das? Pertellis?«

»Ja, er meinte, aus dem Kontakt könnte sich mehr ergeben, die weitere Vorgehensweise werde aber von höherer Stelle entschieden.«

»Vom Statthalter etwa?«

Dolrang zuckte die Achseln. »Wahrscheinlich.«

»Was heißt: Es könnte sich mehr ergeben?«

»Das weiß ich nicht.«

»Hm, nun gut. Kommen wir also zum eigentlichen: Fuscia wiederzufinden. Ich habe einen Verdacht, doch müssen wir uns in alle Richtungen versichern.«

Dolrang lehnte sich zurück und streckte die Beine aus. Den Becher hielt er in den Händen, als wollte er ihn zerquetschen. »Du verdächtigst die Friesen und ich soll herausfinden, ob das stimmt.«

»Ganz recht.«

»Es ist ja nicht so, als hätte ich nicht schon die Ohren aufgesperrt. Es scheint unter den hier Ansässigen meiner Stammesbrüder eine Gruppe zu geben, die die Stimmung anheizt. Vermax, der Sohn des Vedericer, scheint der Anführer. An ihn und seine Männer komme ich schwer heran. Nicht mehr lange, und er wird von der Anschuldigung gegen mich erfahren.«

»Warum tust du das alles für uns, Dolrang?«, fragte Justus.

Dolrang richtete sich auf. »Friesen vergreifen sich nicht an unschuldigen Mädchen, schlagen nicht aus dem Hinterhalt unbewaffnete Männer zusammen. Wer so etwas macht, gehört nicht zu uns.«

»Gut.« Quintilianus nickte ihm zu. »Wenn es Neuigkeiten gibt, melde dich hier bei mir oder hinterlass eine Nachricht, wo wir uns treffen. Und, Dolrang, habe Dank für deine Hilfe!«

Der blonde Germane erhob sich. »Wir werden das Mädchen finden. Salvete, Quintilianus, Justus.« Er wartete nicht, dass Xenophon ihn zur Tür brachte, sondern verschwand mit schnellen leisen Schritten.

Quintilianus lehnte sich zurück, schloss die Augen. Er spürte jeden einzelnen Knochen im Leib, sein Kopf dröhnte, und bei jedem Atemzug rasselte es in seiner Brust. »Viel Neues haben wir nicht erfahren.«

»Das stimmt. Aber wir werden heute auch nicht mehr ausrichten können. Trinken wir noch einen Becher zusammen und gehen dann schlafen. Vielleicht ergibt sich morgen etwas. Doch bei Bacchus, mein lieber Freund, es schmerzt mich, das zu sagen, aber der Wein im *Goldenen Lorbeer* war von besserer Qualität als dieser!« Justus trank einen Schluck und spitzte die Lippen.

Quintilianus quälte sich ein Lächeln ab. »Ja, Canisia hat für Dolrang nur einen mäßigen Tropfen spendiert. Soll ich …?«

Justus winkte ab. »Lass nur. Doch da wir schon vom *Goldenen Lorbeer* sprechen, hast du dieses zauberhafte Mädchen in der Herberge gesehen, das in der aufreizenden Tunika? Welch duftiges Gewebe an einem vollkommenen Frauenkörper – ein Genuss für das Auge!«

Das Mädchen, bei Hekate, woher kannte Quintilianus sie nur? »Ich habe sie schon einmal gesehen.«

»Ach, und ich dachte, du wärst noch nie im *Goldenen Lorbeer* gewesen?«

»War ich auch nicht. Es war irgendwo anders.«

»So ein zauberhaftes Geschöpf, was findet die nur an diesem schmierigen Schnösel? Die gehört in eine gänzlich andere Gesellschaft.«

Stimmt, ging es Quintilianus durch den Kopf. Eine gänzlich andere Gesellschaft. Und in einer solchen hatte er sie auch gesehen. Deutlich trat das Bild vor sein geistiges Auge, die drei Grazien unter dem Baum im Garten des Praetoriums, in die Lektüre vertieft. Eine davon war Fuscia gewesen und neben ihr, ja, da hatte dieses zauberhafte Geschöpf gesessen.

Ihn schwindelte, Sterne tanzten vor seinen Augen. »Quintilianus, was ist …?«, hörte er Justus' Stimme, dann wurde es schwarz um ihn.

Kapitel XIV

Hatten sie denn unbedingt noch den Arzt holen müssen, der ihm mit seinem Trank die Sinne völlig vernebelt und den ganzen Tag in Tiefschlaf versetzt hatte? Kostbare Zeit war verloren, in der er Fuscia hätte suchen, vielleicht sogar finden können ... Als der Abend dämmerte, war er endlich erwacht und hatte sich in das Atrium gesetzt. Wo Fuscia wohl war, wie es ihr nur ging? Was konnte er tun? Quintilianus erhob sich aus dem Sessel, ächzte, nahm die Karaffe und schenkte sich Wein ein. Die Kerzen in den Kandelabern blakten, als er zu dem Schrein der Laren trat und den Hausgöttern großzügig die Opferschale mit dem guten Falerner füllte. Helft, flehte er in Gedanken. O Jupiter, Mars und Venus, wenn Fuscia etwas zustieß, sie misshandelt, ihr Gewalt angetan wurde – er mochte gar nicht daran denken. Schon war sein Becher wieder leer, er schenkte nach. Warum hatten sie nicht ihn mitgenommen, warum das unschuldige junge Mädchen, fragte er sich zum ungezählten Male. Quintilianus schloss die Augen, unterdrückte die Verzweiflung, die ihn erfasste, atmete tief durch. In der Ferne sang eine Nachtigall. Ob Fuscia sie wohl auch hören konnte? Er lauschte hinaus in die dunkle Nacht. Er wäre eine viel bessere Geisel gewesen als das arme Mädchen. Wie, wenn er sich im Austausch anbot, sein Leben gegen das Fuscias?

»Herr?«

Quintilianus fuhr herum. »Livius, bei allen Göttern! Was ist los?«

»Herr, entschuldige, ich rief, doch bekam keine Antwort.«

Nun, sei es, Quintilianus war es egal. »Geh bitte, Livius, lass mich allein. Mir ist nicht nach deinen Scherzen.«

»Ich wollte nur schauen, ob es dir gut geht, Herr. Brauchst du etwas? Du bist blass, isst nicht genug, ich mache mir Sorgen.«

Quintilianus sah seinen Sklaven an, ihm war, als nähme er zum ersten Mal seit langer Zeit die roten Locken wahr, die blauen Augen, die nun besorgt blickten, die braune verwaschene Tunika – er könnte eine neue gebrauchen. Sein Livius, der sonst nur an sich dachte, drängelte und quengelte, er erkannte ihn kaum wieder. Vielleicht sollte er doch ernsthaft über eine Freilassung nachdenken, nun ja, wenn er zurück in Rom wäre, hier brauchte er ihn noch, seinen Sklaven und – Vertrauten. »Komm her, Livius, setze dich, nimm einen Becher Wein.«

Nun war es an Livius, erstaunt dreinzublicken, doch er tat wie geheißen. Er roch an dem Roten, kostete einen Schluck, hob die Augenbrauen. »Danke, Herr. So guten Wein habe ich schon lange nicht mehr getrunken. Was soll ich tun?«

Quintilianus konnte nicht umhin zu lächeln. »Hast du etwas herausgefunden? Warst du noch einmal bei Thinilda, hörtest du von Dolrang?«

»Nein, Herr, weder habe ich von Dolrang gehört, noch wusste Thinilda etwas Neues zu berichten. Ich bat sie zwar, ihre Augen und Ohren offen zu halten, aber sie verlässt anscheinend wirklich selten das Haus.«

»Und sonst? Weißt du etwas? Reden die Menschen von der Entführung, in den Geschäften, in den Tavernen?«

Livius schüttelte den Kopf. »Nur das Altbekannte, die Friesen werden von Tag zu Tag zorniger über die Inhaftierung ihrer Stammesgenossen. Selbst solche, die schon seit Generationen hier leben, murren über die Behandlung ihrer Stammesbrüder, zumal sie wissen, dass die Friesen gegen die Chauken ziehen, weil diese das für sie bestimmte Geld stahlen. Warum Rom auf der Seite der Chauken stehe, der Seite der Diebe, fragen sie, und nicht auf der von Freunden und Bundesgenossen. Der tote Chauke habe selbst Schuld. Wenn Rom den einsitzenden Friesen wenigstens endlich den Prozess machte, dann habe man eine Entscheidung, müsse eben Strafgeld bezahlt werden, aber dieses lange Festhalten erregt die Friesen auf das Heftigste.«

»Hm.« Quintilianus drehte den Becher in seinen Händen, während sich ein Plan in seinem Kopf formte. Ja, es war einen Versuch wert. »Ich muss noch einmal mit Crispus sprechen, wir brechen auf zum *Goldenen Lorbeer.* Wo ist Justus?«

»Er schläft schon, Herr. Aber Crispus ist nicht im *Goldenen Lorbeer,* zufällig sah ich ihn vorhin, als ich einen Einkauf für Justus erledigte, er ging in die Taverne *Zum sanften Satyr.* Willst du wirklich …?«

»Ja, Livius. Wo ist der *Sanfte Satyr?*«

»Nicht weit von hier, am Decumanus Maximus, ein Stück vor dem Forum. Es ist eines der besseren Häuser, Essen und Wein sind gut, die Mädchen sauber und ansprechend, die Kundschaft vornehmlich Handwerker und Kaufleute. Aber …«

»Kein aber. Wecke Justus!«

Bald darauf trat Justus in den Raum, fertig angezogen, und tippte an das Schwert unter seinem Umhang. »Du bist verrückt, Quintilianus, doch ich werde nicht zulassen, dass sie dich umbringen. Was hast du vor?«

»Ich erzähle es dir unterwegs, Justus.« Quintilianus eilte, so schnell es ihm mit der angeschlagenen Rippe möglich war, zur Tür, warf sich den von Livius bereitgehaltenen Umhang über, tastete noch einmal nach Schwert und Dolch, die er umgeschnallt hatte, und verließ das Haus. Justus und Livius folgten ihm. Es war nicht weit bis zum Forum und in der lauen Nacht waren etliche Zecher unterwegs. »Ich muss noch einmal mit Crispus sprechen«, informierte Quintilianus den Freund. »Er verbirgt etwas. Und wenn das, was er verheimlicht, mit der Entführung zu tun hat, kann mein Vorhaben gefährlich werden. Darum brauche ich euch, besonders dich, Justus, als Schutz.«

»Ich wüsste zwar gern, was genau dein Plan ist, aber du wirst deine Gründe haben, ihn zu verschweigen. Wahrscheinlich fürchtest du, wir würden dann nicht mehr mitmachen – dabei solltest du wissen, dass zumindest ich stets an deiner Seite stehe.«

Justus sprach leise, doch die Freundschaft, die in seinen Worten schwang, rührte Quintilianus. Er griff nach Justus' Hand und drückte sie dankbar.

Zwei Fackeln erleuchteten den Eingang *Zum sanften Satyr.* Die Tür öffnete sich, eine Mädchenstimme sang ein beschwingtes Lied, begleitet von einer Kithara. Drei Männer traten auf die Straße, gut gelaunt, doch nicht betrunken, wie es schien. Livius hatte wohl recht, dies war keine Absteige, in der Quintilianus auf Leib und Leben, auf Beutel und Börse aufpassen musste.

Justus und Livius gingen zuerst hinein, sich einen günstigen Platz zu suchen. Sie würden Quintilianus, wenn nötig, zu Hilfe eilen.

Quintilianus wartete ein wenig und folgte ihnen dann. Schummeriges Licht empfing ihn, Öllämpchen flackerten an ihren Haken, warfen Schatten an die bunt bemalten Wände. Das Mädchen, dessen Stimme er von draußen vernommen hatte, stand auf einer Art Bühne und sang mit heller Stimme, angenehm und nicht zu laut, neben ihr saß ein älterer bärtiger Mann und schlug die Kithara. Die Tische standen nicht zu dicht gedrängt, die Bänke und Stühle waren gut besetzt, doch nicht übervoll. Quintilianus schaute sich um, ein buntes Völkergemisch, Römer, Germanen, auch dunkelhäutige Menschen aus dem Osten bemerkte er, Händler wohl. Nur Crispus konnte er nicht entdecken. Eine Welle der Enttäuschung schlug über ihm zusammen, plötzlich spürte er wieder die Blessuren seines angeschlagenen Körpers, der Kopf pochte. Alles umsonst? Er musste sich an einem Tisch festhalten, die Erde schien zu schwanken wie bei einem Beben.

»Geht es dir gut, Herr? Bist du überfallen worden? Du siehst ja schrecklich aus. Komm, setz dich, ich bringe dir einen Becher Wein, du scheinst einen Schluck zu brauchen.« Ein Sklave war herangetreten, führte ihn an einen freien Tisch in einer Ecke und drückte ihn auf den Stuhl. Die Rippen schmerzten, Quintilianus biss die Zähne zusammen. Doch der Schwächeanfall ging vorbei. »Danke, ein Becher Wein wäre gut.« Er zückte seine Börse und entnahm ihr ein paar Sesterzen. »Den Wein bitte mäßig gemischt und vom besten, den ihr habt. – Und sag, war der Römer Crispus heute hier?«

Der Sklave verbeugte sich, während er das Geld wegsteckte. »Ja, er ist es noch, allerdings in einem der hinteren Zimmer, wohin er sich mit einigen Freunden zurückgezogen hat.«

»Gut, bring mich zu ihm und auch den Wein dorthin.«

Es war doch immer wieder eine Freude, den Effekt von Geld und breiten roten Streifen auf der Tunika beobachten zu können, dieser Ausweis der Aristokratie verfehlte nie seine Wirkung. Der Sklave fragte nicht nach, sondern machte seinem Kollegen hinter dem Schanktisch ein Zeichen und ging Quintilianus voran in den hinteren Bereich der Lokalität. Dort klopfte er an eine Tür, öffnete sie nach einem unwilligen Ja, das von innen ertönte. Drei Männer saßen um einen Tisch, der bedeckt war mit Bechern, Krügen und Schüsseln, Crispus und – kaum zu glauben – zwei Mitglieder der chaukischen Delegation. Sie würfelten nicht, sie vergnügten sich nicht mit Mädchen, nein, sie hatten geredet. Worüber? Hatte nicht Crispus gestern noch beteuert, die Chauken nicht zu kennen?

»Ich habe doch gebeten, nicht gestört zu werden«, fuhr Crispus den Sklaven an, bevor er Quintilianus erkannte. Seine Miene erstarrte, kurz trat Unsicherheit in seine Züge, dann verengten sich die tiefbraunen Augen und er stand auf. »Quintilianus. Was verschafft mir die Ehre, dich so bald schon wiederzusehen? Deine Verletzungen scheinen gut geheilt, wenn du dich des Nachts in eine Taverne aufmachst. Denn ich nehme nicht an, dass du meinetwegen kommst, oder?«

»Doch, Crispus.«

»Du kommst, uns zu sagen, dass die Friesen hingerichtet werden, hoffe ich.« Der Anführer der chaukischen Delegation starrte Quintilianus feindlich an, ebenso sein Landsmann. Beide hatten sich ebenfalls erhoben, die Bärte zitterten, die buschigen Brauen waren zusammengezogen. An ihren Gürteln steckten Messer.

Quintilianus straffte seine Schultern, setzte seine Aristokratenmiene auf, musste sich beherrschen, die Hand nicht nach dem Schwert zu führen. Er durfte es auf keinen Konflikt ankommen lassen, er hätte keine Chance. Kühl blickte er die drei Männer an. »Ich kam, mit Crispus zu sprechen. Euch hier zu treffen, freut mich, denn lange schon sah ich euch nicht mehr. Ich hoffe, ihr genießt die Vorzüge der römischen Kultur, den Wein habt ihr zu schätzen gelernt, wie ich sehe. Wart ihr auch schon in den Thermen?«

Crispus hob seine Augenbrauen. »Ihr kennt euch? Dann brauche ich euch nicht mehr vorzustellen, Odoriker, Beldor, Freunde, beruhigt euch.«

»So so, Freunde.«

Crispus ignorierte den Einwurf. »Setze dich zu uns, Quintilianus, und lass uns bereden, was dir auf dem Herzen liegt. Hast du dir mein Angebot doch noch überlegt?«

»Nein, Crispus, ich will …«

»Wann werden die Friesen hingerichtet?« Odoriker warf Quintilianus einen bösen Blick zu. »Wir können nicht länger warten, diese friesischen Hunde ziehen gegen unseren Stamm, wir müssen zurück. Wo ist das römische Rechtssystem, das vielgelobte, wenn einer der unseren hier in eurer Stadt feige ermordet werden kann und nichts geschieht? Wir kamen als Freunde, als Unterhändler und wie werden wir behandelt? Das wird Rom bereuen, Quintilianus!« Er schlug mit der Faust auf den Tisch, Becher und Teller klirrten.

Beldor, der besonnenere, wie sich Quintilianus erinnerte, legte seine Hand auf Odorikers Arm. »Es ist nicht die Schuld dieses jungen Mannes, Odoriker. – Du wirst verstehen, Römer, dass wir erzürnt sind, denn lange genug schon warten wir darauf, dass etwas passiert. Doch der Tod unseres Freundes ist noch immer nicht gerächt. Odoriker und die anderen müssen abreisen, ich werde bleiben, um zu beobachten, was mit den Mördern Meliobars geschieht. Ich will sehen, wie sie sich am Kreuze winden. Es fällt mir nicht leicht, die meinen nicht mit dem Schwert zu unterstützen, Odoriker aber, der Höchstrangige unter uns, beschloss es so. Wie also steht es mit dem Prozess, wann wird er beginnen?«

»Sobald wir sicher sind, dass die Friesen wirklich euren Freund getötet haben. Wir gehen noch anderen Verdachtsmomenten nach, denn ihr wollt bestimmt auch nicht, dass am Ende der wahre Mörder ungestraft davonkommt.«

»Diese Friesen waren es, das ist doch klar!« Wieder schlug Odoriker mit der Faust auf den Tisch.

»Crispus, ich muss dich bitten, mit mir kurz nach draußen zu kommen, ich möchte etwas mit dir besprechen.« Quintilianus versuchte, Odoriker zu ignorieren.

Crispus warf den Chauken einen warnenden Blick zu. »Liebe Freunde, wartet bitte hier auf mich, damit wir unsere Besprechung zu Ende führen können.« Er strich sich durch das geölte Haar. »Gut, Quintilianus, gehen wir. Wohin willst du, in einen anderen Nebenraum?«

»Nein, nicht nötig, was ich mit dir zu besprechen habe, können wir im Schankraum erledigen.«

Quintilianus schritt voraus, suchte einen freien Tisch und winkte dem Sklaven nach Wein. Crispus nahm neben ihm Platz, zu nah, der Mann quoll förmlich über vor Öl und Glanz und Zwielichtigkeit.

Er neigte sich noch dichter an Quintilianus' Ohr. »Nur damit du dich nicht wunderst, werter Freund, ich kannte die Chauken bis heute wirklich nicht, ein Mittelsmann arrangierte das Treffen. Was kann ich also für dich tun?«

»Die Tochter des Statthalters, Fuscia, ist entführt worden, und ich möchte mich im Austausch zu ihr anbieten. Meine Familie in Rom ist einflussreich, wir sind mit dem Kaiser Commodus verwandt, meine Person ist Druckmittel genug, die Forderung nach Freilassung der Friesen durchzusetzen.« Er hatte seine Stimme nicht gesenkt, im Gegenteil, laut und deutlich hatte er gesprochen und so waren zumindest die Männer an den Nachbartischen Zeugen seiner Worte geworden. Augenblicklich schwoll das Gesumm und Gebrumm in der Taverne an, einer erzählte dem anderen, was er gehört hatte. Dies galt es zu nutzen. Quintilianus flüsterte nun. »Crispus, wenn du etwas mit der Entführung zu tun hast, so nimm meine Person anstelle von Fuscia, ich bitte dich. Es soll dein Schaden nicht sein.«

Crispus starrte Quintilianus an, die sonst so verengten Augen weit aufgerissen. »Bist du des Hades? Was soll ich mit der Sache zu tun haben, warum sollte ich die Tochter des Statthalters entführen? Ich würde ja alle meine schönen Geschäftsideen gefährden, die gerade geknüpften Kontakte wären nichts mehr wert. Und was hätte ich davon, die Freilassung der Friesen zu fordern? Ich brauche sie nicht, es gibt genug andere, mit denen ich Handel treiben kann. Du bist verrückt, Quintilianus!«

»Leugne nicht. Das Mädchen, mit dem du dich gestern vergnügtest, gehört zum Haushalt des Statthalters. Sie hat dir die Information gegeben, wann Fuscia das Haus verlässt, und du hast deine Schergen entsandt. Zudem hatte Fuscia dich belauscht, wusste einiges über deine illegalen Aktivitäten, auch das wird dir deine kleine Freundin berichtet haben. Die Forderung nach Freilassung der Friesen war nur ein Vorwand, du wolltest eine falsche Spur legen. Wenn du ihr etwas angetan hast, Crispus, oder ihr etwas antust, dann …«

Crispus' Augen verengten sich zu den gewohnten Schlitzen, als er zischte: »Illegale Aktivitäten? Ich ein Entführer? Blödsinn! Die Prügel neulich scheinen dir den Verstand geraubt zu haben. Gut, ich gebe zu, ich wusste von der Entführung, Alavia berichtete mir davon, aber unter dem Vorbehalt, niemandem etwas zu sagen. Nochmals, warum sollte ich die Statthaltertochter entführen? Zudem, wenn du mir schon unterstellst, ich habe sie verschwinden lassen, weil sie zu viel wissen könnte – ausgemachter Schwachsinn –, warum sollte ich dann dich als Geisel für sie nehmen? Nein, Quintilianus, ich will dir zugutehalten, dass du im Moment nicht recht beisammen bist. Aber«, nun berührte seine spitze Nase fast Quintilianus' Gesicht, »weil ich dir zugeneigt bin, weil ich dich schätze, mache ich dir ein Angebot. Ich helfe dir, ich werde versuchen, etwas herauszufinden, meine Verbindungen hier in der Stadt sind mittlerweile besser, zumindest anders als die deinen. Das kostet natürlich seinen Preis, zumindest den Kredit, von dem ich sprach.«

Dieser Verbrecher! Mit einem solchen Angebot hatte Quintilianus nicht gerechnet. Und aus dem Leid anderer Kapital zu schlagen, war eines Römers unwürdig. Und doch, und doch … »Gut, Crispus«, er hob seine Stimme wieder, sodass die Männer an den Nebentischen, die noch immer aufgeregt miteinander tuschelten, abermals mithören konnten, »du oder wer immer sonst mir etwas über den Verbleib des Mädchens sagen, wer immer Hinweise geben kann auf die Entführer, wird eine stattliche Summe erhalten.«

Crispus lehnte sich zurück und hob seinen Becher. »Wohl gesprochen, Quintilianus, ich bin gespannt, ob dein Vorstoß etwas einbringt. Weiß eigentlich der Statthalter davon? Wohl kaum, er hätte sicherlich einen anderen Weg gewählt, um diese Nachricht verlauten zu lassen. Verbindet dich etwas mit dem Mädchen?« Er fixierte ihn mit stechendem Blick.

»Meine Motive, Crispus, gehen dich nichts an.« Quintilianus erhob sich und schritt mit aller Würde und Kraft, zu der er noch fähig war, auf den Schanktisch zu. Großzügig legte er Münzen darauf, beobachtete aus den Augenwinkeln, wie sich Friesen und Bataver, Römer und Griechen den Hals nach ihm verrenkten, wusste, dass er die Geldgier dieser Menschen geweckt hatte. Doch war sein Plan wirklich klug, würde er aufgehen?

Kurz nach ihm kamen Justus und Livius heraus. »Da hast du ja ein schönes Wort in die Welt gesandt«, sagte Justus kopfschüttelnd. »Die Entführung, dein Angebot, sich gegen das Mädchen austauschen zu lassen, war sofort in aller Munde. Wir werden besser auf dich aufpassen müssen, mein Quintilianus.«

Kapitel XV

Die Sonne stand schon hoch, die Luft war lau, und der Gesang der Amseln, der durch die geöffneten Fensterläden hereinschallte, klang, als gäbe es für die Vögel keine Sorgen auf der Welt. Fast wünschte sich Quintilianus die kalten, nebelverhangenen Tage zurück, die er am Anfang seiner Zeit hier in Germanien so gehasst hatte, den Regen, diese Tränen der Götter, die ihm zurzeit angemessener erschienen als strahlend blauer Himmel und Sonnenschein. Obwohl er gestern Nacht noch von dem Mohntrank genommen hatte, der Schmerzen an Leib und Seele so schön unterdrückte, obwohl er noch viel Wein getrunken und sich gefühlt hatte, als sei er ein alter Mann, war immerhin sein Kopf heute klar – zu klar. Fuscia, wie mochte es ihr gehen?

Er spritzte sich aus der bereitstehenden Schüssel Wasser in das Gesicht, fuhr sich durch die Haare, warf sich eine saubere Tunika über und ging die Treppe hinab in das Atrium, um zu frühstücken. Er verspürte zwar keinen großen Hunger, doch er musste wieder zu Kräften kommen, also würde er brav das kalte Fleisch, das Ei, das Brot essen, das Canisia für ihn gerichtet hatte. Was sollte er anschließend unternehmen? Er hielt inne. Dort neben dem kleinen Wasserbecken des Atriums, an dem gedeckten Frühstückstisch, saß Martius, ganz entspannt die Beine übereinandergeschlagen, in tadelloser Toga, eine Buchrolle in der Hand.

Er sah nun auf. »Quintilianus, sei gegrüßt.«

Quintilianus fühlte, wie ihm das Blut in den Kopf schoss. »Guten Morgen, Martius, ähm, welche Überraschung.«

»Deine Sklaven waren so freundlich, mich mit Speisen und Lektüre zu versorgen, du hast doch nichts dagegen.«

»Nein, nein, natürlich nicht.« Quintilianus setzte sich in einen der Korbsessel, winkte Canisia davon, die herbeigeeilt war, ihm Wasser einzuschenken. »Bist du gekommen, mir mitzuteilen, dass ich auf eine Insel ins Exil geschickt werde?«

»Nun, nicht ganz.« Martius lächelte. »Natürlich ist Fuscus über dein Vorgehen nicht begeistert, um es vorsichtig auszudrücken. Er ist selbst nicht tatenlos geblieben. Der Mann, den die Vigiles neulich nachts aufgegriffen haben, hat geredet. Vederiker gab ihm Geld, damit er die Parolen an die Häuserwände schmiert. Auch habe Vederiker einige Friesen um sich gesammelt, um die seinen freizupressen. Glaube mir, Fuscus tut alles, was möglich ist, um der Entführer seiner Tochter habhaft zu werden, da kommt dein Vorstoß nicht gelegen. – Nein, hör zu«, Martius hob seine Hand, denn Quintilianus hatte zu einer Erwiderung angesetzt, »ich kenne deine Beweggründe, du brauchst sie nicht noch einmal darzulegen. Und ich persönlich, Quintilianus, begrüße die Einbindung der Öffentlichkeit, ich halte das für vielversprechender als den Versuch, verdeckt an Informationen zu gelangen. Aber Fuscus ist der Statthalter, er ist der Befehlshaber, allerdings ist er auch der betroffene Vater – keine gute Kombination.«

»Oh!« Quintilianus atmete durch, nahm einen Schluck Wasser. »Ich werde also nicht verbannt, nicht einmal gemaßregelt?«

»Das habe ich nicht gesagt. Fuscus wollte dich sofort, als er von deinem Auftritt hörte, nach Rom zurücksenden, ich konnte ihn davon abhalten. Jetzt bete zu allen Göttern für Fuscias unversehrte Rückkehr, sonst ist deine Karriere beendet.«

»Als wäre mir das wichtig, Martius, allein entscheidend ist doch, dass Fuscia nichts passiert. Was wäre mir die Karriere, wenn sie …« Quintilianus' Kopf schmerzte, er legte die Hände an die Schläfen, genoss die Kühle. Er würde freiwillig in die Verbannung gehen, stieße Fuscia etwas zu, alles wäre ihm egal. Selbst als Sklave bei den Friesen zu leben, hätte er dann verdient. »Hat sich schon jemand gemeldet, der einen Austausch anstrebt?«

Martius stand auf, lehnte sich an eine der bemalten Säulen, seine Miene wurde hart. »Das allerdings, Quintilianus, war eine große Dummheit von dir, ich stimme da mit Fuscus völlig überein. Was, denkst du, würde Fuscus tun, sollte ein solcher Tausch gefordert werden? Dich ausliefern, als Verwandten des Kaisers? Schärfste Maßregelung würde ihn erwarten und nicht nur ihn, seine ganze Familie, auch Fuscia, träfe des Kaisers Zorn. Zum Glück ist noch keine Nachricht diesbezüglich eingegangen, lass uns hoffen, dass es so bleibt. Und auch du, solltest du direkt angesprochen werden, bedenke, dass es nicht nur um dich und deine Gemütsverfassung geht, es geht um Fuscia. Das ist purer Egoismus, den du an den Tag legtest, Junge.«

Quintilianus legte das Stück Brot, das er gerade zum Munde hatte führen wollen, auf den Teller zurück. Jetzt hatte er noch weniger Hunger als zuvor, denn natürlich hatte Martius recht, bei allen Göttern.

Martius legte ihm eine Hand auf die Schulter, es schmerzte. »Nun, dafür strömen schon den ganzen Morgen Menschen mit Beobachtungen und Theorien in das Praetorium. Vielleicht ist ja etwas Brauchbares dabei und wir finden die Entführer, bevor sie überhaupt von dem Austauschangebot erfahren.«

»Martius, ich hege den Verdacht, dass Crispus in die Sache involviert ist. Fuscia fand etwas heraus, das sie mir sagen wollte an jenem Abend, als …«

»Quintilianus, es ist genug. Ich habe dich bei Fuscus verteidigt, für dich gesprochen, hätte ich das nicht getan, wärest du jetzt auf dem Wege nach Rom. Du würdest nicht einmal erfahren, wie die ganze Sache ausgeht. Höre auf mich und mäßige dich. Wir haben den Entführern eine Antwort zukommen lassen – wie gefordert auf die Mauer des Capitols-Tempels geschrieben –, dass wir nicht auf ihre Konditionen eingehen, nicht erpressbar sind. Sie werden wieder Kontakt aufnehmen und irgendwann einen Fehler machen, wir werden sie erwischen und Fuscia befreien, das ist der Plan. Er wird funktionieren, wenn du ihn nicht durchkreuzt. Hast du verstanden?«

Ja, er hatte verstanden. Er hatte versagt, auf allen Ebenen. Quintilianus nickte nur, zu sagen gab es nichts mehr.

Martius wandte sich zum Gehen, hielt noch einmal inne. »Ach übrigens, Comazon, der Handelsmann, ist zurück. Du findest ihn bei Pertellis, ich habe deinen Besuch angekündigt.«

Comazon war also tatsächlich zurückgekehrt, das war eine gute Nachricht. Aber sollte Quintilianus nicht zunächst Fuscus über das in Kenntnis setzen, was Martius nicht hören wollte: dass Fuscias Freundin Alavia mit Crispus verkehrte, dass der Schriftsteller vielleicht in die Entführung verstrickt war? Doch jetzt, nach Martius' Ermahnung, musste er sein Vorgehen wirklich gut überlegen. Wo war eigentlich Justus?

Ihn hätte Quintilianus jetzt gebraucht, seinen Zuspruch, seinen Rat, kein: ›Ich habe doch gleich gesagt …‹ Und Livius? »Canisia!«

Die rundliche Frau erschien sofort, der graue Haarknoten wippte, die graue Tunika flatterte, die grauen Augen blickten besorgt. Sie hatte gelauscht! Gute Götter, er verfügte hier nur über drei Sklaven, und die hatte er nicht im Griff, zu Hause in Rom wären es hundert … »Canisia, wo ist Justus, und wo Livius?«

»Ach, Herr«, sie sah an ihm vorbei, »der Herr Martius schickte sie weg. Justus frühstückte schon, als er kam, den bat er ins Praetorium, der Arzt hätte neue Medikamentenmischungen für dich, ob er die abholen könnte, und Livius sollte ihn begleiten. – Junger Herr«, plötzlich ergriff Canisia Quintilianus' Hand mit ihren beiden, »ich bitte dich inständig, pass auf! Lasse dich nicht austauschen für die Statthaltertochter, es ist schon schlimm genug, dass du ihretwegen zusammengeschlagen worden bist.«

Quintilianus löste seine Hand. »Was redest du da, Canisia? Mich trifft die Schuld, ich hätte auf sie achtgeben müssen. – Und Canisia, ich mag es nicht, wenn gelauscht wird. Jetzt gehe bitte an deine Arbeit.«

Sie begann zu weinen und weinende Frauen, und seien es Sklavinnen, erweichten sofort sein Herz. Er reichte ihr ein Tuch. »Verzeih, Canisia, ich wollte dich nicht kränken, du hast es gut gemeint.«

Sie schniefte noch einmal, drehte sich um und ging. Quintilianus lehnte sich an eine Säule. Er hatte sich entschieden, er würde als Erstes Comazon aufsuchen. Könnte er beweisen, dass nicht die Friesen Meliobar umgebracht hatten, sondern Comazon, so würden die Friesen freigelassen und damit hoffentlich auch Fuscia. »Xenophon!«

Er dauerte eine Weile, bis der alte Janitor im Atrium erschien. »Ja, Herr?«

»Hast du eine Schreibtafel dabei?«

»Natürlich, Herr.«

»Dann gib her!« Quintilianus riss dem Sklaven fast Tafel und Griffel aus der Hand, kritzelte einige Worte darauf und gab sie ihm zurück. »Du weißt, wo das Siegel ist, nicht wahr?«

Der Sklave nickte.

»Dann siegele die Schnüre und eile mit der Botschaft zu der Stadtwache. Eilen, habe ich gesagt, also schwinge deine Füße!«

Xenophon fuhr sich über den fast kahlen Schädel. »Das ist Livius' Aufgabe, Herr.«

»Livius ist nicht hier! Die Sache ist dringend, und wenn du meinen Auftrag zu meiner Zufriedenheit ausführst, schenke ich dir eine Amphore Falerner. Also los.«

Ein freudiger Blick des Sklaven, dann drehte er sich um und ging, tatsächlich schneller als gewohnt. Quintilianus hörte die Tür hinter ihm zuschlagen. Er nahm noch einen Schluck Wasser, bemerkte erst jetzt die kleine Schale, die neben seinem Becher stand, Canisia hatte ihm sein Mohnmittel gemischt. Er hatte noch einiges vor, so trank er es in einem Zuge aus.

Kaum spürte er noch seine Verletzungen, als er durch die Straßen der Colonia dem Hafen zueilte. Ein schöner Tag wie dieser lockte die Menschen nach draußen, Bürger, Händler, Sklaven, alle schienen gut gelaunt ihren Geschäften nachzugehen. Das Forum wimmelte von Käufern und Verkäufern, Frauen drängten sich um die Auslagen. Die Tavernen hatten Tische und Bänke nach draußen geräumt, Müßiggänger saßen dort und tranken ihren ersten Wein, aßen Brot und Käse, genossen die Sonne.

Der Mohntrank tat seine Wirkung, nicht nur, dass Quintilianus keine Schmerzen mehr spürte, er fühlte sich auch viel gelassener. Es würde ihm gelingen, Fuscia zu befreien, ja, er wusste es, und dann würde er sie heiraten, sein Vater wäre begeistert. Die Karriereleiter würde er emporsteigen, möglicherweise Statthalter werden in dieser Provinz, hier mit Fuscia an seiner Seite residieren. Anschließend ging es vielleicht nach Asia, Kultur und Luxus dort genießen, die Provinz zur Zufriedenheit aller verwalten, von den Einwohnern geliebt, vom Kaiser geschätzt. Senator würde er werden und Konsul und Fuscia ein Leben bieten, wie sie es verdiente. Kinder würden sie haben, viele Sklaven, die auf sie achteten ... Bei Jupiter, war es möglich? Quintilianus blieb stehen und drückte sich hinter eine Säule am Eingang eines kleinen Heiligtums.

Er hatte den Hafen fast erreicht, dort vorne konnte er schon die Lagerhäuser sehen, die das Ufer des Rhenus säumten, und genau vor ihm war eine Frau in die Straße eingebogen – Thinilda. Oder irrte er sich? Die Frau hatte ein Tuch über die Haare gelegt, doch blonde Strähnen lugten an der Seite hervor, die Kleidung war unauffällig und ordentlich und der Gang eindeutig der ihre. Jetzt blickte sie sich um, er konnte ihr Gesicht sehen, tatsächlich, Thinilda. Was tat sie hier, in Hafennähe, wo viele ihrer Landsleute arbeiteten? Sie hatte ihnen doch aus dem Weg gehen wollen. Bei allen Göttern, sie brachte sich und ihn und auch Dolrang in Gefahr. Sollte er Thinilda stellen, hier in aller Öffentlichkeit? Nein, das wäre zu auffällig, lieber sehen, was sie vorhatte.

Quintilianus ließ ihr einen Vorsprung, dann folgte er ihr, bemüht, sich hinter anderen Passanten zu verbergen. Sie hielt auf den Fluss zu, bog jetzt nach links ab, in eine kleine Gasse. Quintilianus lugte um die Ecke, da vorne ging sie, gerade sah er noch, wie sie sich nach rechts wandte. Schnell folgte er, wurde von ein paar schmutzigen Kindern umringt, die lautstark nach Geld riefen, alles Wegscheuchen half nicht, er warf einige kleine Münzen hinter sich, sie gaben Ruhe. Dort, die nächste Kreuzung, da war Thinilda verschwunden, er bog ab – und drückte sich gegen eine Hauswand. Keine zwanzig Schritte vor ihm stand sie, vor einem Handwerksbetrieb, wie es schien, und unterhielt sich mit einem rußigen blonden Kerl, ein Germane auf jeden Fall, ein Friese? Nun nahm der Mann ihre Hand und zog sie in das Haus.

Quintilianus drehte sich um und ging zurück, zu warten hatte keinen Zweck. Bei allen Göttern, wenn Thinilda mit den aufrührerischen Friesen zusammenarbeitete, könnte er niemandem mehr trauen …

Bei Pertellis wurde er höflich, aber frostig von dem Janitor empfangen, der ihn jedoch sogleich in das Arbeitszimmer des Handelsherrn führte. Dort saß Pertellis, neben ihm ein junger, gut aussehender Mann, Comazon vermutlich. Vor ihnen lagen aufgerollte Pergamente, aufgeklappte Wachstafeln. Man hatte gearbeitet.

Beide erhoben sich, als Quintilianus eintrat, doch Pertellis' Händedruck war schlaff und seine Miene spiegelte deutlich seinen Verdruss. Comazon indes sah mitgenommen aus, Ringe unter seinen braunen Augen, die dichten Haare über dem ebenmäßigen Gesicht zerzaust. Der breite Rücken, der athletische Körper zeugten von Muskelkraft, doch jetzt ließ er die Schultern hängen.

»Man sagte dir, warum ich dich sprechen möchte, Comazon?«, fragte Quintilianus, nachdem sie Platz genommen hatten. Gerne nahm er von dem Wein, den ein Sklave brachte. »Und du, Pertellis, würdest du uns allein lassen?«

Der schüttelte den Kopf, die Augen kühl. »Nein, Quintilianus. Comazon ist mein Mitarbeiter und ich trage Verantwortung für ihn, für seine Aufgaben, für seine Handlungen. Allius Fuscus würde mir recht geben.«

Quintilianus seufzte innerlich, so würde er in Gegenwart des Handelsherrn seine Fragen stellen müssen. »Also?«, wandte er sich an Comazon.

»Ja, Pertellis erzählte mir, worum es geht.« Der Händler trank einen tiefen Schluck von seinem Wein. »Meliobar ist tot ...«

»In der Tat. Und du wurdest mit ihm kurz vor seinem Tode gesehen, du reistest unmittelbar danach ab. Findest du nicht, dass das gewisse Schlüsse nahelegt?« Irrte sich Quintilianus oder schimmerten die Augen des Händlers wirklich feucht? Bereute er seine Tat? »Gib zu, dass du ihn getötet hast, Comazon, das wird alles einfacher für uns machen. Und sicher hast du ein triftiges Motiv für dein Handeln, also wird die Strafe nicht allzu drastisch ausfallen.«

Comazon schaute tief in seinen Becher, sprach nicht, sackte noch mehr in sich zusammen. Quintilianus neigte sich zu ihm hinüber, sprach lauter, eindringlicher, überzeugt, gleich ein Geständnis zu hören. »Comazon, die Tochter des Statthalters, Fuscia, wurde entführt. Wahrscheinlich steht dies in Zusammenhang mit dem Mord an Meliobar, die Chauken verdächtigen ein paar Friesen der Tat. Wir setzten sie zur Beruhigung der Chauken, zur Wahrung der diplomatischen Note fest, obwohl die Schuld der Friesen mehr als zweifelhaft ist. Fuscias Entführer fordern nun ihre Entlassung; wenn du das Verbrechen gestehst, kommt die Tochter des Statthalters wahrscheinlich frei. Ich kann ja verstehen, wenn du im Affekt und unter Einfluss des Weines einen betrunkenen Germanen verletztest, sicher wolltest du ihn nicht töten, wahrscheinlich beleidigte er dich, aber willst du wirklich verantwortlich dafür sein, dass dem Mädchen etwas passiert? Weil du zu feige bist, deine Schuld einzugestehen?«

Comazon sprang auf, der Weinbecher fiel zu Boden, zersprang in tausend Scherben. Die rote Flüssigkeit breitete sich auf dem weißen Marmor aus wie Blut. »Nein!«, schrie er. »Nein, ich war es nicht, ich habe Meliobar nicht getötet. Warum sollte ich, er war der Klügste von allen, der Sanftmütigste, er war mein Freund! Ich gebe zu, ich traf mich mit ihm an jenem Abend vor seinem Tode, aber ich verließ ihn bei bester Gesundheit, und ich traf ihn nur, weil ich abreisen musste. Die Reise stand schon lange fest, nicht wahr, Pertellis? Das war nicht überstürzt. Wäre ich zurückgekommen, wenn ich einen Abgesandten ermordet hätte, einen Diplomaten, der sakrosankt ist? Ich erfuhr erst hier, gerade eben, dass Meliobar nicht mehr lebt!«

»Unsinn!« Quintilianus hielt es nicht mehr auf seinem Sessel. »Du feiger Hund! Soll deinetwegen ein unschuldiges Mädchen sterben? Deinetwegen und wegen eines betrunkenen Barbaren? Das lasse ich nicht zu!« Er konnte nicht mehr an sich halten, alles war zu viel gewesen in den letzten Tagen, er stürmte auf den Händler zu, packte ihn an der Tunika, schüttelte ihn.

Comazon sah ihn seltsam vorwurfsvoll, verletzt, verständnislos an. Er wehrte sich nicht, wieso wehrte er sich nicht? Quintilianus ballte die Faust, holte aus – und wurde zurückgerissen. Der Schmerz in seinen Rippen zwang ihn fast in die Knie.

»Genug!«, donnerte Pertellis. »Gaius Claudius Quintilianus, ich muss dich bitten, mein Haus zu verlassen. Ich sah dem Ganzen zu, weil ich nicht ausschließen konnte, dass du recht hattest, dass Comazon etwas mit der Untat zu tun hat, auch wenn ich nicht daran glaubte. Er hat es nicht getan, er ist unschuldig, das kann jeder sehen. Wenn du den Mörder nicht findest, so ist das nicht unsere Sache, sondern die deine, wenn du dich an der Entführung des Mädchen schuldig fühlst, ebenso. Ich lasse nicht zu, dass du deine Probleme auf andere abwälzt. Geh!«

Quintilianus hatte sich gefangen, sein Denken setzte wieder ein. Bei allen Göttern, wie hatte er sich so hinreißen lassen können, so würde er Comazon nie zum Sprechen bringen. Denn er stimmte Pertellis nicht zu, Comazon war nicht so unschuldig, wie er tat.

Quintilianus senkte den Kopf vor dem Handelsherrn, kurz nur, dann blickte er ihm in die Augen. »Ich entschuldige mich für mein Verhalten. Du aber«, er drehte sich Comazon zu, »hast in der Stadt zu bleiben. Und du, Pertellis, haftest mir dafür.«

Damit straffte er seine Schultern und verließ den Raum, das Gebäude. Draußen standen zwei Legionäre, schlugen zum Gruße die Fäuste auf die Brust. Ah, Xenophon hatte ihn nicht enttäuscht und seine Nachricht zügig abgeliefert. Doch die Männer, die er angefordert hatte, um Comazon mitzunehmen, wenn der gestanden hätte, brauchte er nun nicht. Dankend winkte er sie davon.

Quintilianus lief entschlossenen Schrittes bis um die nächste Ecke, erst hier erlaubte er sich, dem Schmerz in seinem Brustkorb, der Schmach in seinem Herzen nachzugeben. Er schloss die Augen, fühlte, wie seine Schultern nach vorne sanken, die Beine weich wurden, er musste aussehen wie ein geprügelter Hund. Ein Mann rempelte ihn an, schimpfte laut, während Quintilianus langsam in Richtung seines Hauses ging. Jetzt einen Becher Wein, nein, eine ganze Karaffe gar, vielleicht einen ordentlichen Schluck von des Arztes Mohntrank und dann schlafen, vergessen.

Schon am Eingang rief er nach Livius, dass der ihm Wein bringe.

Livius erschien sofort. »Herr«, sagte er, »Dolrang wartet auf dich.«

Ein prickelnder Strom durchfuhr Quintilianus. Dolrang, endlich.

Livius schritt voran in das Atrium, deutete auf den Gast, der dort an dem Tisch saß, an welchem heute Morgen Martius Platz genommen hatte. Dolrang hatte sein Aussehen geändert, trug das dunkelblonde Haar auf römische Weise kurz geschnitten und eine römische Tunika, den langen Schnurrbart hatte er abrasiert. Dieser Mann hier vor ihm, in seinem Atrium, könnte ein Römer sein, kündeten nicht die hellblauen Augen, die gerade Nase von seiner germanischen Herkunft. Nun, auch Augustus sollte solche Augen gehabt haben. Da sah man, wie schnell ein Germane zum Römer werden konnte, wenn er wollte – ein beängstigender Gedanke.

Quintilianus ging auf ihn zu, ergriff seine Hände. »Ich freue mich, dich zu sehen. So sage mir, hast du Neuigkeiten?« Er setzte sich, Dolrang tat es ihm nach. Livius brachte Wein für Quintilianus, lungerte zwischen den Säulen herum, die Neugier in Person. Nun, sollte er. »Also, Dolrang?«

»Ich weiß, wo die Tochter des Statthalters ist.«

Quintilianus sprang auf. »Das sagst du erst jetzt? Wo ist sie? Geht es ihr gut? Ist sie gesund und … ?«

»Das weiß ich nicht. Aber dass sie in einem verlassenen Speicherhaus des alten Hafens gefangen gehalten wird, weiß ich, bewacht von zwei, drei Männern. Die sollten zu überwältigen sein.«

»Oh, bei allen Göttern, mein Dank, der Dank Roms sei dir gewiss. Du bekommst das Bürgerrecht, Protektion, ein Haus in Rom, alles, was du dir wünscht.« Quintilianus hatte erneut die Hände des jungen Friesen ergriffen, drückte sie. »Wer steckt hinter der Entführung? Crispus?«

Dolrang zog seine Hände zurück. »Ob es Hintermänner gibt, weiß ich nicht. Und danken für die Information, lieber Quintilianus, musst du Thinilda, sie fand es heraus.«

Kapitel XVI

Sein Schlaf war unruhig gewesen, und als er die Augen öffnete, fühlte er sich, als hätte er die Nacht auf einem Nagelbrett verbracht, die Rippen schmerzten bei jedem Atemzug. Die Sonne war noch nicht aufgegangen, doch er erhob sich ächzend, ging ins Atrium, entzündete eine Öllampe und bediente sich von dem Wein, der noch vom Abend in einer Karaffe auf dem Tisch stand. Die letzten Tropfen des Mohntranks träufelte er in seinen Becher, Livius musste nachher neuen kaufen, dann aber eine größere Flasche, mit deren Inhalt er länger auskäme. Während er an seinem Becher nippte, überdachte er zum hundertsten Mal ihren Plan, es musste klappen, Justus und er hatten schließlich fast die ganze Nacht damit zugebracht, die Vorgehensweise zu diskutieren. Mit klopfendem Herzen, die Nerven zum Zerreißen gespannt, lauschte er den Geräuschen der Nacht, die ihm lauter schienen als sonst. Irgendwo raschelte etwas, eine Maus? Sonst war alles still.

»So früh schon auf?«

Erschrocken fuhr er auf, er musste eingeschlafen sein.

Justus schlurfte heran und ließ sich ihm gegenüber nieder. »Hast du es dir anders überlegt?«

»Nein. Solltest du nicht schlafen, Kraft schöpfen für heute Nacht?«

»Hm. Besser wäre es, doch geht es mir wohl ähnlich wie dir oder warum sitzt du schon vor Sonnenaufgang in deinem Atrium beim Wein? Quintilianus, ich frage dich ein letztes Mal: Hast du es dir wirklich gut überlegt? Möglicherweise richten wir mit unserem heimlichen Vorgehen mehr Schaden an als Nutzen.«

»Wir haben doch ausführlich darüber gesprochen, was soll der Zweifel? – Wenn es dir inzwischen zu gefährlich scheint, ich kann es verstehen. Dann wartest du hier, und ich mache es mit Livius allein.«

Justus lachte trocken auf. »Kommt gar nicht infrage.«

Einen Moment war es still, bis Canisia hereinschlich, ein Tablett mit Brot und eine Kanne mit frischem Wasser in den Händen. »Guten Morgen, die Herren. Ich hörte euch und dachte, ich bringe Frühstück. Wollt ihr hier sitzen bleiben? Ist es nicht ein wenig frisch um diese Zeit?«

»Ja, wir gehen besser ins Speisezimmer.« Erst jetzt spürte Quintilianus, dass Hände und Füße eiskalt waren.

Ein Kohlebecken, das Canisia schnell entzündet hatte, verbreitete wohlige Wärme und vertrieb die trüben Gedanken. Wenn sich nur dieses Stechen in der Brust nicht schon wieder schmerzhaft bemerkbar machen würde, die paar Tropfen des Trankes halfen nicht recht. »Wecke Livius und sage ihm, er soll mir unverzüglich ein neues Fläschchen der Medizin besorgen, ein ausreichend großes diesmal.«

Canisia zog den Kopf ein, nickte schwach. Oh, Quintilianus wusste sehr gut, dass Livius des Morgens unleidlich war. Arme Canisia.

Justus griff nach einem Stück Brot. »Wie wird es weitergehen, gesetzt den Fall, wir haben Fuscia wohlbehalten befreit? Deinen Chaukenmörder hast du dann noch immer nicht gefangen. – Ich dachte noch einmal über das nach, was du mir erzähltest. Comazons Verhalten als Hinweis auf seine Schuld zu deuten, halte ich für übereilt, Quintilianus. Du solltest noch einmal mit ihm sprechen, in Ruhe, ohne ihn gleich des Mordes zu beschuldigen, vielleicht weiß er etwas Hilfreiches beizutragen. Vielleicht kannte er den Toten näher als gedacht, das wäre auch eine Erklärung für seine Betroffenheit. Geh zu ihm, entschuldige dich und bringe ihn dazu, dir zu vertrauen. Wir haben heute noch den ganzen Tag Zeit, die könntest du sinnvoll nutzen.«

Quintilianus nickte, er hatte ja auch schon daran gedacht. »Wirst du mich begleiten?«

»Ich würde diesen Mann gern kennenlernen, allerdings muss ich im Praetorium einmal nach Botschaften von meinem Befehlshaber fragen. Womöglich hat er mich schon längst zurückbeordert und ich werde in der ganzen Provinz als Deserteur gesucht.« Justus grinste schief.

Im Hof des Handelshauses kam Quintilianus der gut gekleidete Angestellte entgegen, Maximinus Iberius. Auch diesmal funkelte seine Gürtelschnalle in der Sonne. »Comazon? Der ist schon weg, wollte wohl in den *Goldenen Lorbeer,* hörte ich.«

»Was sagst du da?« Das klang ja, als ob Comazon zu Crispus wollte. Waren die beiden Verbündete?

»Er schien heute Morgen recht aufgebracht, wie ich fand«, stellte Iberius mit erhobenen Brauen fest und nickte einem der Männer zu, die im Hof das Verladen einer Lieferung Amphoren beaufsichtigten. »Oder hast du Comazon gesehen?«, rief er dem Mitarbeiter zu.

»Doch, der ist oben, ich glaube, er soll für Pertellis noch ein paar dringende Unterlagen fertigmachen, weil der wegmusste.«

»Ah, du hast Glück«, wandte sich Iberius an Quintilianus. »Also ist er noch da.«

Quintilianus folgte ihm über den Hof in das Treppenhaus. Iberius deutete nach oben. »Er müsste in dem Raum gleich linker Hand sein. Verzeih, wenn ich dich nicht begleiten kann, aber ich habe zu tun.«

Comazon saß an einem Tisch und kritzelte etwas auf eine Wachstafel. »Nun, Quintilianus, kommst du und nutzt die Abwesenheit Pertellis', um mich wegen des Mordes mitzunehmen?«

Er wirkte mühsam beherrscht, stellte Quintilianus fest, und die dunklen Ringe unter den Augen ließen darauf schließen, dass auch der Handelsgehilfe keine geruhsame Nacht verbracht hatte. »Nein, Comazon, ich komme, mich, ähm, um mich bei dir zu entschuldigen. Ich war wohl gestern ein wenig, sagen wir mal, erregt. Aber du musst zugeben, dass einiges für dich als Täter spricht.«

Comazon legte den Stilus auf den Tisch und lehnte sich zurück. Seine Augen waren zu schmalen Schlitzen verengt, als er zu Quintilianus aufsah. »Zugeben? Ich muss gar nichts zugeben. Du beschuldigst mich eines Mordes, von dem ich gerade gestern erst erfuhr! Warum, Quintilianus, warum hätte ich Meliobar denn umbringen sollen? Ist dir inzwischen ein Grund eingefallen? Dann sag ihn mir!« Trotz seiner gesenkten Stimme war seine Erregung nicht zu überhören. Seine Wangen waren gerötet und seine Augen blitzten vor Zorn.

»Nur die Ruhe, Comazon. Ich sagte doch, es tut mir leid.«

Comazon stand auf und trat einen Schritt auf ihn zu. »Ach ja? Es tut dir leid? Und wenn! Besser, du gehst jetzt auf der Stelle, sonst ...«

»Ach komm, ich lade dich zu einem Frühstück ein. Auf

dem Weg habe ich ein Lokal gesehen, das geöffnet hat. Dort können wir uns unterhalten, ganz in Ruhe.« Quintilianus berührte Comazon versöhnlich am Arm.

Plötzlich schien die Flamme seines Zornes ihre Kraft erschöpft zu haben. »Ich weiß zwar nicht, worüber wir noch reden wollen, aber meinetwegen.«

Comazon war ein attraktiver Mann, fiel Quintilianus auf. Schlank, glatt rasiert, dunkle Haare überschatteten sein fein geschnittenes Gesicht. Doch jetzt, von einem Wimpernschlag zum anderen, schien er um Jahre gealtert.

In der Taverne *Zur weißen Taube* hatte Quintilianus einen Tisch im hinteren Teil ausgesucht, obwohl sie zu dieser Stunde die einzigen Gäste waren. Hin und wieder betrat jemand die Schänke, um sich ein mit Fleisch gefülltes Brot zum Mitnehmen zu kaufen. Weitere Speisen waren ohnehin nicht im Angebot, und so hatte Quintilianus auch für sich und Comazon die Spezialität des Hauses bestellt. Obwohl den Tellern ein verlockender Duft nach frisch gebratenem Fleisch entströmte, pickte sich Comazon nur ein Stückchen heraus und kaute ohne rechten Appetit.

»Schmeckt es dir nicht?«, fragte Quintilianus.

»Doch, doch.« Comazon schluckte den Bissen herunter und trank einen Schluck. »Was willst du noch von mir?«

»Ich glaube, du hast mir gestern nicht alles erzählt.«

Comazon stieß seinen Teller zurück, der scheppernd gegen den Krug stieß.

»Ich weiß, ich ließ dir keine Gelegenheit dazu. Lass uns noch einmal von vorn beginnen.«

»Wenn es denn hilft – was willst du wissen?« Comazon verschränkte die Arme vor der Brust, doch seine Stimme klang nicht mehr ganz so erzürnt wie zuvor.

Na also, es zeichnete sich Entspannung ab. »Ich hörte gerade, du wolltest zu Crispus?«

»Na und?«

»Du kennst ihn?«

Comazon schüttelte den Kopf. »Nicht näher.«

»Hat er mit eurem Handelshaus zu tun?«

Comazon musterte Quintilianus aufmerksam. »Inwiefern sollte er das?«

»Nun, er erzählte mir von Geschäften mit den Germanen, die er plant.«

»Er hat dir davon erzählt?«

Quintilianus nickte. Dann, als Comazon keine Anstalten machte, etwas zu sagen, fügte er hinzu: »Ich weiß, dass das Handelshaus Pertellis nicht nur mit Waren, sondern auch mit Informationen handelt und dass du an dieser Informationsbeschaffung beteiligt bist. Ist Crispus im gleichen Geschäft tätig?«

Comazon hob die Brauen. »Crispus hat mit unserem Hause nichts zu tun.«

»Dann erzähl mir, was du von ihm wolltest.«

Comazons Finger trommelten auf die Tischplatte. »Ich vermute, Crispus hat Meliobar umgebracht«, sagte er leise.

Quintilianus sog die Luft ein. »Wie kommst du darauf?«

Comazon schwieg, nur seine Finger trommelten weiter auf die Tischplatte.

»Und jetzt wolltest du zu ihm, um ihn zur Rede zu stellen? Verzeih, aber das kann ich nicht glauben.«

»Nun gut, Quintilianus, so höre zu. Die Chauken sollen in Crispus' Auftrag die Bernsteinstraße kontrollieren, Händler überfallen und den Bernstein ausschließlich an Crispus abgeben. Ich weiß zwar noch nichts Näheres darüber, aber man kann sich vorstellen, was das bedeutet: Es führt zu einer Verknappung von Bernstein und somit zu einer Preissteigerung in Rom. Crispus könnte mit den erbeuteten Steinen in kurzer Zeit enormen Reichtum anhäufen.«

Das war ungeheuerlich! Wenn Crispus so etwas vorhatte, brauchte er Kontakte, Mittelsmänner, die Delegation der Chauken natürlich. Und um die zu überzeugen, benötigte er Geld, Kredite. Crispus hatte ja ihn selbst, Quintilianus, um einen Kredit gebeten. Welch kriminelle Energie – wenn es denn stimmte. »Wie will er vorgehen?«

Comazon zuckte die Achseln. »Ich weiß es noch nicht. Aber der springende Punkt ist der, dass Meliobar mir davon erzählte.«

Quintilianus musste sich beherrschen, um nicht aufzulachen. Comazon log, warum sollte ein Chauke einem Römer so etwas anvertrauen?

»Du kannst es mir ruhig glauben. Ich kannte Meliobar gut, ich sagte dir doch, er ist – war – mein Freund.«

»Na ja, das will doch nichts heißen.«

»Doch, das will etwas heißen. Wir sind schon seit einigen Jahren zusammen. Du bist der Erste, dem ich davon erzähle, und ich bitte dich, es für dich zu behalten, in meiner Position ist so eine Beziehung verderblich. Meliobar fiel es nicht leicht, mich in die Sache einzuweihen, war es doch Verrat an seinen Leuten. Aber er tat es, weil er mich warnen, schützen wollte. Ich bin schließlich derjenige, der für das Haus Pertellis den Bernsteinhandel verantwortet. Würden unsere Transporte überfallen, hieße dies Gefahr für Waren, Leib und Leben aller Beteiligten, also Gefahr auch für mich. Das brachte Meliobar in einen Gewissenskonflikt. Seinen eigenen Leuten gegenüber konnte er nichts sagen, weil er dann mich, seine Informationsquelle, verraten hätte. Aber mit Crispus konnte er sprechen, versuchen, ihn davon abzubringen.«

Ja, das wäre möglich. Meliobar könnte sich demnach in der Nacht mit Crispus getroffen haben, um ihn von seinem Vorhaben abzubringen, der hatte sein Geschäft gefährdet gesehen und zugestochen, im Zorn vielleicht …

»Ich bin mir sicher, Crispus hat Meliobar getötet.« Comazon nahm einen Schluck von dem Wein und klopfte dann mit dem Becher auf den Tisch. »Es muss so sein. Crispus war der Einzige, der einen Grund hatte, Meliobar zu beseitigen. Für ihn bedeutete er eine große Gefahr, zum einen wäre sein Ruf als römischer Aristokrat ruiniert gewesen, wenn Meliobar die Informationen weitergegeben hätte, zum anderen hätte er eine Menge Geld verloren.« Comazon hatte sich zunehmend erregt, seine Stimme war immer lauter geworden, schon sah der Wirt zu ihnen herüber. »Ich werde jetzt gehen und Crispus zur Rede stellen.«

Comazon war aufgesprungen, nur mit Mühe konnte Quintilianus ihn aufhalten, nötigte ihn, sich wieder zu setzen und Ruhe zu bewahren. Comazon konnte mit seinen Vermutungen recht haben, doch wenn es so war, dann würde Crispus auch nicht davor zurückschrecken, Comazon umzubringen – oder zu entfliehen.

*

Gut, dass er den Umweg in Kauf genommen und zu Hause vorbeigeschaut hatte. Der Schmerz war im Laufe des Vormittages so stark geworden, dass Quintilianus das Atmen schwer wurde. Erstaunlicherweise hatte Livius gehorcht und hielt eine neue Phiole des betäubenden Saftes für ihn bereit.

»Die letzte hast du viel zu schnell verbraucht, meinte der Arzt«, erklärte Livius, während er seinem Herrn einige Tropfen in einen Becher abzählte. »Du solltest bald ohne diesen Trank zurechtkommen, denn eine weitere gibt er dir nicht.«

»Die Rippen schmerzen noch immer unerträglich, kaum vorstellbar, dass sich das so schnell ändern wird.« Der Arzt konnte es nicht so gemeint haben, Livius hatte das sicher falsch verstanden. Quintilianus trank, die Medizin schmeckte nicht so wie zuvor. »Du hast sie zu stark verdünnt, das wird nicht helfen.«

»Die Verringerung der Dosis ist auch eine Empfehlung des Arztes, und ich werde mich daran halten. Schließlich habe ich an dein Wohl zu denken, wenn du es selbst nicht tust, Herr.« Livius stöpselte die Phiole zu und verstaute sie in seinem Beutel am Gürtel. »Und ich werde ein wachsames Auge darauf haben.«

»Das ist doch die Höhe! Du wirst mir jetzt sofort dieses Fläschchen aushändigen. Du bist mein Sklave und hast zu gehorchen, sonst …«

»Ja? Wirst du mich schlagen, Herr?«

»Das würde ich nicht ausschließen.«

Quintilianus kochte vor Wut. Livius drehte sich um und ging hinaus.

»Heh! Bleib da, gib die Flasche her!«

Doch Livius blieb verschwunden.

Unglaublich. Wäre Quintilianus heute Abend nicht auf die Unterstützung seines Sklaven angewiesen, er hätte ihn jetzt suchen und tüchtig auspeitschen lassen, zum ersten Mal in seinem Leben.

So langsam war es Zeit, die nötigen Vorbereitungen zu treffen. In seinem Arbeitszimmer suchte er nach einem Fetzen Pergament, fand etwas in einem kleinen Kasten. Schnell schrieb er ein paar Zeilen und rief nach seinem Janitor, der mit zögernden Schritten nahte.

»Xenophon, schicke diese Nachricht zu Lucius Publicius in das Praetorium. Es ist dringend! Besorge dir einen zuverlässigen, schnellen Boten.«

»Sehr wohl, Herr.« Xenophon schien erleichtert, diesmal nicht selbst gehen zu müssen.

Als Quintilianus kurz darauf auf die Straße trat, sah er einen dunkelhaarigen Jungen die Straße hinunterrennen, als gelte es sein Leben.

Mit klopfendem Herzen ging Quintilianus eine Parallelstraße des Decumanus Maximus hinunter, die ihn direkt zum Praetorium führen würde. Quintilianus' Erregung wuchs von Schritt zu Schritt, dies war der Tag der Tage, gleich würde er Crispus des Mordes überführen und danach Fuscia befreien, wenn sie nicht ohnehin freikäme, sobald Crispus dingfest gemacht sein würde. Bald war es so weit, bald würde er sie in den Armen halten, in ihre Augen sehen.

Crispus war außer Haus, erfuhr Quintilianus in der Herberge *Zum Goldenen Lorbeer.* Allerdings, fuhr Salvatius Pauper fort, der es sich nicht hatte nehmen lassen, ihn persönlich willkommen zu heißen, würde Crispus sicher bald zurückkehren, da er Gäste erwarte. Sehr gut, so setzte sich Quintilianus in den Garten und genoss die laue Luft bei einem erstklassigen Tropfen, den ihm Salvatius Pauper offerierte.

Ein Mädchen in luftiger Tunika schwebte herbei und fragte, ob er Lektüre wünsche oder man ihn mit Gesang, Tanz oder Akrobatik erfreuen könne, doch Quintilianus lehnte ab. Er begnügte sich damit, die anderen Gäste zu beobachten, gut gekleidete Männer und wenige vornehme Damen in Begleitung ihrer Sklavinnen. Händler und Kaufleute mit ihren Gattinnen wohl, denn hier und da wehten Wortfetzen herüber, Maßangaben, Verpackungseinheiten und Klagen über unzuverlässige Transportunternehmer, über die hohen Steuern, Zölle. »Ich werde nur noch lokal handeln, alles andere kommt mich zu teuer«, nörgelte ein grauhaariger Mann in dunkelblauer Tunika am Nachbartisch.

Steuern und Zölle zu vermeiden, dafür hatte Crispus bei seinem Bernsteinhandel sicherlich einen Weg gefunden. Kaum würde er sich die Pretiosen durch Überfälle beschaffen, um sie dann ordnungsgemäß an der Grenze einzuführen. Bei Mercurius, Quintilianus war gespannt, wie sich Crispus zu den Vorwürfen äußerte. Doch plötzlich kamen Quintilianus Zweifel. Viel hatte er nicht gegen Crispus in der Hand. Verdammt, er war voreilig gewesen, hätte Martius von der neuen Sachlage informieren oder aufgrund der neuen Anhaltspunkte weitere Erkundigungen einziehen lassen müssen, ehe er herkam. Quintilianus fühlte sein Herz bis zum Hals schlagen, es war wohl besser, er verschöbe das Treffen. Ja, das war das Beste. Crispus würde nicht weglaufen.

Die Herren am Nachbartisch bezahlten bei einer blonden Frau. Schon fingerte auch Quintilianus nach seinem Beutel, hatte die andere Hand erhoben, um der Bedienung zu winken.

»Ah, Quintilianus, Pauper sagte, du wartest auf mich.« Crispus ließ sich in den Sessel gleiten, den die luftig gekleidete Schöne ihm hinschob. »Du siehst besser aus als das letzte Mal«, stellte er fest, die Lippen zu einem süffisanten Lächeln verzogen.

Beim Hades, so ein Pech, ausgerechnet jetzt. Quintilianus versuchte, den erneut aufwallenden Schmerz zu ignorieren und einen klaren Gedanken zu fassen. »Du hingegen siehst wie immer gut aus«, brachte er heraus.

»Wenn du wegen der haltlosen Anschuldigung gekommen bist, dass ich etwas mit dieser Entführung zu tun hätte, dann ist es besser, du gehst gleich wieder. Dazu habe ich alles gesagt und ich wiederhole mich nicht gern.« Crispus schnippte nach einem Mädchen, das mit einem Tablett an ihrem Tisch vorbeieilte. »Bring noch eine Karaffe von dem Wein – was ist das für welcher? Anconischer? Ausgezeichnet.«

»Nein, ich denke, das hat sich erledigt«, antwortete Quintilianus eine Spur zu hastig, wie er selbst fand.

Crispus musterte ihn mit seinen zu Schlitzen verengten Augen, die Stirn gerunzelt. »Warum bist du dann hier? Ich weiß deine Gesellschaft zwar zu würdigen, allein ich erwarte Gäste, die jeden Moment eintreffen können. Falls du also ein konkretes Anliegen hast, so schnell heraus damit.«

»Nun ...« Quintilianus atmete tief durch, er hatte einen Entschluss gefasst. »Es fiel mir nicht leicht, zu dir zu kommen, nach all meinen Unterstellungen und Verdächtigungen, über die du dich zu Recht erregt hast. Ich kann dich gut verstehen, wenn du mir gegenüber nun Vorbehalte hegst.«

Crispus wurde ernst. »Was ist mit diesem Mädchen, von dem du glaubtest, ich hätte es entführt?«

Quintilianus winkte ab. »Es ist Aufgabe des Vaters, sich darum zu kümmern.«

»Das sind ja gänzlich andere Töne als neulich Abend. Da warst du doch sogar bereit, dich für sie austauschen zu lassen.«

»Eine dumme Geschichte, ich weiß.« Quintilianus setzte ein verlegenes Lächeln auf. »Ihr Vater hat mir ausrichten lassen, dass mich das Ganze nichts angeht. Und ihr Vater ist ein einflussreicher Mann.« Er seufzte, straffte dann aber den Rücken. »Weißt du, die Entführung Fuscias hat mich wirklich getroffen. Ich hatte ernste Absichten, wollte sie heiraten. Voller Hoffnung trug ich dem Statthalter diesen Wunsch vor; er warf mir Unbedachtheit, Fahrlässigkeit, Gedankenlosigkeit und andere unerfreuliche Dinge vor, ging mit mir um wie mit einem unmündigen Knaben. Kurzum, er verweigerte mir die Hand seiner Tochter. Ich hätte das Auffinden Fuscias erschwert, wenn nicht gar unmöglich gemacht, es sei meine Schuld, stieße ihr etwas zu. Ich solle es nicht wagen, mich ihr noch einmal zu nähern, geschweige denn, mich einzumischen … Ja, er drohte mir, dabei hat er nichts unternommen, um seine Tochter zu retten, dieser erbärmliche Wicht.«

Crispus hob eine Braue. »Ah, ich verstehe.«

Quintilianus wiegte den Kopf, grinste. »Außerdem«, er beugte sich vor und senkte die Stimme, »sind mir zwischenzeitlich einige Dinge zu Ohren gekommen, die mich überraschten. Interessante Dinge über dich, die mich zum Umdenken brachten und dazu, den Gang hierher zu riskieren.«

Crispus' Blick wurde lauernd. »Ach ja?«

»Zum Beispiel, dein Treffen mit den Chauken neulich …«

»Ich sagte doch, ich verhandle wegen meiner Geschäftsideen mit ihnen, wie auch mit anderen Germanen in der Colonia.«

»Deine Geschäftsideen, eben deswegen bin ich gekommen. Nachdem ich, wie ich zugeben muss, kurz davor war, die Behörden von deinen Plänen zu informieren, scheint es mir jetzt angeraten, ebendies gerade nicht zu tun. Wem hätte ich es auch melden sollen? Allius Fuscus wohl kaum.« Er hielt inne und beobachtete Crispus' Reaktionen.

Der schürzte die Lippen, lachte dann kurz auf. »Was willst du denn melden? Dass ich im Auftrag des Kaisers das Potenzial des Handels mit germanischen Stämmen auslote? Davon müsste mittlerweile jeder hier wissen, ich habe es nie verheimlicht.«

Quintilianus schüttelte den Kopf. »Nein, verschwiegen allerdings hast du die wahre Natur deines Handels. Ich sage nur: Bernstein.«

Crispus zuckte nicht mit der Wimper. »Ja und? Bernstein ist eines der wichtigsten Güter, die Rom aus Germanien bezieht. Natürlich geht es bei meinen Geschäften auch um Bernstein.« Er lächelte, als belustigten ihn die Ausführungen.

Quintilianus winkte ab. »Nun, ich hörte, deine Pläne sind viel weitreichender. Und das erregte mein Interesse. Ganz ehrlich, Crispus, eine Bernsteinverknappung, aus der sich größtmöglicher Profit erzielen lässt, Respekt! Ich habe in letzter Zeit am eigenen Leib erfahren, wo die Schwächen Roms liegen. Ich bin es leid, ausgenutzt zu werden und hinterher mit leeren Händen dazustehen. So komme ich auf dein Angebot der Kooperation zurück, allerdings will ich vorher noch ein paar Kleinigkeiten wissen, zum Beispiel, ob das Risiko nicht zu hoch ist? Die Chauken sind unberechenbar, baust du nur auf sie?«

Crispus musterte ihn skeptisch. »Dein Meinungsumschwung kommt mir ein wenig plötzlich. Gestern verdächtigtest du mich noch, Fuscias Entführer zu sein, vermutetest, ich stecke mit den Friesen unter einer Decke; heute sind es die Chauken, mit denen ich gemeinsame Sache machen soll. Gestern wolltest du mich verhaften lassen, heute mit mir kooperieren, und das bei Geschäften, die du offenbar für unlauter hältst, verstehe ich dich richtig?«

Quintilianus nahm all seine Unverfrorenheit zusammen und grinste Crispus an. »Ganz recht. Nimm einmal an, ich hätte eine halbe Million Sesterzen aufgebracht, die ich gern in deine, nun, nennen wir sie ruhig Geschäfte investieren möchte. Welche Garantien kannst du mir bieten, welchen Zins kann ich erwarten?«

»Eine halbe Million, so so, das ist ordentlich«, murmelte Crispus.

»Ich denke, damit kann man eine Menge bewegen.«

Der Schriftsteller nickte verhalten, seine Augen hatten ihren schläfrigen Ausdruck verloren und blickten jetzt hellwach und aufmerksam. »Eine halbe Million«, wiederholte er leise.

»Stimmt es denn, dass die Chauken in deinem Auftrag die Bernsteintransporte überfallen sollen?«

Crispus starrte Quintilianus an.

»Also stimmt es. Eine geniale Idee.« Quintilianus beugte sich zu Crispus hinüber und raunte: »Was meinst du, wie viel springt für uns dabei heraus? Wie lange wird es dauern, bis der erste Profit zu erwarten ist? Ich muss schließlich wissen, wann ich den Betrag zurückzahlen kann.«

Der Römer lehnte sich zurück, stützte die Hände auf die Armlehnen, entspannt sollte es wohl wirken. »Ich weiß nicht, wovon du sprichst.«

Doch die Überheblichkeit in Crispus' Miene war verschwunden, er wirkte nervös, so, wie er sich unauffällig umschaute. »Wer hat dir das erzählt?«

»Ich habe meine Beziehungen«, sagte Quintilianus.

Plötzlich drangen Stimmen aus dem Atrium in den Garten, Lärm, dann Stille und leises Gemurmel. Bei Jupiter, das passte jetzt gar nicht!

Crispus war aufgesprungen. »Was ist da los?« Er hastete zur Tür, als die ersten Männer in Uniformen sichtbar wurden.

»Wir suchen Gaius Claudius Quintilianus, wo ist er?«

Quintilianus war aufgestanden und Crispus gefolgt, hinter dessen Rücken winkte er, versuchte, die Aufmerksamkeit der Männer auf Crispus zu lenken.

Zu spät, Crispus drehte sich und sah Quintilianus gestikulieren. »So ist das also! Geh zum Hades!«, zischte er und versetzte ihm einen Stoß gegen die Rippen.

Quintilianus blieb die Luft weg. »Bei allen Göttern, das war so nicht geplant«, sagte er leise, als er wieder atmen konnte und die Vigiles im hinteren Teil des Gartens verschwinden sah. Wie eine Elefantenherde waren sie durch den Garten getrampelt und hatten eine Spur der Verwüstung hinter sich zurückgelassen. Einige Gäste drängten sich unter einem Säulengang und schauten der Truppe mit offenen Mündern hinterher.

Quintilianus folgte den Männern, denen er eigentlich den Befehl hatte zukommen lassen, das Haus zu umstellen, die Eingänge zu bewachen und auf seine Befehle zu warten. Hinter ein paar Bäumen, die das Ende des Gartens markierten, fand er sie ratlos vor einer Tür stehen. Dahinter erblickte er einen kleinen Platz, in den drei Gassen mündeten, alle vor Menschen wimmelnd. Crispus hatte offenbar seine Chance erkannt und genutzt. Lucius Publicius starrte verlegen zu Boden.

»Das ist ja hervorragend gelaufen.«

»Verzeih, Herr, aber ich dachte, du brauchst vielleicht Hilfe.«

»Wie kamst du darauf? War mein Befehl nicht eindeutig? Ihr solltet abwarten und beobachten, stand das nicht auf der Order, die ich dir habe bringen lassen?«, schrie Quintilianus den Mann an, der mit hängendem Kopf vor ihm stand.

»Ja, doch, schon.«

Quintilianus schnaubte. »Was hast du dir dabei gedacht? – Du hast dir doch etwas dabei gedacht, hoffe ich!«

»Nun, ich dachte, es könne nicht schaden, wir zeigten ein wenig Präsenz.«

»Präsenz! In der Tat, das hat gut geklappt.« Nicht mehr viel hätte es gebraucht und er hätte Crispus zum Reden gebracht. »Was steht ihr hier noch herum, sucht ihn, wendet jedes Blatt um und kommt mir nicht eher vor die Augen, bis ihr ihn gefunden habt!«

Publicius schmetterte seine Faust auf den Brustpanzer. »Zu Befehl, Tribun!«

»Und wenn du noch weitere Leute brauchst, fordere sie an.«

»Zu Befehl, Tribun«, wiederholte Publicius und wies seine Leute an, sich aufzuteilen und die Gassen zu durchsuchen.

Quintilianus ging zurück in den Garten, stellte einen der umgefallenen Korbsessel wieder auf und setzte sich. Er lauschte in sich hinein, spürte den Schmerz in seinem Brustkorb. Schade, auch sein Tisch war Opfer der Staatsgewalt geworden und der Inhalt der Karaffe hatte sich auf den Boden ergossen. Über der roten Lache summte eine Fliege.

»Wer bezahlt mir den Schaden?«

Pauper stand vor ihm und knetete seine Hände. »Bei Mercurius, so etwas, in meinem Hause! Diese Barbaren, diese ...! Tribun Quintilianus, das lasse ich mir nicht bieten! Ich habe mir nie etwas zuschulden kommen lassen, zahle reichlich Steuern, ich werde Klage einreichen, wegen ... wegen ..., ach was! Ich werde dir eine Rechnung schicken, die es in sich hat. Und jetzt verlasse bitte mein Haus.«

Als er sein Atrium betrat, erwartete ihn Justus. »Wie ist es dir ergangen? Du siehst angegriffen aus.« Er legte die Schriftrolle, in der er gelesen hatte, beiseite, griff zu einer Karaffe und füllte einen Becher. »Hier, du machst den Eindruck, als könntest du einen Schluck gebrauchen. Ist deine Unterredung mit Comazon aufreibend gewesen?«

Comazon? Ach ja, natürlich, Justus wusste ja nicht, dass er im Anschluss Crispus aufgesucht hatte. »Ja, es war aufreibend, das kann man sagen.« Noch immer brodelte der Zorn über die Unfähigkeit der Legionäre in Quintilianus. Er nahm den Becher entgegen, den der Freund ihm reichte. »Danke.«

In einem Zug leerte er ihn. »Und wie war es bei dir? Gab es Schwierigkeiten?«

Justus schüttelte den Kopf. »Dein Anforderungsschreiben wirkt offensichtlich Wunder, niemand hinterfragt, dass Quintilianus, der Verwandte des Kaisers, meine Dienste benötigt. Ich kann bleiben, der Kommandant wird eine Nachricht schicken, wenn ich zurückbeordert werde.«

»Ausgezeichnet. Sag, wo ist Livius? Livius!« Quintilianus presste eine Hand auf die Rippen. »Ich werde dir gleich von meinen Abenteuern berichten, doch zuerst muss mir Livius das Schmerzmittel bringen.«

Aus dem dämmerigen Seitentrakt hörten sie ein leises trauriges Pfeifen, Livius trat herein, einen feuchten Lappen in der Hand. »Herr! Wie geht es dir?« Seine Miene spiegelte tiefe Sorge.

»Es geht mir überhaupt nicht gut. Darum gib mir sofort das Fläschchen mit dem Schmerzmittel. Und keine Diskussion.«

Schweigend machte Livius kehrt. Kurz darauf brachte er das Fläschchen. »Du weißt, was der Arzt gesagt hat.«

Justus schaute von Quintilianus zu Livius. »Was hat denn der Arzt gesagt?«

»Dass ich mit dem Trank haushalten soll, er würde mir nicht noch einmal welchen geben, behauptet Livius. Das ist natürlich Unsinn.«

»Wenn er sich nicht mäßigt, kommt er nicht mehr davon los, prophezeite der Arzt, und der muss es wissen.« Livius hob hilflos die Hände.

»Alles Unfug«, entgegnete Quintilianus und träufelte den Mohntrank in seinen Wein. Anschließend nahm er einen tiefen Schluck und horchte in sich hinein. Natürlich wirkte er nicht sofort, noch immer spürte er jeden Atemzug wie Dolchstöße in seiner Brust.

»Was ist denn nun passiert?«, fragte Justus ungeduldig. Quintilianus ließ sich in einen Sessel sinken und berichtete.

Kapitel XVII

Noch ein Schluck von dem Mohntrank gegen die Schmerzen und noch einer, damit es auch wirklich half, dann schnallte sich Quintilianus sein Schwert um, seinen Dolch und hüllte sich in den dunklen Umhang. Justus und Livius taten es ihm gleich, ausnahmsweise hatte Quintilianus auch Livius mit Schwert und Dolch ausgestattet.

Keiner sprach, alle drei waren angespannt bis auf die letzte Sehne. Quintilianus betrachtete seinen Freund und seinen Sklaven, im Dunkel der Nacht würden sie alle aussehen wie die Entführer an jenem Abend. Ironie des Schicksals oder Rache der Götter an den Verbrechern, die Fuscia entführt hatten?

»Lasst uns gehen.« Quintilianus schritt zur Tür, hinaus auf die Straße, blickte sich um. Nichts zu sehen, drei Stunden vor Morgengrauen war kein Mensch mehr unterwegs, selbst die letzten Zecher hatten den Weg nach Hause gefunden. Das Wetter war perfekt für ihr Vorhaben, der Himmel bedeckt, ab und zu leuchtete der halbe Mond hervor, zeigte ihnen den Weg und hoffentlich auch, ob vor dem Speicherhaus Wächter stünden, die es zu überwältigen gälte. Quintilianus glaubte nicht recht daran. Wächter vor einem Haus waren auffällig, eher befänden sich welche darin. Die müssten zu überwinden sein, nicht umsonst hatten Justus und er bei der Legion das Kämpfen gelernt.

Justus schloss zu ihm auf, leise tappten seine weichen Sohlen auf dem Pflaster. »Wäre es nicht doch besser, Fuscus zu informieren, dessen Männer zu Hilfe zu rufen?« Er flüsterte, doch in Quintilianus' Ohren dröhnte es.

»Nein«, zischte er. »Ich habe Fuscias Entführung verschuldet, ich muss sie befreien. Fuscus würde uns zurückhalten, das weißt du. Wir werden es schaffen, weil wir es schaffen müssen, und die Götter werden mit uns sein.«

»Nun denn.« Justus verstummte.

Sie schlichen weiter im Schatten von Häuserwänden und Arkaden durch die nächtliche Colonia, hielten ab und an inne, um zu lauschen. Doch nichts war zu vernehmen als das Schreien eines Katers, das Bellen eines Hundes, die Geräusche der Nacht. Keine Verfolger, wie es schien. Quintilianus hatte es nicht ausschließen wollen, dass er beobachtet wurde, schließlich hatte er sich im Austausch für Fuscia angeboten, und wenn auch keine Reaktion darauf erfolgt war, so war nicht unwahrscheinlich, dass die Entführer ein Auge auf ihn hielten.

Sie erreichten den Fluss, dessen Wellen träge an das Ufer schlugen. Erneut hielten sie inne, lauschten, außer dem Plätschern, dem vereinzelten Ruf eines Wasservogels war auch hier alles still. Sie wandten sich nach links, auf den alten Hafen zu, das Speicherhaus tauchte als Schemen aus der Dunkelheit auf. Quintilianus drückte sich an die Wand eines Schuppens, bedeutete seinen Gefährten, Gleiches zu tun. Jetzt galt es, sich zu konzentrieren, allein, so recht wollte es ihm nicht gelingen, sein Kopf war seltsam leicht, die Gedanken flüchtig. Verdammt, hatte er zu viel des Mohntrunkes zu sich genommen? Nein, Unsinn, seine Schmerzen waren wie weggeblasen, er fühlte sich körperlich jeder Herausforderung gewachsen, und jetzt, den Göttern sei Dank, gehorchten ihm auch seine Gedanken wieder. »Livius«, flüsterte Quintilianus, »du bist dran.«

Sein Sklave nickte, holte einen Becher unter dem Umhang hervor, trat aus dem Schatten der Wand auf die Straße und begann, auf den Speicher zuzutorkeln. Leise sang er einen Gassenhauer, falsch und unmelodisch, beim Refrain wurde er lauter. Er machte seine Sache gut. Am Speicherhaus angelangt stolperte er, stützte sich neben der Tür an die Wand, direkt vor dem einzigen Fenster. Noch immer sang er, hob Umhang und Tunika, wie um zu urinieren, und lugte dabei in das Fenster. Sofort jedoch senkte er den Kopf wieder, taumelte, während er sein Geschäft verrichtete, und schaute zur Tür.

Ein blonder Recke kam heraus. »Verschwinde!«

»Oho, warum so unfreunlisch? Willscht du auch einen Schluck? Komm, trink mit mir.« Livius hielt ihm den Becher hin, schwankte ein Stück auf ihn zu.

»Verschwinde, oder ...« Der Blonde wandte Quintilianus und Justus den Rücken zu.

»Jetzt«, zischte Quintilianus, zog sein Schwert und rannte los. Es waren nicht viele Schritte, der Blonde drehte sich um und Quintilianus konnte das Erstaunen in seinem Gesicht erkennen, als er den Schwertknauf auf dessen Kopf schlug. Mit einem dumpfen Stöhnen sackte der Mann zusammen.

Justus sprang zur Tür, wo ein zweiter Germane erschien. »Was ...?«, brachte dieser nur hervor, bevor Justus ihn niederstreckte.

»Verdammt, das war laut«, flüsterte Quintilianus, lauschte, doch nichts schien sich zu rühren. Schnell zog er mit Justus die Männer in das Haus, schleppten sie ein Stück von der Tür weg. Livius holte unter seinem Umhang Stricke und Tücher hervor, fesselte und knebelte die Bewusstlosen.

»So weit, so gut«, keuchte Justus und wischte sich mit der Hand über die Stirn.

»Fuscia muss hier irgendwo sein.« Quintilianus nahm eine der beiden Fackeln, die in einem Halter an der Wand klemmten. Der Speicher war groß und nahezu leer, nirgends war ein Verschlag, ein Versteck, in dem Fuscia hätte sein können. Ein typisches Lagerhaus eben, nur ohne gelagerte Waren – und ohne entführtes Mädchen.

Was, wenn Fuscia gar nicht hier wäre, man Dolrang und Thinilda getäuscht hätte, dies gar eine Falle war, möglicherweise sogar von Thinilda selbst, weil sie sich rächen wollte? Oder von Dolrang, weil er erfahren hatte, dass Quintilianus mit seiner Schwester … Doch nein, eine Falle sicher nicht. Dolrang würde davon ausgehen, dass der Statthalter seine Truppen schickte. Nein, Fusica musste hier sein, Quintilianus fühlte ihre Nähe, ihre Verzweiflung, spürte ihre Hoffnung, die sie in ihn setzte.

»Wir suchen jeden Winkel ab, sicher gibt es einen verborgenen Verschlag oder so etwas.« Er reichte Justus seine Fackel, nahm die zweite, befahl Livius, die Tür und die Gefangenen zu bewachen, und machte sich an die Arbeit. Er schritt links des Eingangs die Wand entlang, eine fensterlose hohe Mauer, von der der Putz bröckelte. Justus begab sich auf die andere Seite.

»Fuscia!«, rief Quintilianus leise, doch außer Justus' leisen Schritten, die von der anderen Seite zu ihm herüberhallten, antwortete ihm nichts.

An der dem Eingang gegenüberliegenden Wand stieß er auf eine Tür. »Justus!«, zischte Quintilianus. Der Gerufene unterbrach sofort seine Suche und eilte zu ihm. Sie leuchteten von oben nach unten, eine normale Tür, nicht besonders gesichert. Vorsichtig ergriff Quintilianus den Knauf, zog –

und schon schwang der Flügel auf, ohne Quietschen, ohne Knarren. Gut geölt waren die Scharniere, offensichtlich wurde die Tür regelmäßig genutzt. Quintilianus lugte durch den Spalt – und sah hinaus auf eine nächtliche Seitenstraße. Ein Nebenausgang. Die Enttäuschung schlug über ihm zusammen wie eine Meereswoge, er lehnte sich an die Wand, schloss die Augen. Eine Hand legte sich auf seine Schulter.

»Lass uns weitersuchen, Quintilianus, wir sind noch nicht fertig, noch besteht Hoffnung«, sagte Justus und schritt nun diagonal durch den Speicherraum, mit der Fackel den Boden ableuchtend. Der Freund hatte recht, Quintilianus stieß sich von der Wand ab, durchquerte in einiger Entfernung zu Justus ebenfalls den Raum, den Blick auf den Boden geheftet. Im flackernden Schein der Fackel schimmerte etwas rötlich, ein Tuch, edles Material, wie es schien. Quintilianus hob es mit klopfendem Herzen auf, tatsächlich, es war ein Tuch, wie Frauen es bei sich trugen. Er presste es an die Nase, Fuscias Geruch, ganz sicher. Sie war hier gewesen, war bestimmt noch immer hier.

»Quintilianus! Komm her, hier ist eine Bodenluke!«

Mit zwei Schritten war er bei Justus. Eine Falltür zeichnete sich vor ihren Füßen ab, zu öffnen mit einem eisernen Ring. Mit zitternden Händen drehte Quintilianus daran, zog, die Klappe hob sich ohne Probleme. Gestank drang heraus, muffige, abgestandene Luft, der Geruch nach Fäkalien und Verwesung. Quintilianus wich einen Schritt zurück.

»Gute Götter!«, entfuhr es Justus.

Quintilianus trat erneut an das Loch. »Fuscia«, rief er, »Fuscia, bist du da?«

Unterdrücktes Stöhnen antwortete ihm. »Fuscia!«

Nichts und niemand hätte ihn länger zurückhalten können, kein Gestank und keine Wächter, die möglicherweise dort unten auf ihn warteten. Das Schwert gezückt in einer Hand, die Fackel in der anderen, sprang Quintilianus die Treppe in das Kellerloch hinunter. »Fuscia! Ich bin da, ich hole dich heraus!«

Sein Herz zog sich zusammen, als er das Mädchen an der Wand sitzen sah, gefesselt, geknebelt, in eine Decke gehüllt, schmutzig wie ein Straßenkind, die Augen aufgerissen mit einem Blick aus Panik, Freude, Schmerz und Hoffnung, Tränen liefen über ihre Wangen.

Mit zittrigen Fingern löste Quintilianus ihre Fesseln, den Knebel, nahm sie in die Arme. Er küsste ihre Wangen, ihre Augen, ihren Mund und sie klammerte sich an ihn, schluchzte. Er strich über ihr Haar. »Alles ist gut, Fuscia, alles ist gut.«

»Quintilianus?«, tönte es von oben. Justus leuchtete in den Schacht. »Ist alles in Ordnung?«

»Ja, Justus!«

»Dann kommt nach oben, beeilt euch, wir sollten die Götter nicht herausfordern.«

Natürlich hatte Justus recht. Es fiel Quintilianus schwer, Fuscia loszulassen, sie klammerte sich noch immer an ihn, vorsichtig löste er ihre Arme. »Komm, schaffst du es hinauf?«

Sie nickte. Er stützte sie, als sie taumelte, ihre Beine drohten, ihr den Dienst zu versagen. »Vorsichtig, eine Stufe nach der anderen, gut, jetzt die nächste, sehr schön, gleich hast du es geschafft.«

Langsam kletterte sie hinauf, oben kauerte Justus, packte ihre Hand und zog sie heraus. Seine Augen leuchteten im Fackelschein. »Komm, Fuscia, nicht mehr lange, und du bist wieder zu Hause.«

»Beeilt euch, Feinde kommen, viele, sie sind gleich hier!« Livius' Stimme gellte durch die Halle.

Quintilianus zog sein Schwert. »Schnell, zum Hinterausgang«, rief er, griff Fuscias Hand und rannte los.

In dem Moment flog die Haupttür auf, Männer strömten herein, fünf, zehn, und nun kamen sie auch durch die Hintertür. Verdammt, vorhin musste ihnen durch ebendiese Hintertür einer entwischt sein! Quintilianus stoppte abrupt, stieß Fuscia an die Wand, zog noch seinen Dolch und stellte sich vor sie. Noch einmal würden sie ihm Fuscia nicht entreißen, eher würde er sterben. Und wenn es ihm auch wie eine Wiederholung dessen erschien, was er am Tempel erlebt hatte, diesmal hatte er Justus neben sich und Livius, der zu ihnen aufgeschlossen hatte, Schwert und Dolch gezückt wie er. Sie bildeten einen Schirm aus Körpern um das Mädchen, und ihr Schluchzen, nicht mehr der Freude, sondern der Hoffnungslosigkeit, war herzzerreißend. »Quintilianus«, hörte er sie wimmern, »lass mich nicht wieder in ihre Hände fallen. Töte mich, bevor sie mich bekommen, bitte!«

Er kam nicht dazu, zu antworten. Die Angreifer umringten sie, auch sie bewaffnet mit Schwertern. Schon schnellte Justus vor und hieb dem ersten in der Reihe in den Schwertarm, sprang zurück und lenkte einen gegen Livius gerichteten Stoß ab. Der nutzte die Gelegenheit, rammte dem Gegner seine Klinge in den Unterleib. Brüllend brach der zusammen. Quintilianus musste sich zweier Männer erwehren, was hätte er jetzt um seinen Schild gegeben. Mit Mühe gelang es ihm, die Männer auf Abstand zu halten. Einer der Hünen hob seine Waffe, gab sich für einen Augenblick eine Blöße. Quintilianus schlug zu, traf den Hals. Der Mann presste seine Hände auf die blutende Wunde und ließ von Quintilianus ab. Sofort stand ein neuer Gegner vor ihm. Kaum spürte Quintilianus noch seine Arme, die Beine erlahmten, die Schmerzen im Brustkorb quälten ihn. Sie würden es nicht schaffen, die Gegner waren noch immer in der Überzahl! Livius schien mit seinen Kräften am Ende, blutete aus mehreren Wunden an den Armen und der Seite, Justus keuchte wie ein Ochse, der einen Trosswagen den Berg hinaufzog. Gute Götter, das war das Ende.

Plötzlich durchschnitt ein Zischen die Luft, vor Quintilianus erhob ein Angreifer das Schwert – und sank zusammen. In seinem Rücken steckte ein Pfeil.

Alle wandten sich um, auch Quintilianus starrte zur Tür, dort standen vier verhüllte Gestalten mit Bögen, die Sehnen sirrten, die Pfeile flogen, immer mehr Angreifer sanken zu Boden, nur wenige konnten flüchten, schafften es zum Hinterausgang.

Sie waren gerettet! Quintilianus' Beine gaben nach, er kam neben Fuscia zu Fall, die ihn mit ihren Armen umfing. Einer der Retter nahm die Kapuze vom Kopf, kam zu ihnen, Dolrang. Wieder einmal Dolrang, der ihn gerettet hatte!

»Wie kann ich das je wiedergutmachen?«, flüsterte Quintilianus.

»Darüber lass uns später sprechen. Jetzt seht zu, dass ihr hier wegkommt, sicher werden die Flüchtenden mit Verstärkung zurückkommen.«

Quintilianus rappelte sich auf, half Fuscia auf die Beine. Sie schwankte, und nun erst bemerkte er, dass sie blutete, dass ein Pfeil in ihrer Schulter steckte. Bei allen Göttern! Livius kam hinzu, stützte sie auf der anderen Seite, aber auch er stand nicht sicher auf den Beinen, das Gesicht fahl, die Tunika blutverschmiert. Nur Justus, obwohl auch er nicht unversehrt, schien noch die Kraft zu haben zu gehen, und vor allem zu denken.

Er beugte sich zu einem der Geschlagenen, der stöhnend und blutend auf dem Boden lag. »Wer ist euer Anführer?«

Der drehte den Kopf zur Seite, spuckte aus.

Quintilianus packte ihn an den Schultern, schüttelte ihn. »Verdammter Friese, rede! Wir werden es ohnehin herausfinden.«

Die hellen Augen des Verwundeten schimmerten unergründlich.

»Wenn du redest, verschonen wir dich und die anderen Überlebenden.«

Der Mann schien nachzudenken. Dann sagte er: »Vederiker, der Sohn des Vermax, ist unser Anführer.« Er deutete auf einen der Toten. »Dort liegt er.«

Kapitel XVIII

Nein, Canisia, ich möchte nichts mehr essen. Und wenn du noch einmal fragst, werde ich dich verkaufen.« Mit einem Lächeln nahm er den Worten die Schärfe. Immerhin meinte Canisia es gut und die Hühnersuppe, die sie gekocht hatte, verlieh ihm neue Kräfte. Dennoch, ekelhaft, Hühnersuppe am Morgen. »Wie geht es Livius? Und Justus?«, lenkte er ab.

»Dein Freund schläft noch. Und Livius fühlt sich etwas schwach, aber sonst scheint er wohlauf. Sicher wird er es nicht lange auf seinem Lager aushalten.«

Wie auch Quintilianus nicht. Er schob die Schale von sich, erhob sich von der Kline, schaute durch die offene Tür seines Speisezimmers nach draußen in das Atrium. Durch die kleine Öffnung im Dach fielen Regentropfen in das Impluvium. Typisch germanisches Wetter wieder einmal, allein, es machte nichts, Fuscia war frei und in Sicherheit, das war das Einzige, was zählte, dafür hätte er auch hundert Jahre Regen auf sich genommen.

»Noch immer keine Nachricht von Allius Fuscus?«

Canisia schüttelte den Kopf.

Quintilianus legte sich wieder auf die mittlere der drei Klinen, griff nach dem Becher mit stark gewässertem Wein. Gestern Nacht, oder besser heute in den frühen Morgenstunden, gerade war die Sonne aufgegangen, hatten sie Fuscia in das Praetorium gebracht. Allius Fuscus, bleich und übernächtigt, hatte seine Tochter unter Tränen an sich gedrückt, nach dem Arzt geschickt und sie in ihr Zimmer bringen lassen. Auch Justus, Livius und er waren ärztlich versorgt worden, die Wunden, zum Glück nicht tief, gereinigt, mit Salben bestrichen und verbunden, während Quintilianus einen kurzen Abriss der Geschehnisse gegeben hatte. Zum Abschied hatte Fuscus Quintilianus angekündigt, ihn am nächsten Tag zu einem ausführlichen Bericht zu rufen.

Jetzt war es schon fast Mittag und noch immer kein Bote aus dem Praetorium eingetroffen. Zürnte ihm der Statthalter noch immer? Quintilianus zog es zu Fuscia, er wollte sehen, wie es ihr ging. Er hob den Becher zum Mund, blickte auf die Wandmalereien seines Trikliniums, eine Gartenszene, zwei Liebende auf einer Bank, umgeben von blühenden Blumen, von Pfauen und Vögeln ...

Alles würde er ertragen, solange Fuscia gesund wurde, er sie in die Arme schließen konnte. Hoffentlich hatte der Arzt den Pfeil entfernen können, hoffentlich war die Wunde nicht lebensbedrohlich. Und wie leicht konnten solche Verletzungen zu Entzündungen und damit gar zum Tode führen. Noch war Fuscia nicht außer Gefahr. Und wenn sie es wäre, würde Allius Fuscus einer Verbindung seiner Tochter mit ihm zustimmen? Er schätzte es nicht, handelte man gegen seinen Befehl. Wenn Quintilianus nur endlich Crispus des Mordes an dem Chauken überführen könnte. Quintilianus drehte sich auf die andere Seite. Hm, Crispus und seine mysteriösen Geschäfte mit den Germanen, Friesen, Chauken – es passte schon gut ... Aber war er wirklich der Mörder? Warum war sich Comazon eigentlich so sicher gewesen, dass sein Freund zu Crispus gehen würde? Mit seinen

Landsleuten habe er nicht sprechen können, hatte Comazon gesagt. Aber warum nicht? Inzwischen schien Quintilianus sogar naheliegend, dass Meliobar zunächst versucht hatte, seine eigenen Leute von den Überfällen abzubringen; nun gut, nicht mit der Begründung, um Leib und Leben seines römischen Freundes zu fürchten, aber es wäre ihm sicher etwas eingefallen. Was wäre, wenn ihn die Chauken selbst, erzürnt über ihren zaudernden Landsmann, niedergemacht hatten ...

»Guten Morgen, bester Freund!« Justus stand, die Augen noch ein wenig geschwollen, in der Tür und rieb sich über das Kinn. »Gibt es schon Neues aus dem Praetorium?«

Quintilianus schüttelte den Kopf. »Komm, gehen wir in das Triklinium, dort wartet dein Frühstück. Und gerade ist mir ein Gedanke gekommen, den ich gern mit dir diskutieren würde.«

Justus hörte sich Quintilianus' Ausführungen schweigend an. Er pellte ein Ei, ließ seinen Blick suchend über den Tisch streichen, bis er das Salz gefunden hatte.

Quintilianus machte das bedächtige Gebaren seines Freundes ganz nervös. »Was meinst du, hältst du es für möglich?«

»Bei Jupiters Blitz, warum nicht? Was hättest du in Meliobars Situation getan? – Willst du vor dem Hintergrund noch einmal mit den Chauken sprechen?«

Quintilianus nickte. »Kommst du mit?«

»Falls es stimmen sollte, wäre es sicher angeraten, gingest du nicht allein. Natürlich werde ich dich begleiten.« Schnell griff Justus noch nach einem Stück Brot und dem Käse. »Ich nehme mal an, du willst dies gleich in Angriff nehmen. Ich werde mich nur eben umziehen, dann können wir gehen.«

Quintilianus wartete, starrte auf den Tisch. Martius hatte gleich zu Anfang jegliche Möglichkeit, die Chauken selbst hätten die Tat begangen haben können, hinweggewischt. Hatte der ihm wirklich alle Hintergründe der Germanenpolitik dargelegt? Quintilianus erhob sich, Schmerz durchfuhr ihn, er sollte sich schonen, die Aktion der vergangenen Nacht hatte den Heilungsprozess seiner angeschlagenen Rippen nicht gefördert. Es konnte nicht schaden, noch einen Schluck von dem Mohnmittel einzunehmen. Er rief nach Canisia, sie möge ihm seinen Mantel bringen. Nein, zuvor solle sie ihm noch den Trank mischen und auch Livius etwas davon bereiten.

Justus wartete bereits im Vestibül, als auch Quintilianus bereit war.

»Was ist mit Livius? Kommt er nicht mit?«

Quintilianus schüttelte den Kopf. »Der laboriert an seinen Verletzungen. Lassen wir ihn besser hier, er wäre uns kaum eine Hilfe.«

Es hatte aufgehört zu regnen, sodass sie trocken bis zum Praetorium kamen. Vor dem Gästetrakt wartete eine kleine Herde Maultiere, allesamt mit Säcken schwer bepackt. Man war im Aufbruch begriffen, wie es schien.

Ein missmutiger Sklave öffnete die Tür. »Ah, Herr Quintilianus.«

»Was ist hier los? Will auch der letzte Chauke uns verlassen?«

Der Sklave hob den Kopf. »Mercurius sei Dank, er will gleich los, heißt es.«

»Oh.«

Im Atrium verstaute Beldor gerade seine Habseligkeiten in einem Lederbeutel.

»Ave Quintilianus! Bist du gekommen, um Lebewohl zu sagen?« Der Chauke richtete sich auf.

»Ehrlich gesagt, bin ich etwas überrascht, dich abreisen zu sehen, wolltest du nicht warten, bis wir Meliobars Mörder gestellt haben?«

»Wichtiges ruft mich zurück, Römer, das dich nichts angeht.«

Quintilianus setzte ein wohlwollendes Lächeln auf. »Ist es nicht eher möglich, dass das Verschwinden eures Geschäftspartners Crispus Unbequemlichkeiten verursacht?«

Beldor zog die Brauen hoch. »Werter Quintilianus, ich weiß nicht, wovon du sprichst.«

»Oh, du weißt es sehr wohl, ich spreche von eurer Verbindung zu Crispus, von euren gemeinsamen Plänen.«

Beldor schwieg.

»Verlässt du die Stadt, weil Crispus geflohen ist? Triffst du dich irgendwo mit ihm? Bietet ihr ihm Unterschlupf?« Es wäre klug von Crispus, sich bei den Chauken zu verbergen, wenn er auch zumindest eine Zeit lang auf den gewohnten Luxus würde verzichten müssen. In Crispus' Augen vielleicht ein hartes Los, doch nichts, gemessen an der Strafe, die ihn wegen Hochverrats oder gar Mordes erwartete.

»Gestatte mir meinerseits eine Frage, Quintilianus: Werdet ihr die Friesen nun endlich verurteilen, wie es angemessen ist? Oder noch besser, überlasst sie uns, damit wir ihnen geben können, was sie verdienen!« Beldors Brauen zuckten.

»Ah, ein guter Punkt, den du da ansprichst. Um hier letzte Klarheit zu gewinnen, bin ich gekommen. Setzen wir uns, dann spricht es sich leichter. Habe ich dir meinen Begleiter eigentlich schon vorgestellt? Tribun Justus von der dreißigsten Legion geht mir zurzeit zur Hand und ist mit allem vertraut.«

Beldor ließ sich widerwillig auf einem Hocker nieder, auch Quintilianus nahm Platz, doch Justus blieb an der Tür stehen, lehnte sich entspannt an die Wand, die Hand am Schwertknauf.

»Was gibt es noch zu reden, Römer? Verurteilt die Friesen und wir geben Ruhe.«

»Das glaube ich gern, Beldor. Doch es haben sich neue Erkenntnisse ergeben, Zeugenaussagen. Wie ich bereits andeutete, wissen wir um eure Pläne des Bernsteinraubes. Wir wissen auch, dass der nun bei seinen Ahnen weilende Meliobar aus guten Gründen Einwände dagegen hatte.«

»Ach?«

»Ja, euer Meliobar hegte eine innige Zuneigung zu einem römischen Handelsmann, dessen Wohl und Wehe an diesen Bernsteintransporten hing. Daher hatte Meliobar ein berechtigtes Interesse daran, die Raubzüge zu verhindern. Ihr habt euch an jenem Abend darüber gestritten, habe ich recht?«

»Pah!« Beldor spuckte auf den Boden. »Alles Lüge! Meliobar ist über jeden Zweifel erhaben und natürlich gab es keinen Streit.«

»O doch, wir haben Zeugen gefunden, die genau dies beobachtet haben.« Pure Fantasie, zugegeben, aber die Täuschung war einen Versuch wert.

Beldor kratzte sich den Bart, schien nachzudenken. »Und wenn? Was heißt das schon. Deswegen haben wir ihn noch lange nicht umgebracht, denn das willst du uns jetzt anhängen, oder?«

»Wäre das so abwegig? Lass mich den Abend einmal rekapitulieren. Ihr seid durch die Tavernen gezogen, habt dem Wein eifrig zugesprochen. Es kommt zu der Auseinandersetzung mit den Friesen. Da geht ihr noch unbeschadet auseinander. Doch Meliobar sondert sich ab, trifft sich mit seinem römischen Freund. Er erzählt ihm von der Zusammenarbeit mit Crispus, den geplanten Überfällen. Ihm wird klar, was dies für seinen Freund bedeutet. Meliobar muss handeln, denn sein Freund reist am Morgen des folgenden Tages ab und er soll in der Gewissheit reisen, dass von eurer Seite keine Gefahr drohen wird. Er sucht euch, findet euch, will euch umstimmen. Es kommt zum Streit. Ihr wollt auf das lukrative Geschäft nicht verzichten, doch Meliobar lässt nicht nach, bittet, droht mit Verrat, legt sein ganzes Gewicht als Stammesfürst in die Waagschale, vergebens. Ihr habt reichlich getrunken, die Stimmung ist ohnehin gereizt, es kommt zu Handgreiflichkeiten und Meliobar verliert sein Leben.«

Beldor grinste. »Eine nette Geschichte, die du dir da ausgedacht hast, Römer.«

»Wir wissen, dass es zwischen euch zum Streit kam«, wiederholte Quintilianus.

»Nicht wegen irgendwelcher Überfälle.«

»Worum ging es dann?«

Noch einmal spuckte Beldor auf den Boden. »Sag mir eines, Römer: Wenn es sich so verhalten hätte, wie du es beschreibst, warum hätten wir Meliobar in der Gasse liegen lassen sollen? Es wäre ein Streit unter Chauken gewesen, nicht eure Sache.«

Ein berechtigter Einwand. Ein Totschlag unter Germanen – solange kein römischer Bürger involviert war – unterlag nicht der römischen Gerichtsbarkeit. Die Beteiligten hätten die Geschichte nach germanischem Recht ausmachen können. »Das frage ich dich, Beldor. Warum ließet ihr ihn dort liegen und befleißigtet euch darin, die Friesen zu beschuldigen? Warum also?«

Beldor zuckte die Achseln.

»Nun gut«, sagte Quintilianus und erhob sich. »Was jedoch deine Abreise betrifft, so wirst du hierbleiben, bis der Fall abschließend geklärt ist. Nachdem nun auch römische

Bürger in den Mord verwickelt sind, können wir dich nicht gehen lassen. Zudem sind die Verhandlungen mit dem Statthalter doch noch zu keinem Ende gekommen, oder?«

Beldors Augen verengten sich. »Euer Statthalter ist an einer Zusammenarbeit mit uns nicht interessiert. Wir sind es leid, länger darauf zu warten, dass er sich bequemt, mit uns zu verhandeln. Nein, ich werde abreisen. Ich muss zurück, nun, da die Friesen, dieses Gewürm, uns angreifen.« Er ballte die Fäuste, dass die Knöchel weiß hervortraten. »Es würde mich nicht wundern, hättet ihr Römer unsere Nachbarn zu diesen Feindseligkeiten angestiftet. Immer haben sie uns gefürchtet, ihr müsst ihnen Unterstützung angeboten haben, damit sie unsere Pläne vereiteln. Bei Wodans Hammer, seid ihr so feige, habt ihr solche Angst vor uns, dass ihr unsere Nachbarn gegen uns aufhetzt?«

Quintilianus blickte den Chauken kühl an. »Du wirst bleiben, bis wir dir erlauben zu gehen.«

Es regnete wieder, ein feines, stetes Nieseln, Quintilianus zog seinen Mantel über den Kopf. Justus schien die Nässe nichts auszumachen, obwohl winzige Wasserperlen in seinen Haaren glitzerten und seine Frisur ruinierten.

»Eine merkwürdige Sache«, sagte er, als sie in den Cardo einbogen. »Sie hatten wohl wirklich Streit untereinander, gut getäuscht, Quintilianus, Respekt. Sie könnten Meliobar in der Tat erschlagen haben. Doch was meinte er damit, als er sagte, die Friesen hätten ihre Pläne vereitelt?«

Quintilianus nickte, genau darüber hatte er auch nachgedacht, seit sie das Gästehaus des Praetoriums verlassen hatten. Seine Gedanken schweiften zu Martius, der ihm von Anfang an nicht die Wahrheit gesagt hatte. Das Geld für die Friesen hatte es nie gegeben, der Raub durch die Chauken,

Lüge. Alles hatte dazu gedient, Friesen gegen Chauken aufzuwiegeln, so viel Heimlichkeiten, um der Seeräuberei Herr zu werden? »Ich habe den Verdacht, auch Martius und Allius Fuscus hüten weitere Geheimnisse.« Der Geschmack, den er nach diesen Worten im Mund verspürte, war bitter. »Ich werde mit den beiden sprechen und gleich sehen, ob es Nachrichten über Fuscia gibt.«

Martius saß schon bei Fuscus, ausgezeichnet, dann konnte er seine Fragen gleich beiden vortragen. Allius Fuscus empfing ihn mit offenen Armen, geleitete ihn persönlich zu der Besucherkline, ließ den besten Wein kommen, bevor er sich selbst niederlegte. Noch immer sah er schlecht aus, tiefe Ringe unter den Augen, der Mund gräulich umschattet.

»Wie geht es Fuscia?«, fragte Quintilianus, erleichtert über den freundlichen Empfang.

»Den Umständen entsprechend. Sie ist schwach, kann noch nicht aufstehen, hat zu den Entbehrungen der letzten Tage auch noch viel Blut verloren, aber wenn sich die Wunde nicht entzündet, wird sie sich wieder erholen, sagt der Arzt. Sie … sie ist voll des Lobes über deine Tapferkeit.«

Quintilianus spürte, wie er errötete. »Darf ich sie sehen?«

»Ja, nach unserem Gespräch wird dich ein Sklave zu ihr geleiten, doch überanstrenge sie nicht.« Allius Fuscus' Miene war ernst, er atmete schnell, stoßweise.

»Gut, auch ich habe etwas mit euch zu besprechen, das …«

»Später, Quintilianus«, mischte sich Martius in das Gespräch. »Bevor Fuscus dir seinen Dank ausspricht und du uns darüber in Kenntnis setzt, wie genau es dir gelungen ist, Fuscia zu finden und zu befreien, muss ich dir sagen, dass wir dein Vorgehen, obwohl es zum Erfolg führte, nicht gutheißen können. Fuscus hier ist natürlich hin- und hergerissen als Vater und als Statthalter, ich dagegen kann es aussprechen: Es ist unerträglich, wie eigenmächtig du in dieser staatstragenden Angelegenheit vorgegangen bist. Schon dein Verhalten zuvor war bedenklich, dich als Austauschgeisel anzubieten, geradezu dumm. Wie leicht hätte deine gestrige Aktion scheitern können. Du hättest dich mit uns absprechen müssen.«

»Aber ihr wolltet nichts unternehmen!« Quintilianus setzte das Glas so fest auf dem Tisch ab, dass der Wein herausschwappte. Fast wäre es zerbrochen.

»Wir führten Verhandlungen, Fuscia wäre ohnehin bald frei gewesen. Ohne Gefahr! Wir standen kurz vor der Einigung über die Modalitäten. Ich versprach ein anständiges Lösegeld und die Freilassung der Friesen. Bei der Geldübergabe hätten wir zugegriffen.«

»Bis dahin hätte sie in diesem stinkenden Loch gesessen, ohne Licht, völlig verängstigt und geschwächt. Hätte ich nicht gehandelt, hättet ihr sie vielleicht nie wiedergesehen!«

»Hättest du dich an dem Abend der Entführung klüger verhalten, wäre sie nie in diese Lage gekommen.«

Quintilianus sank auf der Kline zurück. Wie oft hatte er sich genau dies vorgeworfen. Jeglicher Disput war zwecklos, auch das Argument, dass die Entführer sich eine andere Gelegenheit gesucht hätten, konnte nicht über seine Schuld hinwegtäuschen. Er fuhr sich mit der Hand über die Stirn, sie war schweißnass. »Aber Fuscia lebt, und sie ist frei«, murmelte er und fand selbst, dass es jämmerlich klang.

»Ja«, bestätigte Allius Fuscus, »sie lebt, ist frei und ich bin dir unendlich dankbar dafür, Quintilianus. Darum wollen wir nicht länger davon sprechen, was hätte sein können und wen wofür Schuld trifft. Uns ist bewusst, dass auch wir vielleicht nicht immer das Klügste taten, und letztendlich gibt dir der Erfolg recht.« Er hob seinen Becher. »Darum, Quintilianus, nachdem es gesagt ist, lass uns darauf trinken, dass meine Tochter wieder bei mir ist.«

Sie dankten den Göttern und tranken. Quintilianus wurde leichter um das Herz, denn Allius Fuscus' Wohlwollen war ihm wichtig – allein Fuscias wegen. Nun musste er noch einmal in allen Einzelheiten schildern, was gestern Nacht geschehen war.

Fuscus ergänzte den Bericht. »Wir schickten sofort Männer an den Ort des Geschehens, um die Toten und Verletzten zu bergen, ihr und eure friesischen Freunde habt ganze Arbeit geleistet. Vier Tote fanden wir und zwei Verletzte, die wir natürlich sofort befragten. Sie bestätigten unabhängig voneinander, dass ihr Anführer der Sohn des inhaftierten Vermax war und unter den Toten lag. Von Crispus kein Wort. Ohnehin glaube ich nicht, dass er mit der Sache zu tun hat. Verbotene Geschäfte vielleicht, aber die Tochter eines römischen Senators, eines Statthalters zu entführen? Nein, Quintilianus, das ist undenkbar.« Er hustete. Der Mann brauchte Ruhe, kein Wunder nach all der Aufregung. Doch Quintilianus wollte noch zwei Dinge klären, die ihm auf dem Herzen lagen. »Habt ihr Männer geschickt, Crispus zu suchen?«

»Natürlich.« Auch Martius warf einen besorgten Blick auf Fuscus. »Sie werden ihn aufspüren.«

Quintilianus stand auf. »Noch eines. Wir müssen Dolrang helfen, er hat einige seiner eigenen Landsleute getötet, das werden ihm die Friesen nicht verzeihen. Ich schlage vor, ihm als Dank für seinen Einsatz das römische Bürgerrecht zu verleihen und ein Startkapital für ihn und seine Schwester Thinilda, die bei der Entdeckung des Versteckes half, zur Verfügung zu stellen.«

Martius hob eine Augenbraue. »Thinilda, sagst du? Die Tochter des Fürsten Fredecer? Was macht die hier, was hast du mit ihr zu schaffen?«

Quintilianus errötete erneut. »Ähm, sie kam vor Kurzem her, sie hatte Dolrang zur Flucht verholfen, du weißt doch noch, Martius, dass dieser dem Tod im Sumpf entflohen ist. Ich besorgte ihr eine Wohnung.«

»So, so, und aus lauter Dankbarkeit für die Unterkunft half sie dir.« Martius hob einen Mundwinkel. »Nun gut, Dolrang soll alle Unterstützung bekommen, die er benötigt. Wir kennen ihn schon lange, wie du weißt.«

Sein Mundwinkel hob sich höher. Doch den Göttern sei Dank, direkte Anspielungen unterließ Martius, und ein Seitenblick auf Fuscus zeigte, dass der mit seinen Gedanken woanders war. Quintilianus atmete auf. »Und jetzt möchte ich Fuscia meine Aufwartung machen.«

Allius Fuscus nickte abwesend, klatschte in die Hände und befahl dem eintretenden Sklaven, Quintilianus zu seiner Tochter zu bringen. Endlich!

Fuscia lag auf einer Kline mit geschnitzten Löwenfüßen, ihr dunkles Haar war über das Kissen gebreitet wie ein Fächer. Neben ihr saß eine Sklavin, die ihr offensichtlich aus einer Buchrolle vorgelesen hatte. Fuscias Augen wirkten in dem blassen Gesicht noch dunkler und größer als sonst, strahlten jedoch vor Freude, als sie Quintilianus erblickte. Sie streckte ihm die linke Hand entgegen, der rechte Arm und die Schulter waren mit weißen Binden umwickelt. »Quintilianus!«

Wie schön sie war. Zart, zierlich, zerbrechlich. Und sie trug ihm nichts nach, warf ihm nichts vor. Voller Dankbarkeit und Liebe blickte sie auf ihn, ja, Liebe, die auch in ihm gewachsen war, die ganzen langen bangen Tage.

Er setzte sich neben sie, nahm ihre unverletzte linke Hand, küsste sie. »Fuscia, es tut mir so leid, kannst du mir verzeihen?«

Sie bedeutete dem Mädchen, sich zu entfernen, bevor sie sich wieder Quintilianus zuwandte. »Was gibt es zu verzeihen? Ich war es, die dich und mich in diese Situation brachte.« Ihre Stimme war schwach, das Sprechen strengte sie sichtlich an.

»Schsch, sag nichts, Fuscia, du musst dich schonen.«

»Doch, Quintilianus, lass mich reden, es tut mir gut. All die Gedanken, die mir in dieser schrecklichen Zeit durch den Kopf gingen, muss ich aussprechen. Ich habe von dir geträumt, Quintilianus, Tag und Nacht nur an dich gedacht. Ich wusste, dass du mich suchst, dass du mich finden wirst, nur das gab mir Kraft. Quintilianus, versprich mir eines, verlass mich nicht, nie wieder, bleib bei mir für immer.« Sie löste ihre Hand aus seiner, hob sie und strich über seine Wange.

Er fing ihre Finger, hielt sie fest. »Ich verspreche es dir, Fuscia. Noch heute werde ich deinen Vater um deine Hand bitten, und wenn auch du es willst, wird er nicht Nein sagen.« Er bemerkte, wie sie sich entspannte, sah das Lächeln auf ihren Zügen. Was er tat, was er sagte, war gut und richtig, denn nicht die wilde Lust und Leidenschaft, die er für andere Frauen empfunden hatte, erfüllten ihn jetzt, sondern das sichere Gefühl, am Ziel angekommen zu sein. Mit Fuscia wollte er sein Leben teilen, sie beschützen, sie glücklich machen.

»Ja«, flüsterte sie. »Mein Vater wird nichts dagegen einwenden, im Gegenteil, es wird ihn freuen. Und mir wird die Freude auf ein Leben mit dir helfen, schneller zu Kräften zu kommen.« Sie stöhnte auf. »Meine Schulter tut so weh, es pocht und sticht wie mit tausend Messern.«

Augenblicklich zuckte er zurück, hatte er ihre Schulter berührt, ihr so Schmerzen zugefügt? Zart strich er über ihr Haar. »Mein Herz«, sagte er, nahm wieder ihre Hand, »du wirst gesund, ganz gewiss. Fuscia, Liebste, sage mir, ist es nur die Verletzung von dem Pfeil, die dich schmerzt, oder haben sie …«

Ihre Züge verhärteten sich. »Nein, sie taten mir keine Gewalt an. Aber die Angst, die Dunkelheit, die Ungewissheit, all das war furchtbar. Kalt war es dort unten, so kalt …« Die Stimme drohte ihr zu versagen. Doch dann richtete sie ihre Augen fest auf ihn. »Es ist vorbei, dank deiner Tapferkeit. Erzähle mir, was dir widerfahren ist, wie du mich gefunden hast.«

Und so berichtete er, wie Dolrang ihn nach dem Überfall in das Praetorium gebracht hatte, wie der Germane geholfen hatte, das Versteck ausfindig zu machen. Von Thinilda erzählte er nichts, auch, dass er gegen den Willen ihres Vaters gehandelt hatte, verschwieg er.

»Alles ist meine Schuld«, murmelte sie, als er geendet hatte.

Sie schien angestrengt, erschöpft, es wurde Zeit, dass er ging, so schwer es ihm fiel.

»Nein, nein, mein Augenstern, du bist die Letzte, die sich Vorwürfe machen muss. – Jetzt werde ich gehen, liebste Fuscia, um deinen Vater zu fragen, ob er etwas gegen unsere Verbindung einzuwenden hat. Und wenn er einverstanden ist, werden wir einen Termin für die Verlobung festlegen. Die Hochzeit werden wir in Rom feiern, mit meiner Familie, das wird ein Fest!« Seine Worte zauberten ein glückliches Lächeln auf ihre Lippen, genau wie er es beabsichtigt hatte.

»O ja, Liebster, wie schön. Doch bevor du gehst, muss ich dir endlich sagen, was ich dir schon damals im Tempel mitteilen wollte. – Nein, lass mich reden«, beharrte sie, als e abwehren wollte, »es ist wichtig, für Rom. Ich belauschte Crispus, als der mit Alavia, einer meiner Freundinnen, sprach. Alavia stammt aus guter Familie, ist aber eine Waise, weshalb mein Vater sie mit uns nahm, auch meinetwegen.« Sie atmete schwer, Quintilianus strich ihr über die Stirn und erschrak, denn sie glühte. »Fuscia, es ist nicht wichtig, du brauchst Ruhe.«

»Doch, so höre: Crispus versuchte, Alavia für sich zu gewinnen, er erzählte davon, dass er bald sehr reich sein würde, Bernstein erwähnte er und Verbindungen zu den Chauken. Quintilianus, der Mann hat nichts Gutes im Sinn, und jetzt ist Alavia verschwunden. Sie hinterließ einen Brief, in dem sie mir schrieb, ich solle mir keine Sorgen machen, sie sei bei dem Mann, den sie liebe. Ach, Quintilianus, ich hätte sofort meinem Vater davon erzählen sollen, doch fürchtete ich seinen Zorn, denn ich war Alavia unerlaubt nachgeschlichen. So wollte ich es dir berichten ...«

Quintilianus küsste sie auf die Wange. »Mache dir keine Sorgen. Crispus ist geflohen, und wahrscheinlich ist Alavia tatsächlich bei ihm. Wir wissen, dass er illegale Geschäfte mit den Chauken betreiben wollte, dieser Verbrecher! Zuerst dachte ich, er stecke hinter deiner Entführung, aber es waren in der Tat die Friesen. Ich werde Alavia suchen lassen, Fuscia, und du schlafe jetzt erst einmal ein wenig, während ich mit deinem Vater spreche.«

Sie nickte schwach, hielt noch immer seine Hand, wollte sie nicht loslassen. Doch die Augen fielen ihr zu, und so küsste er sie zum Abschied, dann ging er.

Ruhe war das Beste, gewiss würde es ihr morgen schon viel besser gehen. Lautlos pfeifend verließ Quintilianus Fuscias Privatgemächer, nickte der vor dem Raum wartenden Sklavin zu und machte sich auf den Weg durch die langen Gänge zum öffentlichen Teil des Gebäudes, zu den Arbeitsräumen des Statthalters und seiner Mitarbeiter. Er bog in den Trakt ein und hielt inne. Etwas stimmte nicht. Aufgeregt liefen Sklaven, Angestellte, Legionäre den Flur entlang, Türen schlugen, Stimmengewirr ertönte. Quintilianus hielt einen der Bediensteten, den er kannte und der an ihm vorbeihasten wollte, am Arm fest. »Septimus, was ist los?«

»Hast du es noch nicht vernommen, Herr? Der Statthalter hatte einen Schwächeanfall, man fürchtet um sein Leben.«

Gute Götter, wenn Fuscus starb, wäre das ein herber Schock für Fuscia. »Septimus, bringe mich zu ihm, ich muss mit ihm sprechen. Es ist wichtig.«

Der Sklave schüttelte den Kopf. »Nein, keiner darf zu ihm außer seiner Familie und dem Arzt. Ich sagte doch, man fürchtet um sein Leben!«

Er eilte davon. Quintilianus war wie vor den Kopf geschlagen. Man würde ihn nicht vorlassen, schließlich gehörte er nicht zur Familie, noch nicht. Und überhaupt, Fuscus auf dem Sterbebett nach seinem Einverständnis zu der Hochzeit zu fragen... Nein, Quintilianus würde nicht darauf bestehen, vorgelassen zu werden. Er zögerte. Sollte er zurück zu Fuscia, um ihr beizustehen? Doch sie schlief, sie brauchte die Ruhe, und sicher würde man ihr die schlimme Kunde derzeit nicht überbringen. Am besten, er ginge jetzt zu Martius, berichtete ihm von seinen Erkenntnissen zu dem Mordfall, der ihm plötzlich unbedeutend schien. Und vielleicht gab es danach schon Neuigkeiten über Fuscus' Gesundheitszustand.

Entschlossen lenkte Quintilianus seine Schritte in Richtung von Martius' Zimmer. Doch dort wies man ihn ab. Martius habe stellvertretend die Geschäfte des Statthalters übernommen und Anweisung gegeben, niemanden vorzulassen. Nein, wirklich niemanden, auch nicht Gaius Claudius Quintilianus. Bei Jupiter, Mars und Merkur! Quintilianus hinterließ eine Nachricht, betonte die Dringlichkeit seines Anliegens und dass er zu Hause auf eine Botschaft von Martius warten würde.

Quintilianus stieg die Stufen des Praetoriums hinab, zwischen den Säulen lungerten Menschen herum, die sich aufgeregt unterhielten oder einfach nur warteten. Hatte sich die Nachricht über den Zustand des Statthalters so schnell verbreitet? Er grüßte die wachhabenden Legionäre, ihre Mienen waren ernster als gewöhnlich, die Körper gespannt, die Hände jederzeit bereit, an das Schwert zu fahren, und soeben marschierte eine Einheit auf den Vorplatz, eine ganze Centurie, wie es schien. Hatte Martius sie gerufen? Die Maßnahme schien Quintilianus ziemlich übertrieben. Und Stellvertreter des Statthalters war eigentlich der Kommandant der unweit stationierten Legion in Bonna – nun, wer wusste, wann der einträfe.

Quintilianus bog in die Straße zum Forum ein. An jeder Ecke sah er Gruppen von Menschen, die lebhaft miteinander diskutierten. Es wurden immer mehr und es waren ausschließlich Germanen; vor den Tavernen sammelten sie sich, Bierkrüge in der Hand. Blondes Haar strahlte in der Sonne, Schnurrbärte zitterten aufgebracht. »Der Statthalter ist tot, recht geschieht es ihm!«, schnappte Quintilianus auf, und: »Vermax und seine Freunde werden nicht mehr lange in diesem Verlies sitzen!«

Quintilianus eilte weiter; die Centurie einzusetzen, war doch die richtige Entscheidung gewesen. Auf dem Forum verstauten römische Ladenbesitzer schon eilig ihre Waren in den Geschäften, verrammelten die Türen. Spannung lag in der Luft. Quintilianus trat hinter eine Säule, schaute nach rechts und nach links, ob er beobachtet wurde, und zog seine Tunika aus. Die Purpurstreifen, die sonst so gute Dienste leisteten, konnten provozieren, aber in seinem Untergewand fiele er nicht weiter auf.

Er zwang sich, das Forum nicht zu eilig zu verlassen, nicht zu offensichtlich die Menschenansammlungen zu meiden.

Xenophon war ausnahmsweise auf seinem Platz und ließ ihn ein. Quintilianus atmete auf. »Verrammele Türen und Fenster. Es könnte ungemütlich werden.« Er warf seine Tunika auf einen Sessel. »Canisia«, rief er, »bringe mir Wein.« Den konnte er jetzt wahrlich gebrauchen.

Wobei – hier zu Hause, wo es ruhig war, wo niemand vor dem Gebäude stand, kamen ihm seine Befürchtungen beinahe lächerlich vor. Ein Aufstand in der seit Langem friedlichen Provinz, undenkbar! Er würde sich jetzt in das Atrium begeben und Justus von seinen Heiratsplänen erzählen.

Doch als er in den Innenhof trat, erstarrte er. Dort saßen nicht nur Justus und Livius, die Wunden bandagiert, sondern auch Thinilda und Dolrang.

»Gute Götter«, entfuhr es Quintilianus, »was macht ihr denn hier?« Er fing sich. Was redete er da? Ohne die beiden säße Fuscia noch immer in dem dunklen Verlies. »Verzeiht, und seid herzlich willkommen!« Er ergriff Thinildas Hände, deren Gesicht sich aufgehellt hatte, als er in das Atrium getreten war, doch deren Augen bei seinen ersten Worten einen finsteren Ausdruck angenommen hatten. »Thinilda, ich kann dir gar nicht sagen, wie dankbar ich für deine Hilfe bin und natürlich auch für deine, lieber Dolrang.« Er wandte sich dem Friesen zu. »Was führt euch her?«

Dolrang sah ihn wütend an. »Ich weiß Bescheid, Quintilianus! Glaube mir, du wärst des Todes, hättest du mich in meinem Heimatdorf nicht durch dein Schweigen gerettet.

Thinilda wusste darum, daher vertraute sie dir, kam zu dir in der Not. Und was machtest du? Du hast es ausgenutzt, sie missbraucht. Bei Donar, hätte ich nur schon früher davon erfahren …« Er hob die Hand. »Ich weiß, dass du sie nicht mit Gewalt nahmst, doch wenn! Hättest du mich nicht gerettet, und bräuchten nicht jetzt wir deine Hilfe, würde ich auf ein Urteil der Götter bestehen.«

Quintilianus schluckte. Er sah zu Thinilda, doch die blickte auf den Boden. Erklärungen, Entschuldigungen würden nicht helfen. »Was immer ich für euch tun kann, werde ich tun.«

Justus übernahm das Wort. »Quintilianus, die beiden sind enttarnt, ihre Landsleute haben Verdacht geschöpft. Zumindest Thinilda kann nicht in ihre Wohnung zurück. Ich habe ihr erst einmal Asyl in deinem Hause angeboten.«

»Das ist wohl das Beste.« Quintilianus wandte sich den beiden zu. »Natürlich steht ihr unter meinem Schutz. Doch was genau ist geschehen?«

»Sie ist in Gefahr, weil sie so tapfer war!«, warf Livius ein.

Thinilda richtete sich auf, Stolz lag jetzt in ihrer Stimme, und zum ersten Mal, seit sie in der Colonia war, benahm sie sich wieder wie die Fürstentochter, die sie war. »Ich habe eine Frau kennengelernt, die in der Nähe des alten Hafens wohnt. Ich erzählte ihr, dass ich ganz aus dem Norden stamme, von den dortigen Friesen, und von meinem Vater in die Colonia geschickt worden war, um Geld zu verdienen. Ich schimpfte auf die Römer, auf den Statthalter, auf den Kaiser und gewann das Vertrauen der Frau. Als ich ihr dann noch einen Gefallen erweisen konnte, indem ich ihr Heilkräuter für ihr krankes Kind brachte, erzählte sie mir von dem gefangenen Mädchen. Und von Vederiker, der die Friesen zu Widerstand anstiftete. Ich sagte es Dolrang, er sagte es dir. Doch heute sah ich zwei Männer aus ihrer Nachbarschaft vor meiner Tür auf mich warten, sie wissen also, dass ich sie verraten habe. Nur weil ich den Hinterausgang benutzte, konnte ich entkommen. Zurück kann ich auf keinen Fall.«

Quintilianus sah ihr in die Augen. »Danke, Thinilda, für alles, deine Tapferkeit und Klugheit. Du hast viel auf das Spiel gesetzt für Fuscia.« Er dachte daran, wie er Thinilda im Hafenviertel beobachtet hatte, wie argwöhnisch er geworden war.

»Misstrauen herrscht unter den Friesen, Batavern und den anderen Germanen in der Colonia.« Dolrang hatte sich erhoben und ging zwischen den Säulen auf und ab.

»Weder wir noch Rom lassen es zu, dass euch etwas zustößt«, erklärte Quintilianus. »Der Statthalter sagt euch jegliche Unterstützung zu, Geld, und wenn ihr nach Rom wollt, so sollte auch das kein Problem sein. Allein, die Ereignisse waren wohl zu viel für Fuscus, er erlitt vorhin einen Schwächeanfall. Doch selbst wenn er stürbe, änderte das an dem Gesagten nichts. – In der Bevölkerung kursiert schon das Gerücht, er sei tot, die Menschen rotten sich auf den Straßen zusammen.«

»Und das sagst du jetzt erst?« Justus sprang auf, stieß gegen den Tisch, stöhnte und hielt sich die bandagierte Seite. Sein Weinbecher aus edlem Glas fiel zu Boden und zersprang, der rote Wein breitete sich auf dem weißen Marmor aus wie Blut.

Thinilda starrte auf die Pfütze, wurde leichenblass und flüsterte: »Ein Omen, ein schlechtes Omen. Blut wird fließen, Menschen werden sterben, bei Odin, Thor und Freya.«

Einen Moment lang herrschte Stille. Dann fing sich Quintilianus. »Nein, Thinilda, nur ein Glas ist zersprungen, Wein ist auf den Boden geflossen, das geschieht jeden Tag unzählige Male. Nichts wird passieren, ihr seid sicher, dafür verbürge ich mich.« Doch seine Worte klangen selbst in seinen Ohren wenig überzeugend. Thinilda starrte weiter auf den Fleck, Dolrang runzelte besorgt die Stirn.

»Wenn sich die Leute tatsächlich zusammenrotten, ist die Situation ernst«, meldete sich Justus zu Wort. »Als Erstes geht der Mob an die Würdenträger, und je höher sie stehen, desto gefährdeter sind sie. Ein Verwandter des Kaisers ... Wir müssen hier heraus, am besten in das Praetorium, das wird gut bewacht.«

»Du übertreibst, Justus.« Quintilianus warf einen Seitenblick auf Thinilda. »Meinst du nicht, es genügt, wenn wir Fenster und Türen schließen, wir sind vier bewaffnete, kampferprobte Männer, und auch Xenophon können wir ein Schwert in die Hand geben. Da sollten wir uns doch gegen ein paar Randalierer wehren können.«

»Drei der vier Männer sind verletzt und nicht im Vollbesitz ihrer Kräfte«, wandte Dolrang ein. »Und wenn der Mob losstürmt und dein Haus ansteckt, Quintilianus, dann nützt dir auch die Kampferfahrung nicht. So etwas passiert immer wieder.«

Justus nickte. »Ja, leider, selbst in Rom. Wir sollten sehen, dass wir hier wegkommen, je früher, desto besser.«

»Aber es weiß doch keiner, dass ich mit Commodus verwandt bin und dass ich hier wohne«, unternahm Quintilianus einen letzten Versuch des Widerstands. Mit Thinilda in das Praetorium zu fliehen, wo Fuscia auf ihn wartete? Quintilianus seufzte. Es ging nicht anders. »Also gut. Am besten, wir verkleiden uns als Sklaven, dann können wir uns unauffälliger bewegen. In Ordnung, Justus?«

Der nickte. »Ein guter alter römischer Trick, er wird auch diesmal klappen.«

»Nun denn, so hole einige Sklavengewänder, Livius. Und sage gleich Canisia und Xenophon Bescheid, dass sie sich bereitmachen sollen, aber beunruhige sie nicht zu sehr. Canisia soll eines ihrer Küchenmesser einstecken, Xenophon kann einen Knüppel mitnehmen, dann fallen wir noch weniger auf. Du, Thinilda, hast doch wohl ein Tuch, das du dir über den Kopf ziehen kannst, damit du von den Friesen nicht als ihre Verräterin erkannt wirst. Und Dolrangs blondes Haar wird uns zusätzlich schützen.«

Livius ging schleppenden Schrittes, er war wirklich noch nicht wieder voll einsatzfähig. Auch Justus, der noch immer nachdenklich im Atrium auf und ab schritt, hielt seinen verletzten Arm dicht am Körper. Und Quintilianus selbst hatte seine alte Kraft längst noch nicht wiedererlangt, die Befreiungsaktion steckte ihm noch in den Knochen. Und Thinilda? Hoffentlich hatte sie sich mit ihrem Orakelspruch nicht selbst am meisten erschreckt. Doch sie saß bleich, aber gefasst, auf ihrem Stuhl, hatte den Schleier, mit dem sie Gesicht und Haar verdecken würde, schon auf dem Schoß bereitgelegt. Ihre Miene signalisierte, dass sie durchhalten würde, sie war die Tochter eines friesischen Fürsten. Und Dolrang lehnte kraftstrotzend mit verschränkten Armen an einer Säule.

Livius kam mit den Sklaventuniken, auch leichte Umhänge hatte er mitgebracht, damit sie ihre Waffen darunter verbergen konnten. Xenophon, den Knüppel unter dem Arm, stand bereit, der alte Mann blickte entschlossen und gar nicht ängstlich, man durfte ihn nicht unterschätzen. Canisia dagegen kam klagend in das Atrium, sie raufte sich die Haare, jammerte über die Schlechtigkeit der Welt, dass man in seinem eigenen Hause des Lebens nicht sicher sei. Quintilianus versuchte, sie zu beruhigen, alles sei eine reine Vorsichtsmaßnahme, doch sie heulte nur noch lauter.

»Schluss jetzt!«, schrie Quintilianus sie endlich an, was er noch nie getan hatte, und tatsächlich, sie verstummte, warf ihm einen empörten Blick zu und verhüllte Kopf und Schulter mit einem langen Schal.

»Also los!« Quintilianus führte seinen kleinen Trupp zur Tür.

Justus trat zuerst hinaus, sicherte nach allen Seiten, winkte. »Keiner zu sehen, wir können gehen.« Doch kaum standen sie auf der Hauptstraße, hatten sich in Richtung Praetorium gewandt, als eine Meute junger Männer um eine entfernte Ecke bog, johlend und schreiend, Knüppel schwingend.

»Verdammt, da sind sie schon! Los, zurück.« Quintilianus machte kehrt, seine Begleiter taten es ihm gleich. Eiligen Schrittes, doch ohne zu laufen, ging Quintilianus ihnen voran in die entgegengesetzte Richtung, Dolrang als Nachhut, und bog in die nächste Straße ein, eine Seitengasse. Kurz hielten sie inne und lauschten. Das Johlen kam näher, aber langsam, die Randalierer schienen sie nicht erkannt zu haben.

Durch kleine Gassen und auf Umwegen näherten sie sich dem Forum. Beim Überqueren der großen Straßen passten sie sich dem Tempo der anderen Menschen an. Unzählige waren auf den Straßen unterwegs, Männer wie Frauen fast ausnahmslos Germanen. Doch niemand nahm Notiz von der Gruppe vermeintlicher Sklaven. Sie kamen an geplünderten Geschäften vorbei, aus einem stürzte ein Händler und hielt sich stöhnend den Kopf, Blut quoll zwischen seinen Fingern hervor. Andere Läden waren verrammelt, davor standen Männer und warfen Steine gegen die Fensterläden. Viele zogen in Richtung Praetorium, Knüppel schwingend, Schmährufe auf Rom ausstoßend. Ein römisch aussehender Mann hastete mit seiner Frau einem Hauseingang zu und hinter ihnen schallte der Ruf: »Ja, geht nach Hause, Römer!« Doch man griff das Paar nicht an, noch nicht.

»Was meinst du, Justus, schwimmen wir mit der Menge oder nehmen wir weiter die Seitenstraßen?«, flüsterte Quintilianus seinem Freund zu.

Justus sah sich um. »Es könnte erfolgversprechender sein, die Seitenstraßen zu nehmen und sich zum Hintereingang des Gebäudes zu schleichen. Vielleicht ist dort noch keiner der Aufständischen und wir kommen ungehindert hinein.«

»Nun gut, es ist einen Versuch wert. Dort entlang.«

Sie bogen in eine der Nebengassen, duckten sich unter Wäsche durch, die auf Leinen, von Haus zu Haus gespannt, in der Sonne trocknete. Hier schien alles normal, es war ruhig. Nur ein paar Kinder spielten auf dem Pflaster, riefen ihnen etwas zu. Dolrang antwortete ihnen in seiner Sprache, ein kluger Kopf, dieser Friese.

An einer Kreuzung trafen sie auf eine Rotte von Jugendlichen. »Ha«, brüllten die, »zieht ihr auch gegen die Römer, die unsere Leute gefangen halten? Kommt ihr mit?«

Dolrang bedeutete Quintilianus und seinen Begleitern weiterzugehen und wandte sich den jungen Leuten zu. Quintilianus konnte nicht verstehen, was sie sprachen, aber die Taktik ging auf.

Hinter der nächsten Ecke gesellte sich Dolrang wieder zu ihnen. »Weiter, wir müssen uns beeilen. Nicht jeder ist so leichtgläubig wie diese Kinder.«

Gute Götter, wo waren die Vigiles, die städtischen Sicherheitskräfte? Alle vor dem Praetorium zusammengezogen, um das Herz der Provinz zu schützen? Hoffentlich gelang es, denn Fuscia, seine Fuscia befand sich darin …

»Da, seht!« Canisia deutete auf eine Rauchsäule, die vor ihnen in den Himmel stieg. »Wir sind verloren!«

»Unsinn!« Es fehlte noch, würde sie in Panik ausbrechen. »Weiter, wir schaffen es!«

Sie liefen jetzt, von Ferne schallte Gebrüll zu ihnen herüber, aus Richtung des Praetoriums. Immer mehr Rauchsäulen stiegen über der Stadt auf, Brandgeruch erfüllte die Luft.

Endlich erreichten sie den Platz hinter dem Praetorium. Im Schatten der Arkaden hielten sie inne. Canisia und Xenophon keuchten, husteten, hoffentlich erregten sie nicht die Aufmerksamkeit des Pöbels. Denn der Platz war nicht so verlassen, wie Quintilianus gehofft hatte. Zwar sicherte eine Abteilung Legionäre den Hintereingang, doch in gebührendem Abstand lungerte eine Schar Männer und Frauen herum, sie schwangen drohend ihre Knüppel, schüttelten die Fäuste. »Freiheit den Friesen!«, skandierten sie und: »Lasst Vermax frei!« Ab und an flog ein Stein, meistens nicht weit genug, um die Legionäre zu treffen, sonst wurde er mit dem Schild abgewehrt.

Unerschütterlich standen die römischen Soldaten, die Pilen in den Händen, das Schwert an der Seite, reglos. Warum gingen sie nicht vor, warfen nicht ihre Wurfspeere? Die Germanen hätten keine Chance gegen sie. Aber nichts geschah, stoisch hörten sich die Männer die Schmährufe an, wehrten die Steine ab. Jetzt kamen weitere Aufständische, sie hatten einen leeren Wagen dabei, offenbar geplündert, und zündeten ihn an. Hoch stieg der Rauch in den Himmel, hell schallten die Stimmen der Germanen, doch noch immer rührte sich kein Legionär.

»Verdammt, was jetzt?«, zischte Quintilianus.

»Am besten …«, hob Justus an, doch weiter kam er nicht. Man hatte sie entdeckt. Ein Germane deutete herüber, ein anderer rief: »Wer seid ihr? Kommt, macht mit!« Und als sie sich nicht rührten, begann die Tuschelei erst leise, dann lauter, dann schallte es über den Platz: »Römer! Kommt, Freunde, die holen wir uns!«

»Lauft!«, schrie Quintilianus, stieß Canisia und Xenophon aus dem Schutz der Arkaden, warf einen Blick auf Justus, der zusammen mit Thinilda, Dolrang und Livius losrannte, sah die Barbaren, die ihnen knüppelschwingend über den Platz entgegenkamen und den Weg abschneiden wollten.

»Ich bin Gaius Claudius Quintilianus«, brüllte er den Legionären zu, »helft!« Schon im Lauf registrierte er, wie ein Mann nach vorne trat, die Augen mit seiner Hand beschattete, der Centurio wahrscheinlich. Dann gewahrte er, dass Dolrang und Livius einen Haken schlugen, Thinilda, von einem Blonden am Arm festgehalten, zu Boden fiel. Sofort war sie wieder auf den Beinen, ein Messer blitzte in ihrer Hand, ein Schmerzensschrei gellte über den Platz, dann rannte sie weiter. Ihr blondes Haar flatterte im Wind, längst hatte sie ihren Schleier verloren. Auch Canisia war gestrauchelt, Xenophon versuchte ihr aufzuhelfen. Livius sprang hinzu, zog sein Schwert, stellte sich den anstürmenden Barbaren. Quintilianus eilte ihm zu Hilfe, sie schlugen beide wild um sich. Lange würden sie nicht standhalten können, doch nun endlich war der Laufschritt der Legionäre zu hören; die Barbaren hielten inne, drehten um, rannten davon. Den Göttern sei Dank!

Kapitel XIX

Allius Fuscus ist soeben aus der Bewusstlosigkeit erwacht, Asclepius sei Dank.« Martius saß in Fuscus' Arbeitszimmer, ganz der kommissarische Statthalter, der er vorerst war. »Er wird jedoch noch eine Weile brauchen, bis er völlig genesen ist.« Martius strahlte Ruhe aus, eine Ruhe, die Quintilianus nicht verstand angesichts der angespannten, ja gefährlichen Lage in der Stadt. Vor Martius lagen jede Menge Depeschen, Boten eilten herein und hinaus, die ihn über den Aufstand und die Schäden informierten. Martius gab kurze, knappe Anweisungen, er wirkte keineswegs fremd in diesem Raum, in dem noch vor Kurzem Fuscus gearbeitet hatte.

Martius sprach weiter. »Gut gemacht, Quintilianus, es war genau die richtige Entscheidung, sich zum Praetorium durchzuschlagen, nicht auszudenken, wie wir in Rom dagestanden hätten, wäre dir etwas zugestoßen. Die Situation ist so schon verfahren genug. Fuscus hat in meinen Augen einige Fehlentscheidungen getroffen. Es war nicht richtig, die Friesen, Vermax und seine Freunde, so lange festzuhalten, aber je mehr sich die Stimmung unter den Germanen verschlechterte, desto trotziger reagierte er. Ich habe soeben Anweisung gegeben, die Friesen freizulassen.«

Quintilianus zog die Augenbrauen hoch. »Ach?«

»Ja. Mit Crispus können wir einen potenziellen Täter präsentieren, für die Schuld der Friesen haben wir keine Beweise gefunden. Auch haben wir jetzt andere Sorgen. Wie würdest du auf den Aufstand reagieren?«

»Nun«, begann Quintilianus vorsichtig, immerhin war Martius sein Vorgesetzter, hatte ihn oft genug kritisiert. »Ich hätte alle verfügbaren Männer, von der Leibwache des Statthalters, den Beneficariern bis hin zu den Vigiles, herbeordert, sie durch die Straßen patrouillieren und für Ruhe sorgen lassen. Die Truppen in Vetera und Bonna hätte ich gerufen und der Aufstand wäre schnell niedergeschlagen gewesen. So aber plündern und brennen sie noch immer, denke ich.«

»Deine Überlegungen sind richtig, aber du denkst nicht weit genug. Natürlich ließ ich beim ersten Anzeichen von Unruhen die Legionen in Vetera und Bonna in Bereitschaft versetzen, aber hätte ich unsere Männer losgeschickt, hätten wir Tote zu beklagen. Viele Tote, Quintilianus, unter Römern und Germanen. Nein, Deeskalation ist hier die richtige Taktik, ein paar brennende Wagen, ein paar zerstörte Geschäfte, das ist schnell aufgefangen, wir werden den Betroffenen eine Kompensation zahlen. Und so wird der Mob noch bis heute Abend randalieren, irgendwann aber werden sie müde nach Hause gehen und morgen ist der Spuk vorbei.«

»Mich und meine Freunde hätte diese Taktik fast das Leben gekostet – nur durch Zufall bekam ich mit, welche Gefahr drohte, als ich von hier nach Hause ging.«

»Ja, das war ein wenig kritisch.« Martius trank einen Schluck Wein, widmete sich kurz dem Boten, der soeben in das Zimmer getreten war und von weiteren brennenden Wagen vor dem Praetorium berichtete. »In Formation vorgehen, den Feind zurückdrängen, dann zurückziehen. Kein

Waffeneinsatz, wenn nicht zur Eigensicherung erforderlich. Sie sollen die Schilde benutzen.«

Der Mann nickte und ging, Martius wandte sich wieder Quintilianus zu. »Ich hatte jedoch schon Helfer zu dir geschickt, die euch unbehelligt hierher gebracht hätten. Wir brauchen dich noch, Quintilianus.« Er lächelte.

Tatsächlich? Wofür? Quintilianus' Verdacht, Martius verschweige ihm Wesentliches, verstärkte sich erneut. »Martius, sag mir endlich die Wahrheit! Unsere Reise zu den Friesen diente doch nicht nur dazu, mit ihrer Hilfe die seeräuberischen Chauken zu bekriegen. Was bezwecktet ihr tatsächlich damit? Und warum beauftragtet ihr gerade mich mit den Ermittlungen in dem Mord an Meliobar, jeder andere hätte sie – vermutlich besser – durchführen können.« Oh, natürlich, Quintilianus trank einen Schluck Wein, er wusste es sehr wohl. Wieder einmal hatte man ihn benutzt, weil er ein Verwandter des Commodus war, weil sie mit ihm ihre Ziele besser hatten durchsetzen können. Ihre Ziele oder die Ziele Roms? »Julius Martius«, sprach er weiter und straffte seinen Rücken, »ich bestehe darauf, alles zu erfahren. Alles! Und ich erinnere dich daran, dass ich Dinge von dir weiß, von denen ich nicht glaube, dass du möchtest, dass sie jeder erfährt. «

»Oho! Mein Quintilianus, ich glaube gar, du willst mich unter Druck setzen.«

Martius lachte, tatsächlich, er lachte!

»Das gefällt mir, du entwickelst dich zu einem Politiker, du hast viel gelernt, mein Junge.«

»Ja, das habe ich vermutlich, auch wenn mich die Umstände des Lernens nicht erfreuen. Du sollst wissen, dass ich heute Morgen noch einmal den Chauken Beldor aufsuchte, der eine Bemerkung machte, die mir zu denken gab. Gehe ich recht in der Annahme, dass unsere Spione meldeten, die Chauken planten einen Kriegszug gegen unsere Provinz, also gegen Rom? Und wir, zu feige, zu schwach, zu bequem, schieben die Friesen vor, um diese Gefahr von uns abzuwenden, unter falschen Vorgaben, versteht sich, um römische Soldaten, römisches Geld zu schonen? Denn mit der Wahrheit hätten wir die Friesen schwerlich bewegen können, sich in die Auseinandersetzung zwischen Rom und den Chauken hineinziehen zu lassen.«

Martius musterte ihn. »Nun denn, wenn du schon so viel weißt, dann will ich dir den Rest nicht vorenthalten.« Er winkte einen Sklaven herbei. »Wir wollen nicht gestört werden, sorge dafür.« Martius lehnte sich zurück. »Ja, ich glaube, du bist reif genug, die Gründe für unser Handeln zu verstehen. Längst wollte ich dich einweihen, Fuscus indes war strikt dagegen.« Er blickte versonnen auf das Bodenmosaik. »Du hast recht mit deiner Vermutung, die Chauken beabsichtigten in der Tat, unsere Provinz anzugreifen, das erfuhren wir durch Pertellis' Leute. Comazon war es, der uns diese Information lieferte. Er ist einer unserer besten Männer, versteht es, das Vertrauen seiner Handelspartner zu gewinnen, mit Meliobar begann er sogar ein Verhältnis.«

»Ich weiß«, sagte Quintilianus. »Doch hatte ich den Eindruck, seine Gefühle waren echt.«

Martius zog die Brauen empor. »Was Comazon betrifft, beeinträchtigten seine Gefühle jedenfalls nicht die Qualität seiner Arbeit. Wie dem auch sei, seine Informationen brachten den Stein ins Rollen. Die Chauken planten einen Einfall, den abzuwehren uns viel Kraft und Geld gekostet hätte, zumal wir die Legionen zusammenziehen und damit andere Regionen entblößen müssten. Kaiser Commodus verweigerte zusätzliche Mittel, wollte nicht einmal Legionen aus anderen Provinzen abkommandieren. Er ist strikt gegen Kriegsführung, setzt eher auf diplomatische oder andere Mittel, zumal die Staatskassen leer sind, wie du weißt.«

Quintilianus nickte.

»Er ließ sogar schon die Zahlungen, die teilweise seit langer Zeit an Freunde und Bundesgenossen geleistet werden, um sie uns gewogen zu halten, kürzen oder einstellen. Das alles stellt die Provinzstatthalter vor große Probleme, denn Commodus gibt nicht vor, wie agiert werden soll. So entwarf Allius Fuscus den zugegebenermaßen genialen Plan, das eine Problem mit dem anderen zu lösen. Er gab vor, die Chauken, bekanntermaßen Seeräuber, hätten das für die Friesen bestimmte Geld gestohlen. Die Friesen sollten gegen die Chauken ziehen und sie mit diesem Feldzug zumindest schwächen, wenn nicht den Einfall gänzlich unterbinden.«

»Und was ist mit der chaukischen Delegation?«

»Richtig, sie war Teil des Planes. Die Chauken sind seit Jahren ein Krisenherd. Nicht nur, dass sie als Seeräuber das Nordmeer unsicher machen, sie wollen schon lange die gesamten Nordstämme – bislang vergeblich – gegen Rom aufhetzen. Vor einigen Monaten nun berichtete Comazon von ihrer Absicht, allein den Angriff auf unsere Provinz zu wagen. Pertellis' Leute gewannen ihr Vertrauen, indem sie vorgeblich gegen Rom agierten, ihnen anboten, Waffen für den geplanten Einfall zu liefern. Um diese entgegenzunehmen, hielt sich die Delegation hier in der Agrippinensis auf. Die Verhandlungen mit dem Statthalter dienten ihnen dazu, ihren Aufenthalt in der Stadt zu rechtfertigen.«

Fast wäre Quintilianus aufgesprungen. »Wir liefern ihnen Waffen? Obwohl sie einen Einfall in unser Gebiet planten? Bei Jupiter, das ist Hochverrat!«

Martius lächelte. »Errege dich nicht, sie erhielten minderwertige Waffen. Würden sie diese gegen uns einsetzen, hätten wir leichtes Spiel.«

»Oh!« Quintilianus musste zugeben, der Plan war gut.

»Ja, alles war perfekt. Die Chauken ließen sich auf den Handel ein, kamen allerdings früher als erwartet, um die versprochene Lieferung abzuholen. Damit hatten wir ein Problem, denn bevor sie die Waffen bekommen konnten, mussten erst die Friesen überzeugt werden und Zeit haben, den Feldzug vorzubereiten. So ließ Pertellis verlauten, die Lieferung sei noch nicht bereit. In dieser Situation kam der Tod des Meliobar, wie du verstehen wirst, äußerst ungelegen. Einerseits durften wir die Chauken nicht gegen uns aufbringen, weil sie Verdacht schöpfen konnten, dass wir von ihrem geplanten Einfall wussten. Andererseits waren die Friesen wichtige Partner in unserem Plan, die wir ebenso wenig vor den Kopf stoßen durften. Die einzige Möglichkeit, die wir sahen, war, die Friesen unter erträglichen Bedingungen festzusetzen. Damit stellten wir die Chauken zufrieden und hielten sie bis zu der Gerichtsverhandlung in der Stadt. Die Friesen verurteilen durften wir allerdings nicht, das hätte ihre Stämme gegen uns aufgebracht. Du verstehst, keine leichte Situation.«

Quintilianus schwieg einen Moment. »Und warum lässt du gerade jetzt die Friesen frei? Nur wegen des Aufstandes?«

»Natürlich primär deswegen, aber ich hätte sie schon freigegeben, als der Großteil der chaukischen Delegation mit den Waffen auf dem Wege nach Hause war. Fuscus lehnte es ab. Jetzt jedoch will auch der letzte Chauke gen Heimat ziehen, ist wohl schon unterwegs, so gibt es wenig Grund, die Friesen festzuhalten. Den Mord konnten wir ihnen nicht nachweisen, müssen wir auch nicht mehr, denn mit den Chauken sind auch ihre Ankläger fort.«

Quintilianus faltete die Hände vor sich auf dem Tisch und sah Martius an. »Ich befahl Beldor heute Morgen, bis auf Weiteres hierzubleiben.«

»Warum?«

»Ich denke, die Chauken selbst haben Meliobar ermordet.«

»Ach?«

Es klopfte, der Sekretär steckte den Kopf herein, räusperte sich. »Verzeih, Martius, aber es ist äußerst wichtig. Eine Nachricht von Publicius.«

»So gib her.« Martius las mit gerunzelter Stirn, blickte auf. »Beldor ist tot, von Comazon erschlagen. Und nun ist er gekommen, sich zu stellen.«

Quintilianus sprang auf. »Bei Herkules, natürlich hat auch Comazon die Wahrheit herausgefunden.«

»Wir sollten uns anhören, was er zu sagen hat. – Führe ihn herein, Severinus.«

Comazon trat erhobenen Hauptes in den Raum.

»Warum, Comazon?«, fragte Quintilianus.

»Mir wurde klar, dass ich mich geirrt haben musste, nicht Cripus, die Chauken töteten Meliobar!« Comazons Wangen glühten. »Ich ging zu Beldor und konfrontierte ihn mit meinem Verdacht. Der Chauke spuckte mir in das Gesicht, schimpfte mich einen Verräter, genau wie Meliobar einer gewesen sei. Der habe den Tod genauso verdient wie ich. Dann zog er ein Messer, griff mich an. – Ich war schneller.« Comazon schwieg, blickte zu Boden, doch dann fuhr er fort: »Wie du weißt, dachte ich zuerst, Meliobar wäre durch Crispus' Hand umgekommen, weil er gegen die geplanten Überfälle auf die Bernsteintransporte gewesen war. Aber tatsächlich ging es um etwas anderes: Meliobar wollte seine Leute von dem Einfall in unsere Provinz abbringen. Er hatte überlaufen wollen zu uns, doch obwohl er mir versprochen hatte, sich zu retten und zu schweigen, muss er versucht haben, seine Leute zu warnen. Durch mich wusste er, dass sie nicht gewinnen konnten. Ihm war klar, dass aus einem Krieg nur Tod und Verderben für sein Volk erwachsen konnte, ohne dass er preisgeben durfte, warum und durch wen er an die Information gelangt war.« Comazon fuhr sich mit der Hand über die Augen. »Trotz aller Vorsicht waren seine Stammesgenossen dahintergekommen, dass er ihre Kriegspläne an mich, an Rom verraten hatte, und diese Erkenntnis war sein Todesurteil. Seine eigenen Leute machten ihn nieder, ließen ihn liegen und schoben ihre Tat den Friesen zu, denn es hätte einer politischen Delegation schlecht angestanden, einen der ihren zu ermorden; Aufmerksamkeit wäre erregt, Fragen wären gestellt worden.« Er straffte den Rücken, sah erst Quintilianus, dann Martius in die Augen. »Auch ich bin ein Verräter, habe zudem einen Gesandten getötet, nun werft mich in den Kerker.«

Martius betrachtete den Handelsmann, dann schüttelte er langsam den Kopf. »Der chaukische Gesandte Beldor ist ein beklagenswertes Opfer dieses Aufstandes. Comazon, du kannst gehen.«

Comazon hob überrascht den Kopf. »Ich bin frei?«

Martius nickte und winkte ihn hinaus.

Quintilianus blickte auf die Tür, die sich hinter Comazon geschlossen hatte, und erhob sich.

»Noch eines, Quintilianus.« Martius lehnte sich zurück. »Gestern griffen unsere Leute Crispus kurz vor der Grenze zu Gallien auf. Ein Mädchen war bei ihm, durch sie erhoffte er sich offenbar eine bessere Tarnung.«

»Ah, diese Freundin von Fuscia.«

Martius nickte. »Sie ist auf dem Weg hierher zurück.

Crispus hingegen werden wir nach Rom überstellen, er soll vom Kaiser abgeurteilt werden.«

»Gut. So werde ich jetzt Fuscia besuchen, sie ist sicher in großer Sorge um ihren Vater, es wird sie freuen zu hören, dass es ihm besser geht. Übrigens, Fuscia und ich werden heiraten.«

»Oh, Fuscia ...« Martius räusperte sich, legte eine Hand auf Quintilianus' Arm.

Was war los?

»Es tut mir leid, Quintilianus, ihre Wunde hat sich entzündet, der Arzt hat wenig Hoffnung.« Martius drückte seinen Arm, fast schmerzte es. »Jung stirbt, wen die Götter lieben«, murmelte er.

Glossar

Antiochia: Hauptstadt der römischen Provinz Syria
As: kleine Bronze-, später Kupfermünze
Amisia: Ems
Ampsivarier: germanischer Stamm an der Ems im heutigen unteren Emsland
Aquae Granni: das heutige Aachen
Atrium: mit einer Öffnung im Dach versehener Repräsentations- und Empfangsraum des römischen Hausherrn
Bataver: germanischer Stamm, siedelte an der Rheinmündung
Belgica: römische Provinz, deren Hauptstadt war Trier
Beneficarier: Militärischer Dienstgrad; Beneficarier wurden für besondere Aufgaben abgeordnet und waren deshalb von wenig beliebten, schweren Aufgaben freigestellt. Das wurde als ein beneficium, als eine Vergünstigung, angesehen, woher der Name kam. Beneficarier übernahmen zum Beispiel die Leitung einer Straßenpolizeistation.
Bonna: das heutige Bonn, zur römischen Kaiserzeit Standort einer Legion, der Legio Prima Minervia
Cardo: Hauptstraße einer römischen Stadt, kreuzt den Decumanus Maximus im Zentrum
Centurie: Untereinheit der Cohorte, bestehend aus circa achtzig Legionären, kommandiert von einem Centurio

Centurio: Unterbefehlshaber, Kommandierender einer Centurie

Chatten: germanischer Stamm, der im Bereich der Täler von Eder, Fulda und des Oberlaufes der Lahn scinen Siedlungsschwerpunkt hatte

Chauken: germanischer Stamm, der beiderseits der unteren Weser lebte

Civitas Ulpia Noviomagus Batavorum: das heutige Nijmegen

Cohorte: Einheit von 400-800 Legionären, taktische Grundeinheit des stehenden Heeres aus Berufssoldaten, bestehend aus sechs Centurien

Colonia Claudia Ara Agrippinensium: das heutige Köln

Colonia Agrippinensis: Kurzform der Colonia Claudia Ara Agrippinensium

Colonia Ulpia Traiana: das heutige Xanten

Decumanus Maximus: Hauptstraße einer römischen Stadt, kreuzt den Cardo im Zentrum

Decurio: Unterbefehlshaber einer Reitereinheit

Flevo lacus: Flevosee, gilt als der Vorläufer des heutigen Ijsselmeeres

Fossa Drusiana: von dem römischen Feldherrn Drusus 12 v. Chr. angelegter Kanal, der wohl den Rhein mit dem Flevo lacus / der Nordsee verband, leider nicht genau lokalisiert

Friesen: germanischer Stamm, siedelte im Gebiet des heutigen Ostholland/Westfriesland

Impluvium: im Fußboden des Atriums unter der Dachöffnung (compluvium) befindliches Becken zur Aufnahme des Regenwassers

Janitor: Türsklave

Juno: römische Göttin für Geburt und Ehe, der griechischen Hera gleichgesetzt

Jupiter: höchster römischer Gott, Blitz und Donner waren ihm zugeschrieben, dem griechischen Zeus gleichgesetzt
Kline: römisches Liegemöbel
Legion: größter Truppenverband des römischen Heeres, bestehend aus vier- bis sechstausend Fußsoldaten, dreihundert Reitern und Tross, mit Adler als Feldzeichen
Legionär: Soldat einer Legion
Lugdunum: das heutige Lyon
Marcomannen: kriegerischer Germanenstamm im südöstlichen Alpengebiet, im heutigen Böhmen
Mare Suebicum: Ostsee
Mare Germanicum: Nordsee
Mercurius: römischer Gott der Händler und Diebe
Minerva: römische Gottheit der Weisheit, der griechischen Athena vergleichbar
Mogontiacum: das heutige Mainz
Orcus: römische Unterwelt, Schattenreich
Plebs: römische Bürger in Rom, die keinem Stand – Aristokratie oder Ritter – angehörten (Unterschicht)
Praefect: Angehöriger des Ritter- oder Senatorenstandes, der von einem Magistrat oder dem Kaiser mit der Wahrnehmung einer bestimmten Aufgabe in Verwaltung oder Militär betraut wurde
Praetorianergarde: Leibwächtertruppe der römischen Kaiser
Praetorium: Wohn- und Verwaltungssitz des Statthalters in der jeweiligen Provinzhauptstadt
Rhenus: der Rhein
Sesterze: römische Münze
Tiberis: der Tiber
Tibi bene: Trinkspruch, sinngemäß: ›Möge es dir zum Guten gereichen, möge es dir wohltun.‹
Traiectum: das heutige Utrecht, übersetzt: Flussübergang

Tribun Laticlavius: Militärtribun von senatorischem Adel, Stellvertreter des Kommandanten

Trogodyt, auch Troglodyt: Höhlenbewohner in Afrika, laut Plinius d. Ä. liegt ihr Land in der Nähe Äthiopiens

Vetera: hier das sogenannte Lager Vetera II in der Nähe von Xanten, heute zu großen Teilen durch Unterspülungen in den Rhein abgerutscht

Vigiles: Stadtwache, zuständig für Feuerschutz und städtische Sicherheit

Visurgis: Weser

Warft: künstlicher Hügel, auf ihm stehen die Häuser, vor dem Hochwasser geschützt. Noch heute in Friesland zu sehen.

Nachwort

Im Vergleich zu späteren Zeiten war die Antike eine äußerst mobile Gesellschaft, heißt es in einem Handbuch zur Kriminalgeschichte der Antike. Möglich wurde dies durch ein gut ausgebautes Straßennetz, das das gesamte römische Imperium durchzog. Sicherlich diente es einem schnellen Truppentransport, war aber genauso dem Fortkommen von zivilen Wagen förderlich. Zahllose Händler reisten auf diesen gepflasterten Straßen, um ihren Geschäften nachzugehen. In der Hauptsache erfolgte der Warenaustausch durch Römer, die weit über die Grenzen des Römischen Reiches hinaus agierten. Während der Kaiserzeit reichten ihre Beziehungen bis hin nach Indien und China. So waren Händler, die mit Freund und Feind geschäftliche Kontakte pflegten, prädestiniert, sowohl Feldherren als Führer durch fremdes feindliches Gebiet zu dienen als auch Informationen über den Feind zu sammeln. Überliefert sind viele Fälle solcher Spionage mit interessanten Details.

Das Thema ›Händler als Spione‹ reizte uns, sodass wir es als Folie für diesen Roman wählten. Denn auch für die römische Provinz Germania inferior ist – über die Zeit der Varusniederlage hinaus – ein reger Handel mit dem freien Germanien belegt. Als in Rom begehrtes Luxusgut wurde besonders dem Bernstein Gewicht beigemessen.

Die Friesen spielten eine wichtige Rolle für die Römer, als Bundesgenossen, als Handelspartner, aber auch um den Zugang zur Nordsee zu sichern. Der Transport per Schiff, schneller und effektiver als der über Land, erfolgte über die Flüsse und Meere. Diesen Seeweg behinderten chaukische Stämme, die als Seeräuber bekannt waren. Von ihnen berichten auch die Quellen, dass sie Einfälle in römisches Gebiet wagten, die zurückgeschlagen wurden.

Die finanzielle Situation des Römischen Reiches unter Commodus war in der Tat eine prekäre, und militärische Aktionen wurden eingeschränkt. Es liegt nahe anzunehmen, dass die tatsächlich geleisteten Zahlungen Roms an verschiedene Völker, auch an germanische, beschnitten werden mussten.

Vor diesem Hintergrund ist die List des Statthalters zu sehen, die zwar in diesem Falle unserer Fantasie entsprang, im Laufe der Geschichte aber von vielen Völkern praktiziert wurde.

Quintilianus' erster Fall

Hagemann & Stitz

Das Geheimnis des Mithras-Tempels

ISBN 978-3-89425-603-6

Widerwillig tritt der junge Römer Quintilianus seinen Dienst in einem Legionslager in Niedergermanien an. Die Gegend ist unwirtlich und die Stimmung schlecht, Angst geht um. Quintilianus stößt auf Betrug und Korruption. Dann wird der verhasste Centurio Saturius am Mithras-Tempel tot aufgefunden …

»Eine interessante Zeit- und Kulturstudie, die das Leben im römischen Germanien mit allen Licht- und Schattenseiten beleuchtet.«
www.krimizeit.de

»Klasse erzählt, mit Spannung, Witz und tollen Details.« Neue Presse

»Die Handlung ist spannend, wirkt an keiner Stelle konstruiert und nimmt den Leser mit auf eine Zeitreise, als am Rhein die Grenze Germaniens verlief.« Emsdettener Volkszeitung

»Über einen Kriminalfall hinaus erzählt ›Das Geheimnis des Mithras-Tempels‹ die Geschichte einer Charakterbildung und Emanzipation des verzogenen Jungen aus gutem Hause, der Entstehung von Freundschaft und des Ablegens von Oberflächlichkeiten – kurzum: des Erwachsenwerdens. Was den Tiefgang und die Entfaltung der Charaktere anbelangt, so wäre es schade, wenn Hagemann & Stitz nicht mit einer Fortsetzung liebäugeln würden.«
Lesart – Unabhängiges Journal für Literatur

»Mit solider Spannung verführen die immerhin 382 Seiten zum andauernden Lesegenuss.« Prinz Hannover

Historische Krimis von Ingo Gach

Caligulas Rache

ISBN 978-3-89425-602-9

Im römisch besetzten Colonia wird ein Steuereintreiber bestialisch ermordet. Ein Verdächtiger ist schnell gefunden, einzig der junge Germane Rainolf glaubt nicht an die Schuld seines Freundes. Unterstützt von Julia, der Tochter des Prokonsuls, setzt er alles daran, den wahren Mörder zu finden. Dabei ahnt Rainolf nicht, in welch große Gefahr er sich und die Seinen bringt: Hinter der Tat steckt ein Mann mit Macht und einer Vision …

»In seinem historischen Kriminalroman ›Caligulas Rache‹ erzählt der Kölner Autor Ingo Gach nicht nur eine spannende Detektiv-Geschichte, sondern zeigt auch das Zusammenleben der Römer und Germanen zur Zeit der Besetzung auf.« Kölnische Rundschau

Freyas Fluch

ISBN 978-3-89425-606-7

Nach glücklichen Jahren des Friedens droht der Germania Inferior ein fürchterlicher Krieg. Agyntir, ein chattischer Stammesfürst, wurde ermordet. Im Gegenzug spricht die Schamanin Freya einen Todesfluch gegen den römischen Prokonsul aus. In seinem Bemühen, die Kampfhandlungen noch zu verhindern, macht sich der junge Ubier Rainolf mächtige Feinde. Wer hat etwas davon, dass es zum Krieg kommt?

»Aus der Masse des Angebots sticht erneut Ingo Gach heraus, der mit ›Freyas Fluch‹ seinen zweiten, historisch sehr fundierten Spannungsroman geschrieben hat. ...
Obwohl die Handlung des Krimis fast 2000 Jahre zurückverlegt wurde, schafft es der Autor mit einem fulminanten Spannungsbogen, dem Leser nicht nur eine prickelnde Unterhaltung, sondern auch einen tiefen Einblick in die Geschichte der Antike zu geben.«
Hanauer Anzeiger

Römer und Germanen

Beate Sauer

Der Geschmack der Tollkirsche

Historischer Kriminalroman

ISBN 978-3-89425-608-1

»Gibt es wirklich noch gute, lesbare historische Romane, die aus dem aktuellen Massenangebot herausragen? Gibt's da noch was Neues? Gibt es! Denn im Krimi ›Der Geschmack der Tollkirsche‹ ist es der Kölner Autorin gelungen, eine spannende Geschichte in der Zeit vor fast 2000 Jahren zu platzieren. Besonderer Vorteil: Man kann nicht nur schmökern, sondern erfährt zudem was über die Zeit zum Ende des 1. Jahrhunderts.« Kölner Express

»Machen wir es kurz: ›Der Geschmack der Tollkirsche‹ ist beste Unterhaltung. Solide Krimistory, die nüchternen Fakten der Geschichtsschreibung geschickt zu lebendigen Bildern montiert, rascher Wechsel aus den Hütten in die Paläste und retour, mit Action aufgebrezelte Wer-war's-Spannung. Ob es nun ›wirklich so war‹, ist eine müßige Frage. Wir wollten uns nur gut unterhalten lassen – und das konnten wir hier.«
Dieter Paul Rudolph, Watching the detectives

»Diese Autorin sollte man sich merken. Bei ihr wird Geschichte lebendig. Einmal in die Hand genommen, fällt es schwer, das Buch wieder wegzulegen. Der Roman macht geradezu süchtig.«
Trierischer Volksfreund

»Historische Romane haben zurzeit Hochkonjunktur. Eine herausragende Vertreterin des Genres ist Beate Sauer. Spannend die Handlung, die ein untergehendes Römerreich auf germanischem Gebiet wieder zum Leben erweckt.«
Emsdettener Volkszeitung

»Fazit: ›Der Geschmack der Tollkirsche‹ ist ein richtig schöner, spannender, reichlich mit Figuren ausgestatteter Schmöker.«
Lippische Landes-Zeitung

grafit